KAREN ROBARDS

MITTERNACHTSLIEBE

Roman

Aus dem Amerikanischen
von Barbara Slawig

Deutsche Erstausgabe

WILHELM HEYNE VERLAG
MÜNCHEN

HEYNE ALLGEMEINE REIHE
Nr. 01/10354

Titel der Originalausgabe
WALKING AFTER MIDNIGHT

Umwelthinweis:
Dieses Buch wurde auf
chlor- und säurefreiem Papier gedruckt.

Redaktion: Werner Bauer

Published by arrangement with Delacorte Press,
an imprint of Dell Published, a division of Bantam Doubleday
Dell Publishing Group Inc., New York

Printed in Danmark 1997
Umschlagillustration: Donald Case/Agentur Schlück
Umschlaggestaltung: Atelier Ingrid Schütz, München
Satz: Buch-Werkstatt GmbH, Bad Aibling
Druck und Bindung: Nørhaven, Viborg

ISBN 3-453-12525-8

Wie üblich ist auch dieses Buch in Liebe den Männern in meinem Leben gewidmet: Doug, Peter und Christopher.

Außerdem soll es an zwei Hochzeiten in unserer Familie erinnern: die meiner Schwester Lee Ann Johnson mit Sammy Spicer am 8. Februar 1993, und die meines Bruders Bruce Hodges Johnson mit Susan Wearren am 12. Juni 1993.

1

»Warum können die Toten nicht sterben!«
– Eugene O'Neill

Sie erhängte sich an einem Blumenhaken.

An einem von diesen weißen pseudo-schmiedeeisernen Dingern, die man in die Decke schraubt. Laut Garantie trug der Haken bis zu fünfundvierzig Kilogramm. Hätte sie mehr gewogen als ihre vierundvierzig Kilo, das verflixte Ding hätte nicht gehalten, und sie wäre heute noch am Leben.

Das war fast komisch, wenn man bedachte, daß sie sich immer vor dem Dickwerden gefürchtet – sie war nur einen Meter fünfzig groß gewesen – und ihr Leben lang strikt Diät gehalten hatte, damit ihr Gewicht unter fünfundvierzig Kilo blieb.

Aber so ist das Leben nun einmal.

Das Leben. Der Geist – denn sie war ein Geist – dachte verträumt darüber nach. Dabei spürte sie ein inneres Kribbeln, wie wenn ein schlecht durchbluteter Körperteil langsam aus der Betäubung erwacht.

Wäre sie gern wieder lebendig? Der Geist war unschlüssig.

Es fiel ihr schwer, sich daran zu erinnern, wie sie sich als Lebende gefühlt hatte. Sie blickte auf das Leben, wie ein Taucher auf den hellen Tag dort draußen blickt: durch einen Schleier von Wasser hindurch, der alles verzerrt.

Die Unterwasserwelt erschien ihr viel realer, denn sie gehörte jetzt dazu. Sie fühlte sich wohl in diesem schwebenden, träumerischen, verzerrenden Nirgendwo, in dem sie sich nun schon – wie lange eigentlich? – aufhielt.

Sie wußte es nicht. Zeit spielte für sie keine Rolle mehr. Sie war ganz einfach hier, seit sie gestorben war.

Seit der Nacht, in der sie in Strümpfen auf einem Schreibtisch aus kühlem Metall gestanden hatte, eine Schlinge aus Nylonschnur um den Hals. Seit der Nacht, in der sie gewürgt und um sich getreten und um Luft, Luft, Luft gerungen hatte …

Zugleich mit der Erinnerung fluteten die Gefühle von damals in sie hinein, brachen sich mit blendender Klarheit Bahn: Entsetzen, Unglauben, Verzweiflung.

Der Schleier aus Wasser teilte sich, und für kurze Zeit befand sie sich in dem Zimmer, in dem sie gestorben war. Sie schwebte dicht unter der Decke, nicht weit von jenem Blumenhaken, der ihr zum Verhängnis geworden war. Trotz seiner grausigen Vorgeschichte hatte sich niemand die Mühe gemacht, ihn abzuschrauben. Da krümmte er sich unter dem schmuddeligen Putz wie ein mahnender Finger, von allen vergessen.

Warum war sie hier? Was zog so stark an ihr, daß es sie aus der Ewigkeit zurückholte, wo sie eben noch träge umhergeschwommen war?

Ein Gesicht leuchtete in ihrem Bewußtsein auf, das Gesicht eines gutaussehenden blonden Mannes. Ihm folgte ein zweiter, ein dunklerer Typ mit rauher Haut.

Mit den Gesichtern kam ein Name. Der Name, den sie zu Lebzeiten getragen hatte: Deedee.

Deedee. Sie war tot gewesen, aber nun war sie wieder da. Nicht als Lebende, aber als ein Wesen mit Bewußtsein.

Zu einem bestimmten Zweck. Das war eins der Dinge, die sie gelernt hatte: Alles diente einem Zweck.

Noch war ihr der Zweck allerdings nicht klar. Deedee ließ sich quer durch die Zimmerdecke in die endlose Nacht hinaustreiben. Sie würde warten.

2

Toiletten waren wirklich das letzte. Besonders Herrentoiletten. Männer. Diese widerlichen Geschöpfe – trafen sie denn nie, worauf sie zielten?

Angeekelt rümpfte Summer McAfee die Nase, bearbeitete die Kacheln kräftig mit der Bürste und bemühte sich, nicht zu genau darüber nachzudenken, was sie da auf Händen und Knien vom Fußboden abwischte. Je schneller sie fertig wurde, desto eher konnte sie von hier verschwinden.

»I can't get nooo SATISFACTION ...« Mit leiser, kehliger Stimme trällerte Summer den dreißig Jahre alten Superhit der Rolling Stones vor sich hin. Sicher, sie sang ein bißchen schräg. Na und? Es war niemand in Hörweite. Und da sie bei diesem Job keinen Walkman benutzen konnte, blieb ihr gar nichts anderes übrig, als sich durch die eigene nicht sehr klangvolle Stimme abzulenken. Nicht daß es funktioniert hätte. Trotz der geistigen Gegenwart des sagenhaften Mick war sie so nervös wie ein Pferd, das man in einem Stall voll Fliegen angebunden hat.

»I can't get nooo ...«

Wieder knarrte es anhaltend, irgendwo dort draußen hinter der geschlossenen Toilettentür. Fast hätte Summer sich am Rest der Liedzeile verschluckt. Wohl zum zehnten Mal innerhalb der letzten Viertelstunde warf sie einen Blick über die Schulter. Nicht daß ihr das etwas genützt hätte. In dem kleinen Raum roch es derart stark nach Lysol, daß Summer kaum atmen konnte, geschweige denn sehen, so sehr tränten ihr die Augen. Vielleicht hatte sie mit dem Lysol doch etwas übertrieben, aber die Herrentoilette war so verdammt dreckig gewesen.

Immerhin konnte Summer erkennen, daß die Toilettentür nach wie vor fest geschlossen war. Was die Dinge jenseits der Tür betraf – darüber würde sie ganz einfach nicht nachdenken. Was immer da knarrte, es war bestimmt harmlos. Dieses Gebäude war mehr als hundert Jahre alt; natürlich knarrte es da manchmal. Die Firma Harmon Brothers – ein Bestattungsunternehmen, das eine Kette von Leichenhallen betrieb – war der wichtigste Kunde von Summers aufstrebendem Gebäudereinigungs-Service. Summer dachte nicht daran, sich diesen Auftrag zu verscherzen, nur weil ihre dummen Nerven verrückt spielten. Ihre nutzlose Samstagabend-Putzkolonne hatte sie zum zweitenmal in diesem Monat sitzen lassen (sie hätte sie beim erstenmal feuern sollen!). In der kurzen Zeit hatte Summer niemanden sonst auftreiben können, der für sie die Flaggschiff-Leichenhalle von Harmon Brothers geputzt hätte. Die letzte Rettung war sie selbst, an ihr blieb der Schwarze Peter hängen. Es war nicht das erste Mal, daß sie einen Putzauftrag ganz allein erledigte. Auch wenn sie stets frech das Gegenteil behauptet hatte, bei der Gründung von Daisy Fresh war sie die einzige Angestellte der Firma gewesen: Vorstandsvorsitzende, Geschäftsführerin, Chefin der Marketing-Abteilung und Raumpflegerin in einem.

Daß sie heute nacht in einer Leichenhalle putzte, hätte ihr nichts ausmachen dürfen, nicht wenn sie wirklich die kühle Geschäftsfrau war, als die sie sich gerne sah. Aber es machte ihr etwas aus. Es war zwei Uhr morgens, sie war übermüdet, und ihre Fantasie arbeitete inzwischen auf Hochtouren.

Nebenan lagen Tote. Jedenfalls in einigen Räumen. Drei Leichen warteten – hübsch aufgebahrt – in ihren Särgen auf die morgige Beerdigung. Und im Einbalsamierungsraum lag unter einem Leichentuch eine vierte.

Vermutlich steigerte sie sich da in etwas hinein, aber irgendwie gefiel es ihr nicht, mitten in der Nacht in einem dunklen, verlassenen Gebäude mit einem Haufen Leichen allein zu sein.

Der Trick war, nicht daran zu denken. Summer unterdrückte ein Frösteln und zwang ihren abtrünnigen Verstand, sich wieder auf die Arbeit zu konzentrieren. An der Stelle zwischen Toilettenbecken und Wand sah es immer am schlimmsten aus.

»*... good reaction. / And I've tried / and I've tried / and I've tried / and I've ...*«

Knarr. Knarr.

Fast hätte Summer mit dem letzten *tried* auch ihre Zunge verschluckt. Was *waren* das nur für Geräusche? Wieder schaute sie unruhig zur Tür, obwohl sie genau wußte, daß sie sich lächerlich benahm. Also schön, es war finsterste – nein, kein guter Ausdruck – es war mitten in der Nacht, sie befand sich in einem restaurierten Herrenhaus aus dem neunzehnten Jahrhundert mit eingebauter Leichenhalle, umgeben von einem zweihundertfünfzig Hektar großen Friedhof, allein mit vier Toten, und deshalb sah sie nun Gespenster. Solange sie sich dieser Tatsache bewußt war – und sich klarmachte, wie absurd sie sich verhielt –, war alles in Ordnung. Die Leichen konnten ihr nichts anhaben, und sonst war niemand in der Nähe.

»Ich bin das einzige lebende Wesen weit und breit«, sagte Summer laut; dann verzog sie das Gesicht, denn die Erkenntnis tröstete sie nicht besonders. Im Augenblick wäre ihr ein zweiter lebender, atmender Mensch hochwillkommen gewesen.

Als sie endlich mit der dritten und letzten Kabine fertig war, ließ sie sich auf die Fersen sinken, seufzte erleichtert auf und warf die Putzbürste in den Plastikeimer. In der tiefen Stille klang das Klappern unnatürlich laut.

Summer zuckte zusammen, aber natürlich war niemand in der Nähe, den der Lärm gestört hätte. Als das Geräusch verhallt war, herrschte erneut Ruhe.

Vermutlich machte gerade die Ruhe sie so nervös. Summer fühlte sich, als würden tausend unsichtbare Ohren sie belauschen und tausend unsichtbare Augen alles beobachten, was sie tat.

»I can't get nooo …« Diesmal war es kaum mehr als ein Flüstern, ein Versuch, tapfer zu scheinen, den sie schnell wieder aufgab. Das unbehagliche Gefühl ließ sich nicht abschütteln. Summer versuchte es nicht noch einmal mit den Stones. Respektlose Musik in einer Leichenhalle – das weckte womöglich die Geister der Toten …

Lächerlich! Sie war eine erwachsene Frau von sechsunddreißig und hatte mehr als einmal bewiesen, daß sie mit allem fertig wurde, was das Leben für sie bereit hielt. Wer den Tod eines Elternteils überwunden hatte, das Scheitern im ersten Beruf, fünf Jahre einer gräßlichen Ehe, den konnte nur noch wenig schrecken. Eins stand auf jeden Fall fest: Sie fürchtete sich *nicht* vor Gespenstern.

Oder etwa doch?

»If there's something strange / in your neighborhood …«

Summer mußte lächeln, als ihr der Titelsong aus *Ghostbusters* in den Sinn kam. *Wenn in deiner Gegend / Seltsames geschieht …* Vielleicht sollte sie das singen, um sich Mut zu machen. Aber vermutlich würde es auch nicht helfen – und außerdem hieß es im Vertrag mit Harmon Brothers ausdrücklich, daß sich die Angestellten von Daisy Fresh innerhalb der Räumlichkeiten des Unternehmens jederzeit würdevoll aufzuführen hatten. Summers Putzkolonne durfte nicht einmal ein Radio mitbringen, und auch sie selbst hätte niemals bei den Stones Zuflucht gesucht, wenn die Geräusche sie nicht so verunsichert hätten – zufällige Geräusche, die sie am hellen Tag überhaupt nicht beachtet hätte.

Summers Lächeln verwandelte sich in ein spöttisches Grinsen, denn plötzlich hatte sie ein verlockendes Bild vor Augen: Sie sah sich selbst, eine ein Meter siebzig große, gutgepolsterte, nicht mehr ganz taufrische Frau, unscheinbar wie sonstwas in der kurzen schwarzen Polyesterhose und der weißen Nylonbluse, die die Uniform von Daisy Fresh ausmachten; sah sich quer durch die Leichenhalle zum Ausgang hüpfen, mit blitzenden haselnußbraunen Augen, auf dem Kopf einen schief und ungeschickt hochgesteckten Haarknoten, aus dem sich mehrere schweißnasse dunkelbraune Haarsträhnen gelöst hatten, in der Hand einen gelben Putzeimer; sah sich mit der Faust in der Luft herumfuchteln und aus vollem Halse singen: »*Who ya gonna call ...?*«

Wen rufst du dann?

Kein sehr würdevoller Abgang, nicht einmal in der Fantasie. Aber tröstlich. Sehr tröstlich.

Mit einer Grimasse stand Summer auf – auf allen vieren Kachelfußböden zu schrubben, war schlecht für die Knie –, legte sich eine Hand aufs Kreuz und streckte sich. Dann streifte sie die Gummihandschuhe ab, warf sie in den Eimer und betrachtete unzufrieden ihre kurzen Fingernägel. Früher einmal hatte sie wunderschöne Hände ... Aber das war lange her, und ihr heutiges Leben gefiel ihr viel besser, auch wenn sie das von ihren Händen nicht sagen konnte. Überhaupt, welche Rolle spielten schon gepflegte Fingernägel im Leben?

Summer ließ den Gedanken fallen und griff nach ihren Utensilien. Jetzt mußte sie nur noch die Daisy-Fresh-Papierstreifen über die Toilettendeckel spannen und ihre Habseligkeiten einsammeln, dann konnte sie gehen.

Sie hatte ihre Pflicht gegenüber Harmon Brothers erfüllt.

Die Tatsache stimmte sie zufrieden. Etwas anderes wäre allerdings auch nicht in Frage gekommen. Daisy Fresh stand für Zuverlässigkeit. Die Firma putzte immer, und sie putzte gut, genau an dem Ort, zu der Zeit und auf die Art, wie es der Vertrag verlangte. Nur deshalb war Summer nach sechs Jahren immer noch im Geschäft, während die meisten kleinen Reinigungsfirmen kaum sechs Monate durchhielten.

Nachdem Summer den letzten Papierstreifen befestigt hatte, nahm sie den Eimer und ging zur Tür. Dort hielt sie noch einmal inne, die Hand auf dem Türknauf, und schaute sich zufrieden in der Herrentoilette um. Die in zwei verschiedenen Grautönen gemusterten Kacheln blitzten. Die silbernen Armaturen glänzten. Der Spiegel war fleckenlos. Auf dem Bord über dem Waschbecken stand in einer kleinen Glasvase ein einzelnes frischgepflücktes Gänseblümchen, das Markenzeichen von Daisy Fresh. Bis zum Morgen würde sich der Lysolgeruch in einen angenehm frischen Duft verwandelt haben, und der Toilettenraum würde genau wie alle anderen Räume im Haus makellos sauber wirken.

Und Daisy Fresh würde einen weiteren Kunden zufriedengestellt haben.

Als Summer die Tür öffnete, lag ein echtes Lächeln um ihre Lippen. Sie betätigte den Lichtschalter draußen an der Wand, schaltete die Lampen im Toilettenraum aus und trat hinaus in die ernste Stille des Korridors.

Ein dicker grauer Teppich dämpfte ihre Schritte, als sie den engen Korridor entlangging. Er verlief auf der Rückseite des Gebäudes, im rechten Winkel zu der breiten Haupthalle, von der die Aufbahrungsräume abgingen. Die Toiletten lagen am linken Ende des Korridors, der Einbalsamierungsraum am rechten. Eine Hintertür, durch die man den zusätzlichen Parkplatz erreichte, teilte die lange Rückwand in zwei Hälften. Mit einem raschen Blick vergewisserte Summer sich, daß die Tür nach wie vor fest verschlossen war. Natürlich.

Es gehörte zu ihren Grundsätzen – ihren *Geschäfts*grundsätzen –, daß jede Angestellte nach getaner Arbeit einen letzten Rundgang durch alle Räume machte, um Schönheitsfehler wie vergessene Staubtücher oder brennende Lampen zu vermeiden. Besonders mit dem Licht nahm Harmon Brothers es sehr genau. Wenn der Daisy-Fresh-Trupp ankam, lag das Gebäude stets im Dunkeln, und der Manager Mike Chaney hatte ausdrücklich darauf bestanden, daß aus Kostengründen nur dort Licht angeschaltet wurde, wo es wirklich notwendig war.

Auch heute nacht war Summer nicht vom üblichen Verfahren abgewichen, obwohl die Versuchung groß gewesen war. Abgesehen von dem Korridor, in dem sie stand, war es im ganzen Gebäude dunkel und ruhig wie in einer riesigen, hallenden Höhle. Nur das leise Summen der Klimaanlage störte die Stille. Da Summer wußte, wieviel Harmon Brothers vom Sparen hielt, überraschte es sie ein wenig, daß die Anlage nachts in Betrieb war. Hier in Murfreesboro, Tennessee, am Fuße der Smoky Mountains, sank die Temperatur auch in Julinächten auf durchschnittlich 22 Grad – kein Klima, in dem man unbedingt eine Klimaanlage brauchte. Andererseits, wenn man bedachte, womit Harmon Brothers sich befaßte …

Summer fiel ein, wie Wärme sich auf tote Körper auswirkte. Sie schauderte und konzentrierte sich rasch wieder auf die wenigen Dinge, die sie vor dem Aufbruch noch erledigen mußte. Wenn Harmon Brothers die Klimaanlage rund um die Uhr laufen lassen wollten – Summer hatte wahrhaftig nichts dagegen.

Die Lampen im hinteren Korridor waren die einzigen im ganzen Gebäude, die brannten. Summer wollte zuerst den riesigen Kronleuchter in der Haupthalle einschalten (der Schalter befand sich zum Glück gleich neben dem Vordereingang), umkehren und das Licht im hinteren Gang löschen. Der Umweg würde sie etwas mehr Zeit kosten, doch die zweite Möglichkeit – erst das Licht löschen und dann rasch zum vorderen Schalter laufen – war ganz einfach undurchführbar.

Vielleicht war sie ein Feigling, aber nichts auf der Welt würde sie dazu bewegen, mitten in einer Leichenhalle sämtliche Lichter auszuschalten.

Who ya gonna call …? Energisch verscheuchte sie den lächerlichen *Ghostbusters*-Song aus ihren Gedanken und ging zur Vordertür.

Nachdem sie den Schalter für den Kronleuchter betätigt

hatte, stellte sie den Eimer neben die Tür, wo schon Handtasche und Staubsauger lagen. Dabei fiel ihr auf, daß das Knarren, das seit der Ankunft immer wieder an ihren Nerven gezerrt hatte, offenbar aufgehört hatte. Vielleicht kam ihr die Klimaanlage deshalb so laut vor. Vorhin hatte der Motor nur leise gesummt, jetzt klang es eher wie drohendes Grollen. Vor Summers innerem Auge verwandelte sich das Metallgehäuse des Apparats in eine graue Bestie mit Vampirzähnen, und das unheimliche Dröhnen steigerte sich zu lautem Brüllen, weil die Bestie wuchs und wuchs …

Du siehst zu viele Stephen-King-Filme, dachte Summer und verzog das Gesicht. Dann eilte sie zurück, um das Licht im hinteren Gang auszuschalten. Da die Richtlinien von Daisy Fresh es verlangten, warf sie widerstrebend einen Blick durch jede offene Tür, an der sie vorbeikam. Kein Staubtuch war zu sehen, kein Fensterwischer, kein zusammengeknülltes Haushaltspapier. Nichts als tadellos saubere Aufbahrungsräume, angefüllt mit dem Duft der Blumen. Und zwischen den Blumengestecken die sterblichen Überreste der geliebten Toten, angetan mit den besten Kleidern, aufgebahrt in eleganten, mit Satin ausgeschlagenen Särgen.

Und wenn sie sich nun aus den Särgen erhoben und auf sie stürzten? Vielleicht hatten sie noch nicht sterben wollen, oder es paßte ihnen nicht, daß man sie morgen beerdigen würde, und sie versuchten sich dafür an dem einzigen Lebewesen in Reichweite auf grausige Art zu rächen? Vielleicht war sie irgendwie in eine Neufassung von Nacht der lebenden Toten *geraten und würde gleich eine Hauptrolle übernehmen?*

Ganz bestimmt zu viele Stephen-King-Filme, schimpfte Summer im stillen. Wenn sie ihre Fantasie nicht bald in den Griff bekam, würde sie noch einen wahnsinnigen Hackebeil-Mörder aus dem Nichts heraufbeschwören. Oder einen sabbernden, tollwütigen Bernhardiner oder …

Ghostbusters!

Im Laufschritt legte sie die letzten Meter bis zum Schalter zurück und löschte das Licht. Jetzt mußte sie nur noch die Vordertür aufschließen, den Kronleuchter ausschalten, rasch nach draußen schlüpfen und abschließen, dann war der Job erledigt.

Puh.

Sie hätte nie gedacht, daß sie so leicht aus der Ruhe zu bringen war, aber die Atmosphäre hier machte sie einfach fertig. Die Klimaanlage brummte lauter denn je, fast als würde sie wirklich auf irgendeine Katastrophe zusteuern. Wenn Summer genau hinhörte – nein, auch wenn sie nicht hinhörte – meinte sie ein rhythmisches *Taram, Taram* zu vernehmen ...

Du gehst nie wieder in einen Stephen-King-Film! schwor sie sich, während sie zur Haupthalle zurückkehrte. Als sie die Stelle erreichte, wo die Halle in den Korridor mündete, warf sie einen Blick nach rechts – und der Magen sackte ihr hinab zu den Sohlen der ordentlich geschnürten Leinenschuhe.

Obwohl die Metalltür zum Einbalsamierungsraum geschlossen war, erkannte Summer an dem schmalen Milchglasfenster oben in der Tür, daß sie drinnen aus Versehen das Licht angelassen hatte.

Alles in ihr schrie danach, es brennen zu lassen. Falls Mike Chaney sich beschwerte, konnte sie sich einfach für den Fehler entschuldigen und ihm versichern, daß so etwas nie wieder vorkommen würde. Die Folgen wären minimal. Wegen einer solchen Kleinigkeit würde Harmon Brothers bestimmt nicht den Vertrag lösen.

Aber Daisy Fresh war Summers Geschöpf, sie hatte die Firma mit viel Mühe auf den Ruinen ihres früheren Lebens aufgebaut. Daisy Fresh ließ nicht die ganze Nacht hindurch Lampen brennen. Nicht wenn der Kunde ausdrücklich darum gebeten hatte, es nicht zu tun. Um der Ehre von Daisy Fresh willen – ganz zu schweigen von dem beachtlichen Scheck, den Harmon Brothers jeden Monat pünktlich schickte – würde sie jetzt das verdammte Licht ausschalten.

Verflucht.

Summer biß die Zähne zusammen und ging zum Einbalsamierungsraum, wobei sie im stillen ihre unzuverlässige Putzkolonne, Stephen King und alle Lichtschalter der Welt zum Teufel wünschte.

Wenigstens war die Leiche im Einbalsamierungsraum mit einem Tuch zugedeckt. Summer würde sie nicht ansehen müssen. Mit diesem Wissen gewappnet, stieß sie die Metalltür auf und blickte sich suchend nach dem Lichtschalter um. Jeder Mensch mit einem Fünkchen Verstand hätte ihn gleich neben der Tür vermutet.

Aus den Augenwinkeln nahm sie die zugedeckte Leiche wahr. Der metallene Rolltisch, auf dem sie lag, stand dicht an der einen Wand. Hastig wandte Summer den Blick ab und richtete ihn entschlossen auf das blitzende Doppelwaschbecken aus Stahl, die fleckenlosen Arbeitsflächen, den frisch gewischten Fußboden. Wenn du im Leben auch sonst nichts erreicht hast, putzen kannst du, dachte sie mit einem Anflug von Stolz.

War das nicht eine tolle Begabung?

Der Lichtschalter saß einen Dreiviertelmeter links von der Stelle, wo er nach allen Gesetzen der Logik zu sitzen hatte. Summer trat in den Raum hinein und streckte die Hand aus, während die Tür hinter ihr zuschwang.

Jetzt, da sie den Schalter gefunden hatte, schaute sie sich noch einmal schnell im Raum um. Dabei fiel ihr Blick auf das Gegenstück zu dem ersten Metalltisch. Dieser Tisch stand dem ersten genau gegenüber, dicht an der Wand neben der Tür.

Auf dem Tisch lag ein nackter Mann, das Gesicht nach oben.

Ein *toter* nackter Mann.

Entsetzt riß Summer die Augen auf. Das Kinn fiel ihr herunter. Als sie den Raum geputzt hatte, war dieser Tote noch nicht da gewesen. Oder etwa doch? Hatte sie ihn vielleicht übersehen?

Unmöglich. Auf keinen Fall. Das war vollkommen ausgeschlossen. Die unbekleidete Leiche, ein würdeloses, fast obszönes Sinnbild des Todes, füllte ihre Augen, ihren Verstand, all ihre Sinne mit Entsetzen.

Obwohl sie fast zwei Meter von dem Toten entfernt war, konnte sie die Prellungen und schrecklichen Wunden an Gesicht und Brust erkennen. Ein Unfallopfer, das war offensichtlich. Ob man ihn hergebracht hatte, während sie saubermachte?

Das war die einzige Erklärung. Also hatte sie sich das Knarren nicht nur eingebildet. Irgend jemand – vielleicht die

Sanitäter, vielleicht die Bestatter von Harmon Brothers, wie so etwas genau ablief, wußte Summer nicht –, irgend jemand hatte die Leiche eines eben Verstorbenen hergebracht, während sie ahnungslos weitergeschrubbt hatte.

Summer zitterten die Knie, und der Magen drehte sich ihr um. Diese Begegnung mit dem Tod in seiner rohesten und häßlichsten Form raubte ihr den letzten Mut. Sie war außer sich vor Angst und konnte es nicht einmal mehr verbergen.

Aber sie konnte jetzt nach Hause fahren. Und ihren nutzlosen Samstagabend-Trupp feuern. Und dafür sorgen, daß in Zukunft immer ein Aushilfsteam bereitstand, damit so etwas wie heute nicht noch einmal vorkam.

Nie wieder wollte sie mitten in der Nacht ganz allein in einer Leichenhalle saubermachen müssen.

Wenn man es vernünftig betrachtete, hatte sie natürlich keinerlei Grund, sich zu fürchten. Man konnte es drehen und wenden, wie man wollte, der geschundene Männerkörper war *tot*. Er konnte ihr nichts anhaben – höchstens in ihrer überhitzten Fantasie.

Summer bemühte sich, ihre angespannten Nerven zu beruhigen, und schaltete das Licht aus. Wie sie erwartet hatte, drang weiterhin Licht aus dem Korridor herein, auch wenn die Milchglasscheibe es abschwächte. Summer stand schon an der Tür, die Klinke in der Hand, da hörte sie es: ein leises Rutschen, als hätte sich hinter ihr im Raum etwas bewegt.

Zwei Herzschläge lang war Summer buchstäblich starr vor Angst. Bilder von Untoten wirbelten vor ihrem inneren Auge umher, bis ihr Verstand sie streng verscheuchte. Natürlich hatte sie sich das Geräusch nur eingebildet. Jetzt, da sie genau hinhörte, drang nichts als Stille an ihr Ohr, tiefe und anhaltende Stille.

Na, jedenfalls konnte sie endlich nach Hause fahren. Gott sei Dank.

Während sie die Tür aufzog, warf sie unwillkürlich einen letzten ängstlichen Blick auf die geschundene Leiche. Obwohl aus dem Gang nur wenig Licht ins Zimmer fiel, meinte sie etwas zu erkennen: das rechte Bein des Toten bewegte sich.

Summer hatte den Blick schon abgewandt, bevor sie begriff, was sie gesehen hatte. In einer klassischen Bewegung fuhr sie herum und schaute zum zweitenmal hin. Gebannt beobachtete sie, wie das Knie des Toten sich fast zehn Zentimeter vom Einbalsamierungstisch hob und dann mit dumpfem Schlag zurückfiel.

Summer sträubten sich die Nackenhaare.

3

Who ya gonna call? Unablässig dröhnte der Refrain durch Summers Kopf, eine einzige endlose Pointe. Summer lief und lief. Erst als sie die rettende Vordertür fast erreicht hatte, fiel ihr ein, daß sie eine nur halb tote Leiche nicht einfach vergessen durfte. Wenn man die Geschichten von Untoten einmal beiseite ließ (und der Teil von ihr, der noch klar denken konnte, bezeichnete diese Geschichten energisch als baren Unsinn), so gab es für ihre Beobachtung nur zwei Erklärungen: Entweder handelte es sich um eine bizarre Nachwirkung des Todes, vielleicht einen Muskelkrampf, oder der Mann war gar nicht tot. Irgend jemand – ein Sanitäter? ein Notarzt? – hatte ihn etwas zu früh abgeschrieben.

Ihr erster Gedanke war: Sein Pech, auf Wiedersehen.

Der zweite: Alarmier den Rettungsdienst.

Der dritte und vernünftigste lief darauf hinaus, Mike Chaney zu Hause anzurufen und ihn zu bitten, sich seine neueste Leiche mit eigenen Augen anzuschauen.

Während sie auf Chaneys Privatbüro zuging, um von dort aus zu telefonieren – es war die Tür gleich rechts neben dem Vordereingang – kamen ihr jedoch Zweifel. Mike Chaney war der wichtigste Kunde ihrer Firma; so jemand rief man nicht einfach um zwei Uhr früh am Sonntag morgen an. Und bevor sie Polizei und Rettungsdienst in die elegante Leichenhalle dieses Kunden bestellte, sollte sie ebenfalls noch einmal gründlich nachdenken. Letzteres würde fast mit Sicherheit Aufsehen erregen, eine Art von Publicity, über die Harmon Brothers sicher nicht begeistert wäre. Ersteres würde vermutlich bewirken, daß Mike Chaney sie für verrückt erklärte.

Wieder standen die Ehre und der gute Ruf von Daisy Fresh auf dem Spiel, ganz zu schweigen von dem allmonatlichen Scheck.

Summer *brauchte* das Geld.

Sicher, falls der Mann tatsächlich nicht tot war, so hatte sie vor allen Dingen dafür zu sorgen, daß sein letztes Restchen Leben gerettet wurde. Harmon Brothers würde es bestimmt zu schätzen wissen, wenn sie auf eine solche Panne hinwies.

Aber war es wirklich wahrscheinlich, daß jemand einen derartigen Fehler begangen hatte?

Eigentlich nicht, gestand Summer sich bedrückt ein und ließ die Hand, mit der sie eben nach der Klinke von Mike Chaneys Bürotür greifen wollte, wieder sinken. Einen Moment lang schaute sie verlangend zu der zweiflügligen Vordertür hinüber. Ihr Staubsauger stand gleich daneben, ebenso der Eimer mit den Putzutensilien und die Handtasche. Wenn sie sich jetzt sagte, daß sie sich die Bewegung nur eingebildet hatte, oder daß es sich dabei um eine ganz normale Nachwirkung des Todes handelte – wie einfach dann alles wäre! Sie könnte hinausgehen, nach Hause fahren und diese Nacht vergessen. Es wäre so einfach, und Summer sehnte sich mit jeder Faser ihres Wesens danach, es sich einfach zu machen.

Aber wenn der Mann wirklich noch lebte? Sie hatte von Fällen gelesen, in denen Verletzte für tot erklärt worden waren und man sie fast beerdigt hätte, bevor jemand den Irrtum bemerkte. Angenommen, der Mann starb heute nacht, ganz allein auf diesem Tisch, oder (eine furchtbare Vorstellung) er kam durchs Einbalsamieren um, nur weil sie zu feige gewesen war, ihrer Beobachtung nachzugehen?

So oder so, wenn sie nicht eingriff, war sein Schicksal praktisch besiegelt. Falls er jetzt noch keine Leiche war, morgen um diese Zeit würde er eine sein.

Es sei denn, sie unternahm etwas. Sie hatte jetzt alle Möglichkeiten verworfen – alle bis auf eine. Schaudernd wurde Summer bewußt, was sie zu tun hatte.

Bevor sie irgendeine Entscheidung traf, mußte sie diese dreifach verfluchte Leiche selbst untersuchen.

Scheiße.

Lieber – hundertmal lieber – hätte sie eine Bruce-Lee-Retrospektive besucht. Und sie wußte, wovon sie redete: Das letzte Wochenende hatte sie genau auf diese Art verbracht. Der Mann, mit dem sie öfter ausging, liebte Karatefilme, und da er wußte, daß sie ein Kinofan war, hatte er sie in ein Filmkunst-Studio in Nashville eingeladen, wo einen Tag und eine Nacht lang Bruce Lee in all seinen Rollen zu sehen gewesen war. Nachdem Summer sich acht Stunden lang angehört hatte, wie Lee alle fünf Sekunden »Aiiee-yaw« schrie, hatte sie die Kopfschmerzen ihres Lebens bekommen – und zu ahnen begonnen, daß ihre Romanze mit dem wohlhabenden Zahnarzt nicht mehr lange dauern würde. *Er* hatte die Vorstellung Minute für schreckliche Minute genossen, hatte die Fäuste geballt und »Ja!« gerufen, wann immer Bruce Lee dem dummen Schurken wieder einmal einen Tritt versetzt hatte. Für dieses Wochenende hatte ihr Freund ein Chuck-Norris-Festival vorgeschlagen. Summer hatte Arbeit vorgeschützt.

Diese Sünde rächte sich nun, wie üblich. Nachdem sie lügenhaft behauptet hatte, sie müsse am Samstag arbeiten, war ihr genau das passiert.

Wer immer im Himmel für diese Angelegenheiten zuständig war, lachte vermutlich gerade auf ihre Kosten. Während Summer vor der Tür zum Einbalsamierungsraum stand und ihr klopfendes Herz zu beruhigen versuchte, meinte sie ein fast überirdisches Gekicher zu hören, und eine himmlische Stimme, die verkündete, sie habe diese Strafe durchaus verdient.

Wenn man vom gedämpften Grollen der Klimaanlage absah, war es in der Leichenhalle toten … – nein, das war kein guter Ausdruck – vollkommen still.

Lieber hätte Summer zehn Bruce-Lee-Festivals ertragen, als noch einmal diesen Raum zu betreten.

Vor ihrem inneren Auge erschien das Gesicht von Stephen King; er grinste wie ein Wahnsinniger. Ich hoffe, du mußt die Ewigkeit mit deinen Schreckgespenstern zubringen! fluchte sie im stillen und stieß die Tür auf. Dabei blieb sie wie festgenagelt im Korridor stehen. Aus dem hellerleuchteten Gang – denn natürlich hatte sie die Lampen im hinteren Gang wieder angeschaltet, zum Teufel mit Harmon Brothers' Sparmaßnahmen – fiel ein schmaler Streifen Licht in den dunklen Raum.

Taram, Taram …

Hör auf! befahl Summer sich. Obwohl ihr Herz raste, hielt sie mit einer Hand die Tür auf, machte zwei Schritte vorwärts und zwang sich, den jetzt reglosen Körper zu betrachten. Der Tisch, auf dem er lag, stand dicht an der Wand, so daß ihn das Licht nicht ganz erreichte. Ein Leichentuch – schon wieder so ein Wort – ein *Mantel* aus Dunkelheit umhüllte den Toten. Trotzdem konnte Summer die wichtigsten Einzelheiten erkennen: das Haar war kurz und schwarz; die Augenlider geschlossen; das Gesicht mißhandelt und verschwollen und mit etwas beschmiert, das vermutlich Blut war; eine Verletzung an der linken Schulter, und vielleicht weitere Verletzungen auf der Brust, dort, wo das dichte schwarze Haar sie verbarg; wie dem auch sei, die Brust hob und senkte sich nicht, wie sie es bei einem Lebenden getan hätte; der Körper insgesamt kräftig und muskulös; die Geschlechtsorgane bleich und schlaff in einem Nest von schwarzem Haar; Arme und Beine unbewegt – *unbewegt.* Selbstverständlich war der Mann tot. Selbstverständlich.

Und ganz bestimmt war er kein Untoter. Er würde sich nicht vom Tisch erheben, sie aus seelenlosen Augen anstarren und die Arme ausstrecken, um sie zu packen …

Ghostbusters!

Falls sich das Ganze als eine dieser Versteckte-Kamera-Geschichten entpuppte – Summer wäre sehr, sehr erleichtert. Sie würde sogar selbst über den Scherz lachen. Haha.

Bitte, lieber Gott. Bitte, bitte.

Doch kein zweiter Allen Funt ließ sich blicken, und Summer konnte auch keine Kamera hinter einer Zimmerpalme entdecken. Hier gab es überhaupt keine Zimmerpalmen. Hier gab es nur sie und – den Toten.

Summer erschauerte.

Um sich endgültig davon zu überzeugen, daß der Mann

tot war, mußte sie weiter ins Zimmer hineingehen und ihn berühren. Summer kannte sich gut genug, um das einzusehen, so verhaßt ihr der Gedanke auch war.

Alles zu Tode zu reiten – nein, schon wieder falsch ausgedrückt – in allem übertrieben gründlich zu sein, war einer ihrer größten Fehler.

Falls das hier ein Alptraum war, würde sie jetzt gern daraus erwachen. Falls ihr jemand einen Streich spielte, wurde es Zeit für die Pointe.

Falls ihr Leben aber wirklich so aussah, mußte sie Gott leider in aller Form mitteilen, daß sie von seinen himmlischen Späßen genug hatte.

Sechsunddreißig Jahre hätten wohl jedem gereicht.

Die Leiche hatte sich noch immer nicht bewegt. Abgesehen vom Brummen der Klimaanlage herrschte unendliche Stille. Summer meinte fast zu hören, wie der Staubsauger neben dem Vordereingang nach ihr rief.

If there's something strange …

Sie biß die Zähne aufeinander, nahm den kaum noch vorhandenen Mut zusammen und zügelte streng die überschäumende Fantasie. Hier würde kein Slimer aus den Rohrleitungen hervorschießen, kein Cujo den Korridor entlanggestürmt kommen. Sie mußte nur diesem Kerl den Puls fühlen, sonst nichts. In spätestens drei Minuten würde sie zur Vordertür hinaus sein.

Summer schlüpfte aus dem linken Sportschuh und klemmte ihn mit der gummibesohlten Spitze unter die Tür. Sie mußte zum Lichtschalter hinübergehen, und falls dabei die Tür zufiel, würde sie praktisch im Dunkeln stehen – nur zwei Sekunden lang, aber länger würde sie auch nicht brauchen, um sich in Wackelpeter zu verwandeln. Die Angestellten von Harmon Brothers würden am Morgen nichts weiter vorfinden als einen zitternden Klumpen Menschenfleisch in einer Pfütze auf dem Fußboden. *Was kann nur in der Nacht passiert sein, in der man Summer McAfee ins Irrenhaus gesperrt hat?* – diese Frage würde ganz Murfreesboro einen Sommer lang heiß diskutieren.

Nachdem Summer die Tür festgeklemmt hatte, wandte sie sich ab, schaltete die Beleuchtung ein und atmete tief durch.

Das helle Neonlicht verscheuchte die unheimlichen Schatten. Na bitte, so schlimm war's gar nicht, oder?

O doch! beantwortete Summer ihre eigene Frage, sobald sie einen Blick auf die Leiche geworfen hatte. Aber das ließ sich nicht ändern; am besten brachte sie es schnell hinter sich. Grimmig entschlossen ging sie auf den Toten zu.

Ihr war wohler, wenn sie ihn nicht direkt anschaute.

Beim Näherkommen bemerkte sie, daß unter der Tischplatte, auf der der Mann lag, mehrere Schubladen eingebaut waren. Lange und schmale Schubladen, die man, wenn sie geschlossen waren, leicht übersehen konnte. Eine stand ein wenig offen. Drinnen lagen auf einem grünen Stofftuch blitzende Instrumente. Werkzeuge für die Einbalsamierung natürlich. Summer versuchte nicht daran zu denken, wozu sie tagtäglich benutzt wurden. Gut einen halben Meter vor ihrem Ziel blieb sie stehen.

O Gott. Es war unmöglich. Sie konnte sich einfach nicht dazu überwinden, dieses Ding zu berühren. Schon bei der Vorstellung hätte sie sich fast in die Hose gemacht.

Einmal kurz anfassen. Nur um festzustellen, ob er kalt war. Wenn er kalt war, dann war er auch tot. Oder etwa nicht? Natürlich war er dann tot.

Summer nahm allen Mut zusammen, streckte die Hand aus und legte dem Mann zaghaft einen Finger auf den Arm. Er *fühlte* sich kalt an …

Der Tote packte sie am Handgelenk, so schnell, daß Summer es nicht kommen sah. Eben hatte sie noch den Arm nach ihm ausgestreckt, und plötzlich stolperte sie vorwärts, weil eine tote kalte Hand an ihr zerrte. Die blutige und geschundene Leiche erhob sich vom Tisch und kam auf sie zu, wie eine Gestalt aus Stephen Kings schlimmsten Alpträumen. Entsetzt stöhnte Summer auf.

Dann schrie sie. Der Mann packte ihr Handgelenk noch fester, wirbelte sie herum, verdrehte ihr den Arm auf dem Rücken und schlang ihr einen kühlen behaarten Unterarm um den Hals. Er war schrecklich stark, und er fühlte sich kalt an, kalt. Ein Geruch nach Tod – verwesendes Fleisch? Formaldehyd? – hüllte sie ein.

Wieder entfuhr ihr ein Schrei. Sofort drückte ihr der Mann den Hals noch fester zu, mit einer schnellen und brutalen Bewegung, die ihr die Luft zum Atmen und Rufen nahm.

»Wenn du noch mal schreist, brech ich dir das gottverdammte Genick«, flüsterte er ihr drohend ins Ohr. Da erst begriff Summer wirklich, daß die ehemalige Leiche kein bißchen tot war. Dieser Mann war ausgesprochen lebendig, und er wollte sie umbringen.

Kein Untoter hätte sie mehr erschreckt.

Sie stand auf Zehenspitzen, so weit zurückgebeugt, daß sie sich fast das Rückgrat brach, und das einzige, was sie aufrecht hielt, war der Arm um ihren Hals. Ihr eigener Arm, den der Mann ihr auf dem Rücken verdreht hatte, schmerzte immer mehr. Ihr war schwindelig vor Atemnot. Sie hörte nichts als das Pochen ihres eigenen Herzens – es raste vor Angst – und die rauhen Atemzüge des Angreifers.

»Tun Sie mir nichts. Bitte«, stieß sie trotz zugedrückter Kehle mühsam hervor. Es klang heiser und so leise, daß Summer die Worte selbst kaum verstand. Falls der Mann sie gehört hatte, reagierte er nicht, sondern hielt sie weiter erbarmungslos fest.

»Wie viele seid ihr?« Er schlang ihr den Arm noch fester um den Hals, so daß sie fast erstickte. Unwillkürlich hob sie die freie Hand, um sich an seinem Arm festzukrallen.

»Sie erwürgen mich!« flüsterte sie atemlos und verzweifelt.

»Wenn du mich kratzt, brech ich dir die Finger.«

Sofort hielt sie die Hand still und ließ sie flach auf seinem kalten Arm liegen. Merkwürdig, er fühlte sich immer noch tot an.

Eine Woge des Entsetzens überflutete Summer. Sie hätte nicht sagen können, was sie schlimmer fand, von einem Toten angegriffen zu werden oder von einem Lebenden.

»Wie viele?« drängte er rauh und schüttelte sie ungeduldig.

»Bitte ... ich kann nicht mehr atmen.« Summer zog an seinem Arm. Zu ihrer Erleichterung lockerte er seinen Würgegriff. Zitternd atmete sie tief ein.

»Antworte.«

»Wa ... was?«

»Wie viele sind noch da draußen?«

Lieber Gott, wovon redete er? War er wahnsinnig? Unglaublich, daß so etwas *ihr* passierte!

»Ich ... ich weiß nicht, was Sie meinen. Bitte – Sie müssen einen Unfall gehabt haben oder ... oder etwas ähnliches. Sie brauchen ärztliche Hilfe ...«

»Stell dich nicht dumm. Wie viele sind noch da draußen?«

Er verstärkte den Würgegriff wieder. Summer mußte hoch auf den Zehenspitzen stehen, wie sie es seit dem Ballettunterricht in der vierten Klasse nicht mehr getan hatte, und sich mit der freien Hand an seinen Arm klammern, sonst hätte sie sich daran erhängt. Verzweiflung packte sie.

»Sechs?« riet sie.

Er lockerte den Griff. Sie durfte wieder auf den Fußballen balancieren. Offenbar gefiel ihm die Antwort.

»Wo sind sie?«

War er nun ein wahnsinniger Mörder oder einfach ein netter, ganz normaler Durchschnittsamerikaner, der aufgrund eines Unfalls – denn er mußte nach einem Unfall in die Leichenhalle gebracht worden sein – an Halluzinationen litt? Ihr blieb nur eine Millisekunde Zeit, um sich zu entscheiden, und das Ergebnis war: Es spielte keine Rolle. Was immer der Grund war, dieser Mann war äußerst gefährlich. Am besten tat sie erst einmal, was er verlangte, und rannte dann weg.

Wer immer behauptet hatte, man solle schlafende Hunde nicht wecken, er hatte gewußt, wovon er sprach. Schlafende Leichen behandelte man am besten genauso. Von nun an würde Summer das auch ganz bestimmt tun – man müßte ihr nur die Gelegenheit geben, die letzten zehn Minuten noch einmal zu leben. Warum, o warum nur war sie nicht zur Vordertür hinausspaziert, solange das noch möglich war?

»Verdammt, wo sind sie?« Er drückte fester zu.

»Da ... draußen.« Sie schrie es fast.

Der Druck ließ nach. »Wo draußen?«

»Äh – hinterm Haus.«

Einen Moment lang sagte er nichts, als müßte er über ihre Worte nachdenken. Summer leckte sich die Lippen und atmete tief und bebend ein. Ihre Antworten hatten ihn besänftigt, zumindest vorerst. Jetzt kam es darauf an, nicht die Nerven zu verlieren.

Der scharfe Geruch, der von ihm ausging, füllte ihr Nase und Mund und bei jedem Atemzug die Lungen. Plötzlich erkannte Summer, was sie roch: Kerosin.

»Wenn du weiterleben willst, dann sagst du mir jetzt, daß du einen andern Weg nach draußen weißt.«

Das klang so drohend, daß sich ihr Magen krampfhaft zusammenzog. Der Mann verstärkte den Würgegriff, und Summer übte wieder Spitzentanz. Sie nickte schwach.

Er entspannte den Arm, bis sie wieder atmen konnte.

»Du weißt, wie ich hier rauskomme?«

»J ... ja.«

»Ohne daß sie mich sehen?«

Summer nickte.

»Miststück, wenn du mich reinlegst, bist du früher tot als ich, das schwör' ich dir.«

Ganz plötzlich ließ er ihren Arm los. Bei der kleinsten Bewegung schoß ein scharfes, schmerzhaftes Kribbeln bis hinauf in ihre Schulter. Summer zuckte zusammen und bewegte vorsichtig die Finger der rechten Hand, ohne auf das metallische Rascheln hinter ihr zu achten.

»Siehst du das?« Der Mann hielt ihr ein glänzendes silbernes Skalpell vor die Augen. Schlagartig vergaß Summer das Pochen in ihrem Arm.

Sie nickte.

Als der Mann das Skalpell auf sie zubewegte, blitzte die rasiermesserscharfe Klinge im Lampenlicht auf. Summer spürte kaltes Metall auf der verwundbaren Stelle gleich unter dem linken Ohr. Sie hielt den Atem an.

4

»Ein schneller Schnitt – hier – und in ein paar Minuten bist du tot. Hast du gehört?«

Summer traute sich nicht zu nicken – es war schrecklich,

die Klinge so nah an der Stelle zu spüren, wo ihr Puls raste – deshalb stöhnte sie nur. Offenbar faßte er das Geräusch als Zustimmung auf.

»Zwing mich nicht, es zu tun.«

Er nahm das Skalpell von ihrem Hals und hielt es ihr wieder vor die Augen.

»Haben wir uns verstanden?«

Diesmal nickte Summer. Heftig.

»Ich hoffe es. In deinem Interesse.«

Der Mann nahm den Arm von ihrem Hals. Trotzdem wagte Summer sich nicht zu bewegen, denn das Skalpell funkelte nur wenige Zentimeter vor ihrer Nase. Erschrocken starrte sie auf die tödliche Waffe wie eine Maus auf die Schlange. Reines, finsterstes Entsetzen erfüllte sie und drohte sie zu überwältigen. Doch Summer kämpfte die Furcht nieder, auch versuchte sie ihr Nervensystem zu beruhigen, das ihren Körper mit Adrenalin überflutete. Die Ereignisse hatten in ihr eine heftige Alarmreaktion ausgelöst. Im Augenblick konnte Summer jedoch weder kämpfen noch weglaufen; vielmehr spürte sie instinktiv, daß sie sich durch Gefügigkeit am besten schützte.

Als der Mann in ihren Haarknoten griff, rief sie deshalb nur überrascht: »Au!«

Er achtete nicht darauf. Mit den Fingern fuhr er grob durch den unordentlichen Knoten und löste das feine kaffeebraune Haar, ohne sich darum zu kümmern, ob er Summer dabei weh tat oder nicht. Ein halbes Dutzend Haarnadeln fiel heraus und landete mit leisem *Pling* auf dem Linoleumfußboden. Summers Haarwurzeln schrien vor Empörung, trotzdem ließ Summer den Angriff widerstandslos über sich ergehen, denn ihr Selbsterhaltungstrieb warnte sie lautstark: Zwischen dir und dem Tod liegt eine einzige falsche Bewegung.

»Wenn ein Mann mit euch etwas macht, das euch nicht paßt – rammt ihm ein Knie in die Eier«, hatte Summers Mutter ihren drei Töchtern immer wieder eingeschärft.

Die Eier waren da, nackt und verletzlich, und Summers Knie war auch einsatzbereit. Der Haken war nur, daß Summer in die falsche Richtung blickte, und so würde es wohl bleiben.

Was nun, Mutter? jammerte sie im stillen.

»Zeig mir jetzt den Weg nach draußen«, knurrte er böse. Noch nie hatte Summer sich so sehr gefürchtet. Das lächelnde Gesicht ihrer Mutter löste sich augenblicklich in Nichts auf. In der einen Hand hielt der Mann noch immer das Skalpell, die andere hatte er in ihrem Haar vergraben. Selbst wenn sie sich gewehrt und dabei tollkühn riskiert hätte, daß er ihr die Kehle durchschnitt – sie hätte sich nicht befreien können. Er hatte sich ihr Haar so fest um die Hand gewickelt, daß es schmerzte.

Hätte sie nur auf ihre Mutter gehört und sich für den Sommer eine praktische Kurzhaarfrisur zugelegt. Dann könnte er sie jetzt nicht so wirkungsvoll festhalten. Der Gedanke erbitterte sie. Aber nein, sie hatte sich nicht von ihrem schulterlangen Haar trennen wollen, es war das einzige, worauf sie noch stolz war. Das hatte sie nun von ihrer Eitelkeit.

»Beweg dich«, befahl der Mann. Summer schluckte und bewegte sich.

Da sich die eingebildeten »Anderen«, wer immer sie waren, angeblich hinter dem Haus aufhielten, führte Summer ihn zur Vordertür. Sie verließ den Einbalsamierungsraum und ging den hinteren Korridor entlang, den Mann stets dicht auf den Fersen. Wo die Haupthalle einmündete, brachte er sie zum Stehen und zerrte sie an den Haaren eng an sich heran. Es geschah so unerwartet, daß Summer sich auf die Zunge biß. Obwohl ihr Herz wie wild pochte und ihr vor Schmerz die Augen tränten, ließ sie sich fügsam festhalten. Die Tatsache, daß der Mann nackt war, schüchterte sie fast noch mehr ein als das Skalpell. Wenn er sie wie jetzt an sich drückte, bekam sie eine Gänsehaut. Zwar sah sie kaum etwas von ihm außer manchmal die breiten, von Prellungen entstellten Schultern und die blutverschmierten, kräftigen nackten Arme, doch sie konnte ihn spüren, überall. Er war nicht sehr viel größer als sie – vielleicht knapp einen Meter achtzig groß – aber Himmel, war er breit gebaut. Und stark.

Der Mann stand angespannt da, als würde er prüfend die Luft einsaugen, fast wie ein Hund.

Was war er nur für ein Geschöpf? Wirklich ein Mensch? Summer huschten Bilder von Vampiren und Werwölfen und Zombies durch den Kopf, schnell wie der Blitz. Sei nicht albern! ermahnte sie sich wütend. Natürlich war er ein Mensch. Ein Mann, weiter nichts. Ein grausamer und gewalttätiger Mann, der gedroht hatte, ihr mit seinem Skalpell die Kehle durchzuschneiden. Das war die schreckliche Wahrheit. Summers Mund fühlte sich plötzlich wie ausgedörrt an. So etwas war immer Glückssache, aber alles in allem hätte sie wohl doch einen Vampir oder dergleichen vorgezogen.

Wieder wäre sie fast in Panik verfallen. Summer kniff die Augen zu. O Gott, sollte sie heute nacht etwa sterben? Sie war noch nicht bereit zu sterben.

»Beweg dich.«

Summer öffnete die Augen und gehorchte. Mit jedem Schritt durch die vornehme Haupthalle wuchs ihre Angst. Was würde geschehen, wenn sie draußen waren? Bestimmt ließ er sie nicht einfach gehen; es wäre dumm gewesen, darauf zu hoffen.

»Bitte ...«, flüsterte sie, als sie die Vordertür erreichten. Der Mann befand sich dicht hinter ihr, seine rauhen Atemzüge strichen an ihrer Wange vorbei und ließen die wenigen Haarsträhnen zittern, die seiner Hand entglitten waren. Sein Atem roch schal.

Summer wagte einen schnellen Blick über die Schulter, bereute es jedoch sofort. Was da im hellen Licht des Kronleuchters hinter ihr stand, sah schrecklicher aus als alles, was Stephen King sich je ausgedacht hatte: Frankensteins Monster in Lila statt Grün. Blaue Flecken und Schwellungen hatten sein Gesicht so stark verformt, daß es kaum noch menschlich wirkte. Der Mund war doppelt so groß wie normal und nach links unten verzerrt; vom linken Mundwinkel lief ein Faden aus getrocknetem Blut abwärts. Kinn und Wangen waren ebenfalls mit schwarzem verkrustetem Blut beschmiert. Die linke Stirnseite und der Nasenrücken schimmerten dunkelrot, fast schwarz, und um das linke Auge hatte sich eine gedunsene und verfärbte Schwellung gebildet, so daß er das Auge nur einen Spalt weit öffnen konnte. Dem rechten Auge ging es nicht viel besser: Es hatte sich nicht so stark verfärbt, schien aber völlig zugeschwollen zu sein. Summer staunte, daß der Mann überhaupt noch etwas sah.

Er sah nicht nur, er funkelte sie an, und der drohende Ausdruck in seinem brauchbaren Auge erschreckte sie mehr als alles zuvor. Falls sie jemals daran gezweifelt hatte, ob er sie tatsächlich ohne zu zögern töten würde, nachdem sie diesem Blick begegnet war, zweifelte sie nicht mehr.

»Wenn du mich reinlegst ...« Er sprach die geflüsterte Drohung nicht zu Ende. Das war auch nicht notwendig. Wieder drückte er Summer das Skalpell an den Hals, stärker als vorher, und einen schrecklichen Augenblick lang fürchtete sie, er könnte auf der Stelle Schluß machen und ihr die Kehle durchschneiden.

»Ich tu's nicht. Bestimmt nicht«, erwiderte sie bebend.

Der Mann knurrte und zog das Skalpell so weit fort, daß es nicht mehr ihre Haut berührte. Statt dessen legte er Summer die breite grobe Hand mit dem Skalpell auf die rechte Schulter. Aus den Augenwinkeln sah Summer die silberne Klinge immer noch bedrohlich schimmern.

»Mach die Tür auf.« Summer gehorchte; ihr fiel keine andere Möglichkeit ein. Auf der Türschwelle blieben sie einen Moment lang stehen. Der Mann schob sich dicht an Summer heran, sie spürte seinen nackten Körper auf Rücken und Pobacken, und sein Geschlecht berührte ihre Hüfte. Mühsam unterdrückte Summer ein Schaudern. Er packte ihr Haar noch fester und schien zu lauschen.

Überall in der nächtlichen Landschaft sangen Zikaden. Kein Wunder, dies war ihr Jahr. Alle siebzehn Jahre krochen sie aus dem Erdboden hervor, und in diesem Sommer durfte Murfreesboro sich an ihnen freuen. Nach der Stille drinnen im Haus fand Summer das leise und endlose Zirpen seltsam beruhigend. Da draußen im Dunklen gab es noch andere normale Lebewesen. Die Erkenntnis tat ihr wohl.

»Ist das dein Auto?«

Ihr alter Celica Kombi stand rechts vom Eingang. Da er der einzige Wagen auf dem riesigen Parkplatz war, mußte man kein Genie sein, um zu erraten, daß er ihr gehörte. Offenbar wurde dem Mann das auch klar, denn er stieß Summer auf das Auto zu, noch bevor sie schwach nickte.

Die Haustür fiel hinter ihnen ins Schloß, und damit verschwand der schmale Streifen Kunstlicht. Die einzige Lichtquelle war nun der Mond, der jedoch von den hohen Kiefern rings um die Leichenhalle verdeckt wurde. Am immer noch tintenschwarzen Himmel funkelten Sterne, ein unpassend fröhlicher Anblick. Sanfter Wind strich zärtlich über Summers Gesicht; die Luft war warm und duftete nach Kiefern. Beim Gehen knirschte es leise unter den Füßen. Die vielen tausend Zikaden besiegelten den Übergang in einen neuen Lebensabschnitt, indem sie ihre Häute abstreiften, und die getrockneten spröden Hüllen bedeckten den Boden wie Herbstlaub. Summer spürte, wie sie unter ihrem nackten Fuß zerbrachen; es war ein unangenehmes Gefühl.

Einen Augenblick lang dachte sie mit unnützem Bedauern an den Schuh, den sie im Einbalsamierungsraum zurückgelassen hatte. Ob der unbeschuhte Fuß sie behindern würde, falls sie eine Gelegenheit zur Flucht bekam? Verächtlich schob sie den Einfall beiseite. Um diesem Monster zu entkommen, würde sie sogar barfuß über Glasscherben laufen.

»Steig ein.«

Sie hatten das Auto erreicht. Der Mann schob sie auf die geschlossene Beifahrertür zu. Summer stieß sich erst mit der Hüfte am Türgriff, dann fand sie ihn mit den Fingern und zog ihn hoch.

Nichts geschah.

Eine furchtbare, schier endlose Sekunde lang stand Summer deutlich vor Augen, wie groß die Gefahr war, in der sie sich nun befand.

»Bist du taub? Du sollst *einsteigen.*«

»Es ist abgeschlossen.«

»Was?«

»Es ist abgeschlossen.«

»Dann schließ auf.«

»Ich ... ich habe die Schlüssel nicht.« Ihre Stimme bebte.

»Du hast die Schlüssel nicht? Wo zum Teufel sind sie?«

»Im Haus. In m ... meiner Handtasche. Neben der Tür.«

Der Mann stieß einen Schwall schmutziger und furchterregender Flüche aus. Seine Worte ließen Summer frösteln, auch wenn er so leise sprach, daß sie kaum etwas verstand. Sie versuchte gar nicht erst herauszufinden, mit welchen Schimpfnamen er sie bedachte, während er sie zur Leichenhalle zurückzerrte. Da er sie immer noch an den Haaren festhielt, mußte sie weit vorgebeugt gehen, und dabei spürte sie einen sauren Geschmack auf der Zunge, wie Essig. Den Geschmack der Angst.

Summer sah nicht, wie der Mann nach dem Türknauf griff, doch sie hörte das Klicken, als er vergeblich daran drehte. Klick, klick, klick, klick …

»Die Tür hier ist auch abgeschlossen.«

Summer duckte sich.

»Sag nur, den Schlüssel hast du auch nicht. Sag nur, die verdammte Tür ist ins Schloß gefallen, und du hast den Schlüssel nicht dabei. Sag nur, er ist in diesem gottverdammten Haus eingeschlossen, zusammen mit den Autoschlüsseln. Sag es. Los, trau dich.«

Damit hatte er die Lage vollkommen erfaßt, doch das hätte Summer um keinen Preis zugegeben. Es war auch überflüssig. Der Mann faßte ihr Schweigen als Zustimmung auf und stieß einen schrecklichen Schrei aus, halb Brüllen, halb Knurren. Summer erschrak zu Tode.

»Es tut mir leid! Bitte …«, platzte sie heraus. Der Mann riß sie hoch; plötzlich stand sie ihm Auge in Auge gegenüber. Die Mordlust war ihm ins verzerrte Gesicht geschrieben.

Grelles Scheinwerferlicht zerriß das Dunkel. Ein Fahrzeug bog in den Privatweg ein, der zum Parkplatz der Leichenhalle führte. Eine Welle der Dankbarkeit überflutete Summer. Ihre Knie fühlten sich plötzlich weich an. Gerettet, sie war gerettet.

»Scheiße.«

Nicht so voreilig. Die Freiheit entzog sich ihr, gerade als Summer danach greifen wollte. Der Mann rannte um die Hausecke, mit schwerfälligen und unsicheren Schritten, die ihm fast etwas Krebsartiges verliehen. Offenbar war er schwer am linken Bein verletzt. Summer zerrte er an den verfluchten Haaren mit sich.

Sie stolperte hinter ihm her, dicht gefolgt vom Licht der Scheinwerfer. Fast hätte sie geschrien, doch die Worte erstarben ihr auf den Lippen. Solange der Mann ihr Haar gepackt hatte, konnte sie sich doch nicht losreißen – und in der anderen Hand hielt er noch immer das Skalpell.

»Ein Laut, und du bist tot.« Sobald er in Sicherheit zu sein glaubte, drückte er sich gegen die Ziegelmauer des Gebäudes und riß Summer an sich, so daß ihr Rücken seine Brust berührte. Zugleich schlang er ihr den rechten Arm um die Taille. Das Skalpell mußte sich jetzt irgendwo unter ihrer linken Brust befinden. Ganz nah bei ihrem Herzen.

Sein Körper erbebte bei jedem Atemzug. Auch Summer atmete keuchend, vor Angst. Der Mann war schweißüberströmt, seine Haut fühlte sich feucht an, und der Geruch, der von ihm ausging, war nicht gerade genehm.

»Trägst du einen BH?«

»Was?« Die rauhe Frage überraschte Summer derart, daß sie in fast normalem Tonfall antwortete.

»Trägst du einen BH?«

Summer nickte schwach. Vor dem Gebäude rollten Reifen über Teer, dann quietschten Bremsen. Da war jemand, Gott sei Dank.

»Zieh ihn aus. Zieh die Bluse aus und dann den BH, und zwar *sofort*«, befahl er wild. Gleichzeitig nahm er das Skalpell von ihrer linken Brust weg und setzte es ihr wieder an die Pulsstelle unter dem Ohr.

Summer gehorchte, ohne zu fragen. Er meinte es ernst. Wenn sie nicht tat, was er befahl, oder ihn sonst irgendwie behinderte, würde er sie augenblicklich umbringen. Daran zweifelte sie nicht im geringsten. Mit bebenden Händen fummelte sie an ihren Blusenknöpfen herum. Was würde er mit ihr machen, wenn sie sich ausgezogen hatte? Daran wagte sie kaum zu denken. Bestimmt, ganz bestimmt wollte er sie nicht vergewaltigen. Das hoffte sie jedenfalls. Obwohl er nackt war, wirkte er nicht so, als hätte er sexuelle Absichten mit ihr.

»Beeil dich.«

Summer tat ihr Bestes, doch die Furcht machte sie ungeschickt. Als sie beim vorletzten Knopf angekommen war, verlor der Mann die Geduld. Mit einem so heftigen Ruck, daß Summer vor Schmerz die Zähne zusammenbiß, befreite er seine Hand aus ihrem Haar, packte den Kragen ihrer Bluse und zerrte sie ihr vom Körper. Der dünne Nylonstoff gab nach und riß, die restlichen Knöpfe flogen davon.

Das Ganze geschah so unerwartet, daß es Summer den Atem verschlug. Unwillkürlich verschränkte sie die Arme vor der Brust. Schon tastete er auf ihrem Rücken nach dem Verschluß ihres BHs. Als er ihn nicht fand, überschüttete er sie mit Flüchen und Drohungen, daß ihr die Ohren brannten.

Es war wie in einem Alptraum. Summer hob die zitternden Hände und löste das Häkchen aus der Öse zwischen ihren Brüsten. Mittlerweile hätte sie alles getan, um den Mann zu besänftigen.

Irgendwo außer Sichtweite wurde eine Autotür zugeschlagen. Der unbekannte Fahrer war ausgestiegen.

Mach, daß sie mich finden, betete Summer stumm, während der Mann ihr den BH abstreifte und ihr die Arme grob auf den Rücken zog. Bitte, bitte, laß sie mich finden.

Sie schaute an sich herab. Ihre nackten Brüste schimmerten hell im Mondlicht. Bei dem Anblick wurde ihr fast übel; nichts hätte ihr deutlicher vor Augen führen können, in welcher Gefahr sie sich befand. Der Mann konnte sie ausziehen, vergewaltigen, umbringen, was immer er wollte. Sie war ihm ausgeliefert – es sei denn, sie unternahm etwas. Aber was? Wie konnte sie sich wehren, ohne sofort auf gräßliche Art zu sterben?

In der Ferne knirschten Schritte. Ihr möglicher Retter ging jetzt offenbar zu Fuß, vermutlich über den Parkplatz. Kam er auf sie zu? Aber er wußte ja gar nicht, daß sie da waren. Höchstwahrscheinlich wollte er zum Vordereingang der Leichenhalle. Wer konnte es sein? Mike Chaney? Ein paar Sanitäter, die noch eine Leiche brachten? Ein Polizist, der routinemäßig das Gebäude überprüfte? Unmöglich zu entscheiden.

Bitte ... flehte sie noch einmal; vor Angst schaffte sie es nicht, den Rest in Worte zu fassen. Aber Gott wußte ja, was sie meinte. Bitte rette mich. Bitte.

Der Mann band ihr mit dem BH die Handgelenke zusammen. Er brauchte beide Hände dazu; folglich konnte er das Skalpell im Augenblick nicht in der Hand halten. Wenn sie überhaupt schreien wollte, dann jetzt, solange er das Skalpell nicht griffbereit hatte und jemand in Hörweite war.

Aber angenommen, dieser Jemand konnte oder wollte ihr

nicht helfen? Angenommen, es war eine Frau – oder noch schlimmer, eine Frau mit Kindern, die der Verrückte ebenfalls in seine Gewalt bringen konnte? Oder ein Feigling, der auf ihr Schreien hin wegrannte, statt ihr zu Hilfe zu kommen?

Während sie noch zögerte, beendete der Mann seine Arbeit und zerrte abschließend an der Fessel, um zu prüfen, ob sie hielt. Summers Handgelenke schmerzten schon jetzt, und ihre Hände begannen zu kribbeln, weil sie schlecht durchblutet wurden. Versuchsweise wackelte sie mit den Fingern, dann versuchte sie die Hände zu bewegen. Der BH schnitt ihr tief ins Fleisch. Warum, o warum nur hatte sie sich für einen dieser unzerstörbaren Achtzehn-Stunden-BHs entschieden, statt dünne Nylonunterwäsche zu tragen wie früher? Das kräftige und elastische Gewebe hielt sie so wirksam gefangen wie ein Paar Handschellen.

Der Mann legte ihr die Hände auf die Schultern und zwang sie, sich hinzuknien.

Andererseits – was würde geschehen, wenn sie nicht schrie?

Der Gedanke gab den Ausschlag.

Summer ließ sich auf den schmalen Rasenstreifen sinken, der das Gebäude umgab, und öffnete den Mund. Der Würfel war gefallen: Sie hatte gar keine Wahl. Summer atmete tief ein. Gleich würde sie schreien, daß ihnen die Trommelfelle platzten. Vermutlich hing ihr Leben davon ab.

Bevor sie auch nur einen Laut hervorbrachte, schob der Mann ihr die Bluse zwischen die Zähne. Überrascht würgte sie, hustete und versuchte, den Stoff auszuspucken, vergeblich. Die zusammengeknüllte Nylonbluse steckte so tief in ihrem Mund, daß Summer sich fast übergeben hätte.

Sie durfte sich nicht übergeben. Sonst würde sie mit Sicherheit ersticken. Sie mußte durch die Nase atmen. Atme! Atme!

Der Mann machte noch etwas an ihren Handgelenken, dann faßte er sie am Kinn und zwang sie, ihn anzuschauen. Das Skalpell hielt er nach Piratenart zwischen den Zähnen. Sein schlitzartiges Auge glühte wie bei einer Katze. Den Mund hatte er zu einer häßlichen Grimasse verzogen, die bei einem normalen Menschen vielleicht wie höhnisches Grinsen ausgesehen hätte. Anscheinend fand er es lustig, sie zu erschrecken.

Da erst wurde Summer bewußt, daß sie es höchstwahrscheinlich mit einem Wahnsinnigen zu tun hatte. Plötzlich war sie sehr, sehr froh, daß sie nicht geschrien hatte.

5

»Ich komme wieder«, versprach der Mann und sah Summer fest in die Augen. Der Terminator persönlich hätte es nicht drohender ausdrücken können. Im Gegenteil, Arnold Schwarzenegger in seiner schrecklichsten Rolle wäre Summer immer noch lieber gewesen als der Mann, der sich wirklich über sie beugte.

Er ließ ihr Kinn los, trat einen Schritt zurück und verschwand um die Hausecke.

Zwei Herzschläge lang schaute Summer ihm nach, dann versuchte sie aufzustehen.

Ihre Handgelenke waren an irgend etwas festgebunden … Sie blickte über die Schulter: an einem Wasserhahn. Einem gewöhnlichen alten Wasserhahn, der in der Seitenwand des Gebäudes eingelassen war. Der Mann hatte den BH so geschickt verknotet, daß der Stoff ihre Hände nicht nur aneinander, sondern auch an den Wasserhahn fesselte.

Zum Teufel mit ihm. Zum Teufel. Jetzt konnte sie doch nicht weglaufen.

Summer zog und zupfte und zerrte und versuchte verzweifelt, sich zu befreien. Dies war ihre einzige Chance. Sie mußte nur von dem Wasserhahn loskommen und dann rennen, rennen, rennen.

Durch die Nylonbluse in ihrem Mund fiel ihr das Atmen schwer. Bald schrien ihre Lungen förmlich nach Sauerstoff, so sehr strengte sie sich an. In ihrem Mund sammelte sich Speichel, eine Reaktion auf das eklig trockene Gefühl, das der Stoff darin hervorrief. Etwas Speichel lief ihr die Kehle herunter. Summer zwang sich, weder zu husten noch zu würgen, atmete tief durch die Nase und verlangsamte bewußt ihre Bewegungen. Sie strengte sich zu sehr an, das war es. Ganz bestimmt. Lieber Himmel, sie mußte sich nur von einem BH und einem Wasserhahn losreißen – das konnte doch nicht so schwer sein!

Auf dem Hintern rutschte sie so weit wie möglich von dem Hahn weg und versuchte mit aller Kraft, ihre Hände mitzuziehen, in der Hoffnung, daß der BH riß. Sie zog noch einmal. Noch einmal. Und noch einmal. Der BH hielt, aber ihre Handgelenke schmerzten, als wären sie ausgerenkt. Woraus war dieser verdammte BH nur gemacht – aus irgendeinem Material der Raumfahrtforschung?

Soviel Pech konnte nur sie haben.

Im stillen verfluchte sie die Raumfahrt.

Um sich zu befreien, bewegte sie die Finger, verdrehte die Handgelenke und zwang ihre Hände zu unmöglichen Verrenkungen. Sie machte sich auch den Wasserhahn zunutze und rieb den BH darauf hin und her, ohne zu beachten, daß sie sich an den scharfen Kanten die Haut aufriß. Nichts half. Schließlich war sie so verzweifelt, daß es sie nicht mehr kümmerte, ob sie sich verletzte. Noch einmal zerrte sie mit aller Kraft an dem BH. Und Wunder über Wunder – etwas gab nach. Irgendein Träger, irgendein Knoten mußte abgerutscht oder durchgerissen sein. Die Fessel saß eindeutig lockerer. Noch ein paarmal ziehen, und es war hoffentlich geschafft.

Schwitzend und betend warf Summer sich nach vorn – und sah den Verrückten um die Ecke kommen. Kein Zweifel, er war es. Trotz der Dunkelheit erkannte sie ihn sofort. Teils an seinem unverwechselbaren Gang, teils weil sie seine Nähe einfach spürte.

Sobald sie ihn erblickte, erstarrte sie, dann gab sie sich geschlagen. O Gott, sie hätte nur ein paar Minuten länger gebraucht. Ein paar Minuten länger, und sie wäre frei gewesen.

Während seiner kurzen Abwesenheit hatte er sich offenbar Kleidung beschafft. Gummilatschen, abgeschnittene Jeans und ein enges schwarzes T-Shirt, auf dem vorn irgendein Spruch aufgedruckt war. Die Worte konnte Summer im Dunkeln nicht genau entziffern. Etwas über einen Hund?

Nicht daß das eine Rolle gespielt hätte. Der Mann war zurück, und sie war noch immer angebunden. Sie hatte die Chance vertan – die beste Chance, die sie vermutlich je bekommen würde. Jetzt war sie ihm wieder ausgeliefert.

Geschlagen sackte sie in sich zusammen und ließ den Kopf sinken, bis ihr Kinn die Brust berührte. Sie war das Opferlamm, er der Schlächter – und was am schlimmsten war: Im Augenblick war es ihr fast gleichgültig.

Als er hinter sie trat, atmete sie seinen unverwechselbaren Geruch ein: Kerosin und Schweiß. Summer drehte sich der Magen um. Der Mann machte irgend etwas mit der Fessel, und plötzlich waren ihre Handgelenke frei. Es ging ganz leicht und schnell; unbegreiflich, warum sie das trotz aller Anstrengung nicht selbst geschafft hatte. Wütend zog sie die kribbelnden und schmerzenden Hände nach vorn und rieb sie aneinander. Der Mann griff nach der Bluse und zog sie ihr aus dem Mund. Der Stoff war an ihrem feuchten Gaumen festgeklebt, und Summer spürte förmlich, wie bei dem Ruck die Schleimhaut aufriß.

Kaum daß der Knebel fort war, begann ihr Kiefer zu schmerzen. Ihre Zunge fühlte sich trocken und geschwollen an, und als Summer den Mund bewegte, um festzustellen, ob noch alles funktionierte, merkte sie, daß ihre Lippen taub waren. Sie schluckte einmal, noch einmal. Es half nicht. Nichts half.

Hinter ihr quietschte etwas, dann hörte sie Wasser rauschen. Sofort lief ihr der Speichel im Mund zusammen. Sie schaute über die Schulter. Der Mann hatte den Hahn aufgedreht und spritzte sich Wasser ins Gesicht. Wie ein Alkoholiker nach Schnaps giert, so gierte Summer nach diesem Wasser. Sie drehte sich halb um, streckte unsicher eine Hand aus, fing ein wenig Flüssigkeit darin auf, führte sie an die Lippen und trank. Es war wundervoll, das eiskalte Wasser auf der Zunge und in der trockenen Kehle zu fühlen. Sofort streckte Summer die Hand noch einmal aus, doch der Mann drehte den Hahn zu.

Wie konnte sie das nur vergessen? Sie war hilflos, wehrlos, ihm völlig ausgeliefert. Er entschied sogar, wann sie trinken durfte und wieviel. Wieder ließ sie den Kopf auf die Brust sinken, vollkommen verzweifelt. Stumpf sah sie zu, wie ihr zerknüllter BH und die Bluse auf ihren Knien landeten und dann ins Gras fielen.

»Zieh dich an. Schnell.«

Summer rührte sich nicht; sie war noch immer in einem Sumpf aus Verzweiflung gefangen. Da sie nicht gleich reagierte, packte er sie am Haar, riß ihren Kopf zurück und fuchtelte mit dem Skalpell vor ihrem Gesicht herum.

»Hast du gehört? *Schnell,* habe ich gesagt.«

Das Skalpell erschreckte sie, und der Schreck rief ihren Selbsterhaltungstrieb wach. Neuer Lebenswille durchströmte sie. Unsicher streckte sie eine Hand nach der Kleidung aus, und der Mann ließ sie los. Er blieb jedoch drohend vor ihr stehen, und Summer spürte, wie er sie beobachtete. Sie streifte den BH über – ein Träger war durchgerissen – und schaffte es nach mehreren Versuchen, ihn zwischen den Brüsten zu schließen. Dann schob sie die Arme in die feuchte, zerknitterte Bluse und schloß mit bebenden Fingern drei der Knöpfe. Während sie noch versuchte, den vierten durchs Knopfloch zu stecken, fluchte der Mann plötzlich, packte sie fest am Oberarm und zog sie so grob auf die Füße, daß es ihr den Atem verschlug.

Als sie vor ihm stand, schob er sein Gesicht dicht an ihres heran. Das eine sichtbare Auge blitzte. Sein Atem roch übel. Summer duckte sich.

»Noch eine Minute, und ich schneide dir die Kehle durch. Glaub ja nicht, du könntest mit diesem Mist Zeit gewinnen. *Wenn du mich aufhältst, bring ich dich um.* Ich schwör's dir. Und jetzt beweg deinen Arsch. Los.«

Selbst der größte Schreck dauert nicht ewig. Das stellte Summer fest, als der Mann sie vor sich um die Hausecke schob und mit ihr auf den weißen Lieferwagen zuging, der jetzt neben ihrem Auto geparkt war. Inzwischen fragte sie sich nicht mehr, ob der Mann ihr die Kehle durchschneiden würde, sondern nur noch, wann es wohl soweit war; und trotzdem war ihre Angst verebbt, Summer empfand sie jetzt mehr wie ein anhaltendes, aber erträgliches Unbehagen, gleichzeitig aber auch als einen unmittelbaren, stechenden

Schmerz. *Abgestumpft* – das Wort beschrieb ihren Zustand am besten. Jedenfalls bis sie die Beifahrertür des Lieferwagens erreichte und den Toten sah.

Nicht weit von der Tür zur Leichenhalle lag ein Mann auf dem Pflaster. Er lag auf dem Bauch und hatte einen Arm über dem Kopf ausgestreckt, als würde er verzweifelt um etwas bitten. Der Mann war nackt und bewegte sich nicht – und seinen Kopf umgab eine Pfütze aus einer dunklen und klebrigen Flüssigkeit, die Summer sofort als Blut erkannte.

»Sie haben ihn umgebracht!« stieß sie ohne nachzudenken hervor.

»Paß auf, was du sagst, sonst passiert dir das gleiche«, flüsterte der Entführer ihr drohend ins Ohr. Summer starrte den Toten unentwegt an, auch dann noch, als der Mann sie zwang, auf den Beifahrersitz des Lieferwagens zu klettern. Erneut packte das Entsetzen sie mit aller Macht. Summer fröstelte. Dieses eisige Gefühl auf der Haut war ihr inzwischen fast vertraut. Hatte es wirklich eine Zeit gegeben, in der sie nicht um ihr Leben gefürchtet hatte?

»Rutsch rüber.«

Der Mann folgte ihr in den Wagen und schob Summer von dem Platz an der Tür zur Fahrerseite hinüber. Es gab nur zwei Sitzplätze, Schalensitze aus schwarzem Kunstleder, dahinter begann die Ladefläche. Im Licht der kleinen Innenlampe, die sich beim Einsteigen automatisch eingeschaltet hatte, konnte Summer nur erkennen, daß die Ladung mit grauen Umzugsdecken verhängt war.

Die Beifahrertür fiel ins Schloß, und das Lämpchen erlosch. Summer war mit ihrem übelriechenden Entführer im Dunkeln allein. Lässig legte er den linken Arm auf die Rücklehne ihres Sitzes. In der linken Hand hielt er das Skalpell, es befand sich jetzt dicht unter ihrem linken Ohr.

»Benimm dich, ja?« Mit der Skalpellspitze tippte er gegen ihr Ohrläppchen. Summer hielt den Atem an. »Hast du gehört?«

»Ja.«

Er zog den Arm von ihren Schultern fort und entfernte so auch das Skalpell. Zischend atmete Summer aus. Der Mann lehnte sich im Beifahrersitz zurück, nahm das Skalpell in die rechte Hand und legte die Faust lässig auf das rechte Knie. Die Gefahr war vorüber – fürs erste. Ohne den Blick von Summer abzuwenden, massierte er sich den linken Oberschenkel, offenbar um die schmerzenden Muskeln zu lockern.

Wann würde ihr das gleiche passieren wie dem Mann auf dem Pflaster? Bei der Frage spürte Summer einen bitteren Geschmack im Mund.

»Fahr los«, befahl der Entführer und reichte ihr einen Schlüsselbund.

Wortlos nahm Summer ihn entgegen. An dem einfachen Metallring waren zum Glück nur vier Schlüssel befestigt, und an dem Firmenzeichen »GM« ließ sich unschwer erkennen, daß der längste der Zündschlüssel war. Summer packte mit einer Hand das Steuerrad, beugte sich vor, kniff die Augen zusammen und versuchte den Schlüssel ins Zündschloß zu stecken.

Doch sie schaffte es nicht, ihre Hände zitterten zu stark. Ängstlich warf sie dem Mann neben sich einen verstohlenen Blick zu und probierte es nochmals, und ein drittes Mal. Vergeblich. Sie geriet in Panik. Der Mann hörte auf, sich das Bein zu massieren, und lehnte sich zu ihr herüber. Gegen ihren Willen schaute Summer ihn an. Sein schmales blutunterlaufenes Auge glühte böse, nur Zentimeter von ihr entfernt.

»Bring uns hier weg, und zwar *sofort*.«

Die Worte rissen sie aus der Erstarrung. Summer zwang sich, die Hände ruhig zu halten, und bewegte den Zündschlüssel erneut auf das Schloß zu. Diesmal traf sie, Gott sei Dank. Der Mann lehnte sich wieder zurück. Sie atmete tief ein, ließ den Motor an, stellte den Wählhebel des Automatik-Getriebes auf Rückwärts und gab Gas.

Mit quietschenden Reifen fuhr der Wagen nach hinten, so plötzlich, daß Summer fast aus dem Sitz gerutscht wäre. Instinktiv trat sie auf die Bremse, worauf sie beide nach vorn flogen. Summer prallte mit der Brust gegen das Lenkrad. Sie verzog das Gesicht, schob sich von dem harten Plastikring weg und rieb sich das Brustbein. Das hatte weh getan. Im ersten Moment wollte sie nach dem Sicherheitsgurt greifen, dann überlegte sie es sich anders. Falls sie eine Gelegenheit zur Flucht bekam, würde der Gurt sie nur behindern.

»Verdammt, mach das nicht noch mal.« Der Entführer hatte sich mit der rechten Hand am Armaturenbrett abgestützt. Sobald er das Gleichgewicht wiedergefunden hatte, funkelte er Summer wütend an. In seiner linken Hand blitzte das Skalpell. Wenn das Glück nur ein bißchen auf ihrer Seite gewesen wäre, hätte er sich bei dem plötzlichen Ruck mit der eigenen Waffe erstochen. Aber so ging es im Leben nicht zu, zumindest nicht in ihrem Leben.

»Das war keine Absicht.« Um sich zu beruhigen, atmete sie noch einmal tief ein, dann stellte sie den Wählhebel auf Vorwärts.

Dabei blickte sie zufällig an dem Mann vorbei aus dem Beifahrerfenster. Zu ihrer Verblüffung sah sie die Vordertür der Leichenhalle aufgehen und drei Männer nach draußen in den wachsenden Lichtfleck laufen, den der Kronleuchter auf das Pflaster warf. Überrascht starrte Summer sie an. Sie hatte kein anderes Auto gesehen. Woher kamen dann diese Männer? Bestimmt waren sie noch nicht in der Leichenhalle gewesen, als der Mann neben ihr sie gefangengenommen und verschleppt hatte. Es blieb nur eine Möglichkeit: Summer hatte gar nicht gelogen. Hinter dem Gebäude war wirklich jemand gewesen.

Was waren das für Männer? Würden sie ihr helfen? Sollte sie es jetzt mit Schreien versuchen?

Irgend etwas an ihrem Gesicht mußte sie verraten haben. Der Entführer drehte sich um und beobachtete wie sie die Szene, die sich vor ihnen abspielte. Die drei Männer entdeckten die Gestalt auf dem Pflaster und rannten darauf zu. Kaum hatten sie sie erreicht, erkannte Summer an der Art ihrer Bewegungen, daß sie eine andere Leiche suchten. Sie blieben verwirrt stehen, so plötzlich, daß sie fast zusammenstießen. Dann schaute einer auf und erblickte den Lieferwagen, der dank Summers blitzschnellem Fahr- und Bremsmanöver etwa sechzig Meter von ihnen entfernt stand, mit laufendem Motor. Der Mann stieß seine Kameraden an, und sie sahen ebenfalls her. Im Mondlicht waren ihre Gesichter nur undeutlich zu sehen.

»Da ist er!«

»Er will abhauen!«

»Sangor dreht durch!«

»Holt ihn euch!«

Plötzlich riefen sie alle durcheinander: Sie hatten Summers Entführer hinter dem Wagenfenster entdeckt. Was dann geschah, war so unglaublich, daß Summer fast das Kinn herunterfiel: Drei gepflegte, korrekte, mit Anzügen bekleidete Weiße mittleren Alters rannten auf sie zu – und zogen Pistolen unter ihren Jacketts hervor.

»Weg hier!« schrie der Mann neben ihr. Ohne abzuwarten, ob sie reagierte, schob er das linke Bein über den Spalt zwischen den Sitzen hinweg und trat kräftig auf Summers Fuß – und aufs Gaspedal.

Summer wurde zurückgeschleudert, ihre Hände lösten sich vom Lenkrad. Wie eine Rakete schoß der Lieferwagen über den Parkplatz.

Knallfrösche explodierten. Etwas schlug gegen die Seitenwand. Einmal, zweimal dreimal; es klang, wie wenn man sich mit der Hand auf den Bauch schlägt. Was in aller Welt ... Eine Kugel. Genauer gesagt, ein Kugelhagel. Natürlich. Was da knallte, waren keine Feuerwerkskörper, sondern Pistolenschüsse. Summers Verstand funktionierte auch jetzt noch, nicht ganz so schnell wie früher, aber immerhin.

Offenbar befand sie sich schon wieder in Lebensgefahr. Kaum hatte sie das begriffen, duckte sie sich und schlang schützend die Arme um den Kopf.

»Verfluchtes Weib! Faß das verdammte Lenkrad an! Ich seh nichts!« Er hing zwischen den Plätzen, balancierte auf den Kanten beider Sitze, und trat mit dem linken Fuß weiter auf Summers Fuß und das Gaspedal. Zugleich umklammerte er das Lenkrad mit beiden Händen, legte den Kopf schief und starrte verzweifelt ins Dunkel, um die Straße zu erkennen.

Sein Schrei hatte Summer bis ins Mark erschüttert, doch sie war viel zu benommen, um etwas zu unternehmen, und blieb geduckt sitzen. Sekunden später wurde sie nach links geschleudert: Der Mann hatte das Lenkrad hart herumgerissen. Dabei fluchte er wie ein schlechtgelaunter Jugendlicher beim ersten Einbruch. Summer prallte mit der Schulter gegen die

Tür, und ihr einziger Gedanke war: O Gott, bitte mach, daß sie verriegelt ist!

Offenbar war sie es, denn sie gab nicht nach.

Verzweifelt suchte Summer an der Sitzkante Halt. Statt dessen bekam sie ein Bein zu fassen, packte es und klammerte sich daran wie eine Zweijährige, die man in eine fremde Kinderkrippe gesteckt hat. Der Lieferwagen nahm die Kurve auf zwei Rädern, dann raste er die schmale schwarze Straße entlang, die von der Leichenhalle quer über den Friedhof bis zum Highway führte.

»*Laß* mein Bein los, *faß* das Lenkrad an und *lenk!*«

Diesmal drangen die Worte zu ihr durch – vielleicht, weil sie um ihr Leben fürchten mußte, wenn sie weiter ihn fahren ließ, vielleicht auch, weil er ihr direkt ins Ohr gebrüllt hatte. Ihr geschundener und gehetzter Körper reagierte wie von selbst. Sie richtete sich auf und ließ das Bein los. Sobald sie das Lenkrad gepackt hatte, gab der Mann es frei und legte den linken Arm hinter ihr auf die Sitzlehne. Sonst bewegte er sich nicht von der Stelle. Summer mußte sich mit der Schulter an ihn pressen, um lenken zu können.

In wilden Schlangenlinien fuhren sie über die Straße. Der Mann ließ seinen Fuß auf ihrem stehen. Das Gaspedal berührte den Boden. Die Tacho-Nadel kroch an der Hundert vorbei, auf die Hundertzehn zu, die Hundertzwanzig, und kroch weiter. Hohe Kiefern, tückische Kurven, schwarze unergründliche Gräben tauchten drohend auf und huschten vorbei. Da sie ohne Licht fuhren, konnte Summer höchstens sieben Meter weit sehen. Dahinter verschwamm alles im Dunkeln.

Irgendwie schaffte sie es trotzdem, den Lieferwagen auf der Straße zu halten und einen Unfall zu vermeiden. Während sie tapfer mit dem Lenkrad kämpfte – falls der Wagen Servolenkung hatte, dann war es die schlechteste, die ihr je untergekommen war –, wurde ihr mit einem Frösteln bewußt, daß die aufgeschlitzte Kehle nur eine von vielen Möglichkeiten war, in dieser Nacht ums Leben zu kommen.

»Nehmen Sie den Fuß vom Gas! Sie bringen uns um!« stieß sie entsetzt hervor, denn sie hatte vor sich im Dunkeln einen leuchtenden roten Punkt entdeckt. Summer kannte diese Straße genau: Der Privatweg mündete in den Highway 231, eine vielbefahrene Straße, die bei Einheimischen und Fernfahrern gleichermaßen beliebt war. Die Einmündung war mit einer Ampel gesichert, und die Ampel zeigte auf Rot. Ohne Scheinwerfer war der Lieferwagen für andere Fahrer praktisch unsichtbar.

Als der Mann nicht gehorchte, schrie sie »Anhalten!« und trat ihm mit dem nackten linken Fuß kräftig gegen den Unterschenkel. Hätte sie doch den Schuh nicht ausgezogen! Obwohl dieser Mann vermutlich auch durch Gummisohlen nicht zu beeindrucken wäre. Sein Unterschenkel war so hart, daß sie sich die Zehen daran weh tat.

Der Druck auf ihrem Fuß ließ nicht nach. Ebensogut hätte sie einen Baumstamm treten können. In diesem Tempo – Summer wagte nicht mehr auf den Tacho zu schauen – würde sie den Wagen niemals heil um die Neunzig-Grad-Kurve bekommen. Am besten versuchte sie es gar nicht; der Wagen würde nur zur Seite kippen und sich überschlagen ... und überschlagen ... und überschlagen.

Summers Hände klebten förmlich am Lenkrad. Entsetzt schaute sie auf die Kreuzung vor ihnen. In den wenigen Sekunden, die ihr noch blieben, dachte sie sehnsüchtig an den Sicherheitsgurt. Wieso hatte sie ihn nicht angelegt? Wieder etwas, das sie anders machen würde, wenn sie noch einmal von vorn anfangen dürfte. Bei der Vorgeschichte würde man vermutlich *Hätte ich nur* in ihren Grabstein meißeln. Es wäre ein passendes Nachwort.

»Links rum«, rief der Mann.

Zum Glück war es mitten in der Nacht, und der Highway 231 schien verlassen. Summer hatte gerade noch Zeit, sich in Gedanken dafür zu bedanken, dann hatten sie die Einmündung erreicht. Mit weitaufgerissenen Augen sah sie dem Unvermeidlichen entgegen. Offenbar wollte der Verrückte ihr nicht einmal erlauben zu bremsen. Starr vor Angst klammerte sie sich ans Lenkrad und schaute durch die Windschutzscheibe ins Dunkle. Plötzlich tauchte direkt vor ihnen ein Graben auf, dahinter ein Zaun und eine abschüssige Wiese voll schlafender Kühe. In wenigen Sekunden würden sich die liegenden Rinder in Hackfleisch verwandeln.

»Links rum, hab' ich gesagt!«

Summer konnte sich noch immer nicht rühren. Fluchend faßte er selbst nach dem Lenkrad und riß es kräftig nach links. Reifen quietschten, der Lieferwagen schlitterte auf die arglosen Kühe zu ... und fing sich wieder, auf wundersame Art, nur Zentimeter vom Straßenrand entfernt.

Die Kühe waren in Sicherheit.

Was man von Summer nicht behaupten konnte. Noch zwei Kilometer, dann erreichten sie den Stadtrand. Dort dürfte selbst um diese Uhrzeit Verkehr herrschen. Wenn sie weiterhin so schnell fuhren, mußte es früher oder später zu einem Unfall kommen.

Im Rückspiegel tauchten Scheinwerfer auf. Die beiden Lichtpunkte befanden sich etwa anderthalb Kilometer hinter ihnen; dort mündete die Zufahrt der Leichenhalle in den Highway! Da es keinen Grund gab, weshalb ein anderes Fahrzeug nachts über den Privatweg fahren sollte, blieb nur eine logische Erklärung: Die drei Männer hatten ein Auto gefunden und verfolgten sie!

Summer wußte nicht, ob sie sich freuen oder fürchten sollte. Der optimistische Teil von ihr hoffte, die Männer würden sie vor dem Monster retten; ihr Instinkt dagegen warnte sie, daß die Verfolger nicht unbedingt zu den Guten gehören mußten.

Zumindest hatten sie den Lieferwagen beschossen, obwohl auch Summer darin saß. Benommen wie sie war, brauchte sie eine Sekunde, bevor ihr das Offensichtliche klar wurde: Ob gut oder böse, sie würden nicht davor zurückschrecken, Summer zu verletzen, wenn sie dadurch den Mann neben ihr erwischten. Womit sie eine vierte mögliche Todesart entdeckt hatte: Falls die Männer hinter ihr sie einholten, brachten sie womöglich den Entführer *und* sie um.

Wer war er? Was waren das für Leute? Wo war sie da nur hineingeraten, um Himmels willen? O Gott, sie wollte nicht sterben. Wieso konnten der Mann neben ihr und die drei in dem Auto nicht einfach verschwinden? Zapp!

Wo war der Terminator, wenn sie ihn brauchte?

Wieder mußte etwas in ihrer Miene den Mann gewarnt haben. Er blickte in den Rückspiegel und fluchte. Dann gab er ihren Fuß kurz frei, schob ihr Bein aus dem Weg und trat wieder aufs Gas, diesmal ohne störenden Fuß dazwischen. Der Lieferwagen raste um eine Kurve, wobei Summer ihn nur mit Mühe auf der Straße hielt, und verschwand kurze Zeit aus dem Blickfeld der Verfolger. Ohne Vorwarnung riß der Mann das Steuer herum – und der Lieferwagen flog durch die Luft.

Summer schrie. Der Wagen übersprang einen Graben, brach durch einen Bretterzaun, holperte über ein Feld mit jungen Sojapflanzen und pflügte sich durch ein Dickicht aus hohem schlankem Mais. Summer sah etwas Gelbes vor ihnen aufragen, ein Stahlgebilde, groß wie ein Bus. Im nächsten Moment hatten sie es schon erreicht, und bevor Summer die Augen schließen konnte, prallten sie dagegen: Irgendein sorgloser Farmer, der nicht schnell genug zum Abendessen heimkommen konnte, hatte seine Erntemaschine mitten auf dem Feld stehen lassen.

6

Die gute Nachricht: Sie war nicht tot. Die schlechte: Das konnte sich bald ändern.

In den ersten Sekunden nach dem Zusammenstoß nahm Summer nichts wahr als das Pochen ihres überanstrengten Herzens. Es dauerte einen Moment, bis ihr klar wurde, daß sie mit dem Auto verunglückt war. Vermutlich war sie kurze Zeit bewußtlos gewesen. Auch jetzt fühlte sie sich noch etwas benommen und verwirrt. Anscheinend war sie mit dem Kopf gegen die Windschutzscheibe geprallt.

Summer verzog das Gesicht, öffnete die Augen und blickte sich vorsichtig um. Die Windschutzscheibe hatte den Unfall unbeschädigt überstanden; was man von Summers Kopf nicht behaupten konnte. Er tat weh. Sie hing mit dem Oberkörper über dem Steuerrad und umklammerte es mit den Händen. Eigentlich hätte sie gern ihre Stirn berührt, um festzustellen, wie stark sie sich verletzt hatte – blutete sie etwa? – aber irgendwie brachte sie nicht die Willenskraft auf, die Finger vom Lenkrad zu lösen. Es war, als hätte der Schock sie gelähmt.

Der Wagenmotor lief immer noch. Der Wählhebel stand auf Vorwärts; trotzdem bewegten sie sich nicht von der Stelle. Natürlich, das hier war ein Lieferwagen, und der Lieferwagen war mit einer Erntemaschine zusammengestoßen. Die Maschine hatte sie zum Stehen gebracht, und nun hinderte sie sie am Weiterfahren.

Das Monster neben ihr – mit erschreckender Macht brach die Erinnerung über Summer herein. Plötzlich wußte sie wieder genau, wie sie in diese üble Lage geraten war; das war der Auslöser für das »gute Nachricht, schlechte Nachricht«.

Verstohlen schaute sie zur Seite. Der Mann lag reglos im Sitz, seine Augen waren geschlossen, die Lippen schlaff. Sein linker Arm hing kraftlos herunter, die geöffneten Finger berührten den schwarzen Bodenbelag. Rasch warf Summer einen Blick über ihn hinweg. Die rechte Hand war ebenfalls leer. Das Skalpell war nirgendwo zu sehen. Offenbar hatte er es beim Zusammenprall verloren.

Kaum hatte Summer das begriffen, da erwachte ihr Körper zum Leben. Halleluja! Endlich konnte sie entkommen! Sie tastete nach der Türverriegelung und zugleich nach dem Griff, ohne zu bemerken, wie der Mann sich bewegte.

»Nichts da!« knurrte er, eben als Summer die Tür aufstieß und nach draußen in die Freiheit springen wollte. Wieder packte er sie an den Haaren.

»Au!«

Er zerrte sie so grob zurück, daß es schmerzte. Und plötzlich hielt sie es nicht mehr aus. Wie ein roter Nebel hüllte der Zorn sie ein, und sie dachte nur noch eins: Wenn sie schon heute nacht sterben sollte, dann wollte sie wenigstens kämpfend sterben.

»Aiiee-yaw!« Mit einem Schrei, der Bruce Lee zur Ehre gereicht hätte – was kein Wunder war, hatte sie ihn doch durch eine Überdosis Bruce-Lee-Filme gelernt – wirbelte Summer herum und warf sich mit aller Kraft auf ihren Entführer. Sie hatte nur noch den Wunsch, ihn ernsthaft zu verletzen.

»Miststück!« Der Angriff traf ihn so unerwartet, daß er gegen die Beifahrertür geschleudert wurde. Er hatte nur eine Hand frei, um sich zu wehren, die andere war in Summers Haar gefangen. Diesmal kam es ihr zustatten, daß ihr Haar so lang und babyweich war. Beim Zusammenprallen zerkratzte sie dem Mann mit den Fingernägeln den Nacken, biß ihn in die Schulter und versuchte ihm das Knie zwischen die Beine zu rammen – da gab die Tür hinter ihm nach, und sie fielen nach draußen ins Maisfeld.

»Scheiße!« Er landete auf dem Rücken, die Beine ragten in die Luft, die Füße steckten noch im Lieferwagen. Summer fiel schwer auf ihn. Sofort riß sie das rechte Knie hoch, mit aller Kraft. Hoffentlich, hoffentlich traf sie die richtige Stelle.

Das ist für dich, Mutter! jubelte sie in Gedanken.

Der Mann stöhnte auf, zog die Knie an die Brust und rollte sich auf die Seite. Maispflanzen knickten unter ihm weg.

Summer wurde von ihm fortgeschleudert, doch er hielt sie immer noch am Haar fest.

»Aiiee-yaw!« Wieder stürzte sie sich auf ihn, stieß den schrecklichen Kampfschrei aus *Todesgrüße aus Shanghai* aus – und übersah, daß der Mann zum Gegenschlag ausholte. Sein Kinnhaken setzte sie außer Gefecht.

Als sie zu sich kam, lag sie mit dem Rücken auf der Erde und schaute in den sternübersäten Himmel. Etwas näher an der Erde, aber noch immer noch weit über Summers Kopf schwankten Maisblüten im Wind. Die Zikaden sangen, ab und zu meldete sich eine Versammlung liebeskranker Ochsenfrösche zu Wort. In der Ferne rief eine Eule.

Summers Kopf tat weh. Ihr Kinn tat weh. Die scharfen Stoppeln der abgebrochenen Maispflanzen stachen ihr in den Rücken. Ein großer spitzer Stein bohrte sich in ihre linke Pobacke. Im Vergleich dazu waren die kleineren Steine überall unter ihr höchstens ein bißchen lästig. Die leeren Hüllen der Zikaden bemerkte sie kaum.

Um dem großen Stein auszuweichen, schob sie die Hüften ein wenig zur Seite. Sofort tauchte das entsetzliche Gesicht von Frankenstein über ihr auf und verdeckte den Nachthimmel.

Überrascht schrie Summer auf. Der Mann preßte ihr eine

Hand auf den Mund und drückte sie zu Boden, bevor sie aufspringen und weglaufen konnte.

»Verdammt, halt den Mund.« Die Stimme klang schrecklich vertraut. Die lieblichen Klänge gehörten ihrem Entführer. Das Gesicht auch. Wieder gefangen.

Mutlos schloß sie die Augen, überließ ihre Zukunft Gott und dem Zufall und blieb schlaff auf Steinen, Maisstoppeln und totem Ungeziefer liegen. Wenn der Mann sie umbringen wollte, dann bitte gleich. Sie würde sich nicht mehr von der Stelle rühren.

Vorsichtig nahm er die Hand von ihrem Mund.

Summer hob nicht einmal ein Augenlid.

Schweigen. Momente dehnten sich zur Ewigkeit.

Ohne Vorwarnung umfaßte er ihre linke Brust und drückte zu.

»Finger weg!« Empört stieß Summer seine Hand beiseite, schoß mit dem Oberkörper in die Höhe und rutschte auf dem Po von dem Mann weg. Ihr Fluchtversuch endete an dem Lieferwagen, der mit laufendem Motor hinter ihr stand. Summer zog die Knie bis ans Kinn und funkelte ihr Gegenüber wütend an.

Passiv auf den Tod zu warten, war eine Sache; sich sexuell belästigen zu lassen, etwas ganz anderes.

»Dachte ich mir doch, daß dich das aufweckt«, meinte der Entführer. Es klang ausgesprochen selbstzufrieden; als hätte er sich plötzlich in einen normalen Mann verwandelt. Er saß im Schneidersitz auf dem Boden, keinen Meter von Summer entfernt, und massierte sich wieder den Oberschenkel. In seinem mißgestalteten Schlitzauge meinte Summer etwas wie Belustigung zu erkennen, aber seine Gesichtszüge waren zu verzerrt, um sicher zu sein.

Hier draußen im Dunkeln wirkte er nicht ganz so furchterregend. Vermutlich, weil sie ihn nicht so deutlich sah. Im Hellen wäre sie bei seinem Anblick bestimmt immer noch schreiend weggelaufen. Trotzdem flößte er ihr nicht mehr ganz soviel Angst ein wie früher. Vielleicht lag es an diesem kaum wahrnehmbaren belustigten Zwinkern; oder daran, daß sie wie zwei Verbündete vor bewaffneten Killern geflüchtet waren. Natürlich konnte es auch daran liegen, daß sie sich bei dem Unfall den Kopf doch etwas stärker gestoßen hatte und der Gehirnschaden sie furchtlos machte.

Wie dem auch sei, ihr war damit geholfen.

»Scheren Sie sich zur Hölle«, erwiderte sie voll Abscheu. Der Mann verzog den geschwollenen Mund zu etwas, das vielleicht – vielleicht auch nicht, bei dem Zustand seines Gesichts war das schwer zu entscheiden – ein flüchtiges, überraschtes Lächeln sein mochte. Summers Furcht legte sich noch mehr.

»Da war ich schon, vielen Dank. Jetzt bin ich wieder hier. In der Hölle gab's mir zu viele fluchende Weiber«, sagte er. Summer antwortete nicht, sondern blickte ihn nur böse an.

Nach einer Weile sprach er weiter. »Als deine Freunde da hinten auf mich geschossen haben, war es ihnen anscheinend ziemlich egal, ob sie dich dabei treffen. Darüber solltest du mal nachdenken. Ein kluges Mädchen könnte auf die Idee kommen, jetzt die Seite zu wechseln. Pack aus, und ich sehe zu, was ich für dich tun kann.«

»Ich habe keine Ahnung, was in Teufels Namen Sie damit meinen.« Den Ausdruck *in Teufels Namen* benutzte sie häufig. Sollte sie etwa seinetwegen ihre Zunge im Zaum halten? Fluchende Weiber! Wen interessierte schon, was ein mordlustiger Verrückter mit Monster-Gesicht dachte?

»Na, klar doch.«

»Diese Männer sind nicht meine Freunde.«

»Natürlich nicht.«

»Ich habe sie noch nie im Leben gesehen.«

»Na, sicher.«

»Verdammt, das ist die Wahrheit!« Bitte sehr. Von wegen Zunge im Zaum halten!

»Na, ganz bestimmt.«

»Wer zum Teufel sind Sie überhaupt?« Sie würde fluchen, soviel sie wollte.

Er sah sie lange an. »Ein Bulle. So was Ähnliches jedenfalls.«

»Ein Bulle? So was Ähnliches? Was zum Teufel ist sowas Ähnliches wie ein Bulle?« Vor Verachtung hätte sie fast laut gelacht.

»Jemand, dem man besser nicht in die Quere kommt, Lady. Du hast dich mit den falschen Leuten eingelassen. Weißt du, was man im großartigen Staat Tennessee mit Bullenmördern macht – oder mit Möchtegern-Bullenmördern? So oder so, eines Morgens wachen sie auf und sind tot.«

»Glauben Sie etwa, ich ...« Sie unterbrach sich und ging im Geist noch einmal alle Tatsachen durch. Dieser Mann mochte verrückt sein oder nicht, aber die drei Männer hatten zweifellos auf ihn geschossen – und auf sie. Hier ging irgend etwas Unerfreuliches vor, und Bulle oder nicht Bulle, er mußte begreifen, daß sie nichts damit zu tun hatte. »Ich bin kein Bullenmörder. Auch kein Möchtegern-Bullenmörder. Nicht mal der Möchtegern-Mörder von so was Ähnlichem wie einem Bullen. Ich bin Putzfrau.«

»*Putzfrau?*«

»Ja, *Putzfrau*. Sie wissen schon, das sind die Leute, die hinter allen anderen saubermachen. Putzfrau. Das bin ich.«

Einen Moment herrschte Schweigen. »Dummes Zeug.«

»Es stimmt. Ich betreibe den Reinigungs-Service Daisy Fresh. Ich habe in der Leichenhalle von Harmon Brothers saubergemacht und war gerade fertig damit, als ich Ihnen über den Weg gelaufen bin.«

»Dummes Zeug.«

»Das ist die Wahrheit«, beharrte sie. »Ich habe nicht die geringste Ahnung, was hier vorgeht – und eigentlich will ich es auch gar nicht wissen. Egal, wo Sie da reingeraten sind, mich lassen Sie am besten draußen.«

»Ich habe dich gefragt, wo der Rest der Bande steckt, und du wußtest sofort, wovon ich rede. Du hast sogar richtig geantwortet. Wenn du nichts mit der Sache zu tun hast, woher wußtest du dann, daß sie hinter dem Haus waren?«

»Ich habe geraten.«

»Ja, sicher.«

»Wirklich. Ich schwöre es. Sie haben mich erschreckt, deshalb habe ich gesagt, was Sie meiner Meinung nach hören wollten. Ich wußte nicht mal, daß es diese Männer *gibt*. Ich dachte, Sie sind verrückt. Ich wollte Sie *beschwichtigen*.« Um sich zu beruhigen, atmete sie tief ein. »Sehen Sie mich an. Das hier ist eine Putzfrauen-Uniform. Merken Sie das nicht? Mein Gott, welche Frau mit einem Fünkchen Selbstachtung würde in dieser kurzen Polyesterhose herumlaufen? Oder in einer weißen Nylonbluse mit aufgesticktem Gänseblümchen?«

Wieder Stille. »Zeig mir einen Ausweis.«

»Ich habe keinen Ausweis dabei. Meine Handtasche ist ...«

»In der Leichenhalle. Im Haus eingeschlossen. Zusammen mit den Autoschlüsseln. Glaub' ich sofort. Aber eins muß man dir lassen: Du denkst wirklich schnell.«

»Schlagen Sie im Telefonbuch nach. Da finden Sie meinen Namen, und den Namen meiner Reinigungsfirma, und wenn Sie bei mir anrufen, können Sie sich sogar meine Stimme auf dem Anrufbeantworter anhören.«

»Gute Idee. Ich hol' nur eben mein altes Handy aus der Tasche und ... oh, tut mir leid, das ist ja gar nicht meine Hose. Meine liegt in der Leichenhalle, und das Telefon auch. Sie sind drinnen eingeschlossen. Genau wie deine Handtasche. Und die Schlüssel. Kann ich wohl doch nicht anrufen und überprüfen, ob du die Wahrheit sagst. So ein Pech.«

»In Murfreesboro gibt es Dutzende von Telefonzellen. Sie müssen nur in die Stadt fahren, bei einer anhalten und eine Münze einwerfen.«

»Wenn ich mich mal wieder richtig blöd anstellen will, mach' ich das gern.«

»Sie könnten es gleich tun. Da steht der Lieferwagen.«

»*Falls* er noch fährt, was überhaupt nicht sicher ist, und *falls* ich Lust habe, mich wieder jagen zu lassen. Im Augenblick denke ich nicht dran, hier wegzufahren. Die Männer haben nicht gesehen, wo wir die Straße verlassen haben.«

»Woher wollen Sie das wissen?«

»Weil deine Freunde sonst längst über uns hergefallen wären.«

»Sie sind nicht meine Freunde. Das habe ich Ihnen doch schon gesagt.«

»Und ich habe dir nicht geglaubt. Ich bin wohl nicht sehr vertrauensselig.«

»Wenn Sie wirklich ein Bulle sind, bringen Sie mich nicht um«, dachte Summer laut. Die Erkenntnis leuchtete ganz plötzlich in ihr auf, wie eine Feuerwerksrakete am Unabhängigkeitstag. Vor Erleichterung wurde ihr flau, und ihre Stimmung stieg in ungeahnte Höhen. »Ich verschwinde.«

Sie stand auf. Bei der plötzlichen Bewegung wurde ihr schwindelig, so daß sie sich gegen den Lieferwagen lehnen mußte.

»Nichts da.« Der Mann griff nach ihr und hielt sie am Fußgelenk fest. »Du bist verhaftet.«

»Was?«

»Hörst du schlecht? Du bist verhaftet.«

»*Verhaftet?* Sie können mich doch nicht verhaften!«

»Ich habe es gerade getan.«

»Das dürfen Sie nicht! Ich habe nichts verbrochen! Außerdem sind Sie nur so was Ähnliches wie ein Bulle, falls das stimmt, was ich sehr bezweifle, und ich glaube kaum, daß so was Ähnliches wie ein Bulle – was immer das heißt – irgend jemanden verhaften darf. Was ist das, so was Ähnliches wie ein Bulle? Eine Art Mietbulle? Wie die, die zu Weihnachten am Einkaufszentrum den Verkehr regeln? Oder ist es mehr so was wie die Leute vom Wachschutz? Die dürfen auch niemanden verhaften.«

»Jesus, bist du jetzt fertig? Ich bin ein Bulle, okay? Einfach ein Bulle. Und du bist verhaftet.«

»Das glaube ich nicht.« Finster schaute sie ihn an. »Zeigen Sie mir Ihren Ausweis.«

»Sehr witzig.« Die Antwort darauf kannten sie beide.

»Ich glaube nicht, daß Sie ein Bulle sind.«

»Und ich glaube nicht, daß du eine Putzfrau bist. Wir sind also quitt.«

»Lassen Sie mein Bein los!«

»Zwing mich doch.«

Summer atmete tief ein. »Wenn Sie ein Bulle sind, dann kann ich mich über Sie beschweren. Sie haben mir ein Skalpell an die Kehle gesetzt. Sie haben mich ins Gesicht geschlagen. Sie haben mir an die Brust gefaßt. Sie haben mich zu Tode erschreckt. Ich bringe Sie so tief in Schwierigkeiten, daß Sie nie wieder herauskommen.«

»Oooh, ich zittre vor Angst.«

»Das sollten Sie auch. Mein Schwiegervater ist der Polizeichef hier in der Stadt.«

»*Was?*« Darüber mußte er offenbar nachdenken. Dann schüttelte er den Kopf. »Ja, sicher. Himmel, kannst du schnell denken. Was bist du wirklich, eine pathologische Lügnerin?«

»Ich sage die Wahrheit, verdammt noch mal. Auch diesmal.«

»Klar doch. Ich wette, du weißt nicht mal, wie der Polizeichef heißt.«

»Rosencrans«, erwiderte sie triumphierend. »Samuel T. Rosencrans.«

Stille. »Das kannst du sonstwo gelesen haben.«

»Könnte ich. Habe ich aber nicht. Er hat einen häßlichen Leberfleck unter dem linken Ohr, und er raucht Zigarre. Und das *T.* steht für *Tyneman.*«

Wieder Stille. »Der alte Rosey hat nur einen Sohn. Nach allem, was ich gehört habe, ist der mit einem fünfundzwanzigjährigen zum Umfallen schönen New Yorker Model für Unterwäsche verheiratet.«

»Für *Dessous.* Das ist zwar etwas überholt, aber es stimmt. Das Model bin ich.«

Frankenstein betrachtete sie von Kopf bis Fuß. »Klar. Und ich bin Marky Mark.«

Das ärgerte sie. »Sicher, seitdem sind ein paar Jahre vergangen, und ich habe etwas zugenommen. Na und? Ich bin es trotzdem.«

»Ich dachte, du bist Putzfrau?«

»Bin ich auch.«

»Eine Putzfrau, die Däh-sohs vorführt?« Er sprach das Wort absichtlich falsch aus. Der höhnische Unterton war nicht zu überhören.

»Dessous habe ich früher vorgeführt«, stieß sie zwischen zusammengebissenen Zähnen hervor. »Jetzt betreibe ich eine Reinigungsfirma.«

»Ja, sicher. Du hast den Beruf gewechselt. Kann ich gut verstehen. Wer würde nicht lieber Klos putzen, als in BH und Slip vor der Kamera rumzuhüpfen. *Ich* bestimmt.«

Summer blickte ihn giftig an. »Ach, seien Sie still. Und lassen Sie mein Bein los.«

»Rosencrans oder nicht Rosencrans, du bist immer noch verhaftet.«

»Schön. Ich bin also verhaftet. Würden Sie jetzt mein Bein loslassen?«

»Ich mache dich wohl an?« fragte er spöttisch und strich ihr mit dem Zeigefinger herausfordernd über den Unterschenkel. »So wirke ich nun mal auf die Weiber.«

»Mir wird gleich schlecht.«

»Die Wirkung habe ich auch oft.« Diesmal grinste er wirklich, wenn auch nur kurz. Den Finger hielt er wieder still.

»Das glaube ich«, erwiderte sie überzeugt.

»Ich warne dich: Falls du wegrennst, stoppe ich dich. Auf der High-School war ich Verteidiger beim Football. Wenn ich mit jemandem spiele, dann auf die grobe Art.« Er ließ ihr Fußgelenk los und stand auf. Wie sie schon einmal festgestellt hatte, war er nicht sehr groß, aber sein Körperbau entsprach durchaus dem eines Footballspielers. Schultern, Oberarme und Brust waren furchterregend. Oder sahen sie nur so aus, weil ihm das T-Shirt zu eng war? Egal. Summer zweifelte nicht daran, daß er sie aufhalten würde, falls sie weglief. Und das würde weh tun. Also blieb sie, wo sie war.

»Was für eine High-School?« fragte sie bissig.

»Trinity.« So hieß eine katholische High-School im nahegelegenen Nashville, die für ihr Football-Team bekannt war.

»Ach ja? Wie ist Ihr Name?« Summer hatte damals eine Menge Leute vom Trinity gekannt. Hauptsächlich Jungen. Als Teenager hatte sie sich oft in Nashville herumgetrieben. Großstadtleben, Großstadttrubel, und das Ganze nur sechzig Kilometer von Zuhause entfernt.

»Steve.«

»Steve wer?«

»Calhoun.« Er sprach, als wäre er vor etwas auf der Hut, und gerade das brachte sie auf die richtige Spur. *Steve Calhoun.* Hier im Bergland von Tennessee war er noch berühmter als der legendäre Grenzer Davy Crockett. Obwohl man vielleicht lieber *berüchtigt* sagen sollte.

Offenbar hatte sie ihn ein bißchen merkwürdig angeschaut, denn er meinte nüchtern: »Wie ich sehe, hast du schon von mir gehört.«

7

»Wer hätte das nicht?« Summer dachte nicht daran, seine Gefühle zu schonen. Steve Calhoun war tatsächlich ein Bulle. Genauer gesagt, Detective bei der Staatspolizei von Tennessee. Wenigstens war er das einmal gewesen. Ob er es jetzt noch war, wußte Summer nicht genau, denn die Zeitungen hatten längst das Interesse an ihm verloren.

Wie dem auch sei, vor etwa drei Jahren war er in eine der aufsehenerregendsten Dreiecksgeschichten verwickelt gewesen, die sich je in diesem Teil von Tennessee zugetragen hatten. Die unglückselige Liebesgeschichte war über Nacht publik geworden, weil die Frau, mit der Steve Calhoun ein Verhältnis hatte – zu allem Überfluß war sie mit einem seiner Kollegen verheiratet –, sich in seinem Büro erhängt hatte. In der Polizeizentrale, mitten in Nashville. Die Tote war eine hoffnungsvolle Country-Sängerin gewesen und hatte kurz vor dem Durchbruch gestanden; das machte die Sache noch aufregender. Außerdem hatte die Frau keinen Abschiedsbrief hinterlassen, sondern eine Videokassette. Der Film enthielt einige sensationelle Aufnahmen von ihr und Steve Calhoun, dem Kollegen und besten Jugendfreund ihres Mannes. Beim heißen Sex. Auf dem Schreibtisch. In dem gleichen Büro, in dem sie sich später das Leben genommen hatte. Laut Videofilm hatte sie sich umgebracht, weil Steve Calhoun das ehebrecherische Verhältnis mit ihr beendet hatte.

Das Fernsehen war begeistert gewesen, die Zeitungen ebenfalls. Sogar der *National Enquirer* hatte darüber berichtet.

Steve Calhoun hatte seine sprichwörtliche Viertelstunde Berühmtheit wahrlich genießen dürfen.

»Na ja. Du darfst nicht alles glauben, was du hörst. Von

den Geschichten, die man sich damals erzählt hat, war die Hälfte gelogen.«

»Heißt das, die andere Hälfte nicht?« Die Frage rutschte ihr einfach heraus.

Der Ausdruck in seinen Augen war vernichtend. »Werd bloß nicht zum Klugscheißer, Rosencrans. Klugscheißer kann ich nicht leiden.«

»Oooh, hab' ich eine Angst.«

»Gut. Wenn du Angst hast, gefällst du mir besser. Dann hältst du wenigstens den Mund.«

»Außerdem heiße ich nicht Rosencrans, sondern McAfee. Summer McAfee. Lem Rosencrans und ich sind geschieden.«

»Kluger Junge.«

»Wenn ich mich recht erinnere, sind Sie gefeuert worden, nachdem die – ganze Geschichte bekannt wurde. Also sind Sie kein Bulle. Nicht mal so was Ähnliches. Jetzt nicht mehr. Und ganz bestimmt nicht in Murfreesboro. Mit anderen Worten, ich verschwinde.«

»Nur zu, Rosencrans. Versuch es. Tu mir den Gefallen.«

Sie schaute ihn an. Er schaute sie an. Den Blick hätte nicht einmal Dirty Harry überbieten können – und Dirty Harry hatte immerhin beide Augen zur Verfügung gehabt. Summer verschränkte die Arme über der Brust, seufzte gekränkt, lehnte sich mit der Schulter gegen den Lieferwagen – und blieb.

»Du bist wohl doch nicht so blöd, wie du aussiehst.«

Das ignorierte sie lieber. »Was hatten Sie eigentlich mitten in der Nacht auf einem Einbalsamierungstisch in einer Leichenhalle verloren?«

»Hast du noch nie von Harmon Brothers' Sonderangebot für Schnellentschlossene gehört? Melde dich noch vor dem Tod, und du bekommst alle Leistungen zum halben Preis.«

»Ha ha.«

»Ich mag Frauen, die über meine Witze lachen.«

Summer schenkte ihm einen mörderischen Blick. Trotzdem verbrannte er nicht zu Asche.

»Im Ernst. Wie sind Sie da hingekommen? Hatten Sie einen Unfall oder so was?«

»Einen Unfall. Genau.« Er schnaubte verächtlich. »Deine

Freunde haben mich halb zu Brei geschlagen und mit Kerosin übergossen, und sie waren gerade dabei, das Krematorium für mich anzuheizen, als du mir den Puls fühlen mußtest. Zum Glück ist mein Schädel härter, als sie dachten, sonst wäre mein Hintern jetzt gut durchgebraten.«

»Es sind nicht meine Freunde, wie oft soll ich Ihnen das noch sagen. Ich habe nicht die geringste Ahnung, wer sie sind.« Das laute Summen der Klimaanlage war also erklärt. Summer hatte sich das Dröhnen nicht nur eingebildet, das Geräusch war von der Feuerung des Krematoriums verursacht worden. Das Krematorium lag gleich neben dem Einbalsamierungsraum. Plötzlich fror sie innerlich.

»Weißt du was? Ich fange an, dir zu glauben.«

»Sie sind wohl doch nicht so blöd, wie Sie aussehen.« Das trug ihr einen anerkennenden Blick ein. »Also, was sind das für Männer? Wer hat das mit Ihnen gemacht?«

»Das frage ich dich.«

Sie atmete tief ein. »Vergessen Sie's. Vergessen Sie's einfach. Es interessiert mich gar nicht. Wenn die Leute *Sie* umbringen wollen, gehören sie bestimmt zu den Guten. Meinen Segen haben sie jedenfalls. Und jetzt gehe ich nach Hause.«

Summer stieß sich vom Lieferwagen ab, um genau das zu tun. Ein Fußmarsch von fünfundzwanzig Kilometern mit nur einem Schuh war harmlos, verglichen mit der Pein, noch eine Sekunde länger bei ihm zu bleiben, und falls er sie aufzuhalten versuchte – sie war genau in der Stimmung, ihn windelweich zu prügeln.

Er baute sich vor ihr auf und versperrte ihr den Weg. »Rosencrans. Neihein.«

»Verpiß dich, Frankenstein.« Sie wollte an ihm vorbeischlüpfen, doch er hielt sie am Arm fest.

»Frankenstein?« Das klang, als wollte er gleich loslachen.

»Sie sehen so aus. Lassen Sie meinen Arm los.«

»Erst ...« Er unterbrach sich und lauschte. Dann hörte Summer es auch: das dumpfe Surren eines Propellers.

»Ein Hubschrauber.« Seine Stimme wurde plötzlich hart. Er umklammerte Summers Arm so fest, daß es schmerzte. »In den Wagen! Los!«

Ihr blieb keine Wahl. Bevor sie sich rühren konnte, faßte er sie um die Taille, hob sie hoch und warf sie förmlich durch die offene Wagentür.

»Jesus, wieviel wiegst du bloß?« Er sprang hinter ihr ins Innere, legte ihr eine Hand auf den Po und stieß sie vom Beifahrersitz, wo sie gelandet war.

»Sind Sie immer so ein Ekel, oder geben Sie sich bei mir besonders viel Mühe?« Summer rutschte auf den Boden zwischen den Sitzen und schlug schmerzhaft mit dem rechten Knie auf. Das linke Knie blieb nur deshalb verschont, weil es nicht den Boden berührte. Dafür reichte der Platz nicht. »Runter!«

Er knallte die Tür zu und schob sich über Summer, drückte sie in den engen Spalt zwischen den Sitzen und deckte sie mit seinem Körper zu. Summer lag halb auf der Seite. Es war elendig unbequem, und sein Geruch, seine Wärme, sein Gewicht nahmen ihr den Atem.

»Sie sind auch nicht gerade federleicht«, murrte sie und versuchte sich zu befreien, was nur dazu führte, daß sie bald flach auf dem Rücken lag.

»Nichts als Muskeln. Muskeln wiegen mehr als Fett, das weiß doch jeder.«

»Ach ja, richtig.«

Diesmal konnte Summer ihn deutlich grinsen sehen, denn das Wageninnere war plötzlich hell erleuchtet. Was um Himmels willen ...? Ein Scheinwerfer. Natürlich. Der Hubschrauber hatte einen Suchscheinwerfer. War das etwa ein *Polizei*hubschrauber? Hatte jemand die Schüsse gehört und die Polizei alarmiert? Dann waren sie ja gerettet! Sie mußten nur aufspringen und winken! Dem Geräusch nach zu urteilen, befand sich der Hubschrauber fast genau über ihnen.

»Das ist bestimmt die Polizei!« So sehr Summer sich auch drehte und wand, sie konnte sich nicht befreien. Dieser Mann klebte an ihr wie eine Klette. Immerhin schaffte sie es, sich und ihn weiter nach hinten zu schieben, in den schmalen freien Raum auf der Ladefläche. Dort blieb sie schwer atmend auf dem Rücken liegen. Rechts und links von ihr an den Wänden stand die Ladung aufgestapelt, etwa brusthoch. Beim

Herumtasten riß Summer eine der Möbeldecken herunter. Die Decke glitt so plötzlich über sie, als hätte jemand einen Vorhang heruntergelassen. Sofort hüllte erstickendes Dunkel sie ein.

»Möglich.« Steve Calhouns Atem strich ihr warm und feucht über den Hals. Summer schob die muffig riechende Decke von ihrem Gesicht weg, sog tief die frische Luft ein und stieß dem Mann gegen die Schulter. Er rührte sich nicht. Sein Oberkörper drückte ihre Brüste flach, seine Beine lagen schwer wie Baumstämme auf ihren. Er fühlte sich hart und schwer an wie ein Möbelstück.

»Lassen Sie mich hoch! Wir müssen nachsehen – und ihn ranwinken, falls er von der Polizei ist!« Bei dem Versuch, sich zu befreien, wickelte sie sich und den Mann noch fester in die Decke. Nur ihr Kopf und ihre Arme waren noch frei. Vergeblich zupfte sie an dem schweren grauen Stoff.

»Ich fürchte, du bist nicht ganz im Bild, Rosencrans. Wir ...«

Er verstummte, weil die Windschutzscheibe zerbarst. Glasbrocken schossen durchs Wageninnere wie Schrotkugeln mit Turboladern. Summer duckte sich, denn rings um sie klirrte und raschelte es. Ein Stück Glas traf sie am Hals. Unwillkürlich zuckte sie zusammen und schrie auf.

Frankenstein fluchte, schmiegte sich enger an sie und zog die Decke über ihre Köpfe. Plötzlich war Summer sehr froh darüber, daß ein großer schwerer Mann auf ihr lag und die Decke sie zusätzlich schützte.

Das Fenster in der Beifahrertür zerbrach, und etwas, das wie Hagel klang, prasselte gegen Dach und Seitenwände. Die Unbekannten im Hubschrauber schossen auf sie. Das war dann wohl doch nicht die Polizei.

»Was sind das für Leute?« flüsterte Summer. Vor ihrem inneren Auge lief die Schlußszene aus *Butch Cassidy und Sundance Kid* ab; die Szene, in der die Helden von einem Kugelhagel niedergemäht werden.

»Das frage ich dich«, erwiderte er.

Unter anderen Umständen hätte sie ihn geohrfeigt. Leider war ihr jedoch nur allzu klar, daß im Augenblick er allein zwischen ihr und einer Kugel stand – vielmehr lag. Einer Menge Kugeln.

Also schlug sie ihn nicht. Statt dessen machte sie sich so klein wie möglich und hielt ganz, ganz still. Der Mann über ihr umfing sie schützend und schirmte ihren Körper ab, so gut es ging.

So unvermittelt, wie er begonnen hatte, endete der Hagelschauer wieder. Einen Augenblick später steckte Frankenstein vorsichtig den Kopf unter der Decke hervor. Zu Summers Erleichterung war das Scheinwerferlicht erloschen. Die Nacht war dunkel und still wie der Tod.

Der Vergleich ließ Summer schaudern.

»Alles okay?« Er atmete schwer.

»J … ja.« Wenn man davon absah, daß ihr die Zähne klapperten.

»Wir müssen von hier verschwinden.« Er schob sich von ihr herunter und warf die Decke zur Seite. Dann packte er Summer am Hosenbund, gleich über dem Bauchnabel, zog sie auf die Füße und schob sie auf den Fahrersitz.

»Loslassen!« Sie stieß seine Hand weg. Überall lag Glas herum. Summer saß auf einem kleinen Glashaufen. Kaum wurde ihr das klar, sprang sie wieder auf und dankte im stillen Gott dafür, daß es Sicherheitsglas gab. In einem älteren Fahrzeug wären sie von den herumfliegenden Scherben in Stücke gerissen worden. Mit ein paar schnellen Handbewegungen wischte sie den Großteil der Glaskrümel vom Sitz.

»Hör auf, dir um deinen Hintern Sorgen zu machen, und fahr los!« Er stieß sie auf den Sitz zurück, griff nach dem Wählhebel und schaltete auf Rückwärts. Der Lieferwagen bewegte sich nicht.

»Wieso fährst du nicht selbst?« Ihr fiel nicht auf, daß sie ihn plötzlich duzte.

»Weil ich alles, was ich überhaupt erkennen kann, doppelt und dreifach sehe. Außerdem machst du das gut. Du hast es schließlich bis hierher geschafft, oder?« Er trat aufs Gaspedal. Einen kurzen Moment lang drehten die Räder durch, dann schoß der Wagen nach hinten.

»Ich fahre!« Summer packte das Lenkrad.

»Braves Mädchen.« Er grinste; falls man diese Grimasse, bei der er die Zähne bleckte und das geschundene Gesicht schief zog, tatsächlich als Grinsen bezeichnen konnte. Merkwürdig, wie wenig sie sich inzwischen vor ihm fürchtete. Er sah zwar aus wie jemand aus einem Horrorfilm, er hatte ihr weh getan und sie bedroht und so sehr erschreckt, daß sie in den nächsten fünf Jahren nicht mehr ruhig schlafen würde, aber eins wußte sie so sicher, wie sie ihren Namen wußte: Frankenstein würde sie nicht umbringen. Dafür vielleicht jemand anders, und zwar seinetwegen.

»Wir sind ein gutes Team, meinst du nicht auch?« Er schaltete auf Vorwärts und gab Gas. Der Wagen jagte nach vorn. Durch das Loch, in dem einmal die Windschutzscheibe gewesen war, rauschte warme Nachtluft voller Insekten ins Wageninnere. Einen schrecklichen, verrückten Augenblick lang fürchtete Summer, sie würden erneut gegen die Erntemaschine krachen. Gerade noch rechtzeitig riß sie das Steuer nach rechts, und das gelbe Metallungeheuer huschte an ihnen vorbei.

»Gut reagiert«, lobte er.

»Nimm den verdammten Fuß vom Gas!«

Falls er es hörte, achtete er nicht darauf. Sie rasten über das holprige Feld, und zwar – so hoffte Summer – geradewegs auf das Loch zu, das sie vorhin in den Zaun gerissen hatten. Der Mais bildete einen wehenden Vorhang, der ihr die Sicht nahm. Der Wagen mähte die Pflanzen nieder. Sie kippten vor ihm um wie Dominosteine.

Summer war froh, als sie auf das Sojabohnenfeld hinausschossen. Wenigstens sah sie jetzt, wohin sie fuhr. Da drüben war das Loch im Zaun, ein Stück weiter links. Bei Vollgas schafften sie es nicht ganz, sondern rissen noch einmal gut zwei Meter Holz aus dem Zaun.

Morgen früh würde hier ein tobender Farmer herumlaufen.

Aber das war nicht Summers Problem. Ihr Problem – zumindest ihr dringendstes Problem – war der Verrückte mit dem Bleifuß neben ihr. Und der kugelsprühende Hubschrauber, der vermutlich irgendwo da draußen am wilden mitternachtsblauen Himmel auf sie lauerte. Und die bewaffneten Schläger.

Und der Vierzigtonner, der über den Highway 231 direkt auf sie zudonnerte.

»Nimm den Fuß vom Gas!« schrie sie noch einmal. Im gleichen Moment erreichten sie den Graben und flogen durch die Luft. Der Lieferwagen setzte schwankend auf dem Asphalt auf – keine dreißig Meter vor dem Lastzug. Das Steuer wurde ihr aus der Hand gerissen. Der Wagen schleuderte hin und her. Eine Hupe brüllte. Bremsen kreischten. Scheinwerfer blendeten sie. Summer schloß die Augen. Sie hörte es quietschen, krachen, poltern, als würden ihre Ohren den Zusammenstoß in Zeitlupe wahrnehmen.

»Jesus, fährst du miserabel.«

Summer öffnete die Augen. Anscheinend lebten sie noch, fuhren noch, rasten über den Highway auf die Stadt zu. Überrascht hielt sie den Atem an und schaute in den Außenspiegel – der Rückspiegel war zusammen mit der Windschutzscheibe draufgegangen. Der Vierzigtonner hing in einem verrückten Winkel im Straßengraben. Während sie noch hinschaute, wurde die Tür aufgestoßen, und der Fahrer sprang heraus.

Er schüttelte die Faust und brüllte ihnen etwas nach.

»Du hättest uns fast umgebracht!« sagte sie schrill und warf Steve Calhoun einen wütenden und anklagenden Blick zu.

»Hör zu, Rosencrans, wenn wir nicht schleunigst von hier verschwinden, werden *die* uns umbringen. Was meinst du, was das da hinten war, so 'ne Art Schießübung?«

Zum erstenmal im Leben war Summer sprachlos.

8

Minuten später sausten sie auf die nächste Kreuzung zu. Zum Glück war sie so verlassen wie die erste. Geradeaus ging es nach Murfreesboro, nordwestlich nach Nashville, südöstlich nach Chattanooga. Außerdem konnten sie eine volle Kehrtwendung machen, dann würde der Highway 231 sie nach Alabama bringen. Da sie im Augenblick mit mehr als hundertvierzig Kilometern pro Stunde über eine Straße fuhren, auf der nur siebzig erlaubt waren, hielt Summer geradeaus für die beste Lösung. Wenn möglich, würde sie gern alles vermeiden, was sie wieder in Todesgefahr bringen konnte.

»Links rum«, befahl Steve Calhoun.

Nach Nashville, nicht nach Murfreesboro. Und natürlich wollte er sie auf zwei Rädern um die Kurve schlittern lassen, nur so zum Spaß vermutlich. Allmählich kam ihr nämlich ein Verdacht: Steve Calhoun liebte den Rausch der Geschwindigkeit, genau wie die Jungs in *Top Gun.*

»Was ist, hast du Heimweh?« Sie konnte der Versuchung nicht widerstehen.

»Sehr witzig, Rosencrans. Tu einfach, was ich dir sage.«

»Nimm den Fuß vom Gas!«

Er beachtete sie nicht. Der Lieferwagen schoß mit affenartiger Geschwindigkeit auf die Kreuzung zu. Da Summer keine Anstalten machte, todesmutig um die Kurve zu fegen, griff Steve Calhoun nach dem Lenkrad. Summer schlug seine Hand weg – und verlor die Beherrschung. Sie faßte nach unten und kniff ihn kräftig in den nackten und behaarten, mit blauen Flecken übersäten Oberschenkel. Er schrie auf.

Und brachte sein Bein schleunigst in Sicherheit. Kaum hatte er den Fuß vom Gaspedal genommen, verlangsamte der Wagen seine Fahrt.

»Was zum Teufel sollte das denn?« Er rieb sich den Oberschenkel und funkelte sie wütend an.

»Ich habe dir doch gesagt, du sollst den Fuß vom Gas nehmen. Hier fahre *ich,* hast du das vergessen?«

»Du gemeines Miststück.« Wieder rieb er sich den Oberschenkel. »Das hat weh getan. Links rum!«

»Ja doch!« Sie tat, was er verlangte, wobei sie wohldosiert die Bremse benutzte, bis sie die Kreuzung hinter sich hatten. Dann warf sie einen mißtrauischen Blick auf seinen Bleifuß und beschleunigte. Sie fuhren jetzt auf dem Highway 41 nach Nordwesten.

Hügelige Felder huschten an ihnen vorbei, dazwischen Drahtzäune und ab und zu ein paar Laubbäume. Die warme Luft blies Summer Insekten ins Gesicht. Es roch stark nach Dünger. Ein großer Käfer flog mit dem Fahrtwind herbei und zerplatzte an ihrer Wange. Angewidert wischte sie sich den schmierigen Tierkörper vom Gesicht.

»Du weißt, daß wir von bösen Männern mit Pistolen verfolgt werden, nicht wahr? Wenn wir uns nicht wirklich beeilen, holen sie uns ein.«

»Ach, halt den Mund.« Trotzdem gab sie ein wenig mehr Gas. Die Tacho-Nadel kroch auf die Hundertvierzig zu. Summer kniff die Augen zusammen, um sie vor Insekten und Fahrtwind zu schützen, und versuchte verzweifelt, die schwarze Fahrbahn zu erkennen, die vor ihnen in der ebenso schwarzen Nacht verschwand.

»Irgendwo hier gibt es eine Schotterstraße. Die müssen wir finden. Sie geht rechts ab. So dunkel, wie es hier ist, können wir sie leicht verpassen.«

»Dann sollten wir vielleicht die Scheinwerfer einschalten.«

»Jesus, Rosencrans, hast du's immer noch nicht kapiert? Wir versuchen uns zu verstecken, weil uns jemand umbringen will. Weißt du, dieser Hubschrauber hat sich nicht einfach in Luft aufgelöst. Er hat sich nur kurz zurückgezogen vielleicht weil der Lastzug vorbeikam, vielleicht aus einem andern Grund. Jedenfalls kannst du deinen Bippy drauf wetten, daß er jetzt nach uns sucht. Wer weiß, wie viele Autos gerade von Murfreesboro losfahren, vielleicht auch von Nashville und von Gott weiß woher noch, um uns aufzuspüren. Nicht mehr lange, dann gibt es hier in der Gegend mehr von diesen Typen als Ameisen auf einer Picknick-Decke. Und du willst die Scheinwerfer einschalten?« Er schüttelte den Kopf. »Keine gute Idee.«

»Was hast du angestellt?« fragte Summer mit gedämpfter Stimme.

Frankenstein schnaubte. »Sagen wir einfach, ich bin den falschen Leuten höllisch auf die Nerven gegangen, okay?«

»Wem?«

»Hör mal, spielt das irgendeine Rolle? Wer immer hinter

mir her ist, ist auch hinter dir her, genügt das nicht? Und die Leute sind nicht besonders nett.«

O Gott. Das hatten sie deutlich genug bewiesen. »Wenn ich wieder zu Hause bin, muß ich unbedingt jemanden feuern«, murmelte Summer.

»Was?«

»Ach, nicht so wichtig.«

»Verdammt, Rosencrans, ich glaube, du bist eben an der Nebenstraße vorbeigefahren! Mußt du denn ununterbrochen reden?«

In der Ferne war ein Geräusch zu hören; vielleicht das Surren des Hubschrauberrotors. Sie bemühten sich beide, das Geräusch trotz Fahrtwind zu identifizieren. Summer vergaß augenblicklich, was sie hatte antworten wollen. Bei dem Gedanken an die Gewehrsalven, die die Männer im Hubschrauber auf den Lieferwagen abgefeuert hatten, lief ihr ein angstvoller Schauder über den Rücken. Nach einem entsetzten Blick auf den Mann neben ihr trat sie auf die Bremse, wendete in einem weiten Kreis, bei dem der Wagen über den Grasstreifen am anderen Straßenrand holperte, und fuhr zurück. Nur langsamer. Wo war diese Straße?

»Da! Siehst du's?« Er zeigte hin.

Summer entdeckte eine Fahrspur, die durch kniehohes Gras zu einem Drahtzaun führte und dort anscheinend an einem breiten schwarzen Graben endete. Ganz sicher war Summer nicht, dazu war es zu dunkel, aber für einen Fluchtweg sah ihr das reichlich kurz aus.

»Bist du sicher?« fragte sie skeptisch.

»Bieg ein, ja?«

Dem Lärm nach zu urteilen, kam der Hubschrauber näher, falls es denn wirklich ein Hubschrauber war. Summer schickte ein stummes Stoßgebet zum Himmel und lenkte den Wagen von der Straße auf die Fahrspur. Holpernd rollte er durch Furchen und über Steine.

Nach etwa fünf Metern bremste sie notgedrungen, dicht vor dem Graben. Aus der Nähe sah er mehr wie ein tiefes Bachbett aus.

»Wieso hältst du an?«

»Du hast es vielleicht noch nicht bemerkt, aber vor uns ist ein Graben. Was nun?«

»Das ist ein Viehgitter, Rosencrans.«

»Hör auf, mich so zu nennen! Ich heiße Summer *McAfee.*«

Sie spähte durch die ehemalige Windschutzscheibe. Beim näheren Hinschauen sah sie ein Gitter aus schwarzen Metallstäben im Mondlicht schimmern. Die Stäbe bildeten eine flache Brücke über den Abgrund. Als Mädchen vom Lande hätte sie das eigentlich erraten müssen. Rechts und links von ihnen war ein Zaun, folglich hätte ohne das Viehgitter vor ihnen ein Tor sein müssen. Dumm von ihr. Schweigend fuhr sie hinüber.

Auf der anderen Seite wurde der Weg nicht besser. Zitternd und schwankend folgte der Lieferwagen der kaum sichtbaren Fahrspur, die zur anderen Seite der Weide führte. Das Grundstück wurde von einem weiteren Zaun begrenzt, dahinter begann anscheinend dichter Wald.

Der Hubschrauber – falls es ein Hubschrauber war – hatte sich inzwischen sehr weit entfernt. Summer hörte ihn kaum noch.

»Wo fahren wir hin?«

»Zu einem Ort, den ich kenne.«

»Was für einem Ort?«

»Fahr einfach, ja? Jesus. Jammerst du immer so viel?«

»Fick dich, Frankenstein.«

»Vielleicht später. Wenn wir mehr Zeit haben.«

»Du träumst wohl.«

»Glaub mir, Rosencrans, für dich ist in meinen Träumen kein Platz. Eher schon für einen Dreier mit nackten Blondinen, Oberweite Hundert.«

»Das glaube ich.«

»Solltest du auch. Es stimmt nämlich. Paß auf! Das ist eine Kuh!«

Summer trat auf die Bremse. Wirklich, da lag eine Kuh, mitten auf dem Feldweg, und käute in aller Ruhe wieder. Eine Schwarze Angus, um genau zu sein – ein wertvolles Mastrind von der Farbe der Nacht. Die feuchten Augen glänzten im Mondlicht; sonst wäre es vollkommen unsichtbar gewesen. Wenn Frankenstein es nicht entdeckt hätte, wäre Summer glatt über das Tier hinweggefahren. Oder vielmehr in es hinein. Irgendwie glaubte sie nicht, daß der Lieferwagen mit der Kuh fertig geworden wäre. Es war eine sehr große Kuh.

»Fahr drum herum«, befahl er ungeduldig.

»Und wenn wir steckenbleiben? Wer weiß, wie der Boden auf der Weide aussieht. Steig aus und scheuch sie vom Weg.«

»Damit du losfährst und mich sitzen läßt? Nichts da. Kommt nicht in Frage.«

Da genau dieser Einfall kurz und verstohlen bei ihrem Verstand angeklopft hatte, erwiderte sie nichts. Sondern drückte auf die Hupe. Die Kuh rührte sich nicht. Frankenstein packte Summer am Handgelenk.

»Jesus, Rosencrans! Wieso sendest du nicht gleich Rauchzeichen aus, damit alle wissen, wo wir sind?«

»Mein Name ist *McAfee*. Und daran habe ich nicht gedacht.« Sie war zu sehr mit der Frage beschäftigt gewesen, ob und wie sie ihn loswerden konnte.

»Das glaube ich sofort.« Seinem Tonfall nach zu urteilen, war das kein Kompliment. Summer entriß ihm ihr Handgelenk.

Auf dem Highway 41 zischte ein Auto vorbei, Richtung Nashville. Seine Scheinwerfer zerrissen das Dunkel. Der Wagen fuhr viel zu schnell. Summer versteifte sich und warf dem Mann neben ihr einen Blick zu.

»Fahr drum herum«, wiederholte er. Offenbar teilte er ihre Bedenken, was dieses Auto betraf; das hörte sie an seiner Stimme.

Wortlos fuhr sie um die Kuh herum, wich einer Furche von der Größe des Grand Canyon und zwei weiteren Rindviechern aus und lenkte den Wagen rumpelnd auf die Fahrspur zurück. Ein zweites Viehgitter markierte die Grenze zwischen Weide und Wald. Während der Lieferwagen hinüberrollte, wurde der vermeintliche Hubschrauberlärm erneut lauter. Bis sie das Blätterdach erreicht hatten, war kein Zweifel mehr möglich. Die Verfolger waren zurückgekehrt und befanden sich fast direkt über ihnen.

»Halt an. Wenn wir uns bewegen, sind wir leichter zu finden.«

Summer bremste. Der Hubschrauber verlor an Höhe, und der Suchscheinwerfer leuchtete das Feld ab, das sie eben überquert hatten. Summer drehte sich auf dem Sitz um – gerade noch rechtzeitig, um zu beobachten, wie die Kuh auf dem Feldweg in den Lichtkegel geriet. Was der Lieferwagen nicht vollbracht hatte, das schaffte der Hubschrauber. Das Tier muhte verängstigt, erhob sich und galoppierte zum anderen Ende der Weide. Das Scheinwerferlicht folgte ihm, ließ andere schwarze Leiber aufleuchten, versetzte die ganze Herde in Panik. Einen Moment lang schwebte der Hubschrauber noch über den Tieren, und der Lichtkegel wanderte auf der Weide umher, über Gras und laufende, brüllende Kühe hinweg. So plötzlich, wie er gekommen war, stieg der Hubschrauber in die Höhe, drehte ab und flog nach Norden.

»Das war knapp«, meinte Summer. Ihr Nacken war schweißnaß, die billige Nylonbluse klebte ihr unangenehm am Körper.

»Zu knapp.« Es klang verdammt viel ruhiger, als ihr zumute war. »Los, weiter.«

Sie gab Gas und umklammerte mit den Händen das Lenkrad. Der Lieferwagen hüpfte und schwankte den ausgefahrenen Weg entlang. Bald lag der Highway 41 kilometerweit hinter ihnen, und der Wald wurde lichter. Noch ein Viehgitter, noch eine Weide, dann erreichten sie eine asphaltierte Straße. Hier und da hoben sich dunkle Farmhäuser vom sternübersäten Himmel ab.

Vielleicht war sie überängstlich, aber kaum hatte Summer die schützenden Bäume hinter sich gelassen und befand sich wieder auf einer richtigen Straße, da brach ihr erneut der Schweiß aus. Zum Glück schien die Straße verlassen, und so angestrengt Summer auch lauschte, der Hubschrauber war nicht zu hören. Offenbar befand er sich nicht in der Nähe.

»Nach links«, befahl Steve Calhoun.

Summer gehorchte und atmete tief ein. Ein Nachtfalter flog ihr in den Mund. Sie würgte und spuckte, bis es ihr endlich gelang, ihn loszuwerden.

»An den Geschmack von Insekten muß man sich erst gewöhnen«, bemerkte Steve Calhoun.

»Dir schmecken sie, was?« Angeekelt wischte sie sich Spucke und Nachtfalterflügel vom Kinn.

»Köstlich. Besonders gebraten ...« Trotz geschwollener Lippen schmatzte er genüßlich.

»Du bist widerlich, weißt du das?«

»Ich tue mein Bestes«, erwiderte er in aller Bescheidenheit.

Summer würdigte ihn keiner Antwort. Erst einige Minuten später begann sie wieder zu reden.

»Findest du nicht, wir sollten irgendwo anhalten und die Polizei rufen?«

Er lachte.

»Wir könnten sogar zu einem dieser Farmhäuser fahren und klopfen. Die Leute lassen uns bestimmt telefonieren.«

»Ich raube dir ja nur ungern deine Illusionen, Rosencrans, aber was meinst du eigentlich, wer hinter uns her ist?«

»Was?«

»Jawoll.«

»Das kann nicht sein!« stieß sie stotternd hervor. »Sie haben auf uns geschossen. Sie wollten uns umbringen.«

»Verstehst du jetzt, warum sich so viele ehrbare Bürger über die Brutalität der Polizei aufregen?«

Summer fand das gar nicht komisch. »Du machst Witze, oder?«

»Neihein.«

»O Gott!«

»So geht's mir auch.«

Aus furchtsamen Augen blickte sie ihn an. »Da stimmt doch was nicht. Sammy hat zwar einen Schweinehund zum Sohn, aber er würde seine Leute nie auf unschuldige Menschen schießen lassen!« Ihr fiel etwas ein. »Gut, so unschuldig bist du vielleicht nicht. Trotzdem würde er dich nicht einfach umbringen lassen!«

»Der alte Rosey weiß vielleicht nichts davon.«

»Du meinst, sie handeln ohne Auftrag? Dann müssen wir doch nur zu Sammy fahren, ich weiß, wo er wohnt, er wird dafür sorgen ...«

»Mann, Rosencrans!« rief er aus, während Summer sich schon nach einem Platz zum Wenden umblickte. »Nicht so hastig. So einfach liegen die Dinge nicht. Der Haken ist: Im Augenblick dürfen wir niemandem trauen. Nicht einmal deinem verehrten Schwiegervater. Irgend jemand – ein ganzer Haufen Jemands – will mich dringend umbringen. Ich bin mir nicht sicher, wer und warum. Aber in einem Punkt bin ich mir sicher: Wer immer sie sind, sie würden dich ohne mit der Wimper zu zucken ebenfalls töten.«

»Du weißt nicht einmal, weshalb sie auf dich schießen?« fragte Summer entgeistert.

Frankenstein schüttelte den Kopf. »Nein ... nicht genau.« Er zögerte und warf ihr einen Blick zu. »Vor einigen Jahren bin ich zufällig auf etwas gestoßen – etwas Großes. Dann ... passierte diese Geschichte, und mit einem Schlag hatte ich andere Sorgen als meine Detektivarbeit. Seitdem bin ich jedoch viel zum Nachdenken gekommen – Himmel, in letzter Zeit mache ich kaum etwas anderes –, deshalb bin ich hierher zurückgekehrt. Ich wollte etwas nachprüfen. Heute nacht war ich ein bißchen unvorsichtig, und sie haben mich dabei erwischt. Und alles getan, um mich umzubringen.«

»Wer?« Es war kaum mehr als ein Stöhnen.

»Wie gesagt, ich weiß es nicht. Nicht bestimmt. Genau genommen, muß es gar nicht die Polizei sein. Vielleicht sind nur ein oder zwei korrupte Bullen in die Geschichte verwickelt. Aber irgend etwas geht hier vor, irgendein großes kriminelles Unternehmen. Auf dem Friedhof neben der Leichenhalle wurde irgendein Geschäft abgewickelt. Das habe ich noch beobachten können, bevor ich einen Schlag auf den Kopf bekam.«

»O Gott!« Da hatte sie ahnungslos vor sich hingeschrubbt, während nur Meter entfernt Mord und Totschlag passierten. Gespenster wären ihr lieber gewesen.

»Bieg da ein.« Sie hatten gerade eine Anhöhe überquert und waren vierhundert Meter weiter an einem gedrungenen weißen Holzhaus vorbeigefahren. Frankensteins »da« bezog sich auf einen weiteren ausgefahrenen Feldweg. Diesmal lenkte Summer den Wagen jedoch bereitwillig hinein. Die Vorstellung, daß auf allen Straßen der Umgebung die Wagen ihrer Gegner umherfuhren, ließ sie nicht mehr los. Auch der Hubschrauber war offenbar den Highways gefolgt. Unter diesen Umständen erschien ihr der holprige Wirtschaftsweg wie ein Paradies. Als sie erneut auf eine Asphaltstraße stießen, zog sich ihr Magen krampfhaft zusammen.

»Nach links.«

Sie erreichten eine weitere Anhöhe. In dem schüsselförmigen Tal auf der anderen Seite wiegten sich hohe Kiefern, und eine glatte dunkle Wasserfläche schimmerte im Mondlicht.

»Wo sind wir?« Summer sprach zum erstenmal seit zehn Minuten.

Er schaute sie an. »Am Cedar Lake. Bieg an der nächsten Kreuzung rechts ab.«

Summer gehorchte, und bald darauf sah sie schäbige Anzeichen von Zivilisation vor sich: ein Motel, das Zimmer für vierundzwanzig Dollar pro Nacht anbot; ein McDonald's Restaurant, um diese Uhrzeit geschlossen; noch ein Motel, das Reisende mit »kostenlosem Kabel-TV« lockte; ein heruntergekommener Großmarkt. Nur die Tankstelle mit Minimarkt an der nächsten Kreuzung schien noch geöffnet zu haben. Auf dem Parkplatz stand ein einzelner Wagen. Die entwurzelten Bäume und schweren Maschinen auf der grasbewachsenen Fläche nebenan deuteten darauf hin, daß hier gebaut wurde. Dahinter folgte die Straße in vielen Kurven dem Seeufer.

»Bieg hier ein.« Frankenstein deutete auf eine breite gepflasterte Straße, die zu einem umzäunten Gelände führte. Auf dem Grundstück standen in zwei Reihen lange einstöckige Lagerhäuser. Der Zaun war mindestens drei Meter hoch und oben mit dreifachem Stacheldraht bewehrt. Das Tor am Ende der Zufahrt ebenso hoch und ebenso gut gesichert. Ein unüberwindliches Hindernis, falls Summers Beifahrer nicht deutlich besser klettern konnte als sie selbst.

»Tipp neun-eins-zwei-acht ein.«

Der Lieferwagen hielt vor dem Tor. Summer blickte in die Richtung, in die Frankenstein zeigte, und entdeckte einen schwarzen Metallkasten auf einem Pfahl. Er ähnelte entfernt einem Telefon ohne Hörer. Wie ein Telefon, besaß auch er ein Tastenfeld.

Summer kurbelte das Fenster herunter – es kam ihr lächerlich vor, das Fenster so umständlich zu öffnen, während durch alle anderen die Nachtluft hereinwehte, aber ihres war als einziges heil geblieben – und tippte die vier Ziffern ein. Jedesmal, wenn sie eine Taste berührte, ertönte ein leises Piepen. Als sie fertig war, schaute sie den Kasten gespannt an. Nichts geschah.

»Worauf wartest du noch?« fragte Frankenstein ungeduldig.

Summer blickte nach vorn. Das scheinbar so unüberwindliche Tor schwang auf.

9

Der Bootsliegeplatz hatte sich nicht verändert. Soweit Steve es beurteilen konnte, war in den letzten drei Jahren nicht einmal eine leere Cola-Büchse von ihrem Platz entfernt worden. Der durchgerostete kleine Lastwagen voll Gerümpel stand immer noch da, daneben das alte Winnebago-Wohnmobil, dessen Besitzer nie Zeit fand, es zu restaurieren, das Meer aus alten Gummireifen, die irgend jemand irgendwann für irgend etwas benutzen wollte – sogar die nicht mehr ganz jugendfrischen Boote mit dem hoffnungsvollen ZU VERKAUFEN im Fenster waren die gleichen wie früher, oder deren Zwillingsbrüder. Wie üblich parkten zwischen den Lagerhäusern einige Autos von Wochenendgästen. Am Zaun standen noch immer unzählige rostige Tonnen Wache. Während der Lieferwagen durchs Tor rollte und den Hang hinauf zu der ebenen Fläche hinter den Hallen fuhr, hatte Steve immer mehr das Gefühl, dies alles schon einmal erlebt zu haben. Der Eindruck war so stark, daß ihm schwindelig wurde.

Es war, als hätte die Welt sich rückwärts gedreht, als wäre alles wie früher. Wie damals, bevor Deedee sich umbrachte und damit auch seinem Leben praktisch ein Ende setzte. Durch Deedees Tod hatte er nicht nur sie verloren, sondern mit einem einzigen furchtbaren Schlag auch seinen Job, seine Frau, seine Tochter und seinen besten Freund. Seinen Eltern brach es das Herz; sein Vater starb sechs Monate später an

Herzversagen. Steve verlor die Achtung all seiner Bekannten. Er verlor die Selbstachtung. Dann versuchte er den Schmerz mit Schnaps zu betäuben und hätte fast auch sich verloren.

Deedee war blond und hübsch gewesen, ein süßer Käfer; Steve hatte sie gekannt, seit sie dreizehn war. Er hatte sie zusammen mit Mitch kennengelernt, in der Milchbar, in der sich alle Kids rumtrieben. Der Laden war voll, es gab nur wenige freie Plätze. Mitch und er entdeckten zwei leere Barhocker, und Steve setzte sich, ohne das kraushaarige blonde Mädchen auf dem Nachbarhocker zu beachten. Er wurde erst aufmerksam, als ihr ein Eisbecher serviert wurde: Eis mit heißer Vanillesauce, seine Lieblingssorte. Offenbar hatte er den Eisbecher recht hungrig angeschaut, denn sie sah auf, lächelte und bot ihm einen Löffel voll an. Steve betrachtete ihr hübsches elfenhaftes Gesicht, die himmelblauen Augen, das schelmische Lächeln, und vor Überraschung brachte er kaum die Geistesgegenwart auf, die Lippen zu öffnen. Deedee schob ihm den Löffel mit Eis in den Mund – und blickte an ihm vorbei auf Mitch. In diesem Moment verlor er sie an seinen besten Freund.

Nicht daß es ihn sehr überrascht hätte. Jedes Mädchen, das sie trafen, schaute an ihm vorbei auf Mitch. Mitch war größer, schlanker, gewandter, er sah einfach besser aus. Die Mädchen fanden ihn umwerfend. Daran hatte Steve sich schon in der ersten Klasse gewöhnt.

Aber Deedee hatte etwas an sich … Bei Deedee machte es ihm etwas aus. Warum das so war, wurde ihm nie recht klar. Es gab hübschere Mädchen. Und verdammt viele »nettere«. Deedee feierte gern, und wenn sie getrunken hatte, wurde sie noch wilder, als sie es von Natur aus war. Vielleicht fand er gerade das so anziehend: ihre Wildheit. Angst war Deedee so unbekannt wie Shanghai. Während er selbst seinem Wesen nach alles andere als wild war.

»Der gute alte Steve«, hatte Mitch ihn immer genannt und ihm dabei liebevoll, aber auch ein wenig herablassend auf die Schulter geklopft. Der gute alte Steve: Das traf es genau. Er blieb hartnäckig auf dem einmal eingeschlagenen Weg, er tat stets das Richtige und Naheliegende, er half ohne zu murren, wenn Mitch wieder einmal Dummheiten gemacht hatte. Wer wurde fast geschnappt, als er die amerikanische Flagge zurückbrachte, die Mitch vom Dach der Highschool gestohlen hatte – damals, als sie beide Teenager waren? Der gute alte Steve. Wer erledigte an unzähligen Sonntagen die Hausarbeiten für Montag zweimal, weil Mitch von der Party am Vorabend noch verkatert war und nicht aus dem Bett fand? Der gute alte Steve. Wer deckte Mitch gegenüber Deedee, wenn dieser hinter ihrem Rücken mit anderen Mädchen ausgegangen war, auch nachdem er mit Deedee verheiratet war? Der gute alte Steve.

Als er zur Marineinfanterie ging, nahm er sich deren Motto zu Herzen: *Semper fidelis*. Allzeit treu. Als Freund, als Polizist, als Ehemann. So war er. Der gute alte Steve.

Bis er eines Tages untreu wurde. Eines Tages ließ er sich von billigem Schnaps und der unglücklichen Ehefrau seines besten Freundes verführen und vögelte Deedee um ihren Verstand. Das war der Anfang vom Ende.

Oder vielleicht das Ende vom Anfang. Denn nun war er zurückgekehrt, war wie Lazarus von den Toten auferstanden, um die Scherben seines Lebens aufzusammeln.

Es hatte drei Jahre gedauert, aber schließlich hatte er ihn entdeckt, den Schönheitsfehler in dem Bild, das die Untersuchungsbehörden von Deedees Tod gezeichnet hatten.

Sie hatte sich früh am Sonntag morgen in seinem Büro erhängt. In einem Büro, das er jeden Abend abschloß, mit der gleichen Zuverlässigkeit, mit der er alles tat. In einem Büro, zu dem sie keinen Schlüssel besaß.

Wie war sie hineingekommen?

»Wo sind wir hier?« Die Frage riß Steve aus seinen Träumereien. Er blickte die Frau neben sich an, und sofort wurde ihm wieder bewußt, welch tödliche Wendung sein Leben genommen hatte. Dank der Schläge, die die Männer ihm verabreicht hatten, sah er die Frau doppelt; zwei verschwommene Bilder, die auseinander- und wieder zusammentrieben, die fast miteinander verschmolzen und sich wieder trennten. Zwei Frauen mit nußbraunen Augen, braunem Haar und großen Titten. Zwei Gesichter, die er immer noch nicht richtig erkennen konnte. Zwei unschuldige Zuschauerinnen, die seinetwegen womöglich heute nacht sterben mußten. Oder zwei ausgesprochen schlaue Lügnerinnen. Ganz hatte er sich auch jetzt noch nicht entschieden.

Allerdings war ihm noch nie ein Gauner begegnet, der so viel quatschte.

Während ein kleiner Teil seines Verstandes sachlich bemerkte, er habe sich hoffentlich keine Gehirnerschütterung zugezogen, befaßte sich der übrige Teil (der im Augenblick zugegebenermaßen nicht auf vollen Touren arbeitete) mit der Frage, was jetzt zu tun sei. Es gab mehrere Möglichkeiten; bestimmt gab es die, nur konnte er einfach nicht klar denken. Sein Kopf dröhnte, die Beule, die einmal sein Gesicht gewesen war, pochte unaufhörlich, und sein Körper fühlte sich an, als wäre jeder Muskel einzeln mit einem Montiereisen bearbeitet worden – was nicht weiter verwunderlich war, denn genau das war mit ihm geschehen. Die einzige Lösung, die Steve einfiel, war von klassischer Einfachheit: nichts wie weg.

»Ich habe dich gefragt, wo wir hier sind?«

Einen Moment lang hatte er seine Begleiterin fast vergessen. »Bei einem Bootslagerhaus.«

»Einem *Bootslagerhaus?* Was zum Kuckuck ist ein Bootslagerhaus?«

Was für eine *Schwätzerin*. Bisher hatte sie nur einmal den Mund gehalten, nämlich als sie bewußtlos war. Wenn sie nicht aufpaßte, brachte ihn das noch auf Ideen.

»Ein Lagerhaus, in dem man Boote aufbewahrt.« Er hätte finster die Stirn gerunzelt, wenn das nicht so weh getan hätte.

»Oh, vielen Dank. Dann weiß ich ja Bescheid.«

Steve gab auf. Offensichtlich konnte er sie nicht mit drohenden Mienen einschüchtern – eine Methode, die er früher oft erfolgreich angewandt hatte –, wenn er das Gesicht gar nicht bewegen konnte. »Es dient dazu, die Boote außerhalb der Saison unterzustellen. Manche Leute lassen ihre Boote nicht gern das ganze Jahr über im Wasser. Um diese Jahreszeit dürfte hier nicht viel los sein.«

»Hast du ein Boot hier liegen?«

»Ein Freund von mir. Jedenfalls im Winter. Jetzt liegt es vermutlich vor seiner Hütte am Cedar Lake.«

»Willst du da hin? Zu deinem Freund?«

Steve lachte freudlos. Auf das hoffnungsvolle »Du« ging er vorläufig nicht ein. »Rosencrans, im Augenblick weiß ich nicht, ob ich überhaupt Freunde *habe*. Halt hier vor dem letzten Gebäude, ja? Mit etwas Glück liegt der Ersatzschlüssel noch an der alten Stelle.«

Mann, ihm tat aber auch alles weh. Steve stieg aus dem Lieferwagen – da das Tor im Zaun verschlossen war, konnte die Frau nicht einfach ohne ihn wegfahren – und versuchte, nicht auf das Ziehen und Stechen zu achten, das ihn bei jeder Bewegung durchfuhr. Dieser Krampf im Oberschenkel hatte höllisch geschmerzt, aber offenbar löste er sich allmählich. Immerhin hatten sie ihm keine Knochen gebrochen – es sei denn, er hatte einen Schädelbruch, was den Kopfschmerzen nach durchaus sein konnte.

Vor etwa fünf Jahren hatte Mitch für fünfzehnhundert Dollar ein Zehn-Meter-Kajütboot von Chris Craft gekauft. Spitzenmodell. Sechs Schlafplätze. Ein klasse Fang, hatte Mitch prahlerisch behauptet, und Steve hatte ihm zugestimmt – es sah Mitch ähnlich, das Geschäft des Jahrhunderts an Land zu ziehen. Bis sich herausstellte, daß das verdammte Ding dreißig Jahre alt und aus Holz war, und daß der Motor nicht funktionierte. Ein Klassiker, hatte Mitch dazu gesagt. Muß nur noch restauriert werden. Und wer hatte dann achtzehn Monate lang am Wochenende und nach Feierabend zusammen mit seinem Kumpel Planken ausgetauscht, den Anstrich erneuert und am Motor herumgebastelt?

Jawoll. Der gute alte Steve.

Bei Deedees Beerdigung hatte Steve sich wie der letzte Wurm gefühlt. Er wußte noch genau, wie Mitch an diesem Tag ausgesehen hatte. Seine Augen waren vom Weinen gerötet gewesen, seine Schultern in dem dunklen Anzug hatten gebebt, den Kopf hatte er gesenkt gehalten. Seine Mutter hatte neben ihm gestanden und sich an den Arm ihres blonden Sohnes geklammert. Es war Januar und tödlich kalt. Der Wind blies. Der Himmel war grau wie Aluminiumfolie. Zu dem Begräbnis hatten sich Hunderte eingefunden – nichts lockte die Menschen so sehr wie ein Skandal. Schmerz- und schuldbeladen, wie Steve sich fühlte, hatte er es dennoch nicht über sich gebracht, der Beerdigung fernzubleiben. Nachdem die Totengräber den Sarg in die gefrorene Erde hinabgelassen hatten – eine weiße Puderschicht aus Reif bedeckte wie ein Spitzentuch die nackte Erde um Deedees Grab, Steve sah die Szene noch deutlich vor sich – löste die Trauergemeinde sich langsam auf. Auch Mitch wollte sich gerade abwenden, als Steve zu ihm trat. Den Hut in der Hand, den Blick getrübt von Trauer und Scham und Mangel an Schlaf, wollte er seinem Freund eine Entschuldigung anbieten, oder sein Beileid – oder seinen Kopf auf einem Tablett, falls Mitch das verlangte. Irgend etwas. Er hatte falsch gehandelt, aber Deedees Tod hatte er niemals gewünscht.

Eine Sekunde lang stand er Mitch gegenüber. Sein bester Freund sah ihn an, sah ihn einfach nur an, beachtete weder seine ausgestreckte Hand noch seine stockenden Worte. Sein klassisch schönes Gesicht mit den blauen Augen eines Chorknaben zeigte nicht mehr Bewegung als eine bemalte Gipsmaske. Mitchs Mutter – Steve hatte sie praktisch sein Leben lang gekannt, und er hätte geschworen, daß sie ihn fast als zweiten Sohn betrachtete –, Mitchs Mutter legte ihrem Sohn eine Hand auf den Arm, die beiden wandten sich ab und gingen davon, als wäre Steve unsichtbar.

Eine verdiente Zurückweisung.

Seit jenem Tag hatte er Mitch nicht wiedergesehen.

Zwei Tage nach der Beerdigung wurde er gefeuert. Weil sein Verhalten eines Polizeibeamten unwürdig war. Am folgenden Samstag, als er noch schlief, verließ seine Frau mit ihrer kleinen Tochter das Haus. In der Nachricht, die sie am Kühlschrank befestigte, teilte sie ihm mit, daß sie die Scheidung einreichen würde.

Sein Leben war zerstört. In nur einer Woche hatte er alles verloren, was es lebenswert gemacht hatte.

Er dachte daran, sich die Pistole in den Mund zu stecken und abzudrücken. Das wäre eine einfache und zugleich wirkungsvolle Lösung gewesen. Der Tod hätte ihn von diesem quälenden Schmerz erlöst. Aber irgendwann würde sein kleines Mädchen erfahren, was er getan hatte. Einen ehebrecherischen, berüchtigten, geächteten Bullen zum Vater zu haben, würde schlimm genug für sie sein. Als Tochter eines Selbstmörders aufzuwachsen, würde alles noch schwerer machen. Das durfte er ihr nicht antun.

Er hatte falsch gehandelt, und dafür wurde er nun bestraft. Eigentlich hatte er nie an Kharma geglaubt, aber dies hier mußte man wohl Kharma nennen. Er hatte es verdient, seine kleine Tochter zu verlieren, und seine Frau, seinen besten Freund, seinen Job. Er hatte es sogar verdient, sein Leben zu verlieren, jedenfalls im übertragenen Sinn. Schließlich hatte Deedee ihres verloren.

Deshalb hatte er sich nicht gewehrt, weder als er entlassen wurde, noch als seine Frau die Scheidung einreichte und das alleinige Sorgerecht für ihre Tochter beanspruchte. Er hatte jedes verdammte Papier unterschrieben, das man ihm vorlegte, hatte drei verdammte Jahre lang Unterhalt gezahlt, ohne zu klagen.

Weil er wußte, daß er jede Strafe, jeden Schmerz sich selbst zuzuschreiben hatte.

Als alles vorbei war, zog er los. Gleich in der ersten Nacht in einem billigen Motel begann er zu trinken. Während der nächsten zweieinhalb Jahre wurde er praktisch nicht mehr nüchtern.

Es half gegen den Schmerz.

Er hatte die Frau seines besten Freundes gevögelt. Er hatte getan, was unter Männern absolut tabu war.

Als er zur Besinnung gekommen war und Deedee erklärt hatte, er dürfe das Mitch nicht länger antun, hatte sie ihm einen Wutanfall hingelegt. Was Wutanfälle betraf, war Deedee ein Profi gewesen. Nie, wirklich nie hatte Steve daran gedacht, daß sie sich umbringen könnte. Deedee? Seinetwegen? Blödsinn.

Aber sie hatte sich umgebracht. Jesus. Nur auf die Frage, wie sie ohne Schlüssel in sein Büro gekommen war, wußte er – noch – keine Antwort.

Der Schlüssel zum Bootslagerhaus war da, wo er immer

gewesen war. Steve nahm ihn aus dem Versteck, schloß auf und schaffte es mit einiger Mühe, das rostige Metalltor zur Seite zu schieben.

Wie in alten Zeiten. Als er über die Schulter blickte, erwartete er fast, Mitch hinter sich zu sehen. Mit einem Grinsen auf dem Gesicht, weil wieder einmal Steve die Knochenarbeit erledigte.

Oder Deedee. Sie war oft mit ihnen zum Bootslagerhaus gekommen.

Aber Moment mal. Deedee *war* da. Ihre zierliche Gestalt mit dem Kraushaar erschien direkt vor der verbeulten Vorderseite des Lieferwagens. Für den Bruchteil einer Sekunde, kaum länger als ein Sternenfunkeln, konnte Steve sie deutlich sehen. Sie winkte ihm zu, wackelte mit den rotlackierten Fingern der rechten Hand, genau wie sie es immer getan hatte.

Dann war sie verschwunden.

Steve blinzelte, schüttelte den Kopf, um seinen Verstand zu klären, und schaute dorthin, wo Deedee eben noch gewesen war. Sie war fort. Natürlich. Sie war überhaupt nicht dagewesen. Vermutlich hatte er Halluzinationen oder so was, weil er Schläge auf den Kopf bekommen hatte.

Verrückt.

So verrückt wie das Leben.

10

Während Frankenstein herumkramte, spielte Summer mit dem Gedanken, im Rückwärtsgang davonzujagen und ihn seinem Schicksal zu überlassen. Dann erinnerte sie sich jedoch an das geschlossene Tor und ließ die Idee fallen, hauptsächlich deswegen, weil sie die Codezahl vergessen hatte und er sie bestimmt einholen würde, während sie vor dem Tor hockte und wahllos und verzweifelt Zahlen eintippte.

Außerdem gäbe sie in dem Lieferwagen eine perfekte Zielscheibe ab, denn die Unbekannten, die nach ihnen suchten, kannten ja das Fahrzeug mittlerweile genau.

Frankenstein schob ein Tor von Garagengröße zur Seite, und das Lagerhaus stand offen. Er drehte sich um, starrte einen Moment lang wie geistesabwesend auf den Lieferwagen, schüttelte dann den Kopf und winkte sie herein.

Sie fuhr an ihm vorbei. Im Schuppen war es finster wie in einem Kohlenkeller. Als das Tor scheppernd hinter dem Wagen zufiel, wurde das Dunkel undurchdringlich. Summer konnte nicht einmal mehr das Lenkrad erkennen. Unter diesen Umständen wagte sie es, die Scheinwerfer einzuschalten. In ihrem Licht erblickte sie eine riesige Halle, etwa eineinhalb Stockwerke hoch und halb so lang wie ein Footballplatz. Links von ihr lag ein halbgestrichenes Boot auf einem Anhänger, von dem die Farbe abblätterte. Als Summer bremste, leuchtete eine einzelne Glühbirne auf, die an einer Schnur von der Decke herabhing.

In dem Schuppen waren in unregelmäßigen Abständen etwa ein halbes Dutzend Boote jeder Größe abgestellt, vom offenen Flitzer bis zu dem großen Kajütboot gleich links von ihr. Trotz seiner Größe vermittelte der Schuppen ein Gefühl von Geborgenheit, zumindest wenn das Tor geschlossen war. Zum ersten Mal seit schier endloser Zeit wagte Summer zu hoffen, daß sie sich körperlich in Sicherheit befand. Die Anspannung floß aus ihr heraus wie Wasser aus einem Ausguß.

Sie stellte den Wählhebel auf Parken, schaltete die Zündung aus und legte den Kopf gegen die Rücklehne. Es tat so gut, einfach loszulassen.

Hinter ihr wurde die zweiflüglige Hecktür geöffnet; da trieb Frankenstein sein Unwesen. Einen Moment lang war es still, dann hörte sie ihn durch die Zähne pfeifen.

Wider besseres Wissen drehte sie sich um.

Frankensteins Kopf und Schultern hoben sich als Schatten gegen das Licht draußen im Schuppen ab. Sein Gesicht lag im Dunkeln. Doch Summer mußte gar nicht erkennen, wohin er schaute, sie begriff auch so, weshalb er leise gepfiffen hatte: Der Wagen hatte zwei schimmernde graue Särge geladen.

O Gott.

Jetzt, da die Möbeldecken sie nicht mehr verhüllten, sondern in einem Haufen auf dem Fußboden lagen, waren es so offensichtlich Särge, daß Summer kaum begreifen konnte, wieso sie das nicht schon früher erkannt hatte. Aber die Dunkelheit, die ständige Eile und ihre Angst – das alles mußte sie davon abgehalten haben, die verhüllten rechteckigen Gebilde wirklich wahrzunehmen. Jetzt wurden sie gnadenlos von der Innenlampe beleuchtet.

O Gott.

Bestimmt hatte der Fahrer des Wagens Särge abliefern wollen. Das war nicht weiter merkwürdig. Schließlich hatte er vor einer Leichenhalle gehalten.

O Gott.

Letztlich hatten Särge gar nichts Schreckliches an sich. Nur weil zwei in der Nähe standen, brauchte sie nicht gleich Atemnot zu bekommen. Sie mußte nur vernünftig sein und sich beruhigen.

O Gott.

Frankenstein stieg von hinten in den Lieferwagen. Durch die Schußlöcher in Dach und Seitenwänden drang Licht; der Anblick erinnerte Summer an den Christbaumschmuck aus durchbrochenem Blech, den ihre Mutter in Mexiko gekauft und jedes Jahr aufgehängt hatte. Zwei schwarze Stoffgurte liefen durch Metallringe an den Seitenwänden. Die Gurte waren um die Särge geschlungen, vermutlich um sowohl sie als auch die Deckel an ihrem Platz zu halten.

O Gott.

»Was machst du da?« fragte sie entsetzt, denn Steve begann die Gurte zu lösen.

»Ich sehe nach.«

Was siehst du nach? hätte sie natürlich als nächstes fragen müssen. Doch eigentlich wollte sie es gar nicht wissen. Gegen ihren Willen beobachtete sie mit einer Mischung aus Grauen und Faszination, wie Steve erst einen Gurt öffnete, darauf den zweiten. Dann hob er einen Deckel an.

So wie ihr Leben in letzter Zeit lief, hätte Summer es voraussehen müssen. Im Sarg lag eine Leiche. Ein junger Mann in dunklem Anzug, die Hände fromm über der Brust gekreuzt.

O Gott.

Summer kniff die Augen zu. Ihr wurde übel.

»Was stöhnst du so?« fragte Frankenstein ärgerlich.

Sie öffnete die Augen und blickte wieder zu ihm hin. Ein großer Fehler. Er hatte den zweiten Sarg geöffnet, der ebenfalls nicht leer war. Diesmal handelte es sich um eine junge Frau, so etwa im College-Alter. Sie hatte langes dunkles Haar und trug ein hübsches geblümtes Kleid mit Spitzenkragen.

O Gott.

»Wir müssen sie zurückbringen«, erklärte Summer bestimmt.

»Na, klar doch.« Er blickte weiter die Leiche an.

»Wirklich! Das ist – ein Sakrileg oder sowas. Sie sind *tot.*«

Er schloß den Deckel. »Besser sie als wir.«

»Was sollen wir denn machen?«

»Ich würde sagen, wir fahren nach Mexiko.«

»Ich meine mit den ... den Toten!«

Er seufzte. »Du bist ein richtiger Miesmacher, was?«

»Ich bin doch kein Miesmacher, nur weil es mich stört, daß du zwei Tote gestohlen hast!«

»Wir, Rosencrans. In diesem Fall muß es *wir* heißen.« Das halberstickte Geräusch, das sie daraufhin ausstieß, trug ihr einen gereizten Blick ein. »Und hör um Gottes willen auf zu stöhnen, ja?«

»Ich stöhne gar nicht!«

»Klingt aber ganz danach.« Er wandte sich ab, kletterte von der Ladefläche und schlug die Hecktüren zu, daß der Wagen bebte. Summer rechnete damit, ihn gleich neben der Fahrertür auftauchen zu sehen – oder etwas anderes von ihm zu merken, doch Minuten vergingen, ohne daß sie auch nur eine Spur von ihm entdeckte. Anscheinend war er nicht mehr in der Nähe. Wo konnte er wohl sein? Summer seufzte vernehmlich.

»Du hörst dich an wie ein Esel mit entzündetem Kehlkopf.« Ohne Vorwarnung wurde die Fahrertür geöffnet. Summer schrie auf und schoß von der Tür weg wie ein durchgerissenes Gummiband.

Durch die geöffnete Tür blickte Frankenstein sie an.

»Wo warst du?« stieß Summer hervor.

»Einem natürlichen Drang nachgeben. Los, steig aus. Ich habe vier neue Räder für uns gefunden.«

»Was?«

Doch er entfernte sich schon vom Lieferwagen. Trotz Humpeln ging er erstaunlich schnell. Summer mußte sich beeilen, um ihn einzuholen.

»Warte – wir dürfen sie nicht einfach hierlassen.«

»Wen?«

»Die Toten!«

»Warum nicht?«

Es klang so gleichgültig, daß Summer ins Stottern geriet.

»Weil ... weil wir das einfach nicht dürfen.«

»Ich wüßte nicht, was wir sonst machen sollen. Es sei denn, du willst sie mitnehmen. Ein flotter Vierer mit zwei Leichen, das habe ich mir schon immer gewünscht. Oder möchtest du sie lieber beerdigen? Gräber zu schaufeln soll ziemlich anstrengend sein.«

»Kannst du nicht mal ernst sein?«

»Ich bin ernst.« Ein leichtes Zucken um seinen geschwollenen Mund verriet, daß er plötzlich lächeln mußte. »Ernst wie ein Grab.«

»Oh, haha.«

»Freut mich, daß du noch Sinn für Humor hast.«

Das würdigte sie erst gar keiner Antwort. »Irgendwas *müssen* wir tun. Laß uns wenigstens anrufen und ihnen mitteilen, wo sie ... wo die Toten sind.«

Er schnaubte. »Warum sagen wir ihnen nicht gleich noch, wo wir sind?«

»Wir könnten die Polizei benachrichtigen« – der Vorschlag wurde mit heftigem Kopfschütteln abgewiesen – »oder Harmon Brothers« – wieder Kopfschütteln – »oder *sonstwen.*«

Ungeduldig blickte Frankenstein sie an. »Die Leute da drin sind schon tot, Rosencrans. Willst du ihnen Gesellschaft leisten?«

Sie schüttelte den Kopf.

»Ich auch nicht. Also rufen wir niemanden an, kapiert? Wir halten den Mund, ziehen den Kopf ein und machen, daß wir aus dem großartigen Tennessee rauskommen.«

»Aber ...« Nachdem Summer ihm durch eine normal große Tür am Schuppenende ins Freie gefolgt war, schaltete er das Licht aus. Für Summer hatte die frische Nachtluft etwas

Bedrohliches. Hier draußen fühlte sie sich ungeschützt. Verwundbar. Ängstlich schaute sie zum Himmel und suchte ihn nach dem Hubschrauber ab.

»Können wir nicht einfach bis morgen früh hierbleiben?« fragte Summer so kleinlaut, daß sie kaum ihre eigene Stimme erkannte.

Er schloß die Tür und drehte am Türknauf, um sicherzustellen, daß abgeschlossen war. »Was soll sich morgen früh geändert haben? Meinst du, bei Tagesanbruch lösen sich die Bösen in Rauch auf? Wohl kaum. Die Bösen sind dann immer noch böse – und sie werden weiter nach uns suchen. Also schwing die Beinchen, Rosencrans.«

»Würdest du bitte aufhören, mich so zu nennen?« Die Worte erzielten nicht die gewünschte Wirkung, denn Frankenstein war schon ein Dutzend Schritte entfernt; eilig folgte Summer ihm. »Verdammt!«

»Wieso fluchst du?«

»Zum Spaß.«

»Wenn's dir dann besser geht.« Vor einem alten schwarzen Auto blieb er stehen, bückte sich und tastete unter der schweren Frontstoßstange herum. Die Motorhaube öffnete sich mit einem Knall, der der überreizten Summer wie ein Pistolenschoß in den Ohren klang.

»Was machst du da?« Sie blickte sich um und schlang die Arme um die Brust. Es war kühl geworden. Trotzdem fröstelte sie wohl eher aus Nervosität als wegen der Kälte.

Er öffnete die Motorhaube ganz, griff in die hintere Tasche der abgeschnittenen Jeans und zog ein Stück Draht hervor, das er Gott weiß wo besorgt hatte. Dann beugte er sich über das gähnende Maul des Wagens. »Ich verbinde Batterie und Zündspule.«

»Warum?«

»Meine Güte, Rosencrans, hältst du denn nie den Mund? Ich muß mich konzentrieren.«

»Und? Wer hindert dich daran?« Danach schmollte sie jedoch schweigend weiter. Nach einigen offenbar vergeblichen Versuchen gelang es ihm, ein Drahtende um einen Batteriepol zu wickeln und das andere durch den Motorblock nach unten zu stecken. Er setzte sich auf die Erde, drehte sich recht schwerfällig auf den Rücken und schob sich unter den Wagen. Nach einer Minute und jeder Menge Flüchen kam er wieder zum Vorschein, zog eine Grimasse und stand auf.

»Steig ein.« Er schloß die Motorhaube.

»Aber ...«

»Tu's einfach, ja?« Er ging um den Wagen herum, öffnete die Fahrertür und wartete.

»Aber – der Wagen gehört doch jemand.«

»Ehrlich?«

»Du willst ihn stehlen.«

»Würde ich gern. Nur redest du ständig.«

»Autodiebstahl ist ungesetzlich. Man kann dich dafür einsperren. Man kann *uns* einsperren.«

»Steig einfach ein, Rosencrans.« Sein finsterer Blick hielt sie davon ab, weiter mit ihm zu streiten. In seiner derzeitigen Stimmung würde er Widerspruch nicht zu schätzen wissen, soviel war offensichtlich. Obwohl Summer sich alles andere als wohl dabei fühlte, schluckte sie ihre Bedenken hinunter und stieg ein.

Innen war der Wagen sauber. Auf der Rückbank lagen eine Baseball-Mütze und zwei Lehrbücher; offenbar gehörte das Auto einem Schüler oder College-Studenten. Bei der Vorstellung, diesen Jungen zu bestehlen, bekam Summer erneut Gewissensbisse.

»Ich denke ja, wir sollten ...«, fing sie an.

»Denk nicht, okay?«

Er schlug die Tür hinter ihr zu und lehnte sich zum Fenster herein. Aus der Nähe betrachtet, sah sein Gesicht einfach furchtbar aus. Summer konnte nicht einmal erkennen, ob sie ihn unter normalen Umständen als gutaussehend bezeichnet hätte. Vergeblich versuchte sie sich daran zu erinnern, ob sie jemals ein Bild von Steve Calhoun in der Hand gehabt hatte. Die Zeitungen hatten bestimmt Fotos von ihm abgedruckt, doch Summer hatte sie wohl vergessen.

»Paß auf. Das hier ist ein '55er Chevy. Man kann ihn ohne Zündschlüssel starten. Ich weiß das, weil ich auf der High-School selbst einen gefahren habe. Es ist kein Gang eingelegt.

Du läßt das so, bis der Wagen den Hang runterrollt und schneller wird. Dann schaltest du in den ersten und läßt die Kupplung kommen.«

»Aber ...«

»Red nicht, Rosencrans, sondern tu, was ich dir sage, okay? Sobald wir einen guten Zacken drauf haben, schaltest du in den ersten und läßt die Kupplung kommen. Ganz einfach.«

»Aber ...«

»Ich bin da hinten und schiebe. Wenn wir alles richtig machen, springt der Motor an, und wir sind wieder auf Rädern. Auf Rädern, von denen niemand was ahnt. Wir segeln einfach an ihnen vorbei, und dann nichts wie weg hier.«

»Ich weiß nicht, wie man mit Gangschaltung fährt.«

»Was?« Er sah sie an, als entstammten ihre soeben geäußerten Worte einer fremden Sprache.

»Ich weiß nicht, wie man mit Gangschaltung fährt. Ich habe den Führerschein auf Automatik gemacht und bin nie mit etwas anderem gefahren.«

»Na prima.« Er lehnte den Kopf gegen den Fensterrahmen und schloß das eine gesunde Auge. Eine Sekunde später öffnete er es wieder. »Dann lernst du es eben. Jetzt gleich.«

»Technisch war ich noch nie sehr begabt ...«

»Die einzige andere Möglichkeit ist, daß *ich* fahre und *du* schiebst.«

»Oh.«

»Ja, oh.«

»Ich werd's versuchen.«

»Toll.« Er atmete tief ein. »Okay, hör zu. Du mußt nur eins machen: Bevor du den ersten Gang einlegst, trittst du auf die Kupplung. Siehst du das dritte Pedal da links neben der Bremse? *Das* ist die Kupplung. Drauftreten, ersten Gang einlegen« – er griff an ihr vorbei und zeigte ihr, wie sie den Hebel mit der schwarzen Spitze bewegen sollte, der rechts an der Lenksäule saß – »genau so. Fuß aufs Pedal, Hebel nach oben und vorn, Pedal langsam wieder loslassen. Ganz einfach. Probier's.«

Summer gehorchte.

»Siehst du?« fragte er, als sie das zu seiner Zufriedenheit erledigt hatte.

»Ganz einfach.« Es hörte sich nicht sehr überzeugt an, doch Frankenstein achtete nicht darauf.

»Gut. Fangen wir an.«

»Warte!« Summer hoffte, daß das in seinen Ohren nicht ganz so verängstigt klang wie in ihren.

»Kupplung treten, ersten Gang einlegen, Kupplung loslassen«, rief er ihr zu, während er zum Wagenheck ging.

Summer packte das Lenkrad mit beiden Händen. Sie fühlte sich wieder so angespannt wie eine Katze auf Beutefang. Langsam und schwerfällig setzte der Wagen sich in Bewegung. Kies knirschte. Summer drehte am Lenkrad, bis die Motorhaube zum Tor zeigte. Von hier an ging es stetig bergab.

Der Wagen rollte schneller.

»Jetzt!« schrie Frankenstein.

Hebel nach oben und vorn – ein scheußliches Krachen – nein, erst Kupplung treten und dann ... Sie schaffte es. Im Rückspiegel sah sie Frankenstein humpelnd hinter dem Wagen herlaufen. Summer ließ das Kupplungspedal los, und der Motor sprang ruckend an. »Tritt beim Bremsen auf die Kupplung!« hörte sie Frankenstein noch rufen, dann forderte der Wagen ihre ganze Aufmerksamkeit.

Allein in einem unauffälligen Auto fuhr sie zum Tor hinab.

11

»Tod – der letzte Schlaf? Nein, er ist das endgültige Erwachen.«

– Sir Walter Scott

Ein Geist zu sein machte nicht so rasend viel Spaß.

Deedee fühlte sich, als würde sie hilflos von einem schnellen Fluß mitgerissen. Kaum war sie zum Fenster hinausgetrieben, als eine geheimnisvolle Kraft sie ergriffen und zu einem unbekannten Ziel gezogen hatte, so schnell, daß die Sterne am Himmel und die Lichter unter ihr zu einem riesigen glitzernden Strom verschmolzen waren. Sie tauchte an Schauplätzen ihres früheren Lebens auf, nicht weil sie es wollte, sondern aus irgendeinem anderen Grund, den sie noch nicht begriff. Da war das winzige Holzhaus, in dem sie als kleines Mädchen gewohnt hatte. Die High-School, in der sie Cheerleader gewesen war. Das Aufnahmestudio, in dem sie zwei Monate vor ihrem Tod die große Chance bekommen hatte, für Reba McEntire die zweite Stimme zu singen, weil die reguläre Backgroundsängerin krank geworden war.

Der Höhepunkt ihres Lebens.

Sie sei gut, hatten die Leute im Studio gesagt. Sie habe ein *echtes Goldkehlchen*.

Wenn sie länger gelebt hätte, wäre sie vielleicht zum Star geworden.

Das war es, was sie an ihrem verflossenen Leben am meisten bedauerte. Daß die Begabung, die Gott ihr geschenkt hatte, unentdeckt mit ihr untergegangen war. Deedee hatte wie ein Honkytonk-Engel gesungen, doch das hatte kaum jemand erfahren.

Ein Honkytonk-Engel. Wenn sie überhaupt ein Engel war, dann so einer.

Eigentlich hielt sie sich jedoch nicht für einen Engel. Ganz sicher konnte sie natürlich nicht sein, aber unter Engeln stellte sie sich himmlische Wesen vor, mit goldenen Heiligenscheinen über den Köpfen, großen weißen Flügeln und Harfen.

Engelhafte Engel eben. Während man über Deedee zu Lebzeiten so manches hätte sagen können, nur nicht, daß sie engelhaft war.

Nahmen sie einen im Himmel auch dann als Engel, wenn man ein trinkender wilder Teufelsbraten gewesen war, mit sieben Zentimeter langen Fingernägeln und Jeans, die beim Hinsetzen weh taten, weil sie so eng waren?

Schon möglich. Sehr wahrscheinlich kam es ihr allerdings nicht vor.

Vermutlich war sie eher ein Gespenst. Als Kind hatte sie es

sich immer lustig vorgestellt, ein Gespenst zu sein. Durch düstere Korridore zu schweben, mitten in der Nacht zu stöhnen, Dinge von ihrem Platz zu rücken – kurz gesagt, die Leute zu Tode zu erschrecken. Echt lustig.

Aber falls sie wirklich ein Gespenst war, dann war Spuken keine so tolle Sache, wie immer behauptet wurde. Zum Beispiel konnte sie zwar materialisieren – wenigstens spürte sie manchmal ein warmes Kribbeln in sich, als würde die Materie, aus der sie bestand, zusammenströmen und sich verfestigen, und das fühlte sich so an, als würde sie materialisieren – doch das geschah nie, wann sie es wollte.

Sie tauchte einfach auf wie ein Schachtelmännchen und verschwand ebenso schnell wieder. Ihre Mutter hatte im Wohnzimmer von Deedees Elternhaus auf dem Sofa mit dem abgenutzten Tweedbezug gesessen und ferngesehen. Deedee hatte ihre Mutter sofort wiedererkannt, auch den ärmlichen schäbigen Raum, ja sogar das Fernsehprogramm – und hatte dieses Kribbeln gespürt. Ganz plötzlich hatte ihre Mutter zu der Stelle neben dem Schaukelstuhl geblickt, wo Deedee in der Luft schwebte. Sie hatte die Augen aufgerissen, geschrien – und war in Ohnmacht gefallen.

Wie man es von jemanden erwarten würde, der ein Gespenst gesehen hatte.

Ihr alter Freund Steve – was hatte er nur mit seinem Gesicht gemacht? – war zumindest nicht ohnmächtig geworden, als sie vor dem Bootsschuppen wieder das Kribbeln spürte. Allerdings hatte er auch nicht zurückgewinkt, als sie ihn versuchsweise gegrüßt hatte. Statt dessen hatte er sie angestarrt, wirklich durchdringend. Vielleicht hatte er sie doch nicht gesehen. Mit Sicherheit konnte sie es nicht sagen.

Deedee konnte überhaupt nichts mehr mit Sicherheit sagen.

Nur eins wußte sie ganz genau: Irgend etwas band sie an die Erde wie ein riesiges unsichtbares Gummiband. Um in den Himmel zu kommen, mußte sie diese Fessel durchtrennen.

Dazu mußte sie jedoch erst einmal herausfinden, was für eine Art Fessel das war.

12

Hätte Summer sich an die Codezahl erinnert, wäre sie verschwunden. Raus aus dem ganzen Durcheinander und ab nach Hause. So wartete sie finster vor dem geschlossenen Tor, bis Frankenstein die Beifahrertür öffnete und schwer atmend einstieg.

»Neun-eins-zwei-acht«, sagte er knapp.

Mürrisch tippte Summer die Ziffern ein. Die Torflügel schwangen auseinander, und der Chevy hoppelte durch die Öffnung wie ein spastisches Känguruh.

»Verdammt, du mußt die Kupplung langsam kommen lassen!«

»Ich hab' doch gesagt, mit Gangschaltung kann ich nicht fahren!«

Irgendwie schaffte sie es aber, den Wagen zu beruhigen. Im Rückspiegel sah sie, daß sich das Tor hinter ihnen geschlossen hatte. Auf eine Geste von Frankenstein hin bog sie nach links auf die Straße ein und fuhr zurück in die kleine Stadt, die sie auf dem Hinweg durchquert hatten. Rechts tauchten die Lichter der Tankstelle auf. Offenbar hielt sie, was die Leuchtreklame versprach: 24 STUNDEN AM TAG GEÖFFNET!

»Hast du Geld?« Frankenstein suchte seine Hosentaschen ab und zog die Hand leer wieder hervor.

»Nein.« Wo ihr Geld war, wußten sie beide. In ihrer Handtasche, neben dem Eimer und dem Staubsauger am Vordereingang der Leichenhalle.

»Sieh mal auf die Benzinuhr.«

Der Tank war eine Spur weniger als ein Viertel voll.

»Damit kommen wir vielleicht hundertdreißig, hundertvierzig Kilometer weit.« Abschätzend blickte er zur Tankstelle hinüber. Summer gefror das Blut in den Adern. Wollte er etwa den Laden ausrauben, um sich Benzingeld zu beschaffen?

»Ich fahre keine hundertdreißig Kilometer weit.« Der Blick, den er ihr zuwarf, brachte das Faß zum überlaufen. Sie hatte genug. Endgültig genug. Sie würde sich auf nichts Gefährliches mehr einlassen. Geschweige denn auf etwas Ungesetzliches.

Entweder begriff er nicht, was ihre Antwort bedeutete, oder er wollte es nicht begreifen. »Halt an, ja?«

»Nein!« Summer schrie es fast und trat zur Betonung aufs Gas. Der Chevy bockte zweimal, dann schoß er vorwärts. »Nein, nein, nein!«

»Tausendmal nein?« Er schaute sie an, als wäre ihr plötzlich eine zweite Nase gewachsen. »Was zum Teufel ist mit dir los?«

»Bei einem Ladenraub mache ich nicht mit!«

»Ich wollte nur kurz halten und den Draht aus dem Motor holen!«

»Nein!«

Sie erreichten die Kreuzung, an der es aus der Stadt hinausging. Gleich hinter der Ampel entdeckte Summer ein kleines weißes Schild mit der Straßennummer: 266. Jetzt wußte sie, wo sie war!

»Rechts rum.«

Summer blickte den dunklen, verlassenen Highway hinauf und hinunter – und bog links ab. Gerade noch rechtzeitig dachte sie daran, die Kupplung nicht zu schnell kommen zu lassen. Der Chevy hüpfte einmal und fuhr los.

»He, ich habe ›rechts rum‹ gesagt.«

»Nein.«

»Nein? Was soll das heißen?«

»Ich fahre nach Hause.«

»*Was?*«

»Du hast richtig gehört.«

»Du fährst nach *Hause?*«

»Genau.«

»Nach Murfreesboro?«

»Genau.«

»Du hast wohl deinen gottverdammten Verstand verloren!«

»Ich fahre nach Hause.« Summer biß die Zähne zusammen, umklammerte das Lenkrad mit beiden Händen und weigerte sich, ihn anzuschauen.

»Sehnst du dich nach dem Tod, oder bist du einfach nur blöd? In Murfreesboro sind die Bösen, hast du das vergessen?«

»Da *waren* die Bösen. Inzwischen haben sie sich vermutlich über die ganze Gegend verteilt, um uns zu suchen. Auf jeden Fall halten sie nach dem Lieferwagen Ausschau. Das hast du selbst gesagt. Dieses Auto werden sie nicht beachten, und wenn sie direkt daran vorbeifahren.«

»Hör auf mit dem Scheiß, Rosencrans, und dreh um.«

»Ich heiße *McAfee*«, fauchte Summer, »und ich fahre nach Hause! Ich will mit der ganzen Sache nichts mehr zu tun haben! Egal, wo du da reingeraten bist, mit mir hat das nichts zu tun. Bis du mich gekidnappt hast, habe ich einfach meine Arbeit erledigt und mich um meine eigenen Angelegenheiten gekümmert. *Ich* habe den Mann da hinten bei der Leichenhalle nicht ermordet. *Ich* habe auch nicht den Lieferwagen gestohlen. Oder die Toten. Oder dieses Auto. *Ich* habe in meinem ganzen Leben noch nichts Ungesetzliches getan. Hinter *mir* ist die Polizei nicht her. Niemand hat einen Grund, *mich* umzubringen.«

»Ach nein?« erwiderte er gefährlich ruhig. »Und was ist mit mir?«

»Was?« Jetzt sah sie ihn an.

»Vielleicht bringe ich dich ja um. Vielleicht hast du mir gerade einen Grund dafür geliefert. Weil du nicht tust, was ich will. Vielleicht lege ich dir die Finger um den Hals und erwürge dich mit bloßen Händen. Hast du daran auch gedacht?«

Summer wandte ihre Aufmerksamkeit wieder der Straße zu. »Wenn dir danach ist – nur zu.«

Einen Moment herrschte Stille. Summer spürte, wie Frankenstein sie anschaute. Daß sie ihn beim Wort nahm, gefiel ihm offenbar überhaupt nicht. Sie war sich ihrer Sache jedoch vollkommen sicher. Was immer sich gegen Steve Calhoun vorbringen ließe, welche Skandale er auch verursacht, welche Verbrechen er begangen hatte, ein Mörder war er ganz bestimmt nicht. Oder zumindest – mit leisem Frösteln fiel ihr der Fahrer des Lieferwagens ein – zumindest würde er *sie* nicht ermorden. Das wußte sie so sicher, wie sie ihren Namen wußte.

»Wie kommst du darauf, daß ich es nicht tue?«

»Ich habe es schon mal gesagt: Wenn dir danach ist, nur zu.«

Wieder war es still. »Hör zu, Rosencrans ...«

»*McAfee!*«

»Meinetwegen. Vielleicht wirst du nicht von mir umgebracht, sondern von den Leuten, die hinter mir her sind. Sie werden dich in Murfreesboro aufstöbern. Hast du nicht deine Handtasche in der Leichenhalle gelassen? Ich wette, da ist deine Adresse drin, stimmt's? Auf dem Führerschein? Na klar. Die werden sie finden, und dann kommen sie zu dir. Um mich zu suchen.«

»Dann erzähle ich ihnen eben, daß du mich gekidnappt hast. Du hast mich gezwungen, dich aus der Stadt zu bringen, und dann hast du mich freigelassen. Ich werde ihnen sagen, daß ich keine Ahnung habe, wo du bist. Und das wird die Wahrheit sein. Ich werde es nicht wissen. Ich will es nicht wissen.«

»Sie bringen dich trotzdem um. Glaub mir, Rosencrans. Sie spüren dich auf und bringen dich um.«

»Dann verschwinde ich aus der Stadt!« Sie war so erregt, daß sie ihm das »Rosencrans« durchgehen ließ. »Meine Mutter ist für ein paar Wochen zu meiner Schwester und deren Kindern nach Kalifornien gefahren. Da fliege ich auch hin. Gleich mit der nächsten Maschine. Ich fahre nach Hause, ziehe mich um, packe ein paar Sachen und fahre direkt zum Flughafen. Dem in Knoxville, nicht dem in Nashville.«

»Und wie willst du zum Flughafen kommen? Du hast kein Auto mehr, vergiß das nicht.«

»Mit dem Taxi! Mit dem Bus! Ich komme hin, glaub mir!«

»Meinst du wirklich, in Kalifornien lassen sie dich in Ruhe?«

»Ja! Das meine ich! Notfalls gehe ich eben zur Polizei! Noch bin ich nämlich eine unbescholtene Bürgerin! Die Polizei kann mich beschützen. Sobald ich in Kalifornien bin, gehe ich zur Polizei. Genau so werde ich es machen.«

»Wenn du jetzt nach Hause fährst, schaffst du es nie bis nach Kalifornien.«

»Das sagst du. Warum sollte ich auf dich hören? Mich will niemand umbringen. Sie wollen *dich* umbringen. Den Grund dafür weiß ich nicht, und ich will ihn auch nicht wissen. Ich wünsche dir sogar, daß du mit heiler Haut davonkommst.

Wirklich. Aber ich möchte nichts mit der Sache zu tun haben. Ich will nach Hause.«

»Daß ich nicht genug erkenne, um selbst zu fahren, kümmert dich wohl nicht? Wie soll ich zurechtkommen, bis ich wieder normal sehen kann?«

Dieser plumpe Versuch, an ihr Mitleid zu appellieren, beeindruckte sie wenig.

»Ich möchte nicht herzlos erscheinen, Frankenstein, aber das ist dein Problem.« Summer zögerte, denn gegen ihren Willen spürte sie doch ein wenig Mitgefühl. »Wenn du willst, kannst du dich bei mir verstecken. Jedenfalls für ein oder zwei Tage. Bis du wieder sehen kannst.«

»Na, klar doch. Bei dir werden sie zuallererst suchen.«

»Dann laß den Wagen stehen und nimm den Bus. Oder den Zug. Oder ein Flugzeug. Mach, was du willst. Mir ist es egal. Ich fahre nach Hause.«

Einige Minuten lang sagte er nichts mehr. Summer nahm an, er habe das Streiten aufgegeben, und entspannte sich allmählich. Sie war wirklich müde. Wie spät mochte es sein – vier, halb fünf? Ihr Körper sehnte sich nach ihrem Bett. Wenn das kein anstrengender Tag war!

»Hast du Geld im Haus?«

Die Frage kam so unerwartet, daß Summer zusammenfuhr. Mißtrauisch schaute sie ihn an. »Warum?«

»Ich dachte, du könntest mir vielleicht etwas leihen. Ich werde Geld für Benzin brauchen.«

»In einer Tasse in meinem Küchenschrank ist ein bißchen Geld. Nicht viel, etwa dreißig Dollar. Die kannst du haben.«

»Danke. Du bekommst sie zurück.«

Falls ich das hier lebend überstehe, lautete der unausgesprochene Zusatz. Summer hörte es so deutlich, als hätte Frankenstein es laut gesagt. Wieder meldete sich ihr lästiges Gewissen. Sie blickte ihn an, doch er sah geradeaus, durch die Windschutzscheibe nach vorn.

»Ich habe eine Kreditkarte.«

»Ja?«

»Mit der kann ich bis zu zweihundert Dollar auf einmal abheben. Das Geld kannst du auch haben.«

»Steckt sie auch bestimmt nicht in deiner Handtasche?«

»Meine Kreditkarten bewahre ich an einem sichereren Ort auf.«

»Ach ja? Wo denn?«

»Im Gefrierschrank. Eingefroren im Eisbereiter. Auf die Weise muß ich das Eis schmelzen lassen, bevor ich die Karten benutzen kann. Eine Art Notbremse, damit ich nicht mehr ausgebe, als ich habe.«

»Schlau, Rosencrans. Du bist knapp bei Kasse, was?«

Summer zuckte nur mit den Schultern. »Ich komme zurecht.«

»Was du mir leihst, werde ich zurückzahlen. Das verspreche ich dir. Es sei denn ...« Seine Stimme erstarb.

»Es sei denn, du bist tot, stimmt's?« ergänzte Summer trocken. Er trug ziemlich dick auf, und zwar mit Absicht, davon war sie überzeugt. Trotzdem, der Gedanke, daß er sterben könnte, gefiel ihr immer weniger. Natürlich wollte er genau das erreichen.

»Ich rufe gleich morgen früh meinen Anwalt an und nehme dich in mein Testament auf.«

»Sehr komisch.«

Er lachte. »Okay, wenn ich tot bin, bekommst du es also nicht zurück. Sonst bestimmt. Vertrau mir.«

»Tu ich ja.« Zu ihrer Überraschung stellte sie fest, daß es die Wahrheit war. Wenn sie ihm Geld lieh, würde er es zurückzahlen, sofern ihn der Tod nicht davon abhielt. Er mochte ein Kidnapper, Autodieb und skandalumwitterter Mörder sein, aber bestimmt gehörte er nicht zu den Mistkerlen, die sich um ihre Schulden herumdrückten. Darauf hätte Summer ihre gesamten Ersparnisse gewettet.

»Ich weiß es zu schätzen.«

»Das solltest du auch.«

Summer bog in den Highway 231 ein. Er führte direkt nach Murfreesboro. Bis zu ihrem Haus war es nur noch eine Viertelstunde.

»Soll ich dich wirklich nicht zu Sammy fahren? Er ist in nichts Unehrenhaftes verwickelt, dafür bürge ich mit meinem Leben.«

»Mit deinem darfst du gerne bürgen, aber nicht mit meinem. Trotzdem vielen Dank.«

Ein roter Kleintransporter kam ihnen entgegen und rumpelte vorbei. Die Scheinwerfer blendeten Summer, so daß sie den Fahrer nicht erkennen konnte – aber wer immer sie jagte, würde ganz bestimmt keinen Lieferwagen benutzen. Oder doch?

Allmählich litt sie schon genauso stark an Verfolgungswahn wie Frankenstein.

Sie überquerten einen Anhöhe und sahen plötzlich die Lichter von Murfreesboro vor sich. Viele waren es um diese Uhrzeit nicht: ein Lebensmittelladen, der noch immer geöffnet hatte, eine Feuerwache, ein paar Straßenlaternen, eine Ampel. Während der Chevy sich der Kreuzung näherte, an der Summer rechts abbiegen mußte, hielt vor der Ampel direkt gegenüber ein Polizeiwagen.

Frankenstein versteifte sich. Summer ebenfalls. Zum erstenmal in ihrem Leben fragte sie sich, ob sie den Beamten im Wagen als Freund oder Feind betrachten sollte.

Die Ungewißheit gefiel ihr gar nicht.

Die Ampel wechselte auf Grün, und der Polizeiwagen fuhr ohne Zögern an ihnen vorbei. Erleichtert atmete Summer auf und bog rechts ein. Es war kein schönes Gefühl, gejagt zu werden.

Zum Glück hatte sie es bald hinter sich.

Ihr Haus gehörte zum Ortsteil Ablemarle, einer kleinen Wohnsiedlung, die etwa eineinhalb Kilometer von der Hauptstraße entfernt lag. An sich war es ein ganz gewöhnliches Haus – ein bescheidenes Ziegelgebäude im Rancher-Stil mit zwei Schlafzimmern, umgeben von ähnlich bescheidenen Ziegelhäusern mit zwei bis drei Schlafzimmern – doch Summer hatte selbst den Kaufkredit aufgenommen, selbst die Anzahlung geleistet, selbst die monatlichen Raten bezahlt. Darauf war sie unbändig stolz, und dieser Stolz übertrug sich auf das Haus. Es war das gepflegteste im ganzen Karree. Die Mauern waren in jungfräulichem Cremeweiß getüncht; makellos ordentliche Blumenbeete umrahmten den Weg zur Haustür und den kleinen Betonvorbau. Im Vorgarten stand eine Weide, und dichtes gepflegtes Buschwerk umgab die Mauern.

Das Tor der Einfachgarage war geschlossen, so wie Summer es zurückgelassen hatte. Das Licht über der Eingangstür brannte, so wie Summer es zurückgelassen hatte. Die Vorhänge waren zugezogen, die Räume dunkel. Alles war still, ruhig, friedvoll. Genau wie es sein sollte.

In der nächtlichen Stille klang der Motor des Chevy plötzlich unangenehm laut. Langsam fuhren sie die Straße entlang.

»Tu mir einen Gefallen, okay?« bat Frankenstein, nachdem Summer ihm gezeigt hatte, welches Haus ihr gehörte. »Fahr um die Ecke, bevor du anhältst, und laß uns zu Fuß zurückgehen. Für alle Fälle.«

Der Tonfall, in dem er »für alle Fälle« sagte, war so ernüchternd, daß Summer seine Bitte befolgte. Gleich hinter der Ecke stand ein unbewohntes Haus; ein Schild im Vorgarten verkündete, daß es zu verkaufen war. Summer bog in die Zufahrt ein, nahm den Gang heraus – vollkommen geräuschlos, inzwischen konnte sie das wirklich gut – und streckte die Hand aus, um die Zündung auszuschalten.

Frankenstein bemerkte, wie sie sichtlich überrascht herumtastete. »Wir haben keinen Schlüssel, hast du das vergessen? Außerdem sollten wir den Motor laufen lassen. Für alle Fälle.«

»Würdest du bitte aufhören, das zu sagen?«

»Was?«

»›Für alle Fälle‹. Du machst mich nervös. Glaubst du wirklich, daß jemand in meinem Haus ist?«

Eine Minute lang gab er keine Antwort. »Nein«, meinte er schließlich und öffnete die Beifahrertür. »Vermutlich sind sie nicht hier – noch nicht. Ich denke, du hast etwa vierundzwanzig Stunden, bevor sie aufhören, die Gegend rings um die Stadt nach uns abzusuchen, und hier auftauchen. Aber ich habe mich schon oft geirrt. Und diese Art Fehler begeht man nur einmal.«

Wie beruhigend. Summer ließ den Motor laufen und glitt aus dem Wagen.

13

»Wieso werde ich das Gefühl nicht los, daß ich einen großen Fehler mache?« murmelte Frankenstein.

Die Frage schien eher ihm selbst zu gelten als Summer. Er ging so rasch den Bürgersteig entlang, daß Summer sich beeilen mußte, um mit ihm Schritt zu halten. Die Hände hatte er in den Taschen seiner abgeschnittenen Jeans vergraben, die Schultern hochgezogen, vermutlich um sich gegen die kühle Morgenluft zu schützen. Der Mond stand tief im Westen und tauchte die stille Wohnsiedlung in kaltes bleiches Licht. Ein kräftiger Wind wirbelte die Zikadenhüllen aus dem Weg. Irgendwo in der Ferne jaulte ein frustrierter Kater. Ansonsten war es völlig still. Nur die Zikaden sirrten weiter, und ihr Gesang war so allgegenwärtig, daß Summer ihn gar nicht mehr wahrnahm.

»Ohne Geld für Benzin würdest du nicht weit kommen.«

»Das sage ich mir auch die ganze Zeit. Weißt du, was ich mir antworte? Tot kommst du erst recht nicht weit.« Drei Grundstücke vor Summers Haus verlangsamte er seine Schritte und blieb schließlich im Schutz des Fliederbusches stehen, der im Vorgarten von Summers Nachbarn wuchs, dort wo der Garten an Summers stieß. »Siehst alles richtig aus? Keine Lampen an, die ausgeschaltet sein sollten, oder umgekehrt? Kein Vorhang verschoben? Ist irgendwas anders als sonst?«

»Alles sieht genauso aus wie bei meiner Abfahrt.«

»In Ordnung. Gib mir den Schlüssel und warte hier.«

Erst in diesem Augenblick wurde ihr die schreckliche Wahrheit bewußt.

»Ich habe keinen Schlüssel«, erwiderte sie kleinlaut.

Frankenstein blickte sie an. Vermutlich hätte seine Miene tiefste Verachtung ausgedrückt, wenn Summer in der Lage gewesen wäre, in seinem Gesicht zu lesen, doch die Schwellungen machten das unmöglich. So hörte sie nur den resignierten Tonfall.

»Der Schlüssel ist in deiner Handtasche, richtig?«

»Richtig.«

»Wie kommt es nur, daß mich das nicht überrascht? Warum müßt ihr Frauen auch immer diese Liebesaffären mit Handtaschen haben? Was paßt euch an den guten alten Hosentaschen nicht? Die würdet ihr wenigstens nicht ständig vergessen.«

Das würdigte Summer keiner Antwort.

»Kein Ersatzschlüssel unter einem Gipsstein im Gebüsch?«

»Nein.«

»Irgendwo ein Fenster offen?«

»Nein. Darauf achte ich immer genau.«

»Schön für dich. Irgendwelche Vorschläge, wie wir reinkommen?«

»Na ja – meine Nachbarin hat einen Schlüssel.« Summer deutete auf das Haus, zu dem der Fliederbusch gehörte.

»Wunderbar. Du mußt also nur bei ihr klopfen – hoffentlich ist sie Frühaufsteherin, es ist noch vor Tagesanbruch und sie um den Schlüssel bitten. Falls sie eine gute Beobachterin ist, solltest du dir natürlich vorher einen Grund dafür zurechtlegen, wieso deine Bluse ganz zerrissen ist, wieso du eine Beule von Eigröße auf der Stirn hast, wieso du nur einen Schuh trägst, wieso ...«

»Sie ist in Florida«, erinnerte Summer sich.

»Dein Ersatzschlüssel liegt bei einer Nachbarin, die in Florida weilt. Wirklich sehr hilfreich.«

»Ihre Kinder gehen noch zur Schule, und jetzt in den Ferien sind sie und ihr Mann mit den Kindern nach Florida gefahren. Es ist ihr erster Urlaub seit zwei Jahren.«

»Freut mich für sie. Hast du etwas dagegen, wenn ich eine Fensterscheibe einschlage?«

»Unter diesen Umständen? Natürlich nicht.«

»Warte hier.«

Bevor Summer ja oder nein sagen konnte, verschwand er um den Fliederbusch. Im Grunde war es natürlich kein schlechter Gedanke, ihn allein nachsehen zu lassen, zumal sich hier womöglich mordlustige Gestalten herumtrieben. Trotzdem ärgerte sie diese männliche Überheblichkeit. Andererseits, falls jemand sterben mußte, dann lieber er als sie, und zum Teufel mit dem Feminismus.

Getreu diesem Grundsatz reckte sie den Hals, um zu beobachten, was bei ihrem Haus geschah.

Nur verging eine Minute nach der anderen, und es geschah gar nichts. *Nada*. Null. Hatte er es geschafft hineinzukommen? In der Zeit, die er fort war, hätte selbst *sie* einsteigen können. Hoffentlich wollte er sie nicht die ganze Nacht hier draußen stehen lassen, ohne ihr Bescheid zu sagen!

Ihr Haus schien unverändert. Soweit sie das erkennen konnte, war nirgendwo Licht angeschaltet worden. Der Garten wirkte so verlassen wie vorhin, als sie daran vorbeigefahren waren.

Wo steckte Frankenstein?

Vielleicht war er über den Gartenschlauch gestolpert; Summer hatte ihn im Hintergarten liegen lassen, nachdem sie die frischgepflanzten gelben Zinnien in dem neuen Beet um die Terrasse bewässert hatte. Vielleicht paßte er auch nicht durchs Fenster. Er hatte breite Schultern, und die Fenster in ihrem Haus – normale zweigeteilte Fenster – waren nicht sehr groß.

Vielleicht durchwühlte er ihr Haus.

Vielleicht war er zum falschen Haus gegangen.

Vielleicht hatten die Bösen ihn erwischt.

Vielleicht ... Aber sie konnte hier stehen und *vielleicht* sagen, bis sie schwarz wurde. Gereizt beschloß sie, ihm noch fünf Minuten zu geben, dann wollte sie zum Auto zurückkehren und auf schnellstem Weg zu Sammy fahren. Falls das Frankenstein nicht paßte, hatte er eben Pech gehabt. Daß er so lange wegblieb, machte ihr angst.

Summer bekam Gänsehaut auf den Armen. Der Wind blies, der Fliederbusch schwankte, die Zikaden sirrten. Eisiges Mondlicht leuchtete auf und schwand; lange und gewundene Schatten lagen wie ausgestreckte Finger auf der ordentlichen Rasenfläche, der leeren Straße, dem Bürgersteig. Ein Lied drängte sich Summer auf, sie ertappte sich dabei, wie sie es leise vor sich hinsummte, doch nach Worten und Titel suchte sie zunächst vergeblich. Als ihr beides endlich einfiel, lächelte sie ironisch. »Walking After Midnight« von Patsy Cline. Wirklich sehr passend.

Summer fühlte sich, als wäre sie in einen schlechten Horrorfilm samt Musikuntermalung geraten. In die Szene, kurz bevor das Monster auftaucht. Was in gewisser Weise sogar stimmte. Schließlich wartete Summer auf Frankenstein.

Sie hatte nicht einmal mehr Zeit, über den eigenen Witz zu lächeln, da sah sie ihn. Nur ganz kurz, als er um die Ecke am anderen Hausende huschte. Also hatte er es noch nicht geschafft, ins Haus einzusteigen. Vielleicht waren ihre Fensterscheiben schwerer einzuschlagen, als sie beide vermutet hätten. Oder – und das kam ihr eigentlich wahrscheinlicher vor – sie hatte die Fenster mit Farbe verklebt, als sie sie das letzte Mal gestrichen hatte.

Wie dem auch sei, da er *immer* noch draußen war, brauchte er bestimmt Hilfe.

Summer schob sich hinter dem Busch hervor und stahl sich – anders konnte man es nicht nennen – hinter das Haus ihrer Nachbarn. Am schwierigsten war es, über den Maschendrahtzaun rings um ihren Hintergarten zu klettern. Die Spitze ihres Sportschuhs paßte genau in die kleinen karoförmigen Maschen, doch die nackten Zehen am anderen Fuß taten höllisch weh, wann immer Summer sie belasten mußte.

Im Gegensatz zum Nachbargarten mit den kinderfreundlichen Rasenflächen war Summers Garten ein wahre Oase voll samtweichem Gras und farbenprächtigen Blumen. Summer verbrachte so viele Stunden darin, daß sie nicht einmal daran zu denken wagte, was das über ihr Leben aussagte. Da sie weder Ehemann noch Kinder hatte, die sie ablenken könnten, und ihr Gesellschaftsleben aus gelegentlichen Treffen mit einem kleinen Kreis von Freundinnen und der nicht gerade heißblütigen Beziehung zu dem geschiedenen Zahnarzt bestand, verwandte sie viel freie Zeit und fast all ihre Hingabe auf ihr Zuhause. Und sie fand, daß man das merkte.

Das dicke Graspolster fühlte sich kühl und weich unter dem mißhandelten Fuß an. Selbst im Dunkeln waren die hellen schwankenden Köpfe der Zinnien zu erkennen, die die Terrasse einfaßten. Summer warf ihnen einen zufriedenen Blick zu, stieg vorsichtig über ein Beet voll schimmerndem Springkraut, umrundete den kleinen Seerosenteich – das Werk des letzten Sommers – und ging zur anderen Hausseite.

Auf eine plötzliche Eingebung hin zog sie im Vorbeigehen eine Tomatenstange aus dem Beet. Auch wenn der einen Meter lange Stock keine sehr gute Waffe abgab, er war immer noch besser als gar nichts. Eigentlich nahm sie zwar nicht an, daß sie eine Waffe brauchen würde, aber genau wie die Pfadfinder fand sie, daß bereit sein alles war.

Vermutlich wollte Frankenstein durchs Fenster des Gästezimmers einsteigen. Summer konnte es noch nicht sehen, denn es lag hinter der Hausecke im verschwiegensten Teil ihres Gartens, dort wo sie den Zaun in ein Gerüst für ihre Zéphirine-Kletterrosen verwandelt hatte: das Projekt für diesen Sommer.

Während Summer die Hausecke umrundete, atmete sie den süß-würzigen Duft der Rosen ein. Die Pflanzen mit den dunkelgrünen Blättern und den zarten halbgefüllten rosa Blüten waren unter ihrer Pflege prächtig gediehen und verdeckten den Zaun inzwischen fast ganz. Summer war mit ihrer Neuerwerbung so zufrieden, daß sie im nächsten Jahr die gesamte Grundstücksgrenze damit bepflanzen wollte. Der Gedanke daran füllte sie mit Vorfreude, dem ersten angenehmen Gefühl seit Stunden.

Na, jedenfalls hast du die Ursache für deine unangenehmen Gefühle wiedergefunden, tröstete sie sich, als im Angesicht der rauhen Wirklichkeit alle erfreulichen Empfindungen erstarben. Da stand er, blickte über den Zaun und zerdrückte mit seiner Brust ihre armen Blumen! Schade, daß sie keine Dornen hatten, für diese Achtlosigkeit hätte er ein paar Stiche verdient. Die Zéphirine war empfindlich!

»Würdest du bitte meine Rosen in Ruhe lassen!« zischte sie ihn empört von hinten an und pikte ihm zur Betonung das spitze Stockende ins Hinterteil.

»Au!« Er schlug mit der Hand auf die mißhandelte Stelle und fuhr herum.

Das war nicht Frankenstein! Summer riß die Augen auf, und das Kinn fiel ihr herunter. Der Mann hob den eigenen Stock. Im nächsten Moment entdeckte sie entsetzt, daß das gar kein Stock war. Sondern ein Gewehr – und die Mündung zeigte genau auf Summers Bauch.

Wie hatte sie sich nur so täuschen können? Dieser Typ trug nicht einmal Shorts. Hätte sie doch nur einen Augenblick nachgedacht, dann wäre ihr klar geworden …

Noch ein »Hätte ich nur« für ihre Sammlung.

»Laß das fallen.« Mit der Gewehrmündung deutete er auf den Stock. Die Tomatenstange fiel ihr praktisch von selbst aus den kraftlosen Händen.

»Ei ei ei«, sagte der Fremde. In der Dunkelheit war sein Gesicht kaum zu erkennen, doch an dem Tonfall merkte Summer augenblicklich, daß sie in großen Schwierigkeiten war. »Was haben wir denn da? Noch so eine hübsche Lady. Wie wär's, wenn wir zusammen nach drinnen gehen?«

Sich zu weigern war vermutlich keine Lösung. Wenn sie sich retten wollte, mußte sie sich schnell etwas einfallen lassen.

»Ich wollte nur nachsehen, ob bei meiner Nachbarin alles in Ordnung ist«, behauptete sie. Ihre Worte überschlugen sich fast; die Angst lag ihr wie ein großer Stein im Magen. »Ich weiß, Sie müssen der Mann sein, der für sie das Haus bewacht, aber mit ihren Rosen nimmt sie es nun mal sehr genau, und …«

»Halt's Maul«, unterbrach er sie schroff und bewegte drohend das Gewehr. »Und dreh dich um. Sofort.«

Summer öffnete den Mund, schloß ihn wieder und machte kehrt. Jeder Versuch, ihn weiter zu beschwindeln, wäre Zeitverschwendung gewesen; er würde sie nicht gehen lassen. Der Duft der Zéphirine schien ihr plötzlich zum Ersticken schwer.

Einen Moment lang spielte sie mit dem Gedanken wegzulaufen. Der Mann würde sie doch sicher nicht kaltblütig von hinten erschießen? Gleich darauf beantwortete sie sich die Frage: Natürlich würde er das. Aber würde er in dieser dichtbebauten Siedlung zu schießen wagen, obwohl er damit seine Anwesenheit verriet? Der Schuß würde bestimmt jemanden wecken, und der würde … Ja, was würde er tun? Ihr zu Hilfe eilen? Die Polizei rufen? Oder sich auf die andere Seite drehen und weiterschlafen, weil er den Knall für einen Chinakracher oder eine Fehlzündung hielt?

Sollte sie wirklich alles riskieren, in der Hoffnung, daß er nicht abdrückte?

Dann wurde ihr klar, daß er gar nicht schießen mußte, um sie aufzuhalten. Das würde schon ihr eigener Zaun besorgen. Sie würde niemals hinüberkommen, bevor der Mann sie eingeholt hatte. Warum war sie nicht ihrer ersten Eingebung gefolgt und hatte ihren Garten mit Heckenrosen eingefaßt? Warum hatte sie sich ausgerechnet für einen ein Meter dreißig hohen Maschendrahtzaun entschieden?

Um den Hund ihrer Nachbarn von ihren Blumen fernzuhalten, darum. Ihre letzte Fluchtmöglichkeit war zerstört, und das alles wegen eines lärmenden grabwütigen Köters.

Und was das Ganze noch schlimmer machte: Im Augenblick war das verflixte Vieh nicht einmal zu Hause. Sonst hätte es vielleicht gebellt und seine Besitzer auf ihre Notlage aufmerksam gemacht. Aber da ihre Nachbarn verreist waren, befand es sich zum erstenmal in seinem Leben in einem Hundezwinger.

Wie oft war Summer nachts von seinem Heulen geweckt worden, und jetzt, da sie ihn brauchte … Aber so war ihr ganzes Leben.

»Beweg dich.« Der Mann stieß ihr den Gewehrlauf ins Kreuz und trieb sie zu der Glasschiebetür, durch die man die Terrasse erreichte. Als Summer davor stehenblieb, klopfte er an die Scheibe. Nichts geschah, und er knurrte gereizt. Gleich darauf klopfte er noch einmal, wobei er die Gewehrmündung nicht von Summers Rückgrat abwandte. Diesmal schob jemand den Vorhang beiseite und spähte nach draußen. Die Tür wurde entriegelt und aufgeschoben.

Der Mann stieß Summer ins Haus.

Im Eßzimmer, das sie durch die Terrassentür betraten, herrschte Dunkelheit, nur aus der Küche fiel schwaches Licht herein. Wie Summer auf den ersten Blick erkannte, hatte sich in dem Raum nichts verändert. Die Einrichtung bestand aus einem Eichentisch und Stühlen – keine Antiquitäten, aber alte und liebevoll hergerichtete Stücke – und einem Geschirrschrank aus Kiefernholz, den Summer eigenhändig angestrichen hatte, damit er farblich zur Tapete paßte. Alles stand an seinem Platz, bis hin zu den frischen Taglilien in der zerbrechlichen Glasvase auf dem Eßtisch und den zwei Gedecken aus gutem Porzellan, die Summer für das übliche nachkirchliche Mittagessen mit dem Zahnarzt Jim bereitgestellt hatte.

Diese Verabredung würde sie allerdings sicher nicht einhalten.

»Wer ist das?« Der Mann, der ihnen die Tür geöffnet hatte, war kleiner als der erste und sprach im schleppenden und undeutlichen Tonfall der Bergbewohner. Das war bestimmt ein Einheimischer. Summer glaubte nicht, daß die beiden zu den Gangstern aus der Leichenhalle gehörte, aber im Dunkeln ließ sich das nicht sicher feststellen.

Der Mann, der sie hereingeführt hatte, zuckte mit den Schultern. »Sie hat draußen rumgeschnüffelt. Angeblich wohnt sie nebenan.«

»Bring sie nach unten.«

»Mein Mann fragt sich bestimmt, wo ich bleibe, und ...« begann Summer verzweifelt.

»Halt den Mund und beweg dich!« Er versetzte ihr einen Stoß, daß sie zur Küche taumelte. Wieder spürte sie die Gewehrmündung im Kreuz, also ging sie weiter.

Aus der Küche fiel deshalb so wenig Licht ins Zimmer, weil es durch die halbgeöffnete Kellertür heraufdrang. Zu dieser Tür mußte Summer gehen. Hinter ihrem Rücken unterhielten sich die beiden Männer, doch das geschah so leise, daß sie die Worte nicht verstand.

Ihre Kellertreppe war aus graulackiertem Holz. Die Betonwände hatte Summer mit weißer Farbe aufgehellt. An der gegenüberliegenden Wand standen Waschmaschine und Trockner, darauf ein Korb mit gefalteten Handtüchern. Ansonsten bestand die Einrichtung aus einem alten, aber noch funktionstüchtigen Fernseher – der hauptsächlich dann eingeschaltet wurde, wenn ihre Neffen und Nichten sie besuchten –, einem Heimtrainer, den sie kaum benutzte, sowie einer Couch und zwei Sesseln, die sie aus dem Wohnzimmer verbannt hatte, nachdem sie sich vor etwa einem Jahr neue Sitzmöbel angeschafft hatte.

Frankenstein saß breitbeinig auf der Couch und beobachtete, wie Summer die Treppe herunterkam. Er hatte die Hände in den Schoß gelegt. An den Handgelenken waren sie mit grauem Isolierband zusammengebunden. Aus einem Mundwinkel rann frisches Blut. Vor ihm stand ein Gangster mit einer Pistole. Als Summer und ihre Begleiter erschienen, blickte er auf.

»Wer ist das?« fragte er Frankenstein.

»Hab' ich noch nie gesehen«, erwiderte Frankenstein. Zugleich warf er Summer einen Blick zu, damit sie nicht widersprach. Das hätte er sich sparen können: Sie verspürte nicht den geringsten Wunsch, ihm zu widersprechen. Bei einem Rundblick durch den Keller hatte sie etwas Entsetzliches entdeckt, das sie völlig gefangennahm.

Eine rothaarige Frau saß auf einem Küchenstuhl neben der Treppe, gerade so weit außerhalb von Summers direkter Blickrichtung, daß sie sie erst vom unteren Teil der Treppe aus sah. Die Frau war an Händen und Füßen gefesselt. Summers erster Gedanke war schlicht: Der Stuhl hat im Keller nichts zu suchen. Es war ein hoher Holzstuhl, den Summer unbehandelt gekauft und eigenhändig dunkelgrün lakkiert hatte; er gehörte zu der Sitzgruppe in der Küche. Dann betrachtete Summer die Frau genauer, und sofort vergaß sie alles andere. Die Frau war schlaff nach vorn gesunken, nur die Fesseln hinderten sie daran, vom Stuhl zu fallen. Ihr Kopf mit dem rotgelockten Haar hing so weit herab, daß ihr Kinn die Brust berührte und ihr Gesicht nicht zu erkennen war. Sie trug das gleiche wie Summer: eine Uniform von Daisy Fresh.

Nur daß die Bluse der Frau vorn zu einem dunklen und anscheinend feuchten Rot verfärbt war. Der Stuhl stand in einer scharlachroten Pfütze. Erst nach mehreren Sekunden wurde Summer endlich bewußt, daß die leuchtendrote Farbe an der Frau und auf dem Fußboden in Wirklichkeit Blut war.

Voll Schreck erkannte Summer Linda Miller, die eine Hälfte ihrer nutzlosen Samstagabend-Putzkolonne. Sie wurde das Gefühl nicht los, daß die Frau tot war.

14

»Sie schlich draußen rum«, sagte der Mann, bei dem Summer den monumentalen Fehler begangen hatte, ihn in den Hintern zu piksen.

»Ach ja?« Der dritte Gangster betrachtete Summer noch einmal, blickte kurz zu Linda Miller hinüber und dann Frankenstein an. »Ist *das* die Fotze aus dem Lieferwagen, Calhoun?«

»Ich sag' doch, ich hab' sie noch nie gesehen.«

Die Augen des Mannes verengten sich. Ohne Vorwarnung schlug er Frankenstein mit dem Pistolengriff ins Gesicht. Der Hieb landete mit häßlichem Klatschen und riß Frankenstein die arme mißhandelte Wange auf. Sein Kopf flog zurück. Frankenstein verzog das Gesicht, gab aber keinen Laut von sich. Summer schon.

»Nicht schlagen!« rief sie entsetzt. »Ja, ich war im Lieferwagen.«

»Aha.« Der dritte Gangster lächelte. Aus der unregelmäßigen Wunde in Frankensteins Gesicht quoll Blut. Summer beobachtete, wie es ihm über das geschwollene und verfärbte Kinn lief, und spürte Übelkeit in sich aufsteigen. »Dann wohnst du also hier, richtig? *Du* bist Summer McAfee.«

»Das stimmt.« Offenbar hatten sie ihre Handtasche gefunden.

Frankenstein blickte sie warnend an, doch Summer konnte sich nicht vorstellen, daß es irgendeinen Unterschied machte, ob sie ihnen ihren Namen nannte oder nicht. Vielleicht hielt es den bewaffneten Schläger davon ab, Frankenstein erneut zu mißhandeln; ansonsten sah es ganz so aus, als wenn sie auf jeden Fall sterben würden, gleichgültig wie Summer sich verhielt. Es war furchtbar, unbegreiflich! Sie war zu jung, um zu sterben! Denk nach, befahl sie sich verzweifelt. Du mußt einen Ausweg finden. Nur wollte ihr einfach nichts einfallen.

Nachdem Summer verraten hatte, wer sie war, entspannten sich die Gangster merklich. Gangster Nummer drei – über seines Oberlippe saß ein borstiger Schnurrbart, so schwarz wie der Haarkranz um den kahlen Schädel – blickte zu Linda Millers Leiche hinüber; seine Miene war fast liebenswürdig. Er war Ende Vierzig und trug fleckige weite Jeans und ein blaugrünes Doubleknit-Sporthemd. Und er hatte das gebräunte und runzlige Gesicht eines Mannes, der viel an der Sonne war. Obwohl die Flecken auf seiner Jeans höchstwahrscheinlich Blut waren, wirkte er unglaublicherweise fast freundlich.

»Hat die Schnalle also doch die Wahrheit gesagt«, meinte er. »Aber irgendwie sah sie dem Bild auf dem Führerschein schon ähnlich, das müßt ihr zugeben.«

»Ich fand's gleich komisch, daß sie 'nen Fernseher aus dem eigenen Haus trug«, erwiderte Gangster Nummer zwei – der Mann, der die Terrassentür geöffnet hatte – und schob Summer die restlichen Stufen hinab. Er war ein kleiner, stämmiger Mann um die Fünfzig mit ergrauendem Bürstenhaar und trug eine graue Freizeithose und eine marineblaue Nylonwindjacke.

»Du meinst, sie hat wirklich das Haus ausgeraubt?« Gangster Nummer eins kicherte. Bei dem Geräusch drehte Summer sich um und beobachtete gebannt seinen Bauch, der sich über dem reichverzierten Westerngürtel seiner Jeans hervorwölbte und bei jedem Lacher bebte. Nachdem Summer den Mann einmal bei guter Beleuchtung gesehen hatte, fragte sie sich, wie um alles in der Welt sie ihn jemals mit Frankenstein verwechseln konnte, selbst im Dunkeln. Frankenstein war tonnenschwer, besaß aber den Körper eines Footballspielers: nichts als Sehnen und Muskeln. Dieser Typ war zwar auch breit gebaut, wirkte aber schlaff. Nicht einmal Haarfarbe und Frisur stimmten überein: rotbraun und lang um die Ohren statt kurzgeschnitten und schwarz. Die einzige Ähnlichkeit zwischen den Männern bestand darin, daß sie beide knapp unter einen Meter achtzig groß waren und schwarze Hemden trugen: der Gangster ein teures Polohemd, Frankenstein ein zu enges und zerrissenes T-Shirt, auf dem ein Bier schlürfender Bullterrier zu sehen war und darunter die Aufschrift »Freche Hunde leben besser«.

Wie hatte Summer sich nur so täuschen können? Aus lauter Angst um ihre Rosen mußte sie kurzzeitig den Verstand verloren haben.

»Teufel, kein Wunder daß wir nichts weiter aus ihr rausgekriegt haben. Sie wußte gar nichts.«

»Na ja ...« Gangster Nummer drei zuckte mit den Schultern. »Umgebracht hätten wir sie sowieso. Wir hätten uns nur die Mühe sparen können, sie vorher zum Reden zu bringen. Die kam mir *gleich* so zäh vor. Mir ist noch nie 'n Mann untergekommen, den ich nicht kleingekriegt hätte, von 'ner Mieze ganz zu schweigen.«

Gangster Nummer eins schüttelte den Kopf. »Du hättest sie trotzdem nicht umbringen sollen. Nicht bevor wir sicher waren, daß sie nichts wußte. Wenn die Mieze doch die Richtige gewesen wär, säßen wir jetzt schön in der Scheiße.«

»He, das war 'n Unfall, okay? Sie hat mir ins Gesicht gespukt, da bin ich kurz ausgerastet. Außerdem hätten wir alles, was wir brauchen, aus Calhoun rausgekriegt.«

»Bei Mädchen geht's leichter. Und macht mehr Spaß.«

»Na, jetzt haben wir ja 'n neues Mädchen zum Bearbeiten. Ist das deine Freundin, Calhoun?«

»Verdammt, nein. Ich mag es, wenn sie jung und blond sind. Sie weiß überhaupt nichts. Sie ist Putzfrau, um Himmels willen. Sie hat in der Leichenhalle saubergemacht, wo eure Kumpels mich hingeschafft haben. Ich habe ihr ein Messer unter die Nase gehalten und sie gezwungen, mich wegzufahren. Mit der verschwendet ihr nur eure Zeit.«

»Wenn er uns was vorlügt, prügeln wir ihn, bis er den Scheiß läßt und die Wahrheit sagt«, drohte Gangster Nummer drei und sah Summer an. »Bist du seine Freundin?«

»Ja.« Um Frankenstein vor weiteren Schlägen zu schützen, hätte sie alles zugegeben. Im Geist war sie immer noch mit dem unfaßbaren Gedanken beschäftigt, daß Linda Miller angeblich umgebracht worden war, während sie Summers Haus ausraubte. Möglich war das schon. Linda war neu in der Stadt und hatte nur wenige Wochen für Daisy Fresh gearbeitet. Sie hatte sich gemeinsam mit ihrer Partnerin Betty Kern beworben und darum gebeten, mit ihr zusammenarbeiten zu dürfen. Summer hatte keinen Grund gesehen, die beiden nicht einzustellen. Ihre Zeugnisse waren in Ordnung gewesen. Jetzt fragte sie sich, ob die Frauen vielleicht absichtlich nicht zu dem Putzjob bei Harmon Brothers erschienen waren. Summer hatte ihnen gesagt, daß dieser Auftrag für Daisy Fresh lebenswichtig war; deshalb hatten sie sich ausrechnen können, daß Summer die Arbeit selbst erledigen würde, weil sie so kurzfristig und spät am Abend bestimmt keine Vertretung mehr finden würde. Als Plan für einen Einbruch war das praktisch narrensicher. Einen Moment lang spürte Summer Zorn, weil Linda sie so hintergangen hatte, doch nach einem Blick auf ihre blutige, an den Stuhl gefesselte Leiche verwandelte sich ihr Arger in Mitleid und beklemmende Furcht. Was Linda auch getan hatte, sie hatte es nicht verdient, abgeschlachtet zu werden. Das hatte niemand verdient.

Auch Summer und Frankenstein nicht. Vor Angst begann Summers Herz schneller zu schlagen. Das Ganze war unglaublich. Es war einfach zuviel. So etwas konnte *ihr* doch nicht passieren.

»Siehst du? Bei Mädchen geht's leicht«, sagte Gangster Nummer eins.

»Ja«, erwiderte Gangster Nummer drei. Es klang fast enttäuscht. Auf eine Kopfbewegung von ihm hin schob der andere Gangster Summer zur Couch und stieß sie neben Frankenstein. Als sie in das verblichene Chintz-bezogene Polster sank, streifte sie Frankensteins Bein. Er sah sie nicht einmal an. Seine ganze Aufmerksamkeit galt den drei Gangstern, die nun alle vor ihnen standen. Drei selbstzufriedene Schurken. Summer spürte, wie angespannt Frankenstein war. Er wartete, wartete ... Aber was konnte er schon tun?

Es wurde Zeit, daß die Befreier hereinstürmten.

Wo war Arnold Schwarzenegger, wenn man ihn *wirklich* brauchte?

Besser gesagt, wo war Betty Kern? Hatte sie sich an dem Einbruch beteiligt? Wenn ja, war sie womöglich entkommen und holte Hilfe?

»Also, bist du nun ein kluger Junge und sagst uns, wo der Lieferwagen ist, oder müssen wir erst deiner Freundin weh tun?« fragte Gangster Nummer drei liebenswürdig.

Summers Augen weiteten sich. Wenn erst das Hauen und Stechen begann, würde sie ihnen blitzschnell verraten, wo der Lieferwagen stand. Sie würde sich bestimmt nicht weh tun lassen, nur damit die Gangster diesen zerbeulten und zerschossenen Lieferwagen voller Leichen nicht fanden.

»Ich sag' doch, sie ist nicht meine Freundin. Wenn du ihr was tun willst, nur zu.« Gleichgültig zuckte Frankenstein mit den Schultern. Summer versteifte sich. Frankenstein schien gespannt wie eine Feder. Verzerrt lächelte er den Gangster an. Auf dem zerschlagenen Gesicht wirkte das Lächeln wie Hohn. Summer schluckte, sagte aber nichts.

»Vielleicht tun wir dir auch was, du Arschloch.« Der Gangster schlug Frankenstein mit der Pistole gegen die Stirn. Summer hörte Metall gegen Knochen prallen und zuckte zusammen. Der Magen drehte sich ihr um. Frankensteins Kopf flog zur Seite. Einen Moment lang sah Summer ihm direkt in die Augen. Beide Augen. Obwohl das geschwollene Fleisch sie fast verbarg, waren sie beide geöffnet, und ihre Wirkung war erstaunlich. Es waren kalte Augen, tote Augen, mit einer Iris so dunkel wie die Pupillen. Einen Mann mit solchen Augen hätte Summer sich nie zum Freund gewünscht, nicht einmal zum flüchtigen Bekannten. Normalerweise hätte sein Blick ihr einen Schauder über den Rücken gejagt. Sie las Schmerz und Wut darin. Und, so schien es ihr, eine stille Warnung: Sag nichts.

Aber warum? Am liebsten hätte sie die Frage hinausgeschrien. Statt dessen stellte sie sie wortlos. Einen winzigen Moment lang erwiderte Frankenstein ausdruckslos ihren Blick. Dann preßte er die Lippen zusammen, richtete sich auf und wandte sich wieder den Männern vor ihm zu, so lässig und locker, als würde man ihm alle Tage mit einer Pistole über den Schädel schlagen.

Nur sein Körper wirkte womöglich noch angespannter als vorher.

Da begriff Summer. Ob sie irgendwie aus dem Nichts eine Nachricht auffing, die Frankenstein ihr geistig zusandte, oder ob sie von selbst darauf kam, hätte sie nicht sagen können. Aber sie begriff. Aus irgendeinem Grund lag den Gangstern an dem Lieferwagen noch mehr als an Frankenstein. Und sie wußten nicht, wo der Wagen war. Sie und Frankenstein dagegen wußten es. Dieses Wissen war der einzige Grund, weshalb sie noch lebten. Auch wenn Summer das Wie und Warum nicht verstand, eins war ihr klar: Was immer man ihr antat, sie durfte nicht zusammenbrechen, falls ihr das Leben lieb war. Vorausgesetzt, das ließ sich verhindern. Ein Blick auf Frankensteins gerötetes ballonförmiges Gesicht, ein Blick auf Linda Miller, und Summer fragte sich, wie lange sie wohl durchhalten würden, wenn die Gangster ihre Aufmerksamkeit *ihr* zuwandten. Vielleicht wäre es besser, schnell zu sterben, als stundenlang gequält zu werden.

Nun mach schon, Arnold!

Eisiges Entsetzen stieg in Summer auf und ließ sie frösteln. Sie mußte es sich eingestehen: Arnold würde nicht kommen. Kein Terminator würde sie in letzter Sekunde heldenhaft retten. Dies war die Wirklichkeit!

Gangster Nummer drei griff nach Summers Hand und zog sie gegen Summers Widerstand zu sich heran. Einen Augenblick lang lächelte er Summer an, während er zugleich mit seinem harten Daumen über die zarte Haut an den Fingerknöchel strich. Es war, als würde ihr eine Tarantel über die Hand kriechen. Am liebsten hätte Summer die Hand weggerissen und geschrien, geschrien, geschrien.

Hilf dir selbst, dann hilft dir Gott. Summer war Südstaaten-Baptistin und mit der Sonntagsschule aufgewachsen; dieser Glaubenssatz war ihr von Kindesbeinen an eingehämmert worden. Ihre Mutter, die Chorleiterin, hatte es ein wenig anders ausgedrückt: Lobet den Herrn, und dann her mit der Munition.

Der Gangster hob Summers Hand an die Lippen und küßte sie leicht. Die anderen Gangster grinsten. Summer bebte vor Ekel.

Lieber Gott, betete sie, schick uns bitte schnell ein bißchen Munition.

»Es liegt ganz bei dir, Schätzchen. Du kannst uns gleich sagen, was wir wissen wollen, einfach so, oder wir brechen dir die Finger, einen nach dem andern. Ich fang mit dem rosa Kleinen hier an. Es dauert keine Sekunde – und es wird höllisch weh tun.« Er nahm ihre Hand in seine beiden Hände, streichelte den zerbrechlichen kleinen Finger mit dem Daumen und umfaßte ihn dann plötzlich mit einer großen Hand, so daß Summer seine Kraft deutlich spürte.

Er könnte ihren Finger so mühelos durchbrechen wie einen Zweig, das wußte sie. Eine häßliche, lähmende Vorstellung. Summer erstarrte und wartete auf den Schmerz.

»Und *dann* verrätst du es uns. Aber täusch dich nicht, verraten wirst du es auf jeden Fall. Also, wo ist der Lieferwagen?«

»Ich sag doch, sie weiß nichts ...«, stieß Frankenstein hervor und erhob sich halb von der Couch. Plötzlich drückte ihm Gangster Nummer zwei eine Pistole gegen die Schläfe, und er sah aus, als würde er nur zu gern abdrücken.

»Du setzt dich wieder, Junge«, befahl er. Langsam und widerstrebend gehorchte Frankenstein.

»Ich sag' es ihnen!« verkündete Summer so schrill, daß sie ihre Stimme kaum wiedererkannte, und warf Frankenstein einen verängstigten Blick zu. Dann sah sie zu dem Mann auf, der ihren kleinen Finger festhielt. Gangster Nummer eins hielt sich dicht neben ihm wie ein böser Schutzengel. Gangster Nummer zwei zielte mit der Pistole weiter auf Frankensteins Kopf. »Ich ... ich sage Ihnen alles, was Sie wissen wollen. Nur ... nur tun Sie mir nicht weh. Ihm auch nicht.«

»Halt dein dummes Maul«, fuhr Frankenstein sie an.

»Halt du deins, sonst putz ich dir den Schädel weg«, erwiderte Gangster Nummer zwei und stieß Frankenstein grob die Pistolenmündung gegen die Schläfe. Frankenstein verzog das Gesicht und schwieg. Die Gangster wechselten zufriedene Blicke.

»Wo ist der Lieferwagen?«

Summer mußte kurz überlegen. Frankenstein war ihr Freund, richtig? Dann durfte sie ihn nicht Frankenstein nennen. »St ... Steve hat ihn stehenlassen. Er lief nicht gut, weil er ganz zerschossen war. Steve meinte, eine Kugel müßte den Motor beschädigt haben. Deshalb hat er ihn stehenlassen.«

»Wo? Wo hat er ihn stehenlassen?« Wie ein Mann beugten sie sich zu ihr herab.

»Auf einem Feld.«

»Welchem Feld?«

»Das weiß ich nicht. Auf irgendeinem Feld, okay? Ich ... ich müßte es Ihnen zeigen.« Summer versuchte, ihren Worten einen Beiklang von verzweifelter Berechnung zu geben. »Das mache ich aber nur, wenn Sie mir versprechen, uns hinterher gehen zu lassen.«

»Sicher doch, Schätzchen. Du zeigst uns den Wagen, und wir lassen euch laufen.« Das Versprechen wirkte etwa so glaubwürdig wie Tränen bei einem Krokodil, aber Summer brachte dennoch ein zittriges und erleichtertes Lächeln zustande. Sie war schon immer eine gute Schauspielerin gewesen – eine Zeitlang hatte sie sogar geglaubt, sie könne die Schauspielerei zu ihrem Beruf machen – und unter diesen Umständen war sie bereit, willens und fähig, die Vorstellung ihres Lebens zu geben. Um ihr Leben zu spielen.

»Siehst du? So dumm war es gar nicht, es ihnen zu verraten.«

Das sagte sie voll kläglicher Zuversicht zu Frankenstein. Er sah Summer finster an und knurrte: »Sei nicht so verdammt blöd.«

Dumm war er jedenfalls nicht, ihr Monster.

Gangster Nummer drei packte sie an den Oberarmen und zog sie auf die Füße.

»Ihn brauchen wir nicht dabei«, meinte Gangster Nummer zwei. »Wir können ihn genausogut hier kaltmachen.« Obwohl er leise sprach, hörte Summer es deutlich, und sie wollte auch nicht so tun, als hätte sie die Bemerkung nicht verstanden.

»Sie haben versprochen, uns laufenzulassen, wenn ich Sie zum Lieferwagen bringe! Steve auch!«

»Sicher, Schätzchen. Natürlich lassen wir euch laufen. Alle beide. Sobald wir unseren Wagen wiederhaben. Halt's Maul, du Holzkopf.« Letzteres zischte er Gangster Nummer zwei zu. Dann faßte er Summer mit fester Hand am Oberarm und schob sie zur Treppe.

»Nimm ihn mit«, befahl er über die Schulter hinweg.

»Aber ...«

»Vielleicht lügt sie. Oder erinnert sich nicht mehr genau. Was auch immer. Bis wir sicher sind, dürfen wir keine Brükken hinter uns einreißen.«

Ganz so einfältig waren die Gangster also nicht. Summers frisch erwachter Mut schwand erneut. Nun, wenigstens hatte sie Zeit gewonnen.

Sie wollte gerade die Treppe hinaufsteigen, da hörte sie es: Klick, klick, klick. Irgend jemand oder irgend etwas lief über den Linoleumfußboden in der Küche, auf hohen Absätzen oder in Stepschuhen oder einer anderen merkwürdigen Fußbekleidung. Das Geräusch kam auf die Kellertür zu.

Arnold?

Die Kavallerie?

Betty Kern?

Fast ohne es zu merken, blieb Summer stehen und hielt den Atem an. Hinter ihr verhielten die Gangster und Frankenstein ebenfalls ihre Schritte.

Alle erstarrten und lauschten.

15

Jemand preßte Summer eine Hand auf den Mund. Sie wurde die Treppe hinabgezerrt und unten wieder auf die Füße gestellt. Fünf Personen, Gangster wie Opfer, drängten sich in einer kleinen Gruppe am Fuß der Treppe zusammen, reckten die Hälse und versuchten vergeblich, in dem dunklen Raum jenseits der kaum geöffneten Kellertür etwas zu erkennen.

Summer spürte einen Pistolenlauf an der Schläfe. Gangster Nummer drei hielt ihr immer noch den Mund zu. Seine Hand roch stark nach Bier. Summer verabscheute Bier. Wenn die Lage nicht so ernst gewesen wäre, hätte sie zu würgen begonnen.

Frankenstein stand ihr gegenüber. Auch auf seinen Kopf zielte eine Pistole, und zwar die von Gangster Nummer zwei. Der Zementboden unter Summers nacktem Fuß fühlte sich hart und kalt an. Die Pistolenmündung an ihrer Schläfe fühlte sich noch kälter an.

»Sieh nach«, flüsterte der dritte Gangster dem ersten Gangster zu.

Summer und Frankenstein wechselten angespannt Blicke. Gangster Nummer eins schlich vorsichtig zur Tür hinauf. Dabei preßte er sich mit dem Rücken gegen die Betonmauer neben der Treppe. Seine Pistole war gezückt und schußbereit.

Die merkwürdigen klickenden Schritte hörten auf.

Summer merkte, daß sie den Atem anhielt.

Gangster Nummer eins erreichte das obere Ende der Treppe und lauschte angestrengt. Stille.

Summer schöpfte Hoffnung. Vor ihrem inneren Auge sah sie einen ganzen Trupp freundlich gesinnter Polizisten in ihrer Küche hocken, bereit für die Rettungsaktion.

Polizisten in hochhackigen Schuhen oder Stepschuhen? Kaum.

Okay, dann eben Arnold.

Bei dem Gedanken an einen Terminator in Pumps hätte Summer trotz allem fast gelächelt.

Sie würde sich wohl mit Betty Kern begnügen müssen. Zum Kuckuck, sie würde sich mit jedem begnügen, den sie kriegen konnte.

Gangster Nummer eins schaute zu ihnen herab. Der Mann, der Summer festhielt, nahm die Hand von ihrem Mund und machte eine heftige Scheuchbewegung. Gangster Nummer eins schluckte, streckte den Arm aus und stieß die Kellertür weit auf. Summer befeuchtete sich die trockenen Lippen und wartete.

Nichts geschah.

Einen Moment später begann das Klicken erneut. Gangster Nummer eins drückte sich gegen die Wand, hielt die Pistole auf Armeslänge vor sich und zielte dorthin, wo der Unbekannte erscheinen mußte.

Summer hörte auf zu atmen.

Plötzlich erschien ein zwanzig Zentimeter großer hellbrauner Fellmop im Lichtkreis der Lampe und bewegte sich klikkend auf die oberste Treppenstufe zu. Schokoladenbraune Glubschaugen blickten Summer an.

»Muffy!« stöhnte sie.

Die winzige rosa Schleife auf dem Kopf des Pekinesen zitterte. Abgesehen von dieser Schleife und den feuchten Augen sah die Hündin genau wie ein bewegliches Haarknäuel aus. Ob sie irgend jemanden außer Summer bemerkt hatte, ließ sie sich nicht anmerken. Vielmehr kam sie die Treppe herunter, wobei sie vorsichtig von Stufe zu Stufe hüpfte, ohne dem Bewaffneten, an dem sie vorbeikam, auch nur einen Blick zu gönnen.

»Es ist nur ein gottverdammter Hund!«

Margie's Miss Muffet, ehemals Grand Champion, inzwischen im Ruhestand, war keineswegs *nur ein Hund*. Sie war der gehätschelte Liebling von Summers Mutter und hatte mehr Wettkämpfe gewonnen als Mike Tyson. Während der letzten zehn Jahre hatte Muffy Margaret McAfee auf allen Reisen begleitet, ob im Flugzeug, im Zug, im Auto oder auf dem Kreuzfahrtschiff. Der einzige Grund, weshalb Muffy in diesem Moment nicht mit ihrem Frauchen in Kalifornien war und Summers Schwester Sandra besuchte, war die Tatsache, daß einer von Sandras Söhnen kürzlich eine schwere Hundehaar-Allergie entwickelt hatte. Das behauptete jedenfalls Sandra.

Deshalb durfte Summer Babysitter spielen. Äh, Hunde-Sitter. Danke, Mom. Danke, Schwesterchen.

Summer meinte ihre Schwester fast grinsen zu sehen. Muffy war als Gast nicht gerade beliebt. Sie haarte nicht nur, sondern hatte auch noch andere unangenehme Eigenschaften.

»Wegen der Töle hätt' Charlie sich fast vollgeschissen!« Die Spannung unter den Schlägern löste sich in einem Schwall von Spott auf Kosten ihres Schützen.

»Was bist 'n du für 'ne Pussi, Charlie?«

»'ne Pussi, genau das isser. Miau. Hat Angst vor so 'nem kleinen *Hündchen!*«

»Maul halten, ihr Schwachköpfe!« Charlie fand das gar nicht komisch. Stirnrunzelnd kam er hinter Muffy die Treppe herab.

»Komm, komm, komm!« Der Gangster, der Frankenstein bewachte, schnipste mit den Fingern. Muffy ging zu ihm und ließ sich hoheitsvoll die Ohren kraulen. Summer hätte sie mit der Haarschleife erwürgen können. Vielleicht hätte sie Muffy eher vergeben, wenn der Gangster seine Pistole nicht weiterhin Frankenstein ins Kreuz gedrückt hätte.

»Liebes Hundchen«, säuselte der Killer.

Verdammt nutzloses Vieh. Wieso konnte sie kein Dobermann sein?

»Los, gehen wir.« Gangster Nummer drei wandte sich wieder dem Geschäftlichen zu. Gangster Nummer zwei ließ Muffy los und richtete sich auf. Charlie blieb zwei Stufen über dem Fuß der Treppe stehen.

»Du da, beweg dich.« Gangster Nummer drei stieß Summer mit der Pistole an. Mutlos wollte sie gehorchen.

»Verdammt!« rief Gangster Nummer zwei. Vor Schreck sprang Summer förmlich in die Luft. Sie war nicht die einzige, aber sie war die einzige, deren Miene keine mörderische Wut verriet.

»Der verdammte Hund hat mir auf den Fuß gepißt!«

Summer blickte nach unten. Alle blickten nach unten. Die graue Freizeithose von Gangster Nummer zwei war an den Aufschlägen feucht. Um seinen elegant beschuhten Fuß breitete sich rasch eine Pfütze aus. Muffy tippelte bereits wieder die Stufen hinauf, würdevoll wie zuvor.

Jedem auf die Füße zu urinieren, den sie nicht mochte, war eine von Muffys unangenehmen Eigenschaften.

Gangster Nummer eins und drei brüllten vor Lachen. Summer lächelte. Und die Hölle brach los.

Frankenstein packte Charlie am Gürtel und warf ihn durch den Raum. Brüllend segelte er durch die Luft, schlug um sich und landete krachend auf dem Boden, wobei er Summer um Millimeter verfehlte. Die anderen zwei Gangster hatten weniger Glück. Charlie mähte sie nieder wie Kegel.

»Lauf!« rief Frankenstein. Ein Gentleman war er nicht, er war schon über Muffy weggesprungen und halb die Treppe hinauf. Die Gangster fluchten, versuchten auf die Beine zu kommen und tasteten nach ihren Waffen.

Summer rannte hinter Frankenstein her. Sie hielt nur kurz inne, um Muffy hochzuheben – schließlich durfte sie den kostbaren Liebling ihrer Mutter nicht einfach diesen drei Mördern ausliefern.

Während sie sich bückte, fiel ein Schuß; in dem engen Raum klang er wie eine Explosion. Etwas schlug genau über Summers gesenktem Kopf in die Wand. Sand rieselte auf sie herab. Eine Kugel! Wenn sie sich nicht nach Muffy gebückt hätte, wäre sie getroffen worden!

Mit Muffy unter dem Arm sprang sie die letzten zwei Stufen hinauf und hechtete durch die Tür wie ein Stürmer, der sich mit dem Ball über die Torlinie wirft.

Die Gangster rasten schon die Treppe herauf.

Summer prallte mit dem Kopf an die Wand gegenüber der Kellertür. Einen Augenblick lang blieb sie auf dem Bauch liegen und sah Sterne. Muffy kroch unter ihr hervor und leckte ihr das Gesicht. Statt dankbar zu sein, schlug Summer ihre Schnauze weg.

Krachend fiel die Kellertür zu. Frankenstein drückte auf den Knopf, mit dem man den Türknauf verriegelte. Die Bösen waren im Keller gefangen! Sie waren gerettet, gerettet, gerettet!

»Scheiß billiges Schloß«, knurrte Frankenstein, als drinnen am Knauf gerüttelt wurde. Sicherheitshalber griff er sich einen der drei verbliebenen Küchenstühle und klemmte ihn mit der Lehne unter den Knauf.

Summer stand auf und schaute mit klopfendem Herzen auf die Tür. Die Gangster warfen sich von der anderen Seite dagegen. Gedämpfte Flüche und Drohungen erfüllten die Luft. Summer sah, wie das dünne Türblatt unter dem heftigen Angriff erbebte, und nahm ihre Jubelrufe zurück.

Noch waren sie nicht gerettet.

»Hast du eine Waffe im Haus?«

»Nein.« Summer war eine entschiedene Befürworterin von Waffen-Kontrollgesetzen. Außerdem machten Pistolen ihr angst.

»Dachte ich mir.«

»Wir könnten die Polizei rufen …«

»Was meinst du, wer im Keller ist? Komm, laß uns abhauen!« Frankenstein riß mit den Zähnen an dem Isolierband um seine Handgelenke und rannte zur nächsten Tür. Sie führte in die Garage.

Wütendes Hämmern erschütterte die Kellertür. Summer warf einen sehnsüchtigen Blick auf das Küchentelefon – es war so programmiert, daß man mit einem einzigen Knopfdruck den Notruf erreichte; dann hob sie Muffy hoch und lief hinter Frankenstein her.

Mit dem Fuß schob er etwas beiseite, das die Tür blockierte. Eine reglose dunkle Gestalt lag ausgestreckt auf dem weißen Linoleum.

Betty Kern, erkannte Summer im Vorbeilaufen. Tot, ganz ohne Zweifel. Neben der Leiche lag der Mahagoni-Kasten, in dem Summer ihr Silberbesteck aufbewahrte, ein Hochzeitsgeschenk ihrer Mutter. Gabeln, Messer und Löffel lagen über den Fußboden zerstreut.

Aus der Ecke wäre nie Hilfe gekommen.

Als Summer das obere Ende der kurzen Treppe erreichte, hatte Frankenstein schon den Knopf für den automatischen Toröffner betätigt. Er duckte sich unter dem Tor hinweg, während es sich noch hob. Graues Morgenlicht fiel in die Garage. Ein Wagen stand darin – und er gehörte nicht Summer.

Es war ein neuer marineblauer Lincoln Continental. Mit dem Autotyp kannte Summer sich aus. Ihre Mutter fuhr den gleichen, nur daß ihr Wagen leuchtend gelb war.

Der Lärm in der Küche – gedämpftes Hämmern und Fluchen – verriet Summer, daß die Gangster noch immer im Keller eingesperrt waren. Das hier würde mehrere Minuten dauern – durfte sie sich soviel Zeit nehmen?

Die Vorstellung, in dem uralten Chevy von diesem schnittigen Schlitten verfolgt zu werden, gab den Ausschlag. Sie *würde* sich die Zeit nehmen.

Muffy knurrte empört, als Summer sie praktisch fallen ließ, so daß sie ungewohnt hart auf den zarten Pfötchen landete. Summer lief zum Auto, löste die Verriegelung und öffnete die Motorhaube. Sekunden später hatte sie die Zündkerzenkabel herausgerissen.

Ein Schuß fiel, dann splitterte Holz. Die Zeit wurde knapp. Offenbar hatten die Gangster beschlossen, sich den Weg freizuschießen. Summer schlug auf den Knopf für das Garagentor und rannte unter dem Tor hindurch, während es sich schloß. Muffy folgte ihr auf den Fersen, und Summer hob sie wieder hoch. Sobald sie die Straße erreicht hatte, blickte sie in beide Richtungen. Frankenstein war nirgendwo zu sehen.

Vermutlich hatte er sie und Muffy im Stich gelassen. Dieser Nichtsnutz von einem …

Trotzdem lief sie die Straße entlang. Mitten auf der Fahrbahn und dorthin, wo sie den Wagen stehengelassen hatten.

Ohne Vorwarnung schoß der Chevy um die Kurve und raste auf Summer zu. Der niedrige schwarze Wagen mit den hohen Kotflügeln sah aus wie eine höllische Fledermaus. Da Frankenstein sie selbst gewarnt hatte, daß er zum Fahren angeblich nicht genug sah, sprang Summer zum Straßenrand. Gleich darauf quietschten die Bremsen, und der Chevy kam schaukelnd zum Stehen, etwa zwei Meter jenseits der Stelle, an der Summer sich eben noch befunden hatte.

Wieder eine Art, wie sie in dieser alptraumhaften Nacht fast gestorben wäre.

Die Beifahrertür wurde aufgestoßen. »Mensch, Rosencrans, wo bleibst du denn?«

Erklärungen und Vorwürfe konnten warten. Summer drückte Muffy an die Brust und warf sich ins Auto.

Bevor sie die Tür schließen konnte, trat Frankenstein aufs Gas. Summer wurde gegen die Rücklehne gepreßt. Haltsuchend klammerte sie sich an den Kunststoffbezug und betete, daß sie nicht hinaus auf die Straße geschleudert wurde. Muffy, klug wie sie war, kroch unter den Sitz.

»Tür zu!« brüllte Frankenstein.

Summer warf ihm einen vernichtenden Blick zu. Dann klammerte sie sich mit aller Kraft an die Rücklehne, ließ die Zündkabel fallen, die sie gar nicht hatte mitnehmen wollen, und streckte die Hand nach der wild pendelnden Tür aus. Sie saß nicht gerade sicher auf ihrem Platz, und falls Frankenstein jetzt um die Kurve bog … Da bekam sie den Griff zu fassen und schlug die Tür zu.

Einen Moment lang fühlte sie sich so schlaff wie eine gekochte Nudel.

Summer sank in sich zusammen, ließ den Kopf hängen und legte die Hände in den Schoß. Betrübt stellte sie fest, daß ihre Finger schwarz vor Wagenschmiere waren. Wie tief seid ihr gesunken! beklagte sie still das Schicksal ihrer einst so bewunderten Hände.

Der Wagen raste an Summers Haus vorbei, gerade als die Gangster zur Vordertür herausgestürzt kamen. Sie rannten auf die Rasenfläche vor dem Haus und sahen dem Chevy wütend nach.

Offenbar hatte Frankenstein bei ihrem Anblick das Gaspedal bis zum Anschlag durchgetreten, denn der Chevy ließ Gummi regnen, wie es sich für einen anständigen Wagen aus den Fünfzigern gehörte.

Sie sausten die Straße hinunter und nahmen die Kurve auf zwei Rädern.

Summer zuckte nicht einmal mit der Wimper, als sie gegen die Tür geschleudert wurde, die sie eben geschlossen hatte. Anscheinend gewöhnte sie sich allmählich daran, ständig dem Tod ins Auge zu blicken.

Sie jagten links herum und durch das Tor hinaus, das die Einfahrt zur Wohnsiedlung Ablemarle markierte. Dabei fiel Frankensteins Blick auf das, was zwischen ihnen auf der Sitzbank lag.

»Was zum Teufel ist das?« fragte er und deutete auf das Häuflein verbogener schwarzer Drähte. Für ihn mit seinen zugeschwollenen Augen sahen sie vermutlich wie Schlangen aus. Höllenschlangen. Passend zum Auto. Eine höllische Fledermaus mit höllischen Schlangen an Bord.

Summer kicherte.

Er blickte sie an. Inzwischen waren beide Augen sichtbar, auch wenn keines weiter als einen Spalt breit geöffnet war. Summer hoffte nur, daß er genug sah.

»Schau auf die Straße«, ermahnte sie ihn. Nicht daß das viel nützen würde, aber immerhin hatte er keinen Unfall gebaut. Bis jetzt.

»Was ist das?« Es klang ehrlich verwirrt.

»Zündkerzenkabel«, erklärte Summer und lehnte sich zurück. Als Frankenstein sie erstaunt anschaute, fuhr sie fort: »Damit sie uns nicht verfolgen können. Das haben die Nonnen in *Meine Lieder – meine Träume* mit den Nazis gemacht. He, ich mag Filme.«

Frankenstein blickte sie erneut an. Um seine Lippen zuckte es, dann begann er zu lachen.

16

Auf dem Highway 165, südlich von Tellico Plains, ließ das Glück sie im Stich. Genauer gesagt, das Benzin.

Summer saß am Steuer. Obwohl es inzwischen taghell war, konnte sie vor Müdigkeit kaum etwas erkennen. Da sie sich die Hände an der kurzen Hose abgewischt hatte, waren ihre Finger nicht mehr schwarz von Wagenschmiere, sondern nur noch etwas grau, mit schwarzen Rändern um die Fingernägel. Wann immer Summer sie anblickte, wurde ihr übel. Neben ihr betrachtete Frankenstein stirnrunzelnd eine Karte, die er im Handschuhfach entdeckt hatte. Seit fünfzehn Minuten versuchte er herauszufinden, auf welcher Fluchtroute sie die größten Chancen hatten, unerkannt davonzukommen. Aus irgendeinem Grund, entweder weil er nicht klar sehen konnte oder weil er ebenso erschöpft war wie Summer, fiel ihm das offensichtlich schwer.

»Wir fahren auf dem Highway 165 weiter nach Süden. Etwa in einer halben Stunde müßten wir auf eine Schotterstraße stoßen, die in Ost-West-Richtung verläuft. Auf der Karte finde ich sie nicht, aber ich war schon einmal da. Ich weiß, daß es sie gibt.« Seine Stimme war rauh vor Müdigkeit.

Puff. Puff. Stotter. Puff. Anscheinend bekam der Chevy einen Hustenanfall. Summer runzelte die Stirn und gab mehr Gas. Einen Augenblick lang gehorchte der Wagen, dann schnaufte er wieder kurzatmig und wurde langsamer.

»O nein, wir haben das Benzin vergessen!« rief Frankenstein. Es klang so entsetzt, wie Summer sich fühlte.

Ratlos schaute sie auf die Tankuhr. Der Chevy kroch nur noch dahin. Wie hatten sie etwas derart Wichtiges vergessen können? Aber was hätten sie schon tun können, auch wenn sie daran gedacht hätten? Die Erkenntnis traf Summer so hart wie ein Baseballschläger: Sie hatten kein Geld. Summer hatte vergessen, die dreißig Dollar aus ihrem Haus mitzunehmen.

All das für nichts und wieder nichts.

»Fahr an den Straßenrand.«

Sie hatten die Berge erreicht, und wie alle Straßen hier führte auch ihre Straße bergauf. Auf der linken Seite ragten steile bewaldete Hänge zum Himmel empor; rechts ging es etwa dreihundert Meter fast senkrecht bergab. Vor ihnen erhoben sich noch mehr Berge aus dem Morgennebel. In der Ferne verschmolzen schneebedeckte Gipfel mit den weißen Wolken.

Ein Habicht setzte über ihnen zum Sturzflug an, als Summer den Wagen auf den steinigen Seitenstreifen lenkte. Sie befanden sich etwa auf halber Höhe auf einer gewundenen zweispurigen Bergstraße. Nirgendwo waren Anzeichen von Zivilisation zu erkennen. Seit sie bei Tellico Plains einen Lastwagen mit Kohlen überholt hatten, war ihnen kein anderes Fahrzeug begegnet.

»Was jetzt?« fragte Summer, nahm den Gang heraus – inzwischen konnte sie wirklich gut schalten – und zog die Handbremse an, bevor der Chevy den Berg wieder hinunterrollte.

Frankenstein zuckte mit den Schultern und öffnete die Beifahrertür. Summer hatte auf der linken Straßenseite gehalten, neben der Fahrspur, die nach Norden führte, damit der Wagen am Berghang stand und nicht gefährlich dicht am Abgrund.

Sie stieg auch aus und zupfte zerstreut an dem gerissenen Träger ihres BHs, um ihre wichtigsten Besitztümer wieder an Ort und Stelle zu rücken. Muffy kroch hinter ihr aus dem Wagen, schlich zu dem hohen Gras am Straßenrand und übergab sich.

Beim Fahren wurde ihr meistens übel.

»Jetzt gehen wir zu Fuß.« Frankenstein hatte bereits die hintere Wagentür geöffnet. Auf dem Rücksitz gab es außer Lehrbüchern und der Baseballmütze noch vier ungeöffnete Bierdosen in einer Plastik-Ringverpackung, ein Sweatshirt mit Reißverschluß und Kapuze und ein Paar hohe Basketballschuhe, dem Aussehen nach mindestens Größe 46.

»Muß ein großer Junge sein.« Frankenstein betrachtete die Schuhe flüchtig und legte sie dann zusammen mit dem Bier, der Mütze und dem Sweatshirt neben sich auf den Boden.

»Zu Fuß!« Seine vorletzte Bemerkung drang erst jetzt in Summers Bewußtsein. Sie konnte vor Müdigkeit kaum stehen, geschweige denn einen Fuß vor den anderen setzen. »Du machst wohl Witze!«

»Nein. Es sei denn, du kannst fliegen.« Er wandte sich um und ging in die Richtung, aus der sie gekommen waren. Summer war zu müde, um mehr zu tun, als sich gegen das Auto zu lehnen und ihm nachzusehen. Zu ihrer Erleichterung bückte er sich nach einer Weile, hob etwas vom Straßenrand auf und kam zurück. Einen Moment lang hatte sie befürchtet, er wollte sie und Muffy im Stich lassen.

Obwohl ihr selbst das fast gleichgültig war, so erschöpft fühlte sie sich.

»Wofür ist das denn?« fragte sie, sobald er wieder in Hörweite war. In der Hand hielt er einen rostigen Metallstab von etwa einem Meter Länge.

»Ich will den Kofferraum aufbrechen. Nachsehen, ob was Brauchbares drin ist.«

Er schob ein Ende der Stange in den Spalt neben dem Schloß. Nachdem er die Stange mehrmals kräftig nach unten gedrückt hatte – wobei sich seine Bizepse unter den kurzen Ärmeln des T-Shirts so deutlich abzeichneten, daß Summer sehr beeindruckt war – war das Metall links und rechts vom Schloß ganz verbogen und verbeult.

Aber der Kofferraum war noch immer verschlossen.

Summer begann zu grinsen.

Abgesehen von der frischen Wunde auf der Wange wirkte Frankensteins Gesicht heute morgen längst nicht mehr so furchteinflößend. Vielleicht hatte Summer sich auch einfach daran gewöhnt. Er hatte zwei großartige Veilchen, aber immerhin waren die Augen so weit geöffnet, daß Summer die Farbe erkennen konnte, ohne dabei schielen zu müssen. Die Prellungen in seinem Gesicht schillerten in allen Farben von Lila über Gelb bis Grün, so daß Summer, als sich die wenigen normal gefärbten Gesichtspartien vor Ärger und Anstrengung röteten, darin nur eine erfreuliche Bereicherung der ohnehin schon erstaunlichen Farbpalette erblickte.

»Was gibt's da zu lachen?« fuhr Frankenstein sie an, nachdem er zum zwölften Mal vergeblich versucht hatte, das Schloß zu knacken.

Summer erklärte es ihm und ergänzte hilfreich: »Sieht ganz so aus, als könntest du einen Dosenöffner gebrauchen.«

Vernichtend blickte er sie an. Summer grinste zurück. Er drückte die Stange nach unten – und bog sie krumm.

Aber der Kofferraum blieb verschlossen.

Summer kicherte. Frankenstein fluchte. Dann zog er die verbogene Stange aus dem Spalt, betrachtete sie einen Augenblick lang verbittert und warf sie weg.

»Nein!« brüllte er plötzlich ohne sichtbaren Anlaß. Summer fuhr zusammen, dann folgte sie der Blickrichtung seiner Augen.

Muffy hoppelte zierlich von seinem Fuß weg.

»Der verdammte Hund hat mir auf den Fuß gepinkelt!« Er schlug mit der Faust auf den Kofferraum. Der Deckel sprang auf.

Summer konnte nicht anders. Sie lachte so sehr, daß sie sich hinsetzen mußte. Sie lachte, daß sie – als Muffy ihr auf den Schoß kletterte – einfach nur ihr Gesicht in dem gepuderten duftenden Fell verbarg, um ihr Gelächter zu ersticken. Sie lachte, bis ihr der Bauch weh tat und sie Angst hatte, keine Luft mehr zu bekommen.

Dann warf sie einen Blick auf Frankensteins säuerliche Miene und lachte noch mehr.

»Das macht sie öfter«, stieß sie schließlich halb entschuldigend hervor, als sie wieder genug Atem zum Sprechen hatte.

»Das macht sie öfter? Dieser Hund läuft rum und pinkelt den Leuten auf die Füße, und du sagst nur, das macht sie *öfter*? Na, Mahlzeit.«

»Sie mag Männer nicht besonders – außerdem hat sie dir bei mir zu Hause die Haut gerettet. Und sie hat den Kofferraum aufbekommen.«

»*Ich* habe ihn aufbekommen.«

»Ohne Muffy hättest du es nie geschafft.«

»Aus reiner Dankbarkeit lasse ich sie vielleicht am Leben.« Frankenstein hörte auf, sich den Fuß im Gras am Straßenrand abzuwischen, und kehrte zum Kofferraum zurück. Sein Kopf verschwand im Inneren.

Muffy, die sich in Summers Schoß offenbar sicher fühlte, bellte einmal leise und geziert.

»Wieso bellt sie?« Frankenstein zog den Kopf aus dem Kofferraum.

»Sie will uns wohl sagen, daß sie Hunger hat.«

»Sie will es uns *sagen*? Jetzt mal langsam. Du gehörst doch hoffentlich nicht zu den verrückten Weibern, die ihre Hunde wie Kinder behandeln?«

»Sie ist nicht mein Hund. Sie gehört meiner Mutter. Und sie ist nicht verrückt. Meine Mutter, meine ich. Nicht Muffy.« Vor Müdigkeit wurde ihr die Zunge schwer.

»Dann ist sie anders als du. Deine Mutter, meine ich.« Er hatte ihre Art zu reden erstaunlich schnell begriffen. Einen Moment lang blickte er sie über den Kofferraumdeckel hinweg an. »Du wohnst doch nicht bei deiner Mutter, oder?« Es klang beunruhigt.

»Nein. Als mein Dad pensioniert wurde, ist sie mit ihm nach Santee in South Carolina gezogen. Er ist vor fünf Jahren gestorben. Sie wohnt immer noch in Santee, aber die meiste Zeit reist sie umher.«

»Was hatte der Köter dann bei dir verloren?«

»Ich passe auf ihn auf.« Summer verzog das Gesicht. »Meine Schwester Sandra – Mom besucht sie gerade – hat behauptet, ihr ältester Sohn sei gegen Hundehaare allergisch. Ich persönlich glaube ihr kein Wort. Muffy kann ihren Ehemann Will nicht leiden.«

»Ich wette, daß Will Muffy auch nicht besonders gern hat.«

»Wahrscheinlich nicht.«

Er schlug den Kofferraum zu. Sofort sprang der Deckel wieder auf, wobei er Frankensteins Nase nur knapp verfehlte. Frankenstein fuhr zurück und warf Summer einen drohenden Blick zu.

Sie grinste trotzdem.

»Beweg deinen lahmen Hintern, komm her und hilf mir.« Es klang mürrisch. Summer grinste noch breiter.

»Wobei soll ich helfen?«

»Wir schieben das Auto den Steilhang runter. Sonst noch Fragen?«

Millionen. Summer brachte jedoch nur eine hervor. »W … warum?«

»Weil's bestimmt Spaß macht. Was glaubst du wohl, warum? Weil sie es gesehen haben, darum. Sie würden es wiedererkennen. Haben sie erst das Auto, dann haben sie uns auch bald. Wir hätten es sowieso demnächst loswerden müssen. Wahrscheinlich wird längst danach gefahndet.«

»Gefahndet?«

»Ich sage doch, das waren Bullen. Jedenfalls einer von ihnen: der mit dem Schnurrbart. Er gehört zum Bezirk Cannon. Ich bin ihm früher manchmal begegnet. Er heißt Carmichael. Er kennt mich auch.«

Summer fröstelte. Plötzlich fand sie das Ganze gar nicht mehr komisch. »Bist du sicher?«

»Ganz sicher. Hilfst du mir jetzt schieben?«

Ungern, erwiderte Summer in Gedanken, stand aber auf. Frankenstein öffnete die Fahrertür und legte eine Hand aufs Lenkrad. Summer ging zum Wagenheck und stemmte sich gegen die Stoßstange. Auch wenn sie nicht gern Autos schob, sie tat es nicht zum erstenmal. Auf der High-School hatte sie einen 66er Mustang gefahren, bei dem der Vergaser nicht richtig funktioniert hatte. Wann immer sie vor einer Ampel anhielt, war der Motor ausgegangen. Bis sie genug Geld gespart hatte, um das Auto reparieren zu lassen, hatte sie es oft geschoben.

»Holla, Rosencrans!«

Summer spähte um den Kotflügel herum. Über den Wagen hinwegzusehen, war wegen des störrischen Kofferraumdeckels unmöglich.

»Wir befinden uns an einem Hang. Ich werde gleich die Bremse lösen. Sagt dir das was?«

Summer überlegte.

»Komm hinter dem Auto weg, Dummerchen. Schieb von vorne. Dann fährt es dich nicht um, wenn es anfängt zu rollen.«

Ein guter Tip. Summer ging zum Vorderende. Vor lauter Müdigkeit ärgerte sie sich nicht einmal darüber, daß er sie »Dummerchen« genannt hatte.

»Fertig?«

Summer nickte.

»Ob du fertig bist, habe ich gefragt!« Diesmal brüllte er es.

»Ja!« brüllte sie zurück, nachdem sie sich vergewissert hatte, daß Muffy sicher im Gras lag. Die Hündin hatte sich auf dem Bauch ausgestreckt, den Kopf auf den Pfoten, und verfolgte aufmerksam das Geschehen. So wie sie aussah, würde sie sich erst wieder bewegen, wenn man ihr einen Napf mit Hundefutter vorsetzte.

Kluger Hund, dachte Summer, als ihr eigener Magen knurrte.

»Wenn ich ›loslassen‹ sage, läßt du los! Verstanden?«

Summer nickte wieder. Dann fiel ihr ein, daß Frankenstein sie nicht sehen konnte, und sie rief: »Ja!«

Frankenstein murmelte etwas, das nicht gerade schmeichelhaft klang. Der Wagen begann rückwärts zu rollen.

Sie mußten kaum schieben. Anfangs bewegte der Chevy sich langsam, doch während Frankenstein ihn quer über die Straße lenkte, wurde er immer schneller. Schließlich rollte er wirklich schnell, so daß Summer laufen mußte, um mitzukommen.

»Loslassen!« rief Frankenstein. Da hatte Summer schon losgelassen. Er sprang vom Auto weg. Fasziniert beobachtete sie, wie es über den Abgrund hinaussegelte. Einen wundervollen Augenblick lang hing es schwerelos in der Luft, vor den Bergen, dem Himmel, den Bäumen, wie eine gräßlich übergewichtige Fledermaus. Dann sackte das Heck nach unten, und der Wagen verschwand in der Tiefe.

Sekunden später hörten sie es krachen. Mehrmals hintereinander. Dann Stille. Keine Explosion. Nichts Spektakuläres. Der Chevy fing nicht einmal Feuer.

Natürlich, sie hatten ja den Tank leergefahren.

»Von der Straße aus ist er nicht zu sehen«, meinte Frankenstein zufrieden und drehte sich kurz zu Summer um. Er stand noch immer auf dem steinigen Seitenstreifen und schaute nach unten. Gleich darauf blickte er wieder sie an und dann an ihr vorbei die Straße entlang.

»Da kommt ein Auto, Rosencrans. Geh aus dem Weg.«

Summer schaute über die Schulter. Ein weißer Honda war gerade um die Kurve gebogen und fuhr in munterem Tempo auf sie zu. Summer ging zum Straßenrand und stellte sich neben Muffy und das Häuflein Sachen, die Frankenstein aus dem Chevy genommen hatte.

Ihr Herz begann schneller zu schlagen. Der Honda kam näher – hoffentlich waren es nicht schon wieder die Schläger. Von den Schlägern hatte sie wahrlich genug.

Plötzlich war Frankenstein bei ihr.

»Glaubst du, daß sie ...«, fing sie an und sah ängstlich zu ihm auf.

»Sei still«, befahl er, legte ihr einen Arm um die Schultern und den anderen um die Taille. Dann drehte er sie so, daß er der Straße den Rücken zukehrte und ihr Kopf an seiner Schulter lag, und preßte Summer den Mund auf die Lippen.

17

Die Erde bebte nicht. Keine Glocken läuteten. Keine Sterne erstrahlten in Summers Kopf. Frankenstein hielt sie eng umschlungen und bog sie so weit zurück, daß sie sich an seine breiten Schultern klammern mußte, um sich nicht auf den Hintern zu setzen. Sie spürte seine harten und warmen Lippen auf ihren und wartete ganz einfach, bis er mit dem Küssen aufhörte. Er benutzte nicht einmal die Zunge.

Offensichtlich war Frankenstein ebensowenig bei der Sache wie sie.

Endlich hob er den Kopf, schaute vorsichtig bergauf und bergab und gab sie frei.

»Die Luft ist rein.«

Er sprach so ungerührt, als hätte er eine Schaufensterpuppe geküßt. Zu ihrer eigenen Verblüffung fühlte Summer sich in ihrer Eitelkeit verletzt.

»Gut.« Falls sich das etwas zu kühl anhörte, so war das immer noch besser als zu heiß. Und ihr wurde allmählich heiß. Heiß vor Zorn. Nicht daß sie vorgehabt hätte, das zu zeigen. Schließlich hatte der Kuß sie ebenfalls nicht gerade umgeworfen. Und falls er die Zunge benutzt hätte, so hätte sie ihm hineingebissen!

»Es waren nur Touristen. Eine Familie. Die Rückbank war mit Spielzeug und Kindern vollgestopft.« Frankenstein grinste plötzlich. »Mom und Dad haben weggesehen, als sie uns zwei Turteltauben entdeckten. Ich glaube, sie sind sogar schneller gefahren. Damit die lieben Kleinen keinen Schock bekommen.«

Dieser Kuß hätte nicht einmal Shirley Temple schockiert. Summer grübelte noch darüber nach – war sie so häßlich geworden? War er schwul? –, als Frankenstein sich schon über das Häuflein am Straßenrand beugte.

Nein, schwul konnte er nicht sein. Das bewies der Skandal um ihn und die Frau seines Freundes. Also lag es an ihr. Sie hatte etwas an sich, das ihn nicht reizte. Kein Schimpfname hätte sie mehr gekränkt. Im Gegenteil, ein Schimpfname wäre ihr lieber gewesen.

»He, endlich gibt's was zu essen.« Frankenstein hielt eine ungeöffnete Achterpackung Partycracker mit Erdnußbutter in die Höhe. Säuerlich schaute Summer sie an. Muffy zeigte mehr Begeisterung. Beim Anblick der Schachtel sprang sie auf und kläffte.

»Später«, teilte Frankenstein ihr mit und ließ die Packung wieder auf den Haufen fallen.

Abgesehen von den Crackern hatte er im Kofferraum noch eine Sporttasche gefunden. Sie enthielt ein orangefarbenes Muskel-Shirt, schwarze Nylonshorts, zusammengerollte weiße Sportsocken, noch ein Paar riesige Turnschuhe und einen Basketball. Außerdem eine zerlumpte Steppdecke, ein Montiereisen und eine Rolle Pfefferminzbonbons. Zusammen mit der Karte und den Sachen vom Rücksitz ergab das ziemlich viel Gepäck.

Summer fiel ein, daß ihr Zahnarzt auch nicht sehr scharf auf sie war. Seinetwegen hatte sie sich eine Spirale einsetzen lassen, und bisher war das fast überflüssig gewesen. Gib's zu, sagte sie zu sich. Du bist sechsunddreißig. Auf dem absteigenden Ast. Eine alte Schachtel. Kein Sexhäschen mehr.

Natürlich wollte sie gar nicht mit Frankenstein schlafen, würde nicht einmal mit ihm schlafen, wenn er sie darum anbettelte oder ihr eine Million Dollar bot wie Robert Redford Demi Moore in diesem albernen Film *Ein unmoralisches Angebot*. Aber darum ging es nicht. Sie wollte, daß er sie wollte, weil das für ihren Stolz notwendig war. Sie mußte ihn ja nicht ebenfalls wollen.

Und wenn das keinen Sinn ergab, konnte sie es auch nicht ändern.

Ihre finstere Miene hätte selbst einen Elchbullen erschreckt.

Frankenstein beachtete sie nicht. Er war damit beschäftigt, alles außer Basketball, Mütze und Montiereisen wieder in die Tasche zu stopfen. Den Basketball ließ er ein- oder zweimal auf dem Pflaster springen. Auf seinem Gesicht lag ein sehnsüchtiger Ausdruck. Schließlich warf er den Ball in den Abgrund und schaute mit ehrlichem Bedauern zu, wie er in die Tiefe fiel. Ohne eine Wort zu verlieren, setzte er sich dann die Mütze auf – sie war schwarz und trug vorn in Rot den Aufdruck *Bulls* –, hob Tasche und Montiereisen auf und ging zum Wald.

Am Waldrand hielt er kurz inne. »Kommst du mit oder nicht?« fragte er über die Schulter hinweg, denn Summer stand einfach da und blickte ihm wütend nach.

»Ich habe nur einen Schuh.« Diese wichtige Tatsache war auch ihr eben erst wieder bewußt geworden. Das Monster hatte offenbar nicht zugehört, denn es ging weiter. Schon war es nicht mehr als ein Schatten zwischen den dunklen Baumstämmen.

Summer hörte einen Motor brummen; anscheinend näherte sich ihr ein weiteres Fahrzeug. Rasch hob sie Muffy hoch und eilte leise fluchend hinter Frankenstein her.

Der Waldboden fühlte sich unter dem nackten Fuß genauso stachelig und matschig und unangenehm an, wie Summer es sich vorgestellt hatte. Während sie Frankenstein tiefer und tiefer in den Wald hinein folgte, konnte sie zunächst kaum etwas erkennen. Allmählich gewöhnten sich ihre Augen jedoch an das Halbdunkel.

Sie fand sich in einem Urwald wieder. Er war von einem schönen, saftigen Grün, voll Kletterpflanzen, die sich vom Boden aus zu den knorrigen Ästen emporrankten, und leuchtenden Säulen aus Sonnenstrahlen, die durch die Lücken im Laubdach hereindrangen. Aber er hatte auch etwas Unheimliches. Eine seltsame Stille erfüllte ihn, eine Stimmung, als wäre die Zeit stehengeblieben. Summer fühlte sich, als hätte sie die Welt hinter dem Spiegel betreten. Eine Welt, in der sie – und Frankenstein und Muffy – nichts als Eindringlinge waren. Eine Welt, die nicht für Menschen gemacht war, sondern für Wesen wie das Eichhörnchen mit dem buschigen Schwanz, das sie von einem hohen Ast aus wachsam beobachtete, oder die Eidechse, die über einen Felsen huschte, als Summer vorbeikam. Ein Ort, wo die leeren goldenen Zikadenhüllen, die an der grauen Rinde klebten, plötzlich Augen zu haben schienen und der eintönige Gesang der gehäuteten Tiere immer lauter wurde, je tiefer Summer in ihr Reich eindrang.

Sie war noch nie ein Naturliebhaber gewesen; der Wald machte sie nervös.

»Würdest du bitte *warten*!« rief sie wütend hinter Frankenstein her. Sie mußte fast laufen, um ihn einzuholen. Es war verblüffend, wie schnell er trotz Humpeln vorankam.

»Meine Güte, bist du langsam.« Mißbilligend schaute er sie an, als sie keuchend neben ihm auftauchte.

Zum Antworten war Summer zu sehr außer Atem, also biß sie nur die Zähne zusammen. Muffy sah zwar klein aus, war aber tonnenschwer. Und bisher ging es stetig bergauf.

Sie setzte die Hündin auf den Boden und marschierte neben Frankenstein weiter. Widerstrebend folgte Muffy ihnen.

»Was jetzt?« fragte Summer.

»Wie, was jetzt? Jetzt gehen wir zu Fuß.«

»Wohin? Hast du einen Plan? Oder gehen wir einfach weiter, bis wir vom Ende der Welt runterfallen?«

»Redest du denn immer so viel?« Er beschleunigte seine Schritte.

»Verrat mir wenigstens eins: Wieso soll ich bei dir bleiben? Allein wäre ich bestimmt weniger in Gefahr.« Sie blieb stehen, stemmte die Arme in die Hüften und funkelte ihn an.

Frankenstein blieb ebenfalls stehen, drehte sich zu ihr um und zuckte mit den Schultern. »Das ist deine Sache, Rosencrans. Vielleicht bist du allein wirklich sicherer. *Falls* du den Weg zurück ohne mich findest, und *falls* sie dich nicht gleich wieder schnappen und herauszubekommen versuchen, wo ich bin. Ich will kein Spielverderber sein, aber an deiner Stelle würde ich mich daran erinnern, was die Bösen mit diesen zwei anderen Frauen gemacht haben, nur weil sie zufällig in deinem Haus waren. Nur weil sie sie für *dich* gehalten haben.«

Summer fröstelte. Bisher hatte sie sich sehr bemüht, sich *nicht* an Linda Miller und Betty Kern zu erinnern. Wann immer sie an Lindas schlaffen, blutigen Körper dachte, fragte sie sich unwillkürlich: Hatte es sehr weh getan, so zu sterben?

Natürlich hatte es weh getan.

Summer schreckte vor dem Gedanken zurück. Er war zu furchtbar. Ihre Schutzmauern richteten sich wieder auf. Sie wollte nicht daran denken. Sonst rollte sie sich auf der Stelle wie ein wimmerndes Kind zusammen und rührte sich nie mehr vom Fleck.

»Meinst du vielleicht, ich nehme dich mit, nur weil ich dich gern bei mir habe, Rosencrans?« Seine Stimme war hart. »Dann hast du dich getäuscht. Jetzt, da wir zu Fuß gehen müssen, würde ich ohne dich und deinen Köter verdammt viel schneller ans Ziel kommen. Ich schleppe dich mit, weil ich dir etwas schuldig bin. Du bist nur meinetwegen in diese Sache hineingeraten. Deshalb fühle ich mich sozusagen für dich verantwortlich. Falls du die Verantwortung zurückhaben willst, dann laß dich nicht aufhalten.«

Er wandte sich ab und humpelte weiter zwischen den Bäumen hindurch.

Einen Moment lang blickte Summer ihm nach, während sie im Geist seine Worte verdaute. Dann fielen ihr die zwei Frauen ein, die an ihrer Stelle gestorben waren; sie setzte sich wie elektrisiert in Bewegung und hastete hinter ihm her.

»Könntest du mir wenigstens sagen, wohin wir gehen?« bat sie atemlos, als sie ihn eingeholt hatte.

Frankenstein schien nicht überrascht, sie zu sehen. Sehr begeistert wirkte er auch nicht.

»Mein Dad und ich hatten eine Anglerhütte hier oben in den Bergen, okay? Da wollte ich hin, als uns der Sprit ausging – was übrigens gar nicht schlecht war, wenn ich es mir recht überlege. Zu Fuß zu gehen ist sicherer. Damit rechnen sie nicht, sie werden die Straßen überwachen. Die Hütte liegt etwa drei Tagesmärsche östlich von hier. Außer uns beiden war nie jemand da. Ich hoffe, wir können uns da ein paar Tage verstecken, während ich über die ganze Sache nachdenke. Irgendeinen Ausweg muß es geben. Ich bin nur zu müde, um ihn zu finden.«

»Vielleicht sollten wir ...« Aber da ging Frankenstein schon weiter, und Summer sah nur noch zu seinem Rücken. An ihren Ideen war er offensichtlich nicht interessiert. Sie hatte vorschlagen wollen, ihre Schwester anzurufen, die in Knoxville lebte und Anwältin war. Während Summer hinter ihm hertrottete, wurde ihr allerdings klar, daß sie ihre Schwester gar nicht in diese Sache hineinziehen wollte. Wer da hineingezogen wurde, lebte anscheinend nicht lange.

Eine Anglerhütte, dachte Summer. Er wollte mit ihr zu einer Anglerhütte. Also hatte er wenigstens ein Ziel.

Sie atmete tief ein und beschloß, ihm zu folgen. Was blieb ihr anderes übrig?

Eine Weile später blickte er sich nach ihr um, vielleicht weil ihm aufgefallen war, daß sie seit Minuten schwieg. Er verlangsamte seine Schritte und sah zu, wie sie ihm halb hüpfend nachlief.

»Wieso humpelst du?« fragte er.

»Ich habe nur einen Schuh.«

Er ging weiter, aber wenigstens so langsam, daß sie ihn einholen konnte. »Wie hast du den andern verloren?«

Ihr erster Gedanke war, ihm den nächstbesten schweren Gegenstand über den Schädel zu hauen. Das wäre jedoch erstens anstrengend gewesen und hätte zweitens nichts erklärt. Offensichtlich war ihm noch nicht aufgefallen, daß sie seit ihrer ersten Begegnung halb barfuß herumlief.

»Frag lieber nicht.« Erklärungen waren ihr auch zu anstrengend.

Hinter ihnen wimmerte es kläglich. Summer sah über die Schulter. Muffy, die immer weiter hinter ihnen zurückgeblieben war, lag mitten im toten Laub flach auf dem Bauch.

»Komm, Muffy«, lockte Summer.

Muffy wedelte mit dem Schwanz.

»Hierher, Muffy.« Summer blieb stehen und schnipste mit den Fingern. Muffy rührte sich nicht.

»Ich muß verrückt sein, daß ich mich mit dieser Quatschtante und ihrem Flohfänger abgebe«, stöhnte Frankenstein. »Wieso zum Teufel hast du den verdammten Köter nicht zu Hause gelassen? *Ihn* hätten sie bestimmt nicht gefoltert.«

»Ich konnte Muffy doch nicht allein lassen«, erwiderte Summer schockiert.

»Dann bring sie zum Laufen oder trag sie.« Er ging weiter.

»Komm, Muffy. Hierher, Muffy. Bitte, Muffy.« Doch alles Betteln war vergeblich. Muffy hatte offenbar nicht vor, sich noch einmal zu bewegen.

Summer ging zurück und holte sie.

Sie marschierten, bis Summer die Beine weh taten. Als sie sich auch noch die Zehen an einem großen Felsbrocken stieß, den der Laubteppich verborgen hatte, war für sie das Maß voll.

»Das war's«, stieß Summer zwischen zusammengebissenen Zähnen hervor und ließ sich auf den Boden sinken. Inzwischen war es ihr gleichgültig, ob Frankenstein sie im Stich ließ oder nicht. Sie streckte die Beine aus und rieb sich die wunden Zehen, während Muffy neben ihr im Laub lag und keuchte. Als der Schmerz nachließ, lehnte Summer sich gegen einen Baumstamm, blickte in die schwankenden Zweige hinauf und versuchte, an etwas Angenehmes zu denken.

Gerade als sie angefangen hatte, sich abzukühlen, tauchte Frankensteins zerschundenes Gesicht über ihr auf.

»Was ist mir dir los?«

Wütend funkelte sie ihn an. »Ich habe mir den Zeh gestoßen. Ich habe seit vierundzwanzig Stunden nicht geschlafen. Ich habe Hunger. Ich bin halb verrückt vor Angst. Meine Handgelenke sind wund, ich habe eine Beule am Kopf, eine zweite am Kinn, mein Brustkorb tut weh, mein BH ist zerrissen, ein Schuh ist weg. Zu allem Überfluß sitze ich hier im Urwald, vor mir steht ein Mörder, der aussieht wie jemand aus einem Horrorfilm, und eine Horde noch schlimmerer Mörder sucht nach mir und will mich umbringen. Das ist mit mir los.«

»Geht es deinem Zeh besser?«

Summer nickte.

»Können wir dann vielleicht weitergehen?«

»Ich mache keinen einzigen Schritt mehr.«

Frankenstein schaute sie lange und nachdenklich an.

»Wie du willst.« Er wandte sich ab.

Moment mal! So war das nicht gedacht gewesen! Er hatte begreifen sollen, daß sie wirklich vollkommen erschöpft war, und sich neben sie setzen und sie trösten und ihr Cracker mit Erdnußbutter geben und ihr anbieten, den verdammten Hund zu tragen.

Jedenfalls sollte er sie nicht in der Wildnis allein lassen, mit diesem Haarknäuel als einzigem Beschützer, verfolgt von gnadenlosen Killern.

»Zum Teufel mit dir, Steve Calhoun«, rief sie ihm nach und mühte sich auf die Füße. Bis sie Muffy hochgehoben hatte und ihm folgen konnte, war er fast nicht mehr zu sehen.

Schließlich verschwand er unter einem Felsvorsprung. Der Vorsprung ragte etwa zwei Meter aus der Bergwand hervor und befand sich gut zweieinhalb Meter über dem Boden. Als Summer Frankenstein folgte, stellte sie fest, daß der Raum unter dem Vorsprung durch das dichte Gebüsch und die Kletterpflanzen davor fast zu einer Höhle wurde. Frankenstein saß schon auf dem Boden, die Mütze neben sich, und wühlte in der Sporttasche. Summer setzte Muffy ab und sackte neben ihm zu Boden.

»Hier können wir uns eine Weile ausruhen. Ich weiß nicht, wie's dir geht, aber ich bin völlig fertig.« Er sah kaum auf, sondern zerrte die Steppdecke aus der Tasche. Summer war viel zu ausgelaugt und außer Atem, um zu antworten, deshalb sah sie ihn nur böse an. *Er* war fertig? Was war mit *ihr*?

»Willst du erst schlafen oder erst essen?«

»Schlafen? Wir können schlafen?« Die Aussicht gefiel ihr so gut, daß sie ihre Feindseligkeit vorübergehend vergaß. »Wo denn?«

Er verzog den Mund zu einem Grinsen. »Genau hier, Rosencrans. Was hast du erwartet, ein Holiday Inn?«

»Hier?« Summer blickte sich um. »Im Freien? Vielleicht gibt es hier Bären, oder Wölfe oder … sonstwas.«

»Verglichen mit Mördern finde ich Bären und Wölfe geradezu harmlos. Außerdem glaube ich nicht, daß es in den Smoky Mountains Wölfe gibt.«

Ihr fiel auf, daß er die Bären nicht erwähnte. Sie wollte ihn gerade darauf hinweisen, als Muffy kläffte und ihr auf den Schoß sprang.

»Sie hat Hunger«, erinnerte Summer ihn. »Das heißt wohl, wir essen zuerst.«

»Wenn du denkst, daß ich unser bißchen Essen mit einem *Hund* teile, dann denkst du bald anders.«

»Sie hat dir das Leben gerettet«, gab Summer zu bedenken.

»Vielen Dank«, sagte Frankenstein zu Muffy. »Und nun lauf und fang dir ein hübsches saftiges Eichhörnchen.«

»So ein Hund ist sie nicht. Sie ist ein Grand Champion, um Himmels willen. Sie tritt auf Hundeshows auf. Meine Mutter behandelt sie wie ein Kind. Ich glaube nicht, daß sie jemals zuvor ohne Leine draußen war.«

»Schlimm.« Frankenstein warf Summer eine Packung Cracker zu. »Zwischen uns und dem Hungertod liegen genau acht Packungen Cracker, vier Dosen Bier und eine Rolle Pfefferminzbonbons. Dann müssen *wir* Eichhörnchen jagen.«

Jede Packung enthielt sechs Cracker. Während Summer das Zellophan mit den Zähnen aufriß, spürte sie Muffys flehenden Blick auf sich. Was Frankenstein sagte, ergab Sinn, auch wenn es kalt und herzlos klang. Sie brauchten jedes Krümelchen Nahrung selbst.

Summer gab Muffy trotzdem einen Cracker.

Frankenstein, der gerade an seinem ersten Cracker kaute, sah ihr mißbilligend dabei zu.

»Weiber«, murmelte er und schüttelte den Kopf.

»Wir haben dich gerettet«, entgegnete Summer. Das *wir* schloß Muffy mit ein. »Mehr als einmal, könnte man sagen.«

Um ihren Worten Nachdruck zu verleihen, gab sie Muffy noch einen Cracker.

»Willst du ein Bier?« Offenbar hatte er beschlossen, das Thema Muffy und Cracker vorerst auf sich beruhen zu lassen. Er löste eine Dose aus der Ringpackung und hielt sie Summer hin.

»Ich hasse Bier.« Widerwillig nahm sie die Dose.

»Ich trinke auch keins mehr, aber falls du nicht irgendwo eine Quelle siehst, ist das alles, was wir haben.«

Summer zog eine Grimasse und riß den Verschluß auf. Sie war wirklich durstig, sonst hätte sie es nicht getan. Normalerweise drehte sich ihr schon der Magen um, wenn sie Bier nur roch. Trotzdem setzte sie die Dose an die Lippen und trank. Nach den buttrigen, erdnussigen Crackern war das warme Bier wenigstens naß. Mehr ließ sich zu seinen Gunsten nicht sagen.

»Ich begreife nicht, wie Leute das freiwillig trinken können.« Sie rümpfte die Nase und reichte die Dose an ihn weiter. »Hier, den Rest darfst du gerne haben. Ich habe nur einen Schluck getrunken.«

»Na ja, man braucht wohl Übung, bis einem Bier schmeckt. Was bist du, so'ne Art Tragt-gesunde-Schuhe-und-trinkt-keinen-Alkohol-Apostel?« Er nahm die Dose, wog sie in der Hand und betrachtete sie. Seine Miene war undurchdringlich.

»Zufällig bin ich das wirklich.« Es kränkte sie, daß er so abfällig über Menschen sprach, die auf Alkohol lieber verzichteten. »Und was bist du? Alkoholiker?«

»Richtig«, erwiderte er und hielt ihr die Dose hin, ohne davon zu trinken. »Willst du noch?«

Das Eingeständnis verblüffte Summer so, daß sie nur den Kopf schüttelte.

»Bestimmt?« Sie nickte. Achselzuckend stand er auf und goß das restliche Bier neben dem Höhleneingang ins Gras. Summer starrte ihn immer noch an. Er ließ sich wieder neben sie fallen, zerdrückte die Dose in der Hand und steckte sie in die Sporttasche.

»Du brauchst mich nicht so anzusehen«, meinte er mit einem Anflug von grimmigem Humor, als er Summers Blick begegnete. »Ich habe es nicht getrunken, oder? Und ich habe auch höllischen Durst.«

Verlegen senkte Summer den Blick und beschäftigte sich damit, ihren letzten Cracker in winzige Stücke zu brechen. Damit fütterte sie Muffy, die ihr genüßlich die Finger leckte. Als Summer wieder aufsah, breitete Frankenstein eben die Steppdecke auf dem felsigen Boden aus. Es war die Art Dekke, die man fürs Picknick benutzt und ansonsten im Kofferraum aufbewahrt, maschinengenäht und in der Form von verschlungenen Eheringen abgesteppt. Der Hintergrund war cremefarben, kleine geblümte Karos aus malvenfarbener und blaugrauer Baumwolle formten die Ringe. Die Ränder der Decke waren ausgefranst, in einer Ecke hatte sie ein Loch, und der Stoff war so verblichen, daß die blauen und malvenfarbenen Karos auf den ersten Blick kaum voneinander zu unterscheiden waren.

Während Summer zuschaute, legte Frankenstein sich hin und wickelte sich in die Decke, bis er aussah wie ein Hot dog im Brötchen. Nur sein Kopf, der bequem auf der Sporttasche lag, ragte noch hervor.

Er schloß die Augen. Allem Anschein nach war er auf dem besten Weg einzuschlafen.

»He, was ist mit mir?« fragte Summer empört.

Frankenstein öffnete die Augen. Einen Moment lang blickte er Summer stirnrunzelnd an, dann breitete er schweigend die Arme aus und damit die Decke, wie ein Vogel kurz vor dem Abflug. Was er sagen wollte, war klar: Hier ist das Bett; wenn du es benutzen willst, mußt du es mit mir teilen.

Rasch ließ Summer sich die anderen Möglichkeiten durch den Kopf gehen. Viele waren es nicht, und verlockend war keine. Im Augenblick brauchte sie vor allen Dingen Schlaf. Ihre Augen fühlten sich an, als wäre Sand darin. Wenn sie eine Blume wäre, so wäre sie längst verwelkt.

Mit finsterer Miene streifte sie den verbliebenen Schuh ab, zupfte gedankenverloren am BH-Träger und kroch zu Frankenstein.

Er legte die Arme um sie und zog sie an sich. Sekunden später schmiegte sie sich mit dem Rücken an seine Brust. Ihr Kopf lag dicht neben seinem auf der Sporttasche, seine Wärme und die Decke hüllten sie ein.

Unter den Umständen war es absurd, sich plötzlich sicher zu fühlen. Das wußte sie genau, und trotzdem fühlte sie sich sicher.

Sie spürte seine regelmäßigen Atemzüge in ihrem Haar. Den Geräuschen nach zu urteilen, war er eingeschlafen, kaum daß sie still lag. Während sie ebenfalls eindöste, lächelte sie leise. Im Geist sah sie plötzlich deutlich vor sich, wie sie ihrer Mutter zu erklären versuchte, warum es eigentlich dazu gekommen war, daß sie mit Frankenstein geschlafen hatte.

18

Steve schlief tief und traumlos. Als er endlich die Augen öffnete, sah er Deedee vor sich.

Obwohl das unmöglich war, schien sie zwei Meter über ihm zu schweben, waagrecht ausgestreckt, als würde sie mit dem Rücken auf der Höhlendecke liegen. Ungläubig betrachtete er sie von Kopf bis Fuß. Sie trug Cowboystiefel, hautenge ausgewaschene Bluejeans und eine Motorradjacke aus Leder. Das krause blonde Haar fiel ihr um die Schultern und umrahmte das Gesicht mit dem strahlenden lippenstiftroten Lächeln und den leuchtendblauen Augen zwischen kräftig geschminkten Wimpern.

Eindeutig Deedee.

Aber Deedee war tot.

Als ihm das einfiel, lief ihm ein kalter Schauder des Entsetzens über den Rücken.

Sie winkte ihm mit den rotlackierten Fingern.

Steve schrie und fuhr hoch. Zumindest wäre er hochgefahren, wenn ihn nicht eine schlafende Frau daran gehindert hätte – und eine Decke, die eng wie eine Aderpresse um ihn gewickelt war.

»Schlecht geträumt?« murmelte die Frau – Rosencrans – benommen. Ihre dichten ungetuschten Wimpern flatterten, während sie gegen den Schlaf ankämpfte. Der Schlaf gewann. Schon nach wenigen Sekunden war sie wieder vollkommen bewußtlos.

Obwohl er sich halb aufgerichtet hatte – er hatte sich auf die Ellbogen gestützt, mehr war unter den Umständen nicht zu schaffen –, kuschelte sie sich weiter an seine Brust, anscheinend ohne zu merken, wie heftig sein Herz unter ihrem Ohr pochte.

Schlecht geträumt, wiederholte er im stillen. Ja, natürlich, das war es gewesen. Das mußte es gewesen sein. Ängstlich und verstohlen blickte er zu dem Felsdach hinauf. Da über seinem Kopf war nichts als Fels, Moos und ein Spinnennetz.

Deedee war *tot*, um Himmels willen.

Nie zuvor im Leben hatte er einen so schlimmen Alptraum gehabt. Einen Alptraum im Wachen. Jedenfalls hatte er das Gefühl gehabt, wach zu sein. Vielleicht stimmte das nicht. Vielleicht hatte er das Ganze geträumt und war erst im Hochfahren aufgewacht.

Jesus.

Vor dem Bootslagerhaus hatte er nicht geschlafen.

Vielleicht hatte er eine Gehirnerschütterung. Vielleicht spielten ihm seine Augen makabre Streiche, auch wenn er eigentlich schon viel besser sah. Vielleicht waren diese Visionen von Deedee eine Strafe, die ihn bis ans Ende seiner Tage verfolgen würde.

In den drei Jahren seit ihrem Tod hatte er nicht einmal solche Visionen gehabt. Wenn diese lebendigen, wirklichkeitsnahen Erscheinungen eine Strafe waren, wieso suchten sie ihn dann erst jetzt heim?

Wer zum Teufel konnte das wissen?

Er brauchte was zu trinken.

Dieses wilde Verlangen hatte ihn schon öfter gepackt, seit er vor sechs Monaten dem Alkohol abgeschworen hatte. Was diese zweieinhalb Jahre Saufen seinem Geist und seinem Körper – von seiner Seele ganz zu schweigen – angetan hatten, würde ihm kein Mensch glauben. Er hätte sich fast zum zweitenmal zerstört. Mit dem Saufen aufzuhören und nicht wieder anzufangen, war der schwerste Kampf seines Lebens gewesen.

Vorhin hätte er sich einen Moment lang fast eingeredet, ein Bier könne nichts schaden. Nur Gottes Gnade – und Rosencrans' bissiger Frage, ob er Alkoholiker war – hatten ihn vor einem Rückfall bewahrt. Vermutlich würde er sein Leben lang gegen das Verlangen nach Schnaps ankämpfen müssen. Diesen Kampf wollte er gewinnen. Schritt für Schritt, Bier für Bier.

Er streckte sich wieder auf dem unbequemen Bett aus und schob die Frau in seinen Armen so zurecht, daß sie ihn nicht erwürgte, während sie mit dem Kopf auf seiner Brust und den Armen um seinen Nacken schlief. Dabei versuchte er zu vergessen, was er gesehen hatte. Er mußte die Gelegenheit nutzen und weiterschlafen. Die letzten achtundvierzig Stunden waren die reine Hölle gewesen. Sein Verstand brauchte Ruhe, um wieder denken zu können; sein Körper brauchte Ruhe, um zu heilen.

Steve hätte froh sein müssen, denn kaum hatte er die Augen geschlossen, wurde die Sorge darüber, was er unter der Höhlendecke gesehen oder auch nicht gesehen hatte, schnell verdrängt. Das Problem war nur, wodurch sie verdrängt wurde. So sehr er auch versuchte, an gar nichts zu denken, sein Geist ließ sich nichts befehlen. Sein Körper auch nicht. Mit jedem Atemzug wurde ihm eindringlicher bewußt, welchem Geschlecht die Person angehörte, die da halb auf ihm lag. Es war eindeutig eine Frau. Eine wohlgerundete, kurvenreiche, begehrenswerte Frau. Ihre Titten brannten ihm zwei Löcher in die Brust.

Obwohl er alles tat, um es zu verhindern, mußte er daran denken, wie ihre Brüste nackt ausgesehen hatten: wundervoll weiß mit rosigen Spitzen und so seidiger Haut, daß sie im Mondlicht schimmerten. Brüste wie Dolly Parton. Brüste, von denen Männer träumen.

Manche Männer mochten Beine, manche Männer mochten Ärsche. Er selbst war ein Brust-Mensch.

Steve fiel ein, wie es sich angefühlt hatte, eine zu drücken.

Rasch verscheuchte er die Erinnerung und konzentrierte sich aufs Einschlafen.

Je mehr er sich bemühte, nicht daran zu denken, was da so weich und warm und erregend auf ihm lag, desto schlimmer wurde es.

Es endete damit, daß er zum erstenmal seit drei Jahren in nüchternem Zustand einen Ständer bekam.

Steve knirschte mit den Zähnen und öffnete die Augen. Schlafen war offensichtlich unmöglich; also würde er nachdenken. Über diesen Fall. Herauszufinden versuchen, was vorging, wer dahintersteckte und wie er – und sie – heil aus der Sache herauskommen konnten.

Minuten später gestand er sich ein, daß es sinnlos war. Er mußte ständig an Sex denken. Er hatte lange keinen mehr gehabt, und körperlich war die Frau in seinen Armen genau so, wie er es mochte: schön üppig und weiblich.

Wie er heute morgen festgestellt hatte, besaß sie die weichsten Lippen der Welt. Zum Glück hatte er sich beherrschen können und nicht darauf reagiert.

In dieser Situation wäre Sex mit Rosencrans eine Komplikation zuviel.

Auf einmal spürte er ein Prickeln im Nacken. Ihm war, als würde ihn jemand beobachten. Gegen seinen Willen blickte er mißtrauisch zur Decke hinauf.

Keine Deedee.

Natürlich nicht. Er kam sich blöd vor und fühlte sich zugleich blödsinnig erleichtert.

Bis ihm die Hündin auffiel. Sie saß neben dem behelfsmäßigen Schlafsack, hatte den Kopf mit der lächerlichen Schleife auf die Seite gelegt und betrachtete aus vorstehenden Augen etwas, das sich hinter ihm befand.

Steve drehte so schnell den Kopf, daß er sich fast den Hals verrenkte.

In der Ecke stand Deedee und winkte ihm mit den Fingern.

Steve stieß einen rauhen Schrei aus und sprang auf die Füße, riß Frau und Steppdecke mit in die Höhe.

Sie verschwand. Deedee verschwand. Direkt vor seinen Augen. Nur verschwand sie natürlich nicht wirklich, weil sie nie dagewesen war.

Erschüttert blickte Steve die Hündin an. Was immer ihre Aufmerksamkeit erregt hatte, sie hatte das Interesse daran verloren und kratzte sich in aller Ruhe am Ohr.

Verdammter Köter.

»Zeit zum Aufstehen?« Rosencrans war wieder wach. Steve sah ihr in die schläfrigen nußbraunen Augen, aus denen sie benommen zu ihm aufblickte, betrachtete die gerade Nase, die sahnig glatte Haut und die weiten weichen Lippen, an die er sich nur allzugut erinnerte. Jetzt, da er wieder besser sah, konnte er erkennen, daß sie verdammt attraktiv war – nein, verdammt *hübsch,* selbst in diesem schlaftrunkenen, schmutzigen, zerzausten Zustand. Sie lehnte sich schwer an ihn, hatte die Hände hinter seinem Nacken verschlungen und ließ sich von ihm stützen. Steve spürte ihren warmen, wohlgeformten Körper in seinen Armen, und ihm wurde klar, weshalb er plötzlich diese beunruhigenden Visionen von Deedee hatte.

Der Grund dafür waren Schuldgefühle. Denn Rosencrans war seit Deedees Tod die erste Frau, die er stocknüchtern begehrte.

19

»Wir müssen hier weg«, sagte Frankenstein. Die Worte klangen so drängend, daß Summer sie durch den Nebel aus Müdigkeit hindurch wahrnahm.

»Warum?« Waren ihnen die Bösen auf der Spur? Sofort war Summer hellwach und kämpfte verzweifelt gegen die Decke an, in der sie sich plötzlich wie in einer Zwangsjacke gefangen fühlte.

»Weil wir das müssen.« Er griff hinter seinen Nacken und löste ihre Hände voneinander. Die Erkenntnis, daß sie sich an ihn geklammert hatte – ausgerechnet *an ihn* geklammert – beschämte Summer so, daß sie rasch sich und ihre Hände von ihm zurückzog und sich aus der Decke wickelte.

Anscheinend hatte er es ebenfalls sehr eilig, sich zu befreien.

»Kommt jemand?« fragte sie ängstlich und blickte immer wieder zum Eingang ihres Verstecks. »Hast du etwas gehört? Oder gesehen?«

»Nein.« Frankenstein faltete die Decke zusammen. Er öffnete die Sporttasche, nahm einige Sachen heraus und stopfte die Decke hinein.

»Was ist denn sonst los?« Irgend etwas an ihm erschreckte sie. Er verhielt sich kalt, schroff, unpersönlich und unfreundlich. Das allein hätte sie nicht überrascht, aber da war noch etwas. Er wirkte fast – verängstigt. Was um Himmels willen war geschehen, während sie schlief?

»Nichts ist los. Wir müssen weiter, das ist alles. Da, zieh das an. Du kannst hier draußen nicht ständig in dieser Putzfrauen-Uniform rumlaufen. Darin fällst du auf wie ein bunter Hund.«

Frankenstein richtete sich auf und hielt ihr eine Handvoll Kleidungsstücke hin. Der Blick, mit dem er Summer anschaute, wirkte feindselig. Summer war verwirrt. Was stimmte hier nicht? Was hatte sie falsch gemacht?

Sie nahm die Sachen entgegen und betrachtete sie. Es waren die Basketball-Shorts und das Muskel-Shirt.

»Das kann ich nicht anziehen«, erklärte sie und hielt das Muskel-Shirt in die Höhe. Sie hatte es nur flüchtig angeschaut, aber mehr war auch nicht nötig, um zu erkennen, daß das Hemd nicht für Frauen gedacht war. Es hatte einen tiefen runden Ausschnitt, schmale Träger und riesige Armlöcher. In dem Hemd wäre sie von der Taille aufwärts praktisch nackt.

»Du kannst es nicht anziehen? Was soll das heißen? Wenn dir die Farbe nicht steht oder so, dann tut es mir echt leid.«

Summer hatte den Eindruck, daß er sich absichtlich so gemein wie möglich benahm.

»Es geht nicht um die Farbe, du Dummkopf. Es geht um den Schnitt. Siehst du?« Sie hielt sich das Hemd an den Körper. Der Saum reichte ihr bis an die Oberschenkel, in den unteren zwei Dritteln hatte es reichlich Stoff – aber oben, dort wo es zählte, war kaum etwas vorhanden.

Frankenstein runzelte die Stirn; offenbar hatte er begriffen, was sie meinte.

»Hier.« Er zog sein T-Shirt aus und reichte es ihr. »Wir tauschen.«

Summer nahm das T-Shirt und gab ihm das Muskel-Shirt, wobei sie versuchte, ihn nicht allzu interessiert anzuschauen. Er hatte breite Schultern, eine muskulöse behaarte Brust und eine straffe Taille, die sich über den allzu engen abgeschnittenen Jeans kaum sichtbar nach außen wölbte.

Seine linke Schulter und Seite schillerten wegen der Prellungen noch immer rot bis gelb, aber sein Körper wirkte ausgesprochen kraftvoll.

Summer hatte sich schon immer zu großen und muskulösen Männern hingezogen gefühlt.

Er streifte sich das Hemd über und zerrte es zurecht. Quer über seinem Bauch leuchtete das Wort *Nike* auf. Seine Schultern und der obere Teil seiner Brust waren so gut wie nackt. Ihre Blicke trafen sich.

Rasch wandte Summer sich ab, bevor er ihr womöglich noch von den Augen ablas, was sie dachte.

»Beeil dich, ja?« Er hob die Mütze auf und ging hinaus. Die Sporttasche nahm er mit. Muffy tappte hinter ihm her.

Sobald Summer allein war, zog sie die Daisy-Fresh-Uniform aus und schlüpfte in die Basketball-Shorts. Die Hose war schwarz und aus dünnem Nylon, aber glücklicherweise weit geschnitten. Sie paßte halbwegs und endete etwa zehn Zentimeter oberhalb der Knie. Summer schaute kurz zum Eingang des Verstecks, streifte den BH ab, knotete den Träger eilig, aber fest zusammen und zog den BH wieder an. Es war ein schönes Gefühl, wieder auf beiden Seiten gut festgehalten zu werden.

»Bist du fertig?« fragte Frankenstein von draußen. Es klang ungeduldig. Rasch zog Summer sich das T-Shirt über den Kopf. An Busen und Hüften saß es ein wenig eng, doch nachdem sie ein paarmal am Saum gezerrt hatte, um den Stoff zu weiten, kam sie sich recht anständig bekleidet vor.

Jetzt müßte sie nur noch duschen, die Zähne putzen und das Haar bürsten können ...

»Gleich«, rief sie zurück und fuhr sich mit einer Hand durch das zerzauste Haar, das ihr wirr um das Gesicht und über den Rücken fiel. Es war fein und glatt wie Maisfasern, und im Augenblick fühlte es sich auch genauso schlaff an. Vergeblich wünschte sie sich fünfzehn Minuten Zeit, dazu eine Dusche, Shampoo, Fön, Rundbürste und etwas Haargel. Auch wenn ihr Haar von einfachem, unauffälligem Braun war, mit etwas Mühe sah es ziemlich gut aus.

Ob er sie mit mehr Begeisterung geküßt hätte, wenn er sie wenigstens einmal mit Make-up und ordentlicher Frisur gesehen hätte?

Summer tat ihr Bestes, indem sie sich einen langen Zopf flocht, der ihr über den Rücken fiel. Sie wußte nur nicht, womit sie das Ende befestigen sollte. Da ihre Bluse ohnehin ruiniert war, beschloß Summer, einen Streifen davon abzureißen und um den Zopf zu binden. Das war unerwartet schwierig; sie mußte den Stoff erst mit den Zähnen durchbeißen.

Während sie an der Bluse herumkaute, kam Frankenstein herein.

»So hungrig kannst du noch nicht sein«, meinte er.

Summer zog ihm eine Grimasse, riß die Bluse entzwei und band sich das Haar.

»Wie sehe ich aus?« Sie deutete auf ihre Kleidung.

»Als wärst du eine Woche zu lang zelten gewesen.« Er hielt ihr die schwarzen knöchelhohen Turnschuhe hin.

Summer schaute sie an, schüttelte aber den Kopf. »Die kann ich nicht anziehen. Die sind ja riesig.«

»Besser als barfuß gehen.«

»Zieh du sie an, und ich nehme die Latschen.«

»Hör zu, Rosencrans. Wir müssen kilometerweit wandern. Kilometerweit, kapiert? In Gummilatschen kannst du nicht wandern. Du verstauchst dir den Knöchel, und der Teufel soll mich holen, wenn ich dich trage. Oder du trittst auf eine kaputte Bierflasche, oder auf eine Schlange. Oder du ...«

Die Schlange gab den Ausschlag. »Gib her.«

Er reichte ihr die Schuhe. Die Sportsocken steckten darin. Summer verzog das Gesicht, setzte sich und schlüpfte hinein. Dabei bemerkte sie, daß Frankenstein das andere Paar anzog. Weiße niedrige Turnschuhe, ohne Socken.

»Wieso kriegst du die niedrigen und ich die hohen?«

»Weil mir die Schuhe passen. Dir nicht. Die hohen kannst du an den Fußgelenke festbinden, dann verlierst du sie nicht.«

Gut überlegt. Gute Idee. Summer befolgte den Rat. Bis sie fertig war, hatte Frankenstein schon ihre abgelegte Kleidung eingesammelt und in die Sporttasche gesteckt, hatte das Montiereisen aufgehoben und war wieder nach draußen gegangen.

Als Summer zu ihm trat, blickte er in die Ferne, ohne ein Lächeln, die Augen im Schatten der Baseballmütze verborgen. Summer merkte ihm an, daß er über irgend etwas verärgert war. Die Schwellungen in seinem Gesicht mußten im Abklingen begriffen sein, sonst hätte sie nicht so viel an seiner Miene ablesen können. Wieder fragte sie sich, wie er aussehen mochte, wenn alles verheilt war. War er ein schöner Mann? Bei all den Schnittwunden und Prellungen und Blutflecken in seinem Gesicht war das noch immer nicht zu erkennen.

Summer wünschte sich, er würde sie noch einmal küssen. Diesmal mit Begeisterung. Sie hätte einfach gern gewußt, wie es sich anfühlte, Frankenstein zu küssen.

»Was schaust du mich so an?« Er hatte sich umgedreht und ihren Blick bemerkt. Die Frage klang angriffslustig. Summer errötete vor Scham über ihre abwegigen Gedanken. Finster runzelte Frankenstein die Stirn.

»Du solltest dir mal das Gesicht waschen«, brachte Summer hervor. Sie war stolz darauf, daß sie so kühl und schlagfertig antworten konnte.

»Du auch.« Er wandte sich ab und ging ohne ein weiteres Wort den Hang hinauf.

Allmählich hatte Summer genug von seiner üblen Laune. Sie würde nicht mehr darauf achten. Mit hocherhobenem Kopf machte sie kehrt und ging in die entgegengesetzte Richtung.

Muffy blieb auf ihrem Fellhintern sitzen, blickte hin- und hergerissen von einem Menschen zum andern und winselte kläglich. Summer ignorierte auch sie.

Als sie ihr Geschäft erledigt hatte und hinter ihrem Busch hervorkam, wartete Frankenstein neben Muffy, die Arme über der Brust verschränkt, eine Schulter gegen einen Baumstamm gelehnt, die Mütze tief ins Gesicht gezogen. Insgeheim war Summer erleichtert. Eigentlich hatte sie nicht angenommen, daß er einfach weggehen und sie im Stich lassen würde, aber ganz sicher war sie nicht gewesen. Jetzt war sie sicher.

Alles an ihm strahlte Feindseligkeit aus. Zwölf Stunden früher hätte es sie zu Tode erschreckt, wenn das Monster sie so grimmig angeschaut hätte. Jetzt, da sie wußte, daß er sie nicht verlassen würde, fühlte sie sich entspannt genug, um einfach grimmig zurückzublicken.

»Bist du jetzt fertig?« fragte er mit beißendem Spott.

»Ja, Sir.« Sie salutierte scherzhaft und beobachtete zufrieden, wie seine Miene sich noch mehr verfinsterte.

»Hier. Wir essen im Gehen.«

Er warf ihr eine Packung Cracker zu, drehte sich um und ging erneut davon. Obwohl *stapfen* es wohl eher traf.

20

Wo der Pfad sich gabelte, war ein Schild an einen Baum genagelt: HAW KNOB, HÖHE 1668 METER. Der Pfeil zeigte geradeaus.

Als Frankenstein sich statt dessen nach Osten wandte, atmete Summer erleichtert auf. Eine Bergbesteigung hätte sie jetzt endgültig fertiggemacht.

»Wuff.« Muffy blickte aus schokoladenbraunen Hundeaugen flehend zu ihr auf und wand sich in ihren Armen. Summer machte sich nicht die Mühe, sie abzusetzen – Muffy hatte ihr schon klar zu verstehen gegeben, daß sie nicht laufen würde – sondern verlagerte sie nur von einem Arm in den anderen und warf dem breiten Männerrücken vier Meter vor ihr einen zornigen Blick zu.

Dieser Mann war unermüdlich. Summer fühlte sich, als würden sie seit Tagen ohne Pause wandern. Inzwischen dämmerte es, und zumindest sie war erschöpft. Außerdem taten ihr die Füße weh: Die zu großen Schuhe rieben sich an ihren Fersen, so daß sie trotz der dicken Socken Blasen bekam. Die Arme taten ihr auch weh: So winzig Muffy schien, sie war tonnenschwer. Frankenstein hatte dazu nur herzlos bemerkt, wenn Summer sie nicht mehr tragen wolle, könne sie sie ja in irgendeinen Abgrund werfen; *er* würde sie nicht nehmen.

Und Summer würde ihn nicht darum bitten.

Hoffentlich pinkelte Muffy ihm noch einmal auf den Fuß.

Aber selbst dafür müßten sie erst einmal stehenbleiben.

Ein Insektenstich an Summers Hals juckte, und sie kratzte sich mutlos. Es war einer von etwa zwei Dutzend. Als die Sonne unterging, hatten die Mücken sich zum Abendessen aufgemacht.

Niemals hätte Summer gedacht, daß sie einmal eine Mücke beneiden würde, aber die *hatten* wenigstens etwas zu essen.

Sie dagegen war so hungrig, daß es schmerzte; Summer stellte sich ihren Magen als schrumpfenden Luftballon vor.

Ihnen blieben noch drei Packungen Cracker, und die mußten für morgen aufbewahrt werden. Das hatte Frankenstein schon angekündigt. Summers Kopf gab ihm recht; ihr Magen war entschieden anderer Ansicht.

»Wuff«, bettelte Muffy.

»Pst«, sagte Summer und rieb die plötzlich gequälte Nase an Muffys Fell. Kein Wunder, daß Muffy so traurig bellte. Summer roch es auch: Essen.

Ein Stück vor ihnen stand auf der linken Seite ein Berghotel. Frankenstein machte vorsichtig einen Bogen darum, denn er wollte möglichst wenigen Menschen begegnen. Damit hatte er natürlich recht. Je weniger Aufmerksamkeit sie erregten – besonders er in seinem zerschlagenen Zustand – desto besser. Trotzdem zog der Duft Summer magnetisch an: Holzfeuer und gegrillte Steaks. Hmm.

Das Wasser lief ihr im Mund zusammen. Ihr Magen knurrte. Muffy winselte. Mitfühlend kraulte Summer sie hinter dem Ohr.

Muffy schüttelte ihre Hand ab. Sie wollte keine Liebe, sondern etwas zu *fressen*.

Vor ihnen marschierte Frankenstein weiter zwischen den Bäumen hindurch, ohne nach rechts oder links zu blicken. Natürlich, so menschliche Gefühle wie Hunger kannte er gar nicht.

Er war den ganzen Nachmittag lang griesgrämig gewesen. Wenn Summer es sich hätte aussuchen können, sie hätte ihn vor Stunden sitzen lassen.

Nur konnte sie es sich nicht mehr aussuchen.

Muffy und sie waren auf Frankenstein angewiesen.

Rechts von ihnen tauchte ein Pärchen Hand in Hand aus dem Dunkeln auf. Als sie Summer zwischen den Bäumen entdeckten, winkten sie ihr freundlich zu. Summer winkte zurück und beobachtete, wie sie sich dem Hotel näherten. Sie bewegte sich rechtwinklig zu dem Weg, den die beiden benutzten; Frankenstein hatte ihn schon passiert. Als sie kurz in seine Richtung blickte, stellte sie fest, daß ihn die Dunkelheit vor ihr fast verschluckt hatte. Wenn Summer nicht aufpaßte, würde sie ihn aus den Augen verlieren.

Ohne es zu wollen, verlangsamte sie ihre Schritte und sah zu, wie das Paar eine kleine dekorative Brücke überquerte und den Hotelparkplatz betrat. Hinter ihnen fuhr ein Wagen vor, das Licht seiner Scheinwerfer fiel auf mehrere parkende Autos und ließ das buntkarierte sommerliche Madraskleid der Frau aufleuchten. Ihr Begleiter trug einen hellblauen Sportmantel und eine Krawatte, und er hielt ihre Hand. Offensichtlich wollten sie im Hotel essen.

Summer hätte zu gern mit der Frau getauscht. Ihr ging es nicht um den Mann, nicht um das Kleid, nur um das Abendessen. Allein bei dem Gedanken an das Mahl, das die Frau gleich verzehren würde, bekam Summer fast feuchte Augen.

Auf einmal merkte sie, daß Frankenstein überhaupt nicht mehr zu sehen war. Rasch beschleunigte sie ihre Schritte und versuchte, nicht ans Essen zu denken.

Es war unmöglich. Der Duft stieg ihr lockend in die Nase. Ihr Blick wanderte immer wieder zur Seite. Das Hotel war hell erleuchtet, ebenso einige Hütten daneben. Durch die vorhanglosen Fenster erblickte Summer die Umrisse von Menschen. Das Paar, das sie beobachtete hatte, betrat gerade die Terrasse. Ein zweites Paar kam ihnen entgegen, und sie gaben sich reihum die Hand. Dann gingen sie hinein – zweifellos, um zu essen.

Wenn Summer weiter hinter Frankenstein herlief, würde sie etwas zurücklassen, das ihr mehr und mehr wie ein letzter Vorposten der Zivilisation erschien. Der verlockende Duft von gegrillten Steaks rief sie zurück.

Frankenstein war es gleichgültig, ob sie verhungerte.

Sie könnte umdrehen, gleich auf der Stelle, und in die Zivilisation zurückkehren, indem sie sich einfach zu den Menschen im Berghotel gesellte. Diese Leute wären ihr hundertmal lieber als der mürrische Mörder, der sie seit Stunden kaum angeschaut hatte. Ein Mörder, der um sein Leben lief – und der sie nur durch seine Anwesenheit ebenfalls in Gefahr brachte. Wenn er nicht gewesen wäre, hätte niemand auch nur daran gedacht, sie zu töten.

Was übrigens der einzige Grund war, weshalb sie hinter ihm herlaufen durfte. Das ärgerte sie.

Aber selbst wenn sie sich für das Hotel entschied – für eine Mahlzeit oder ein Zimmer fehlte ihr das Geld. Und in diesem zerschundenen und ungepflegten Zustand würde sie bestimmt Aufmerksamkeit erregen. Sie könnte die Leute dort um Hilfe bitten – aber selbst wenn sie wollten, wie sollten diese Unschuldslämmer ihr helfen? Wahrscheinlich würden sie die Polizei rufen.

Summer fröstelte. Auch wenn sie nicht ganz sicher war, ob sie Frankenstein glauben sollte, daß die Bösen zur Polizei gehörten – vom Gegenteil war sie auch nicht überzeugt.

Nur eins stand für sie fest: Sie wollte nicht durch Fehler klug werden.

Also biß sie die Zähne zusammen, widerstand den teuflischen Lockungen der Zivilisation und marschierte weiter. Muffy winselte. Bäume bewegten sich flüsternd im Wind. Frösche quakten und Grillen zirpten. Die Zikaden summten. In der Ferne hupte ein Auto. Der Duft nach Rauch und Steak wurde schwächer, die Stimmen leiser.

Leb wohl, zivilisierte Welt! Summers Magen knurrte traurig zum Abschied. Muffy schien in ihren Armen zusammenzusinken.

Fast wäre Summer gegen Frankenstein geprallt. Er stand unter einem Baum und wartete darauf, daß sie ihn einholte.

»Wenn du nicht Schritt hältst, kannst du allein weitergehen«, knurrte er sie an, als sie überrascht zu ihm aufblickte. Dann wandte er sich ab und stapfte weiter. Summer schaute ihm finster nach und folgte ihm müde.

Bald gab es den Wanderpfad nicht mehr. Statt dessen bahnte Frankenstein sich seinen eigenen Weg durchs Unterholz. Summer stolperte über Steine und Wurzeln, die sie in dem schwachen Licht nicht sah. Das Tempo, das er vorgab, war mörderisch. Je mehr sich das Berghotel in eine schöne Erinnerung verwandelte, desto ängstlicher achtete Summer darauf, Frankenstein nicht aus den Augen zu lassen.

Es sähe ihr ähnlich, ihn genau dann zu verlieren, wenn das rettende Hotel weit hinter ihr lag.

»Geh doch langsamer«, rief sie nach einer Weile keuchend hinter ihm her.

Er marschierte weiter.

»Ich kann nicht so schnell.«

Er marschierte weiter.

»Ich bin am Verhungern.«

Er marschierte weiter.

»Können wir nicht wenigstens mal Pause machen? Es ist mitten in der Nacht.«

Er marschierte weiter.

»Arschloch«, murmelte Summer unhörbar und marschierte ebenfalls weiter.

Der Wind strich pfeifend durch die Äste. Irgendwo in der Nähe knackte es laut, dann folgte ein Krachen und ein dumpfer Schlag.

Wie ein Kaninchen, das von einem Hund aufgescheucht wurde, schoß Summer vorwärts und packte Frankenstein am Arm.

»Was ist denn jetzt los?« fragte er, mürrisch wie eh und je.

»Was war das?« Sie fürchtete sich zu sehr, um sich über seinen Tonfall zu ärgern.

»Was?«

»Dieses Geräusch.«

»Da ist ein Ast runtergefallen. Was dachtest du denn?« Summer kam sich albern vor und ließ rasch seinen Arm los.

»Ich weiß nicht. Vielleicht ein Bär. Ein hungriger Bär, der Muffy und mich zum Abendessen verspeisen will.«

Er schnaubte abfällig, murmelte etwas wie: »Soviel Glück möchte ich haben!« und ging weiter.

Beleidigt schaute Summer ihm nach. Erst als er fast außer Sichtweite war, eilte sie hinterher. Lieber würde sie sich von einem Dutzend Bären auffressen lassen, als noch einmal mit ihm zu reden, das schwor sie sich.

Unter feindseligem Schweigen durchwateten sie Flüsse, kletterten über umgestürzte Bäume und stapften über Lichtungen. Summer stolperte über Äste, verfing sich in Brombeergestrüpp und ging trotzdem tapfer weiter. Die Nachtluft roch nach feuchtem Laub, Pferdemist und ein wenig nach Blumen. Rittersporn? überlegte Summer zerstreut. Oder eher Maiglöckchen? Auf jeden Fall auch Geißblatt.

Muffy lastete schwer auf ihren Armen. Allmählich taten ihr Schultern und Rücken weh. Summer setzte die Hündin mehrmals ab und ging weiter, doch jedesmal mußte sie umkehren und sie holen, weil Muffy sich hartnäckig nicht von der Stelle rührte.

»Ich sollte dich hier sitzenlassen«, murmelte Summer beim dritten oder vierten Mal.

Muffy kuschelte sich in ihre warmen Arme und leckte ihr das Kinn.

Wie spät es wohl war? Mitternacht? Ein bis zwei Uhr morgens? Wollte Frankenstein denn die ganze verflixte Nacht hindurch wandern?

Summer mußte pinkeln. Sie hatte Angst, daß Frankenstein verschwunden sein würde, wenn sie dafür stehenblieb. Also mußte sie wohl nachgeben und ihn ansprechen – vorausgesetzt, sie bekam noch genug Luft zum Sprechen.

Muffy kläffte, sprang aus Summers Armen und rannte durch den Wald davon.

Es geschah so unerwartet, daß Summer ihr nur verblüfft nachstarrte.

Vor ihr marschierte Frankenstein einfach weiter.

»He!« rief Summer, und dann lauter: »Holla, Frankenstein!«

Er blieb stehen und blickte sich um. Summer winkte heftig, obwohl sie nicht sicher war, ob er das im Dunkeln sah. Offenbar schon; jedenfalls schien er zu begreifen, daß etwas passiert war, denn er kam zurück.

»Was ist denn jetzt?« Es klang richtig giftig.

»Muffy ist weggelaufen.«

»Was?«

Summer sagte es noch einmal und deutete dorthin, wo Muffy verschwunden war. Er fluchte.

»Wir müssen sie zurückholen. Es ist das gleiche wie mit dem Auto: Wer sie findet, der hat uns auch bald. Dieses Vieh *müssen* sie einfach wiedererkennen. So was Lächerliches gibt's bestimmt nur einmal.«

»Muffy ist nicht lächerlich!« Trotz Müdigkeit nahm Summer sie empört in Schutz.

»Hilf mir einfach suchen, okay?«

Aber Muffy war nirgendwo zu sehen.

Sie trennten sich, kämpften sich parallel zueinander zwischen den Bäumen hindurch und riefen leise nach Muffy.

Das einzige Ergebnis war, daß über ihnen plötzlich eine Eule rief und eilig davonflog. Anscheinend hatten sie sie beim Jagen gestört. Als alles wieder still war, stand Summer vom Boden auf, wo sie sich beim ersten Geräusch zusammengekauert hatte, und ging weiter. Bei jedem zweiten Schritt blickte sie wachsam nach oben und in alle Richtungen. Wer wußte schon, was hier noch alles auf sie lauerte?

Summer roch es zuerst – Rauch. Sofort huschte sie zu Frankenstein, der stehengeblieben war. Offenbar roch er es auch. Gemeinsam bewegten sie sich vorsichtig durch den Wald auf die Duftquelle zu. Was sie anlockte, konnte auch Muffy angelockt haben.

Zwischen den Baumstämmen hindurch erblickten sie die Umrisse von sechs Zelten, die von einem prasselnden Feuer beleuchtet wurden. Drei Männer und eine Schar Jungen in Uniform saßen um das Lagerfeuer herum. Einer der Männer redete; die Kinder lauschten gebannt seinen Worten.

Pfadfinder im Zeltlager, dachte Summer lächelnd, denn sie hatte die Uniformen erkannt. Vermutlich erzählten sie sich Gespenstergeschichten.

Außerdem rösteten sie Hot dogs und Marshmallows an Stöcken über dem Feuer.

Sobald Summer das entdeckte, begann ihr Magen laut zu knurren.

»He, seht mal! Irgendwas klaut unsere Sachen!«

»Ein Waschbär!«

»Ein Opossum!«

»Ein Bär!«

»Hol die Armbrust!«

»Quatsch, Armbrust! Hol die Flinte!«

Wie ein Mann sprangen Pfadfinder und Führer auf und stürzten auf die Stelle zu, von der aus Summer und Frankenstein sie durch die Bäume hindurch beobachteten. Vor der Meute flitzte ein kleines pelziges Tier davon, das genauso aussah wie Vetter Itt im Kleinformat. Neben ihm hüpfte ein weißer Plastikbeutel über den Boden. Die Henkel hielt das Tier im Maul.

21

Frankenstein packte Muffy und Beutel und rannte los. Summer auch. In weiten Sätzen stürmten sie durch den Wald, eine Horde johlender Pfadfinder dicht auf den Fersen. Summer blieb mit dem Fuß in einer Ranke hängen und fiel hin. Zu ihrer Überraschung kam Frankenstein sie holen. Er faßte sie an der Hand, zog sie auf die Füße und zerrte sie mit sich davon.

Allmählich verklangen die Rufe der Verfolger hinter ihnen.

Summer bekam Seitenstiche. Sie entzog Frankenstein ihre Hand, verlangsamte die Schritte, bis sie nur noch ging, und preßte sich die Hand in die Seite. Schließlich blieb sie ganz stehen.

»Ich gehe keinen Schritt weiter«, erklärte sie entschieden. Das Atmen fiel ihr schwer.

»Sehr sportlich bist du nicht gerade, was?« meinte Frankenstein mißbilligend und drehte sich stirnrunzelnd zu ihr um.

»Nein, bin ich nicht. Wenn du Jackie Joyner-Kersee wolltest, hättest du *sie* kidnappen sollen. Sie hätte sich bestimmt gefreut.«

»Weißt du was? Du bist eine richtige Nervensäge.«

»An dir hat man auch nicht gerade seine helle Freude, du Macho«, erwiderte Summer bissig und blickte aus ihrer vorgebeugten Haltung wütend zu ihm auf.

Zu ihrer Überraschung grinste er. Es war das erste Lächeln seit Stunden.

»So krumm, wie du dasteht, könnte man dich glatt für den Glöckner von Notre-Dame halten.«

»Dann passen wir zwei Monster ja gut zusammen, was, Frankenstein?«

Er lachte. Summer betrachtete ihn nicht sehr freundlich. Sie trug gar nichts, er dagegen war mit Gepäck beladen. Die Sporttasche hing ihm über der rechten Schulter, in der rechten Hand hielt er das Montiereisen und die Plastiktüte. Muffy hatte er sich wie einen Football unter den linken Arm geklemmt. Muffy allein war tonnenschwer, wie Summer genau wußte. Und der verdammte Kerl atmete nicht einmal besonders schnell.

»Also gut, wir sind ganz schön gelaufen. Dafür hast du eine Pause verdient. Außerdem hat dein Hund uns Abendessen besorgt.«

»Ist es was zu essen?« Summer vergaß, daß sie ihn nicht leiden konnte, und schaute verlangend die Tüte an.

»Sieh selbst nach.« Er reichte sie ihr.

Summer sah nach. Der Beutel enthielt drei ungeöffnete Packungen: Hot dogs, Brötchen und Marshmallows. Ein gelbes Plastikfeuerzeug, noch mit Preisschild, rutschte auf der Bodennaht hin und her.

»Ein Festmahl«, sagte Summer ehrfürchtig.

Frankenstein nahm ihr die Tasche wieder ab. »Komm, wir suchen uns eine Stelle zum Kochen.«

Summer stöhnte. »Ich sage doch, ich kann nicht mehr laufen. Keinen Schritt mehr.«

»Wir gehen nicht weit. Nur bis wir einen Platz finden, wo wir Feuer machen können, ohne den ganzen Wald in Brand zu stecken. Mach mir jetzt nicht schlapp, Rosencrans. Vielleicht hat sich das Blatt gewendet und wir haben künftig etwas mehr Glück als bisher.«

»McAfee«, verbesserte Summer schwach, aber da hatte er sich schon in Bewegung gesetzt. Nachdem sie einmal tief durchgeatmet hatte, was zu ihrer Erleichterung wieder möglich war, folgte sie widerstrebend. Nicht so sehr Frankenstein als vielmehr dem Essen.

Etwa eine Viertelstunde später erreichten sie einen breiten rauschenden Fluß, der in der Dunkelheit schwarz schimmerte. Vor Müdigkeit wäre Summer einfach hineinmarschiert, wenn Frankenstein nicht am Ufer stehengeblieben wäre. So marschierte sie in ihn hinein. Und stieß sich die Nase an seinem breiten Rücken.

»Da drüben«, sagte er, während sie sich die Nase rieb und hinter seinem Rücken hervorkam, und deutete zum anderen Ufer. »Da können wir Feuer machen und übernachten.«

Gott sei Dank.

Auf der anderen Flußseite erstreckte sich eine steinige, mit Felsbrocken übersäte Fläche. Sie war etwa zwölf Meter breit und endete am Fuß einer hohen Felswand, über der die spitzen Kronen von Kiefern aufragten. Die Wand hob sich kieselgrau gegen den Nachthimmel ab, als hätte ein Riese sie aus dem Kalkstein herausgehauen; Kristalleinschlüsse glitzerten schwach im Mondlicht.

Frankenstein watete ins Wasser. Summer atmete tief ein, preßte die Hand in die immer noch schmerzende Seite und folgte ihm.

Im Gegensatz zu der um zwanzig Grad warmen Luft war das Wasser kalt. Genauer gesagt, eisig. Es wirbelte um Summers Knöchel und Unterschenkel und stieg hinauf zu den Knien. Vor ihr bahnte sich Frankenstein platschend einen Weg zum anderen Ufer. Beruhigt stellte Summer fest, daß ihm das Wasser selbst in der Flußmitte kaum bis über die Knie reichte.

Also würde sie nicht ertrinken. Sie würde sich nicht einmal die kurzen Hosenbeine naß machen. Summer nutzte die Gelegenheit, blieb einen Augenblick stehen, schöpfte etwas Sand vom kiesbedeckten Flußbett und rieb sich damit Hände und Gesicht ab.

Nachdem sie den Sand mit eisigem Wasser fortgespült hatte, fühlte sie sich besser.

Frankenstein hatte mittlerweile das gegenüberliegende Ufer erreicht. Er nahm die Mütze ab, legte sie zusammen mit Muffy und dem Gepäck auf den Boden und wandte sich Summer zu, um ihr die Hand zu reichen. Jedenfalls nahm Summer an, daß er das vorhatte, und planschte rasch auf ihn zu. Daß er sich um sie sorgte, milderte ihre Abneigung gegen ihn noch mehr.

Einen halben Meter vor ihr blieb er stehen, bückte sich und steckte den Kopf ins Wasser.

Es geschah so unerwartet, daß sie vor Schreck den Halt verlor. Sie rutschte in ihren übergroßen Turnschuhen auf einem bemoosten Stein aus, schwankte einen Moment lang wild und fiel mit einem erstickten Schrei und lautem Platschen in den Fluß.

Als das Wasser über ihr zusammenschlug, hatte sie den Mund immer noch geöffnet. Vor Schreck über dieses plötzliche Bad im eisigen Wasser geriet sie in Panik. Sie würgte und zappelte wie ein Hühnchen auf dem Hackbrett.

Jemand packte sie vorn am T-Shirt und zog sie hoch. Ihr Kopf durchstieß die Wasseroberfläche, und sie hustete und keuchte und spuckte, um ihre Lungen statt mit Wasser wieder mit Luft zu füllen. Sie war naß bis auf die Haut. Frankenstein half ihr auf die Füße und legte ihr stützend seine warmen Hände auf die Ellbogen. Als sie aufblickte, sah sie ein Grinsen auf seinem tropfenden Gesicht.

Er hielt sie bewußt auf Armeslänge von sich, damit sie seine Kleider nicht auch naß machte.

»Wenn du lachst, bringe ich dich um. Ich schwör's dir«, stieß sie zwischen zusammengebissenen Zähnen und hinter einem Vorhang aus triefenden Haaren hervor.

Er lachte.

Summer überlegte, ob sie ihn treten sollte. Bei ihrem Pech würde ihr Fuß dabei unter ihr wegrutschen, und sie würde zum zweitenmal untertauchen.

Sie erwog einen Faustschlag, aber vermutlich würde Frankenstein ausweichen können. Auf die Art würde sie wahrscheinlich auch wieder im Nassen landen.

In beiden Fällen würde er noch mehr lachen.

Also wandte sie sich ab und stapfte zum Ufer. Ihre wassergefüllten Schuhe schienen jeder etwa fünfzig Kilo zu wiegen.

Tropfend und zitternd platschte sie die Böschung hinauf und schlang die Arme um sich. Sie mußte furchtbar aussehen, denn als Muffy dieses Wesen aus dem Fluß erblickte, wich sie ängstlich davor zurück.

Summer meinte, ein Kichern zu hören.

Über die Schulter hinweg schenkte sie Frankenstein einen Blick, der ihm die Zehen versengen sollte.

Sie war vielleicht sauer! Auf ihn, auf sich, auf die ganze Welt! Falls die himmlischen Mächte die jämmerlichen letzten vierundzwanzig Stunden absichtlich veranstaltet hatten – als eine Art kosmisches Unterhaltungsprogramm –, dann hatten sie einen Tritt ins Gesicht verdient!

Außerdem fror sie sich den Hintern ab.

»Hier«, sagte Frankenstein ein wenig heiser, löste eine ihrer starren Hände von ihrem Arm und schob die Steppdecke hinein. »Zieh die nassen Sachen aus, bevor du dir eine Lungenentzündung holst. Ich mache Feuer.«

Summer blickte ihn giftig an, packte die Decke und verschwand so würdevoll wie möglich hinter einem großen Felsbrocken.

Als sie etwas später wieder zum Vorschein kam, war sie wie ein Indianerbaby in die Decke gewickelt. Die ausgewrungenen Kleidungsstücke hielt sie steif vor sich, das ebenfalls ausgewrungene Haar hatte sie zu einem Zopf gedreht, der ihr naß über den Rücken hing. Zu ihrer Erleichterung beachtete Frankenstein sie überhaupt nicht. Er hockte mit dem Rücken zu ihr und blies in die flackernde Flamme, die halbherzig an einem Haufen Zweige leckte. Neben ihm lag Muffy flach auf dem Boden wie eine kleine Felldecke.

Summer hängte ihre Kleidung an Asten auf, wobei sie sie sorgfältig festhakte, damit sie in der Nacht nicht herunterfielen. Die riesigen Schuhe stellte sie zum Trocknen mit den Sohlen nach oben auf einen Felsen. Bis sie fertig war, hatte Frankenstein das Feuer angefacht und fädelte Hot dogs auf einen Stock.

Essen. Nichts sonst hätte sie dazu verleiten können, sich dem Feuer – und ihm – zu nähern.

Sie war sich nur zu deutlich der Tatsache bewußt, daß sie unter der Decke nackt war.

»Hier«, sagte er, als sie näher kam, und reichte ihr einen zweiten Stock, auf den vier Marshmallows gespießt waren.

Summer schaute Frankenstein mißtrauisch an und ließ sich im Schneidersitz neben ihm nieder. Dabei öffnete sich unerwartet die Decke und gab peinlich viel von der blassen Innenseite ihres Oberschenkels frei. Mit einem schnellen Blick auf Frankenstein – der Gott sei Dank in die Flammen blickte und anscheinend nichts bemerkt hatte – zog Summer den weichen Baumwollstoff enger um sich. Nachdem sie wieder anständig bedeckt war, wandte sie sich ebenfalls dem Feuer zu und konzentrierte sich ganz darauf, ihren Anteil am Abendessen knusprig zu rösten.

Frankenstein beachtete sie nicht. Sie beachtete Frankenstein nicht.

Der Wind, der leise über die Lichtung strich, war immer noch warm vom Tag. In der Brise tanzten die Flammen um den kleinen Stoß aus Zweigen. Über ihnen funkelten die Sterne, umgeben von einem Kranz mächtiger Kiefern.

Frankenstein saß etwa einen Meter entfernt auf dem harten Boden, wie Summer im Schneidersitz. Auch wenn sie noch so sehr tat, als wäre er nicht vorhanden, aus den Augenwinkeln nahm sie ihn ständig wahr.

Sein feuchtes Haar glänzte im Feuerschein schwarz wie ein Seehundfell. Die rechte Gesichtshälfte, die er ihr zuwandte, war nicht so schlimm verletzt wie die linke. Einige blaue Flecken waren noch zu sehen, doch die Schwellung schien fast ganz abgeklungen zu sein. So konnte Summer erkennen, daß er hohe und ziemlich flache Wangenknochen hatte, eine gerade und kräftige Nase, schmale Lippen und ein entschlossenes Kinn. Normalerweise war seine Haut vermutlich eher blaß. Als Jugendlicher mußte er unter Akne gelitten haben, denn auf seiner Wange waren noch schwache Spuren von Narben zu erkennen.

Kein schöner Mann, entschied Summer zufrieden. Und dachte daran, wie lustlos er sie geküßt hatte.

Er sah sie an. Zwei von Veilchen umrahmte Augen, so schwarz wie sein Haar. Es waren wachsame, gefährliche Augen. Augen, deren Besitzer sich nicht davor fürchtete, zu sterben – oder zu töten.

Der Blick aus diesen Augen hätte Summer erzittern lassen müssen. Zu ihrer Überraschung tat er das auch. Nur zitterte sie nicht vor Furcht.

Hastig wandte sie sich ab. Frankenstein sollte nicht glauben, daß sie ihn beobachtete. Als sie das nächste Mal verstohlen zu ihm hinüberblickte, sah er wieder ins Feuer.

Summer ertappte sich dabei, wie sie bewundernd seine breiten Schultern betrachtete, die das orangefarbene Nike-Hemd unbedeckt ließ, so daß sie im Licht der Flammen schimmerten. Und die Muskeln an seinen Armen. Oberschenkel und Waden, die aus der engen abgeschnittenen Jeans hervorschauten, waren ebenfalls muskulös und dicht behaart. Der tiefe Hemdausschnitt ließ erkennen, daß seine breite Brust reichlich mit seidigen schwarzen Haarwirbeln bedeckt war.

Schön sah er nicht aus, aber männlich. Beeindruckend, überwältigend männlich. Und diese kraftvolle Männlichkeit machte ihn so sexy, wie einfache Schönheit es niemals vermocht hätte.

Gerade als Summer das festgestellt hatte, begegnete sie seinem Blick. Eine Sekunde lang, nicht länger, sahen sie sich in die Augen. Dann wandte Frankenstein sich ab, so lässig, als wäre nichts Besonderes geschehen, und befaßte sich wieder mit den Hot dogs, die er über dem Feuer röstete.

Summer dagegen war zumute, als hätte sie der Blitz getroffen.

Wie konnte sie frieren, sich fürchten und Hunger haben – und sich gleichzeitig heftig zu dem Mann hingezogen fühlen, der für all das verantwortlich war?

Während er offenbar nicht einmal bemerkt hatte, daß sie eine Frau war?

Bis die Marshmallows gar waren, fühlte Summer sich genauso verdrießlich, wie er sich tagsüber aufgeführt hatte. Außerdem war sie so ausgehungert, daß sie nicht einmal abwartete konnte, bis die Marshmallows abgekühlt waren. Stattdessen zog sie eins vom Stock und steckte es sich in den Mund.

Und verbrannte sich prompt die Zunge.

»Oh! Ah!« keuchte sie und trank verzweifelt von dem Bier, das Frankenstein ihr zuvorkommend reichte. Wenn man sich die Zunge verkohlt hatte und einem ein süßes Marshmallow den Mund verklebte, schmeckte Bier gar nicht so übel.

»Ich dachte, du kannst Bier nicht ausstehen«, bemerkte Frankenstein, als sie die Dose endlich absetzte.

»Kann ich auch nicht.« Ihre Zunge kribbelte noch immer. Versuchsweise wackelte Summer damit.

»Keine Biergelage auf dem College?« Vorsichtig zog er einen Hot dog vom Stock.

»Nein.« Summer zuckte mit den Schultern. »Kein College.« Gebannt beobachtete sie, wie er den Stock neben dem Feuer gegen einen Stein lehnte, ein Brötchen aufschnitt und den Hot dog liebevoll hineinlegte.

»Überhaupt nicht?« Er biß ein riesiges Stück ab.

»Nein. He, und ich?« Empört griff sie nach dem Stock, auf dem noch drei Hot dogs aufgespießt waren. Frankenstein tauschte gnädig die Brötchenpackung gegen ein Marshmallow.

»Wie kommt's?« Er aß das Marshmallow in einem Stück.

»Wie kommt was?« Summer biß in ihren Hot dog. Er schmeckte wundervoll, fantastisch, göttlich. Wenn sie einen Campingführer schreiben müßte, würde sie ihm fünf Sterne verleihen.

»Wie kommt's, daß du nicht auf dem College warst?«

»Ich bin statt dessen nach New York gegangen und Model geworden. Als Teenager habe ich bei einer Mannequinschule in Murfreesboro Unterricht genommen – das hat ein Heidengeld gekostet, kann ich dir sagen – und stundenweise als Model gearbeitet. Nach dem Highschool-Abschluß hat die Schule für mich ein paar Vorstellungstermine bei New Yorker Agenturen arrangiert. Eine hat mich genommen, und der Rest ist Geschichte, wie es so schön heißt. Ich dachte immer, für's College wäre später noch Zeit. Da habe ich mich geirrt.« Sie aß den nächsten Bissen Hot dog: Ambrosia.

»Wie lange warst du in New York?«

Muffy kroch auf dem Bauch auf ihn zu, mit hängender Zunge und unterwürfigem Schwanzwedeln. Sie kläffte einmal leise und geziert. Stirnrunzelnd blickte Frankenstein sie an. Zu Summers Überraschung brach er dann ein Drittel von seinem Hot Dog ab und hielt es Muffy hin.

»Ich habe als Model gearbeitet, bis nur noch zwei Monate zu meinem fünfundzwanzigsten Geburtstag fehlten. Allerdings keine Top-Mode, wie ich gehofft hatte – hauptsächlich Dessous für Kataloge und ein bißchen Handkram. Dessous waren damals noch keine so große Sache wie heute, und Hände sowieso nicht. Ich verdiente ganz anständig, ging zu richtig netten Parties und hatte insgesamt viel Spaß. Auf einmal waren dann andere Mädchen gefragt – jüngere Mädchen. Und plötzlich, einfach so« – sie schnipste mit den Fingern –, »war alles vorbei. Ich war zu alt. Also fuhr ich nach Hause.«

Mit den Fingern zu schnipsen war ein Fehler gewesen. Jetzt spielte Muffy vor ihr die kriechende Felldecke. Summer fütterte sie mit einem Stück Marshmallow.

»Wie lange ist das her?«

»Elf Jahre.«

»Dann bist du also sechsunddreißig.«

»Klingt furchtbar, was?« Summer biß wieder ein Stück von ihrem Hot dog ab und versuchte, unbekümmert zu erscheinen. Obwohl sie es nicht war. Auf das Älterwerden war sie nicht vorbereitet gewesen. Es hatte eine Weile gedauert, bis sie sich daran gewöhnt hatte, daß sie nicht mehr jung und hinreißend aussah. Morgens nach dem Aufstehen die Krähenfüße um die Augen zu zählen, erst den Mascara-Stift und später eine Tönung zu benutzen, um die grauen Haar zu färben, die immer häufiger zwischen dem Braun auftauchten – das waren Dingen, mit denen sie bei sich nicht gerechnet hatte. Aber natürlich waren sie auch ihr passiert.

Sie war froh, daß sie sich damit abgefunden hatte.

Nur wenn sie sich für einen Mann interessierte, wie das bei Frankenstein allmählich der Fall war, und sich dieser Mann dann benahm, als hätte sie keine Spur von Sex-Appeal, dann tat das Älterwerden plötzlich wieder weh.

22

»Für mich klingt sechsunddreißig ziemlich gut. Ich bin neununddreißig.«

»Bei Männern ist das anders. Ich wette, du gehst mit

Zwanzigjährigen aus, wenn du welche triffst.« Summers Tonfall drückte Verachtung aus.

»Nichts da. Ich mag Frauen, die alt genug sind, um es besser zu wissen, und jung genug, um es trotzdem zu tun.«

Summer schnaubte. »Haha.«

Frankenstein grinste und zog noch ein Marshmallow vom Stock.

»Was ist passiert, nachdem du wieder zu Hause warst? Mit zu Hause meinst du Murfreesboro, nehme ich an.«

Summer nickte. »Ich bin in Murfreesboro geboren, und als in New York alles vorbei war, fuhr ich nach Murfreesboro zurück. Egal wohin es einen verschlägt, wer aus Tennessee stammt, kehrt immer dorthin zurück. Hast du das nicht gewußt?«

»Ich glaube, ich habe es schon mal irgendwo gehört.« Frankenstein biß in seinen zweiten Hot dog, genauso genußvoll wie in den ersten. »Gehörte zu diesem Zuhause eine Familie? Eltern, Brüder, Schwestern?«

»Mom, Dad, ältere Schwester Sandra, jüngere Schwester Shelly, ich war die in der Mitte, die dickköpfige, die nie auf andere hörte. Dad hat immer gesagt, ich müßte wohl auf die harte Art lernen. Er wollte mich aufs College schicken; ich nahm das Geld und ging statt dessen nach New York, während meine Schwestern sich fürs College entschieden. Sandra ist medizinisch-technische Assistentin geworden, lebt in Kalifornien, ist seit fünfzehn Jahren glücklich verheiratet und hat vier hinreißende Kinder. Shelly wohnt in Knoxville. Sie ist Rechtsanwältin, seit neun Jahren glücklich verheiratet, hat drei hinreißende Kinder. Und ich? Geschieden, kinderlos, Putzfrau.«

Summer lachte, doch es klang nicht fröhlich. Ihre Schwestern waren vernünftig gewesen und hatten den Weg eingeschlagen, den ihre Eltern für sie vorgesehen hatten. Summer dagegen hatte allen Ratschlägen zum Trotz nach den Sternen gegriffen – und sich dabei kräftig die Finger verbrannt.

»Wenigstens warst du mutig genug, es zu versuchen.« Die Bemerkung verblüffte Summer. Von Frankenstein hätte sie eher einen Scherz auf ihre Kosten erwartet. Nachdem sie den

Gedanken eine Weile hin- und hergewendet hatte, schaute sie Frankenstein ehrlich dankbar an. In diesem Licht hatte sie ihre Entscheidung noch nie betrachtet, und nun löste sich in ihr ein kleiner harter Knoten des Bedauerns, den sie lange mit sich herumgeschleppt hatte.

Bevor sie etwas erwidern konnte, fuhr Frankenstein fort: »Und was hat das New Yorker Däh-sos-Model gemacht, als es wieder zu Hause in Murfreesboro war?«

Summer lächelte ein wenig. »Geheiratet, was sonst? Einen gutaussehenden Arzt, den Sohn des Polizeichefs. Meine Eltern waren begeistert, trotz des kleinen Nachteils, daß er Jude ist. *Seine* Eltern waren auch begeistert, trotz des kleinen Nachteils, daß ich Baptistin bin. Selbst ich war begeistert – eine Zeitlang. Das legte sich.«

»Was ist passiert?« fragte er erstaunlich mitfühlend.

Summer biß in ihren Hot dog. »Er hatte das Model geheiratet, nicht mich. Als er herausfand, daß ich von Natur aus etwa zehn Kilo mehr wiege als bei meiner Hochzeit, daß mein Haar sich nicht lockt, wenn ich keine Lockenwickler hineindrehe, und meine Lippen ohne Lippenstift normalerweise nicht rot sind, flippte er aus.«

»Ach ja?« Diesmal reagierte Frankenstein auf Muffys Felldecken-Nummer, indem er ihr ein Stück Brötchen zuwarf. »Also hast du dich scheiden lassen, was?«

»Nicht sofort. Ich wünschte, ich hätte es getan. Fünf Jahre lang hat er versucht, mich wieder in die Frau zu verwandeln, die er seiner Ansicht nach geheiratet hatte. Eine Frau, die vierundzwanzig Stunden am Tag sexy, feminin und hinreißend ist. Und ich habe mir das fünf Jahre lang gefallen lassen. Dumm von mir.« Ohne Summers Absicht stahl sich eine Bitterkeit in ihre Stimme, von der sie geglaubt hatte, sie hätte sie längst hinter sich gelassen. Was hatte sie alles für Lem getan! Sie hatte sich schick bis an die Zähne gekleidet, perfekt den Haushalt geführt, Mahlzeiten aus dem Nichts gezaubert und mit dem sklavischen Sinn für Details einer Martha Stewart seine Freunde und Kollegen bewirtet und sich viele Kinofilme auf Video angeschaut, weil Lem zu allen Tages- und Nachtzeiten arbeitete. Der Kummer brachte sie allmählich um den Verstand, und außerdem hielt sie Lem zuliebe ständig Diät, bis sie halb verhungert war. Manchmal, wenn sie es nicht länger ertrug, wartete sie, bis Lem das Haus verlassen hatte, und stopfte dann alles in sich hinein, was sie fand: Eis, Brot und Schokoriegel, die sie genau zu diesem Zweck versteckt hatte. Danach wurde ihr unweigerlich schlecht. Weil sie sich den Magen verdorben hatte, aber auch vor Scham, weil sie nicht die Frau sein konnte, die Lem seiner Meinung nach geheiratet hatte. Denn wie Lem ihr immer wieder zu verstehen gab – praktisch jedesmal, wenn er sie eine normal große Mahlzeit verzehren sah – hatte er schließlich kein Mastschwein geheiratet.

In seiner Nähe hatte sie sich wie ein Mastschwein gefühlt.

Nachdenklich blickte Frankenstein sie an. »Dumm von ihm, würde ich sagen. Für eine alte Nudel von sechsunddreißig bist du gar nicht übel.«

Summer lächelte plötzlich. »Ich weiß zwar nicht, worauf du aus bist, Frankenstein, aber schmier mir nur weiter Honig ums Maul, und du könntest es glatt bekommen.«

Er grinste. »Das war ein Kompliment. Ich schwör's dir.«

»Das sagen sie alle.«

»Iß noch ein Marshmallow. Vielleicht versüßt es dir die Stimmung.«

»Vielleicht.«

Sie teilten das letzte geröstete Marshmallow. Genüßlich ließ Summer die klebrige Süßigkeit auf der Zunge zergehen und trauerte ihr anschließend nach. Offenbar empfand Frankenstein ähnlich, denn nachdem er fertig war, leckte er sich die zuckrigen Reste von den Fingern.

»Und wie ging's weiter, als du von diesem Wie-hieß-er-doch-gleich geschieden warst?«

»Lem. Dr. Lemuel C. Rosencrans, Urologe. Willst du wirklich meine ganze Lebensgeschichte hören?«

»Hier gibt's keinen Fernseher. Ich habe nichts Besseres zu tun.«

Summer verzog das Gesicht. »Okay, ich ließ mich also scheiden. Es wurde eine Scheidung in gegenseitigem Einvernehmen, und da wir keine Kinder hatten und Lem schon Arzt war, bevor wir heirateten, uns außerdem von unserem Haus kaum etwas gehörte, stand ich praktisch ohne Geld da. Das war ein Schock. Ich hatte mich noch nie zuvor darum sorgen müssen, wovon ich mich am nächsten Tag ernähren sollte. Zu dem Zeitpunkt wohnten meine Eltern schon in Santee, und mein Vater war krank. Die Scheidung war für sie schlimm genug gewesen. Ich wollte sie nicht noch mehr belasten. Meine Schwestern hatten geheiratet und waren weggezogen. Damit blieb nur ich, ich allein. Ich war entschlossen, es zu schaffen, ohne jede Hilfe. Nur war ich nicht sehr gebildet und hatte auch keinen Beruf erlernt. Ich war Model für Dessous gewesen – versuch mal, damit in Murfreesboro einen Job zu finden – und dann Hausfrau. Um Unterwäsche vorzuführen, war ich zu alt und zu dick, und Haus und Ehemann hatte ich auch nicht mehr. Aber eins hatte mir meine Ehe doch eingebracht: Menschenskind, konnte ich putzen. Also fing ich an, anderer Leute Häuser zu putzen. So wurde Daisy Fresh geboren. Die Firma ernährt mich bis heute, und sie ist jedes Jahr ein Stück gewachsen.«

Frankenstein schluckte den letzten Bissen Hot dog herunter. »Ich weiß nicht, wie ich's dir sagen soll, Rosencrans, aber das ist eine richtige Erfolgsstory.«

Die Bemerkung freute Summer außerordentlich. »Vielen Dank.«

»Inzwischen dürftest du über diesen Wie-hieß-er-doch-gleich wohl hinweg sein. Hast du einen neuen Freund?«

»Ich treffe mich ab und zu mit jemandem. Jim Britt. Er ist Zahnarzt.«

»Was Ernstes?«

Summer zögerte und entschied sich dann dafür, die Wahrheit zu sagen. »Nein.«

»Gut.«

Forschend blickte sie ihn an. »Wieso gut?«

»Ich fänd's schade, wenn du dich wieder in die kleine Hausfrau von irgendeinem Arzt verwandeln würdest.« Seine Miene war ausdruckslos.

»Glaub mir, das wird mir in diesem Leben nicht mehr passieren. Ich habe meine Lektion gelernt.« Sie erschauderte übertrieben und beobachtete dann bedauernd, wie Frankenstein die Marshmallows-Tüte zufaltete, damit sie nicht in Versuchung gerieten. Die Tüte erhielt noch etwa ein Dutzend Marshmallows. Die Vernunft gebot, sie ebenso wie die verbliebenen Hot dogs, Brötchen, Cracker und Pfefferminzbonbons für später aufzusparen. »Da wir gerade ›Zwanzig Fragen‹ spielen, habe ich ein paar Fragen an dich: Warst du auf dem College?«

»Ja, Eastern Kentucky University. Zur Vorbereitung auf den Polizeidienst. Aber nicht gleich nach der High-School. Erst war ich bei der Marineinfanterie.«

»Freiwillig?« Die meisten Männer um die Vierzig, die Summer kannte, hatten den größten Teil ihrer Jugend damit verbracht, dem Wehrdienst aus dem Weg zu gehen.

Er grinste wieder. »Ja.«

»Warum?«

»Sagen wir mal, ich bin auf diesen Elitetruppen-Mist abgefahren.«

»Wirklich?«

»Und ich wollte nicht gezogen werden. Ich dachte, wenn ich mich melde, bevor sie mich holen, komme ich besser weg.«

»Und? Bist du besser weggekommen?«

»Ich bin immer noch heil, also ist die Antwort wohl ja. Obwohl viele Freunde von mir die letzten Jahre der allgemeinen Wehrpflicht bei der Nationalgarde überstanden haben.«

»Warst du in Vietnam?« fragte sie mit gedämpfter Stimme und schaute ihn beeindruckt an.

Er grinste wieder. »Nein, aber ich hatte eine Weile ganz schön Schiß davor. Gerade als ich die Grundausbildung hinter mir hatte, wurden die ersten Truppen nach Hause geholt. Ich war froh wie nie zuvor in meinem Leben. Den größten Teil meiner Zeit habe ich in North Carolina abgedient. Ich hatte also gar nicht die Chance, ein großer Kriegsheld zu werden.«

»Wenigstens lebst du noch.«

»So sehe ich das auch.«

»Warst du … *Bist* du verheiratet?«

»Geschieden.« Es klang entspannt. Keine Straßensperre in Sicht.

»Seit wann?«

»Das war vor drei Jahren. Als mein Leben scherbenweise zum Teufel ging. Da ist viel passiert, und unter anderem hat mich auch meine Frau verlassen. Meine Tochter hat sie mitgenommen.«

»Du hast eine Tochter?« Irgendwie wäre sie nie auf den Gedanken gekommen, daß er Vater sein könnte.

»Jawoll. Sie ist jetzt dreizehn. Seit sie zehn war, habe ich sie genau dreimal gesehen.« Sein bitterer Tonfall verriet Summer, was für ein heikles Thema dies war. »Sie will mich nicht sehen. Sie gibt mir die Schuld an allem, einschließlich Scheidung. Ich hätte ihr Leben ruiniert, sagt sie. Die Kinder in der Schule machen sich über sie lustig, weil sie mein Kind ist.«

»Das tut mir leid.« Gegen diesen Schmerz, den er nur unvollkommen verbarg, verblaßten ihre eigenen Erinnerungen.

»Ja. Mir auch.«

»Dann hat sich deine Frau also wegen ... wegen dieser Geschichte von dir scheiden lassen?« In dem Versuch, sich taktvoll auszudrücken, geriet Summer ins Stottern.

»Meinst du meine Ausflüge in den Ehebruch? O ja.«

»Das tut mir leid«, sagte Summer noch einmal. Sie merkte selbst, wie unangemessen es klang, doch es fiel ihr nichts Besseres ein.

»Mir nicht. Nicht mehr, nicht die Scheidung. Wir waren nie gut füreinander. Sie hat immer behauptet, ich hätte sie nie wirklich geliebt, und damit hatte sie recht.«

»Hast du sie in North Carolina kennengelernt?«

Er schüttelte den Kopf. »Elaine ist aus Nashville. Ich bin ihr nach meiner Entlassung aus der Marineinfantrie begegnet. Sie war zwei Jahre jünger als ich, und wir waren elf Jahre verheiratet. Vielleicht drei davon glücklich. Sie war auf jede Frau eifersüchtig, mit der ich zwei Worte geredet habe. Und ich habe sie nie betrogen, das würde ich auf die Bibel schwören. Erst als ...« Seine Stimme erstarb. Summer verstand ihn auch so.

»Wie war ihr Name?«

Frankenstein warf ihr einen undurchdringlichen Blick zu. Er tat nicht so, als wüßte er nicht, von wem sie sprach. »Deedee.«

»Hast du sie geliebt?«

»Deedee?« Eine Zeitlang blieb er still und schaute nachdenklich vor sich hin. »Ich war verrückt nach ihr, seit wir Teenager waren. Dann kriegte ich endlich, wonach ich zweiundzwanzig Jahre lang gelechzt hatte – wir hatten eine glutheiße Affäre – und es war überhaupt nicht, wie ich es mir vorgestellt hatte. Wir waren wie Öl und Wasser, paßten kein bißchen zusammen. Aber ich habe sie geliebt. Ja, ich habe sie geliebt. Letztendlich genügte das nicht. Mir nicht. Und ihr nicht.«

Das letzte sagte er so gequält, daß Summer es für besser hielt, nicht weiter zu fragen. Während Frankenstein plötzlich begann, einen letzten Hot dog für Muffy in Stücke zu brechen, stand Summer taktvoll auf, murmelte entschuldigend etwas von natürlichen Bedürfnissen und zog sich ins Dunkle zurück.

Bei ihrer Rückkehr blickte Frankenstein nicht gleich auf. Er hockte am Feuer, legte Brennholz nach und schien Summer nicht zu bemerken. Während sie ihn noch beobachtete, griff er nach einer Bierdose, die geöffnet neben ihm stand, und trank einen riesigen Schluck.

Summer fiel ein, daß er sich als Alkoholiker bezeichnet hatte, und das beunruhigte sie.

Dann spürte er offenbar doch, daß sie ihn ansah, denn er blickte sich um. Unwillkürlich schaute sie auf die Bierdose in seiner Hand.

Vor ihren Augen setzte er die Dose an die Lippen und trank noch einen großen Zug.

»Hör auf, dir Sorgen zu machen«, meinte er anschließend und wischte sich mit dem Handrücken den Mund ab. »Du willst doch wohl nicht, daß ich hier in der Wildnis verdurste, oder?« Als er den Ausdruck auf ihrem Gesicht bemerkte, grinste er plötzlich. »Außerdem ist es Wasser. Ich habe eine leere Dose im Fluß gefüllt.«

»Ach so. Na, hoffentlich fängst du dir nichts ein.« Es fiel

ihr schwer, so leichthin zu antworten, auch wenn sie genau wußte, wie notwendig es war. Sie empfand so unendlich viel Mitgefühl für ihn, daß sie sich sehr verstellen mußte, um es nicht zu zeigen.

Bemitleidet zu werden würde ihm ganz und gar nicht gefallen. Das wußte sie so sicher, wie sie wußte, daß es auf der Welt immer Steuern und den Tod geben würde.

Bei ihrer leichtfertigen Antwort verzog er das Gesicht. »Na so was, daran habe ich überhaupt nicht gedacht.«

»Zu spät.«

Ohne Vorwarnung mußte sie so heftig gähnen, daß ihre Kiefergelenke knackten. Jetzt, da ihr Magen voll war, fühlte sie sich zum Umfallen müde. Sie brauchte Schlaf wie nie zuvor. Dann blickte sie Frankenstein an, und ihr war plötzlich unbehaglich zumute.

Er packte gerade die restlichen Essensvorräte ein, wickelte sie in die weiße Plastiktüte und öffnete den Reißverschluß der Sporttasche, vermutlich um die Sachen hineinzustecken. Als Summer gähnte, grinste er sie an.

»Ist wohl Schlafenszeit, Bonzo.«

Schlafenszeit für Bonzo, genau. Sie hatte nichts dagegen. Nur gab es da ein winzig kleines Problem.

Sie besaßen genau eine Decke. Und mit der war Summer bekleidet.

23

»Brauchste 'nen Schlafanzug?« Frankenstein tastete in der Sporttasche herum und hielt etwas in die Höhe. Es war ihre eigene Daisy-Fresh-Uniform, wie Summer erleichtert feststellte. Die Sachen waren zwar nicht gerade sauber, aber immerhin konnte man sie anziehen. Summer würde doch nicht nackt schlafen müssen.

»Danke.« Summer nahm die Kleidungsstücke entgegen und verschwand hinter einem Felsblock, um sich anzuziehen. Ohne Unterwäsche klebte ihr die kurze Polyesterhose am Po, und ihre Brüste baumelten ungehindert unter der dünnen Nylonbluse herum. Als Summer an sich herunterblickte, sah sie die Brustspitzen von innen gegen den Stoff drücken.

Also legte sie sich wieder die Decke um und fühlte sich besser. Nicht ganz so entblößt.

Als sie hinter dem Felsen hervortrat, hatte Frankenstein sich das Sweatshirt mit Kapuze übergezogen und die Sporttasche näher ans Feuer gezerrt. Er lag flach auf dem Rücken, den Kopf auf der Tasche, die Arme über der Brust verschränkt.

Die Augen hatte er geschlossen, doch er öffnete sie noch einmal kurz, als Summer zögernd näher kam.

»Gute Nacht«, sagte er.

Ungläubig sah sie zu, wie er wieder die Augen schloß. Seinen Atemgeräuschen nach zu urteilen, war er innerhalb von Sekunden eingeschlafen.

Gute Nacht?

Offenbar brauchte sie sich keine Gedanken darüber zu machen, was passieren würde, wenn sie sich die Decke mit ihm teilte. Allem Anschein nach störte es ihn nicht, allein zu schlafen – ja, es war ihm sogar lieber. Die kühle Nachtluft schreckte ihn weniger als der Gedanke, unter der gleichen Decke wie Summer zu liegen.

Früher am Tag war er nicht so wählerisch gewesen. Hatte er irgendwie erraten, daß sie sich immer stärker zu ihm hingezogen fühlte? Hatte er Angst, sie könnte im Schlaf über ihn herfallen?

Summers Gesicht glühte.

Fröstelnd blickte sie in die Dunkelheit jenseits des flackernden Lichtkreises, den das Feuer warf. Da draußen konnte alles Mögliche sein.

Trotzdem würde sie sich nicht erniedrigen und Frankenstein anbetteln, mit ihr zu schlafen.

Summer zog die Steppdecke enger um sich, kniete nieder, fegte Steine und Zweige von einer Stelle, die halbwegs dicht mit Gras bewachsen war, und legte sich hin. Mit einem Zungenschnalzen lockte sie Muffy zu sich, hob sie hoch und legte sie dicht neben sich unter die Decke.

Muffy seufzte und kuschelte sich an sie. Summer fühlte sich nicht mehr ganz so allein.

Sie schloß die Augen und befahl sich einzuschlafen.

Jetzt, da sie es wollte, konnte sie es absurderweise nicht. Sie lag nicht weit vom Feuer – und Frankensteins Füßen – hatte sich wie ein Kind zusammengerollt, den Kopf auf ein zusammengeknülltes Stück Decke gelegt, und versuchte mit allen Mitteln, schläfrig zu werden. Sie zählte Schafe, stellte sich vor, welche Blumen sie nächstes Jahr in ihrem Garten pflanzen wollte – nichts half. Ihr Verstand war wach und rege; ihre Gefühle schwankten zwischen Ärger über Frankensteins Mangel an Interesse und Furcht vor ihrer Umgebung.

Beim Essen hatte Frankenstein ihr nicht einen einzigen anzüglichen Blick zugeworfen. Dabei mußte er gewußt haben, daß sie unter der Decke nackt war. Anscheinend hatte es ihn überhaupt nicht gestört.

Kreisch!

Summer riß die Augen auf. Was war das für ein Geräusch? Rasch blickte sie sich um, doch außer den tanzenden Flammen und Frankensteins Brust, die sich rhythmisch hob und senkte, entdeckte sie nichts, das sich bewegte. Wo der Lichtkreis um das Feuer endete, herrschte undurchdringliches Dunkel.

Vermutlich stammte das Geräusch von einem Tier – einem *kleinen* hoffentlich –, das sich weit entfernt im Wald aufhielt.

Summer fielen die Augen zu. *Warum* hatte Frankenstein sie nicht angemacht? Die meisten Männer hätten an seiner Stelle nicht lange gezögert. Machte er sich so große Sorgen über ihre Schwierigkeiten, daß sein Sexualtrieb darunter litt? Oder war er nach der endlosen Wanderung schlichtweg zu müde gewesen?

Den Gedanken, daß er vielleicht ein zu großer Gentleman war, um die Situation auszunutzen, wies sie schmunzelnd von sich.

Frankenstein ein Gentleman? Sehr unwahrscheinlich.

Knack!

Was war das? Wieder riß sie die Augen auf. Auch diesmal sah sie nichts als die Felsen, das Feuer und Frankenstein.

Muffy hatte sich unter Summers Kinn zusammengekuschelt und schlief fest. Ihr Fell kitzelte Summer in der Nase; trotzdem hätte Summer ihre Bettgenossin um nichts in der Welt hinausgeworfen. Mit Muffy in der Nähe fühlte sie sich sicherer, auch wenn sie wußte, daß das unsinnig war.

Angenommen, hier trieb sich ein Bär herum – was sollte Muffy ihr da nützen?

Zumindest würde sie bellen, sagte Summer sich. Hoffe ich jedenfalls, fügte sie ehrlich hinzu.

Bisher hatte sie Muffy nur bellen gehört, wenn die Hündin klarmachen wollte, wie sie zum Thema Essen stand. Nun ja, vielleicht würde sie einen umherstreifenden Bär für etwas Nahrhaftes halten.

Obwohl es wahrscheinlicher war, daß der Bär Muffy verspeiste.

Summer schloß erneut die Augen. Schlaf jetzt, befahl sie sich. Schlaf. Doch so sehr sie sich auch bemühte, der Schlaf wollte sich nicht einstellen.

War sie einfach nicht Frankensteins Typ? Fand er sie nicht attraktiv? Früher hatten sich die Männer in ihrer Nähe vor Eifer förmlich überschlagen.

Wobei die Betonung auf *früher* lag.

Auch wenn er die Behauptung mit einem Scherz abgetan hatte, bevorzugte er vermutlich doch Zwanzigjährige mit straffen Körpern und leeren Köpfen.

Eine Frau von sechsunddreißig mit Krähenfüßen und einem weichen wohlgerundeten Körper machte ihn vielleicht nicht an.

Die wenigsten Männer waren so vernünftig, harterworbene Weisheit und eine Portion Lebenserfahrung einer blinden, verkicherten Bewunderung vorzuziehen.

Letztendlich dachten die meisten Männer eben mit den Schwänzen. Und Frankensteins Schwanz dachte offensichtlich nicht an Summer.

Was kümmert's mich! sagte Summer sich heftig.

Über diesen Gedanken schlief sie endlich ein.

Irgendwann später riß sie ein rauher Schrei aus dem Schlaf.

Summer fuhr hoch, ihr Herz raste. Es war immer noch stockdunkel. Hatte sie lange geschlafen? Sie wußte es nicht. Nur eins wußte sie: Plötzlich fürchtete sie sich zu Tode.

Jemand hatte geschrien.

Als sie sich umschaute, sah sie Frankenstein auf Händen und Knien hocken und starr auf einen Punkt hinter dem Feuer blicken. Man mußte kein Genie sein, um zu erraten, daß er den Schrei ausgestoßen hatte.

»Was ist? Was ist passiert?« Summer kroch mitsamt Decke und Muffy über den Meter felsigen Boden hinweg, der sie von Frankenstein trennte. Vor ihrem inneren Auge tanzten Bilder von angreifenden Bären umher. Frankenstein blickte sich nicht einmal um, als sie mit Schulter und Hüfte gegen ihn stieß.

»Da – da drüben!« Er zeigte ins Dunkel.

Summer sah hin, konnte aber nichts entdecken als die schattenhaften Umrisse schwankender Äste. Wie Frankenstein hockte sie auf allen vieren. Seite an Seite sahen sie etwas an, das gerade außerhalb des Lichtkreises lag.

»Was? Was ist da?« Ihr Herz klopfte heftig, und ihre Kehle fühlte sich wie ausgedörrt an. Unablässig suchte sie die wogenden Schatten nach dem ab, was sie bedrohte. Wenn es Frankenstein so erschreckt hatte, mußte es mindestens ein Werwolf sein. Oder die Bösen.

»Siehst du … Kannst du sie nicht sehen?« Seine Stimme war heiser, voll Entsetzen.

»Wen? Wen soll ich sehen?«

Summer blickte in die Richtung, in die er zeigte, bis ihr fast die Augen aus dem Kopf fielen. Was immer da außer Sichtweite auf sie lauerte, da Frankenstein sich davor fürchtete, fürchtete Summer sich auch. Sie war bereit, willens und fähig, allein auf sein Wort hin vor Angst zu zittern.

»Deedee.« Es war kaum mehr als ein Krächzen.

Deedee? Wer war Deedee? Atemlos vor Furcht starrte sie ins Dunkel, als könnte sie mit den Augen ein Loch hineinbohren, während sie sich zugleich zu erinnern versuchte. War Deedee nicht die Frau, die …

»Deedee ist tot!« platzte sie heraus.

»Meinst du, das weiß ich nicht?« Er sah sie an; in seinen Augen lag ein wilder Ausdruck. »Aber sie ist hier – sieh doch! O mein Gott, sie ist hier!«

Es klang völlig erschüttert. Summer schaute jetzt nicht mehr in die nächtliche Leere, sondern ihm ins Gesicht. Er mußte einen Alptraum gehabt haben. Natürlich, das war die Erklärung. Die einzige Erklärung. Wenn sie es recht bedachte, hatte er schon einmal schlecht geträumt.

»Lieber Gott, du hast mich zu Tode erschreckt.« Summer ließ sich auf die Fersen sinken. Vor Erleichterung wurde ihr schwindelig.

»Verdammt, sieh den Hund an!«

Er sagte es so drängend, daß Summer sich wieder auf Hände und Knie stützte. Obwohl sie wußte, wie lächerlich das war, schaute sie Muffy an – und kalte Schauder liefen ihr den Rücken hinunter. Muffy stand am Rand des Lichtkreises, Schwanz und Ohren steil aufgerichtet, und starrte dorthin, wo auch Frankenstein unverwandt hinblickte.

Dorthin, wo angeblich die tote Deedee war.

Ob die beiden wirklich ein Gespenst sahen?

Unsinn! Gespenster gab es nicht.

If there's something strange …

Im Schatten jenseits des Feuers nahm etwas Gestalt an. Summers Augen weiteten sich. Unwillkürlich hielt sie den Atem an. Still wie ein Stein hockte Frankenstein neben ihr. Wie sie beobachtete er gebannt, was immer sich dort außerhalb des Feuerscheins bewegte.

Muffy spitzte Ohren und Schwanz und starrte.

… in your neighborhood / Who ya gonna call?

Summers Herz pochte. Sollte sie wirklich und wahrhaftig ein echtes, lebendiges (oder so) Gespenst zu sehen bekommen?

Da – sie hatte sich nicht getäuscht: *Gerade außerhalb des Lichtkreises materialisierte eine Gestalt und bewegte sich auf sie zu.*

Ghostbusters!

Muffy kläffte, Summer kreischte, Frankenstein schrie, und das Ding floh.

Drei Rehe mit weißen Hinterteilen sprangen in fast vollkommenem Gleichklang über ihr Lager hinweg und verschwanden in der Nacht.

»Jesus.« Frankenstein atmete schwer. Dann blickte er wieder zu der Stelle, die er vorher angestarrt hatte. »Sie ist weg.«

Der Bann war gebrochen. Frankenstein ließ sich auf den Rücken fallen und schlug die Hände vors Gesicht. Summer kniete neben ihm.

»Was soll das heißen, sie ist weg? Natürlich ist sie weg. Sie war nie da. Du Blödmann, deinetwegen wäre ich vor Angst fast gestorben.« Summer boxte ihm gegen den Arm. Sie hatte sich so gefürchtet, daß sie noch immer heftig atmete.

»He, das tut weh!« Frankenstein packte ihre Hände, bevor sie wieder zuschlagen konnte. »Da habe ich einen blauen Flecken!«

»Du hast schlecht geträumt!«

»Schlecht geträumt.« Frankensteins Hände schlossen sich fester um ihre. Summer sah ihm in die Augen; es lag ein gehetzter Ausdruck darin. »Du hast nichts gesehen?«

»Ich habe Rehe gesehen.«

»Shit.«

»Es war ein Alptraum.«

»Ich glaube, ich werde verrückt.« Er schloß die Augen. »Du glaubst wohl nicht an – Gespenster?«

Summer schüttelte den Kopf, obwohl Frankenstein das natürlich nicht sehen konnte. »Sei nicht albern.«

»Ich komme mir so vor.« Er stöhnte. »Warum sehe ich dann ständig Deedee?«

»Hast du sie schon mal gesehen?«

»Ja. O ja.« Er öffnete die Augen.

»Wann?«

Seine Miene war verschlossen. »Früher.«

»Zum Beispiel, als du neulich im Schlaf geschrien hast?«

»Ja.«

»Dann war es ein böser Traum. Genau wie heute nacht. Du solltest dich fragen, was den Traum ausgelöst hat.«

Frankenstein lachte freudlos. »Ich denke, den Teil der Angelegenheit habe ich schon geklärt.«

»Ach ja?«

»Ja.«

Summer wartete, doch er schien nicht mehr sagen zu wollen. »Dann erzähl's mir.«

»Glaub mir, Rosencrans, du willst es gar nicht wissen.«

»Doch, das will ich.«

In seinen Augen blitzte es plötzlich. »Bestimmt?«

»Bestimmt.«

»Hundertprozentig?«

»Hör auf, solch überflüssigen Unsinn zu reden, und sag's mir!«

»Okay. Denk dran, du hast gefragt.« Er faßte sie an den Handgelenken und hielt sie fest. »Ich sehe Deedee, wenn ich einen Ständer habe.«

»Was?« Summer traute ihren Ohren nicht.

»Du hast richtig gehört. Und ich kriege einen Ständer, wenn ich mir vorstelle, wie ich es mit dir mache.«

Summer versuchte sich loszureißen. Er ließ es nicht zu. Kein Wunder, daß er ihre Handgelenke so fest umklammerte! Er hatte Angst, daß sie wieder zuschlug! Und dazu hatte er allen Grund! »Du mieser, verlogener, nervtötender Sohn einer ...«

»Es ist die reine Wahrheit.« Zum Beweis zog er eine ihrer Fäuste zu seinem Hosenschlitz hinab und legte sie darauf.

Summer wurde plötzlich ganz still. Unter dem engen Jeansstoff spürte sie deutlich die steinharte Wölbung.

»Siehst du?« fragte er leise. Und er lachte nicht dabei.

Summer begegnete seinem Blick und hielt den Atem an. In diesen gefährlichen schwarzen Augen lag echte Leidenschaft.

»Frankenstein ...«

»Ich glaube, du solltest mich Steve nennen«, erwiderte er mit leisem Lachen und zog sie in seine Arme.

Willig ließ Summer es geschehen. Sie lag auf seiner Brust, spürte seine Hände auf dem Rücken und legte ihm die Arme um den Nacken.

»Steve«, flüsterte sie und sah ihm in die Augen.

Sie blitzten sie an.

»Das ist schon besser.« Er drehte sich mit ihr um, bis sie auf dem Rücken lag, stützte sich auf die Ellbogen und blickte auf sie herab. Summer legte ihm die Hände auf die Schultern, betrachtete sein geschundenes, zerschlagenes, entschieden unschönes Gesicht und spürte, wie sie innerlich dahinschmolz.

Dann senkte Steve den Kopf und küßte sie.

24

Diesmal bebte die Erde. Glocken läuteten. Sterne erstrahlten in Summers Kopf. Steves Mund fühlte sich hart und warm und überraschenderweise auch sehr sanft an. Er berührte mit der Zunge ihre Lippen, schob sie zwischen ihren Zähnen hindurch und nahm ihren Mund in Besitz. Zugleich legte er eine warme starke Hand auf Summers linke Brust und umfaßte sie durch den dünnen Nylonstoff hindurch. Summer schwanden die Sinne.

Bebend und voll Hingabe erwiderte sie seinen Kuß, die Augen geschlossen, die Arme um seinen Nacken geschlungen. Als er ihre zerrissene Bluse auseinanderzog und ihre nackten Brüste streichelte, bog sie sich ihm entgegen. Als er ihren Mund freigab, um ihren Hals und dann ihre Brüste zu küssen, legte sie ihm eine Hand auf den Hinterkopf und zog ihn zu sich heran. Sanft nahm er ihre harten Brustwarzen zwischen die Lippen, erst die eine, dann die andere.

Noch nie hatte Summer solche Leidenschaft empfunden.

Ungeduldig wühlte sie sich mit den Händen unter seine Klamotten und streichelte ihm den Rücken. Die Haut fühlte sich warm und glatt an, die Muskeln darunter stark. Bewundernd zog Summer die Linien seines kraftvollen Körpers nach, dann ließ sie die Hände abwärts gleiten und schob sie in seinen Hosenbund.

»Wow.« Frankenstein – Steve – löste sich von ihr, setzte sich plötzlich auf und zog sich mit einer einzigen fließenden Bewegung beide Shirts über den Kopf. Summer betrachtete seine breiten Schultern, die Brust mit dem Dreieck aus krausen schwarzen Härchen, die Grube am Halsansatz und die männlich flachen Brustwarzen sowie den schönen runden Bauchnabel dicht über dem Hosenbund, und ihr Mund fühlte sich wie ausgedörrt an. Sie wollte diesen Mann. Oh, und wie sie ihn wollte!

Steve kämpfte mit dem Metallknopf an seiner kurzen Hose. Summer stieß seine Hände beiseite und öffnete den Knopf selbst. Dann fand sie den Metallanhänger am Reißverschluß und zog ihn nach unten.

Durch den geöffneten Hosenschlitz schob sich – scheu unter dem weißen Baumwollstoff des Jockey-Slips verborgen der Beweis dafür entgegen, wie sehr Steve sie begehrte.

Summer hielt den Atem an und strich mit dem Zeigefinger die Wölbung entlang.

»Rosencrans, du machst mich verrückt.« Bevor ihr auch nur einfiel, ihn daran zu erinnern, daß er sie unter diesen Umständen doch um Himmels willen Summer nennen sollte, lag er schon auf ihr, preßte ihr den Mund auf die Lippen und tastete nach dem Verschluß ihrer Hose.

Es gab keinen Verschluß. Die billigen Polyestershorts hatten einen elastischen Bund. Sobald Steve das entdeckt hatte, machte er weiter. Er schob Summer eine Hand in die Hose, strich ihr über den weichen Bauch und hinab zu dem Haarnest zwischen ihren Beinen. Unter seiner wissenden Berührung vergaß Summer zu atmen.

Er fand den kleinen Knoten, der sich schon nach ihm sehnte, und liebkoste ihn, bis Summer fast den Verstand verlor. Die Leidenschaft trug sie höher und höher hinauf ...

Auf einmal erstarrte Steve. Seine Finger bewegten sich nicht mehr. Sein Körper rieb sich nicht mehr rhythmisch an ihrem, sondern versteifte sich. Summer wimmerte und wand sich und hob sich flehend seiner Hand entgegen, eine stumme Bitte, weiterzumachen. Er rührte sich nicht.

Sie öffnete die Augen. Er sah sie nicht an. Seine Hand steckte in ihrer Hose, mit dem anderen Arm umschlang er ihren Rücken, Summer lag zitternd und schwer atmend unter ihm und hätte alles mit sich geschehen lassen, doch er hatte den Kopf gehoben und blickte ins Dunkle.

»Steve ...«, flüsterte sie, bog sich in die Höhe und rieb die nackten Brüste lockend an seinem Körper. Es war ein wundervolles Gefühl, mit den pulsierenden Spitzen seine feste, rauhe, behaarte Brust zu berühren; vorübergehend vergaß sie fast, daß Steve nicht bei der Sache war.

»Sie klatscht Beifall«, sagte er plötzlich.

»Was?« Summer schlang ihm die Arme um den Nacken, preßte sich mit den Brüsten an ihn und küßte ihn auf den Hals.

»Ich muß sofort hier weg.« Er zog ihre Arme hinter seinem Nacken hervor, sprang auf die Füße und schloß den Reißverschluß seiner kurzen Hose.

»Was?« Unsanft landete sie auf der Erde und sah verwirrt zu Steve auf.

»Los, wir müssen weiter.«

»Wovon redest du überhaupt?« jammerte sie. Er bückte sich nach seinen Sachen und zog sie über.

»Zieh das an«, befahl er und warf ihr das Sweatshirt zu.

»Was ist *los* mit dir?« Fassungslos setzte sie sich auf und schaute ihn an. Er raffte gerade die Decke zusammen und stopfte sie in die Sporttasche.

»Verdammt, zieh dich an!« Er betrachtete sie von Kopf bis Fuß. Plötzlich wurde ihr bewußt, wie sie aussehen mußte. Da saß sie in ihrer schwarzen Polyesterhose mit dem Hintern im Dreck, die Bluse offen, so daß Steve ihre Brüste mit den rosigen Spitzen sehen konnte, die Knie gebeugt, das Haar wirr, die Augen vermutlich noch glänzend vor Leidenschaft.

Nuttig. Das war das Wort, nach dem sie suchte.

Verlegen zog sie die Bluse zusammen, schloß die wenigen verbliebenen Knöpfe, griff nach dem Sweatshirt, schlüpfte hinein und zog den Reißverschluß bis oben zu.

»Hier. Beeil dich.« Während sie mit Anziehen beschäftigt war, hatte er ihre feuchte Kleidung von den Zweigen genommen, wo Summer sie zum Trocknen aufgehängt hatte. Bei dem »Hier« ließ er Schuhe und Socken neben ihr auf die Erde fallen. Ungläubig sah Summer die Sachen an. Unterdessen rollte Steve BH und Slip in ihre Shorts und das T-Shirt und stopfte das Bündel in die Tasche.

»Du machst wohl Witze. Willst du wirklich aufbrechen?«

»Zieh die Schuhe an!« Er brüllte es fast. Alles an ihm strahlte Feindseligkeit aus.

»Na, dann fick dich, Frankenstein!« Empört packte sie die noch immer feuchten Socken und zerrte sie über ihre Füße. Während sie die durchweichten, viel zu großen Basketballschuhe zuschnürte, schlüpfte er in seine Turnschuhe.

Selbst ihre Empörung ließ ihn anscheinend unberührt. Es war, als hätte er seine Leidenschaft einfach ausgeschaltet nein, vergessen – während Summers immer noch eigenwillig in ihr pulsierte.

»Den Hund trage ich. Komm jetzt.« Er stand vor ihr, die *Bulls*-Mütze auf dem Kopf, und stieß mit dem Fuß Erde aufs Feuer. Zu Summers wachsendem Zorn marschierte er dann einfach in die Dunkelheit davon, ohne ein Wort, ohne auch nur zurückzublicken, um festzustellen, ob sie ihm folgte.

Wie konnte er es wagen, sie so zu behandeln? Kochend vor Wut stampfte Summer hinter ihm her. Daß sie es trotz allem nicht über sich brachte, in die entgegengesetzte Richtung zu laufen und ihm so eine Lehre zu erteilen, machte sie noch zorniger. Das war die stürmischste Liebesszene gewesen, die sie je erlebt hatte, und mittendrin sprang er einfach auf und rannte davon, ohne erkennbaren Grund. So unmöglich hatte sie noch niemand behandelt.

Der Teufel sollte sie holen, wenn sie je wieder mit ihm redete.

Mit Frankenstein als Führer wanderte sie in mörderischem Tempo durch Schluchten und über Bergrücken, umging Steinhaufen und eine stechende Wolke Stinktier-Parfüm, alles in stockfinsterer Nacht. Als sie an einer unterirdischen Quelle vorbeikamen, wurde der Boden unter dem toten Laub matschig und zerrte an Summers Schuhen. Wann immer ein Windhauch durch die Äste fuhr, knarrte es unheimlich. Der scharfe Duft von Kiefernnadeln und die sanfteren Düfte von Erde, Laub und Humus verdrängten den Stinktiergeruch.

Endlich ging die Sonne auf, und milchige Dunstschwaden schwebten ihr träge entgegen. Nebelfinger krochen durch die Wälder und verschwanden wieder. Vögel zwitscherten. Die Zikaden sangen.

Die Dämmerung wich hellem Morgen, und es wurde allmählich wärmer. Die Wassertropfen, die unter den Bäumen wie Edelsteine im Sonnenlicht gefunkelt hatten, trockneten ein. Eichhörnchen machten sich auf die Suche nach Frühstück.

Summer hätte auch gern gefrühstückt.

Frankenstein lief und lief und lief, wie der unverwüstliche Käfer. Muffy hatte er sich wie einen Football unter den Arm geklemmt.

Inzwischen wußte sie, was mit ihm los war; schließlich hatte sie Zeit gehabt, über das ganze Fiasko nachzudenken. Mitten im schönsten Liebesspiel hatte er sich wieder eingebildet, Deedee zu sehen.

Das zu schlucken fiel ihr überhaupt nicht leicht, egal wie sie es betrachtete.

Böse starrte Summer auf seinen breiten Rücken und begann zu summen.

If there's something strange …

Seit sie ihm begegnet war, hatte sich dieser idiotische Song praktisch zu ihrer Erkennungsmelodie entwickelt.

Summend wanderte sie hinter Frankenstein her. Er marschierte. Sie summte etwas lauter. Er marschierte immer noch. Sie summte wirklich sehr laut.

Sein Rücken schien sich zu versteifen, und seine Schritte wurden langsamer.

»… in your neighborhood / Who ya gonna call?«

Jetzt sang sie, leise zwar, doch so, daß man die Worte deutlich verstand.

Frankenstein blieb stehen, fuhr herum und funkelte sie zornig an.

Summer blieb ebenfalls stehen, legte den Kopf schief, lächelte und sang weiter:

»Ghostbusters! Na na na na na na na! Na na na na na na na!«

»Machst du dich über mich lustig?« fragte er, als könnte er nicht glauben, daß sie das wagen würde.

»Ich?« Summer hörte auf zu singen und schüttelte den Kopf, wobei sie versuchte, unschuldig dreinzuschauen. Einen Moment lang sah er sie durchdringend an, dann wandte er sich ab und ging weiter.

Summer blickte ihm nach. *»If there's something strange …«*

»Würdest du bitte mit diesem verdammten Lied aufhören?« Über die Schulter hinweg schaute er sie gereizt an. Sein Tonfall verriet, daß er sich nur mit Mühe beherrschte.

»Entschuldige. Ich hatte keine Ahnung, daß dich das stört«, erwiderte Summer zuckersüß. Sobald er wieder nach vorn sah, fügte sie boshaft hinzu: *»I ain't afraid of no ghosts!« Sie* fürchtete sich nicht vor Gespenstern.

»Verdammt, Rosencrans, halt endlich dein verfluchtes Maul!« Bebend vor Zorn drehte er sich zu ihr um. Anscheinend hatte er es aufgegeben, seine Wut zu unterdrücken.

Summer kicherte. Sie konnte nicht anders.

»Mit dem Lachen kannst du auch aufhören.«

»Ich lache, wann es mir paßt. Und wenn ich singen will, dann singe ich«, erwiderte sie herzlich und begann das Lied von vorn.

»Hör auf!« brüllte er. Bei dem plötzlichen Lärm wurde Muffy unruhig, und er setzte sie ungeduldig auf die Erde. Summer, sichere drei Meter entfernt, sang weiter.

»Na na na na na na na!«

»Verdammt, Rosencrans, ich warne dich!« Er stützte die geballten Fäuste in die Hüften und funkelte Summer drohend an.

»Was hast du gegen das Lied?« fragte sie lächelnd. »Nur weil du glaubst, daß du von deinem eigenen Privatgespenst heimgesucht wirst, mußt du es doch nicht gleich persönlich nehmen.«

»Was? Du …« Er verschluckte ein Wort, das bestimmt kein Kompliment gewesen wäre, aber seine Augen sprachen es um so deutlicher aus. Die Fäuste hatte er nicht länger in die Hüften gestemmt, er hielt sie neben sich und öffnete und schloß die Finger, als könnte er es kaum erwarten, Summer an der Gurgel zu packen. Das ärmellose Hemd ließ deutlich erkennen, wie sich die Muskeln an seinen nackten Armen spannten, bis sie der Hügellandschaft ähnelten, die Summer und er durchquert hatten. Seine Augen lagen im Schatten der *Bulls*-Mütze verborgen.

Natürlich war es gewissermaßen ein Schlag unter die Gürtellinie, darauf anzuspielen, daß er von Deedee besessen war, doch das kümmerte Summer nicht. Dieser Macho sollte endlich begreifen, wie lächerlich diese ganze Gespenstergeschichte war.

»I ain't afraid of no ghosts«, sang sie spöttisch.

Frankenstein qualmte förmlich aus den Ohren. Sein Körper versteifte sich.

»Jetzt reicht's, Rosencrans«, stieß er zwischen den Zähnen hervor.

Summer grinste ihn an. *»If there's something strange / In your neighborhood / Who ya gonna call? Ghostbusters! Na na na …«*

Bis zum letzten *Na* schaffte sie es nicht mehr. Frankenstein brüllte vor Zorn, ließ Montiereisen und Sporttasche fallen und stürzte sich auf Summer. Kreischend rannte sie weg. Schon nach zwei Schritten packte er sie von hinten am Nakken.

»Du fühlst dich wohl sehr stark, was?« Er wirbelte sie zu sich herum und legte ihr die Hände auf die Schultern. »Los, sing es noch einmal. Trau dich.«

Summer schaute hinauf in sein hartes, zorniges, geschundenes und zerschlagenes Gesicht. Deutlich erkannte sie die Warnsignale: den stürmischen Ausdruck in den schwarzen Augen, die zusammengebissenen Zähne.

Und sie hob das Kinn und sang: *»If there's something strange …«*

Drohend umklammerte er ihre Schultern. Seine schwarzen Augen sprühten Funken. Falls je einem Mann die blanke Mordlust ins Gesicht geschrieben stand, dann in diesem Moment Frankenstein.

25

Summer blieb unbeeindruckt. »Was willst du jetzt machen, mich erwürgen?«

»Bei Gott, am liebsten ja.« Es klang, als wollte Frankenstein gleich Feuer spucken.

»Mit Einschüchterungen erreichst du gar nichts«, teilte Summer ihm mit und blickte spöttisch zu ihm auf. »Im Gegensatz zu dir bin ich nämlich kein Angsthase.«

»*Was?*«

»Angsthase«, wiederholte sie leise. »*I ain't afraid of no ghosts!*«

»Verflucht, halt den Mund!«

»*Na na na na na na na* ...«

»Arghh!« Es war ein Schrei reiner Wut, und einen Moment lang war Summer kurz davor, sich wirklich zu fürchten. Frankenstein packte sie noch härter an den Schultern – und dann faßte er ihr plötzlich ins Haar, zog ihr den Kopf zurück und preßte ihr den Mund auf die Lippen.

Es war das erste Mal, daß sie von einem Mann mit *Bulls*-Mütze geküßt wurde. Das hatte bestimmt eine symbolische Bedeutung, davon war sie überzeugt.

Summer öffnete den Mund und atmete tief und bebend ein. Sofort eroberte er ihren warmen Mund, als wäre seine Zunge eine angreifende Armee. Summer zitterten die Knie. Er hatte ihr den Kopf weit zurückgebogen. Wild und rückhaltlos nahm er ihren Mund in Besitz, und sie konnte nicht das geringste dagegen tun.

Also legte sie ihm die Arme um den Nacken.

Deswegen hatte sie ihn so gnadenlos verspottet. Weil sie sich genau dies gewünscht hatte.

»Steve ...«, flüsterte sie mit den Lippen an seinem Mund. Und dann erwiderte sie seinen Kuß mit einer Leidenschaft, die heißer brannte als jedes Feuer. Steve schlang ihr die Arme um Schultern und Rücken und drückte sie an sich.

»O Gott, Rosencrans«, stöhnte er, und Summer lachte leise und wand sich in seinen Armen, um ihren Mund zu befreien.

»Summer«, sagte sie, die Lippen nur Zentimeter von seinen entfernt. »Ich heiße Summer.«

»Summer«, murmelte er gehorsam und sah ihr mit brennendem Blick in die Augen. Um seinen Mund lag ein Lächeln. »Schöne, sinnliche Summer.«

Wie verzaubert hob Summer eine Hand von seiner Schulter, die sie bisher umklammert hatte, und strich ihm sanft durch das rauhe Haar im Nacken. Dann stieß sie ihm die Mütze vom Kopf und sah zu, wie sie zu Boden segelte. Steve schien es nicht zu bemerken. Er sah ihr weiter in die Augen.

»Küß mich, Steve«, flüsterte sie und näherte ihren Mund wieder seinen Lippen. Sie stand eng an ihn geschmiegt, so daß sie spürte, wie er erbebte, und ihn plötzlich und heftig einatmen hörte, als sie seinen Mund berührte. Dann geschah etwas. Steve blickte auf, rückte ein Stück von ihr ab und erstarrte. Summer spürte Widerstand in ihm.

Deedee. Sah er etwa wieder Deedee?

Sie würde Deedee ein- für allemal aus seinem Kopf verscheuchen.

»Steve – küß mich. Bitte.« Schamlos. Genau das war sie – schamlos. Aber sie wollte ihn, wild und leidenschaftlich, so wie sie noch nie etwas gewollt hatte.

Und sie war bereit, darum zu kämpfen.

Summer vergrub eine Hand in seinem kurzen gewellten Haar und zog seinen Kopf zu sich herab. Erst strich sie ihm mit dem Mund leise und lockend über die Lippen, dann ließ sie die Zunge in seinen Mund gleiten. Mit der Zungenspitze liebkoste sie Zähne und Gaumen, berührte die Zunge, streichelte sie und versuchte ihr eine Antwort zu entlocken. Sanft knabberte sie an Steves Lippen.

Er reagierte immer noch nicht.

Summer preßte sich mit dem Becken an ihn und rieb sich an der harten Wölbung in seiner Hose.

Steve atmete rauh und heftig ein, und plötzlich sah er Summer wieder an. In seinen Augen lag ein gequälter Ausdruck.

»Lieb mich«, flüsterte sie. »Bitte, bitte.«

»O Gott, das möchte ich ja«, stieß er hervor, als würde ihn dieses Eingeständnis zu ewiger Verdammnis verurteilen. Als sie das Gesicht hob, küßte er sie auf den Mund.

Es war ein so verzehrender Kuß, daß Summer die Augen schloß und sich ihm ganz überließ.

Sie hatte gewonnen. Das wußte sie. Mach was dagegen, Mädchen, verspottete sie die nicht vorhandene Deedee, kurz bevor ihr Verstand unter dem Ansturm ihrer Gefühle zusammenbrach und gar nichts mehr sagte.

Steve preßte ihr eine Hand auf die Brust. Selbst durch Sweatshirt und Bluse hindurch spürte Summer seine Wärme und Kraft. Sie bog sich ihm entgegen und schmiegte sich an ihn, wobei sie am ganzen Körper zitterte. Steve drückte sie über seinen Arm zurück und küßte sie, als könnte er von ihrem Mund nie genug bekommen. Zugleich öffnete er den Reißverschluß an ihrem Sweatshirt und riß ihr die Bluse auf. Summer erbebte wie unter einem elektrischen Stoß, und als er mit der Hand ihre nackte Brust umfaßte, stöhnte sie vor Lust leise auf. Ihre harte Brustspitze rieb sich an seiner Handfläche. Steve nahm sie zwischen Daumen und Zeigefinger und kniff ganz leicht hinein. Summer stöhnte wieder.

Dann ließ Steve ihre Taille los und legte ihr beide Hände auf die Brüste, so daß Summer umgefallen wäre, wenn sie ihm nicht die Arme um den Nacken geschlungen hätte. Er streichelte die Brüste, drückte sie, umfaßte und liebkoste sie, während er Summer weiter gierig küßte.

Summer hatte das Gefühl zu fallen. Sie fiel wirklich. Nein, sie schwebte, verlor im wahrsten Sinne des Wortes den Boden unter den Füßen, denn Steve hatte sie hochgehoben. Sie öffnete die Augen und betrachtete sein zerschlagenes, angespanntes Kinn und die leuchtenden schwarzen Augen, während er sie an seine starke Brust drückte und zwischen den Bäumen hindurchtrug.

Summer küßte ihn auf die stachlige Unterseite des Kinns, hielt sich an seinen breiten Schultern fest und genoß die ungewohnte Empfindung, sich klein und hilflos und sehr weiblich zu fühlen. Steve trug sie mühelos, als würde sie überhaupt nichts wiegen. Daß er stark war, hatte sie vorher schon gewußt, aber dieser Beweis lässiger Männlichkeit beeindruckte sie doch sehr. Seine Kraft erregte sie. Sie sprach kein Wort. Sie konnte es nicht; es hatte ihr die Sprache verschlagen. Aber ihre Augen sagten genug. Sie waren schmal vor Leidenschaft und glühten vor Verlangen. *Summer* glühte vor Verlangen.

Noch nie hatte sie so viel für einen Mann empfunden. Und jetzt, mit sechsunddreißig, verlor sie wegen Frankenstein den Verstand. Es war unglaublich.

Summer klammerte sich an ihn, während er mit ihr etliche

Meter weit durch den Wald ging. Dann stieg ihr süßer Blumenduft in die Nase, und sie blickte sich um. Steve hatte eine grüne Laube für sie gefunden. So weit das Auge reichte, waren Erdboden und Unterholz und Baumstämme – kurz alles, was sich nicht regelmäßig bewegte – mit Kudzu überwuchert, einer aus Japan eingeschleppten Kletterpflanze, die sich überall in den Südstaaten schnell ausgebreitet hatte. Hellgelbe trompetenförmige Geißblatt-Blüten drängten sich zwischen den Eindringlingen durch und kletterten an den unteren Ästen eines Kreises aus kräftigen Ulmen empor. Hier und da zeigten Löwenzahnpflanzen ihre einfachen goldenen Gesichter. Lila Veilchen kuschelten sich gemütlich in den Bodenbewuchs. Unwillkürlich hielt Summer den Atem an, als Steve sie auf dieses Lager aus Blumen und dunkelgrünem Laub bettete.

Als Schauplatz für eine Liebesszene war dieser Ort einfach vollkommen, fand Summer. Selbst wenn Steve das Ganze beim Produzenten persönlich bestellt hätte, dies hier hätte er nicht überbieten können.

Dann legte Steve sich auf sie, und sie dachte gar nichts mehr.

Sein Kuß war hart und heiß und forschend und fast unerträglich sinnlich. Das Blut rauschte ihr in den Ohren.

Als Steve endlich den Kopf hob, rang sie nach Atem.

»Ich bin hart wie ein Stock«, murmelte er und strich ihr mit unsicheren Händen das Haar aus dem Gesicht.

»Und? Was willst du dagegen tun?« flüsterte sie zurück und lächelte leise und zittrig.

»Was hättest du denn gern?«

»Das hier.« Sie nahm seine Hand, legte sie sich auf die Brust und drückte sie fest an sich. Es war wundervoll, seine warme, starke männliche Handfläche zu spüren. Summers Brustwarze spannte sich unter der Berührung, bis es fast schmerzte.

»Aha.« Ohne den Blick von Summer abzuwenden, streichelte er ihre weichen Brüste. Summer hätte sich winden mögen vor Verlangen. Sie wollte seine Hand überall spüren – wollte ihn überall spüren. Er sollte sie lieben, bis sie ihn anflehte, damit aufzuhören. Sie dachte daran, wie er sie vorhin gestreichelt hatte, welche Lust er allein mit seinen liebkosenden Fingern in ihr geweckt hatte, und fühlte, wie es zwischen ihren Oberschenkeln heiß und schwer zu pulsieren begann.

Dort sollte er sie auch streicheln.

»Ist das alles?« Seine Stimme klang rauh, doch um seine Lippen lag ein merkwürdiges halbes Lächeln. Wie konnte er lächeln, während sie vor Verlangen nach ihm fast verrückt wurde?

Sie würde dafür sorgen, daß auch er den Verstand verlor.

»Nein«, flüsterte sie, faßte ihn am Handgelenk und zog seine Hand nach unten. »Hier sollst du mich auch streicheln.«

Sie legte seine Hand zwischen ihre Beine.

Steve sog den Atem ein. Es war ein rauhes, harsches Geräusch.

»Und ich will dich hier streicheln.« Sie sprach leise, fast flüsternd. Heiser vor Leidenschaft. Zugleich legte sie ihm eine Hand vorn auf die Hose, schloß sie um die Wölbung unter dem Jeansstoff und drückte.

»Baby, mach weiter«, stieß er zwischen zusammengebissenen Zähnen hervor. Einen Moment lang tat sie ihm den Gefallen, während er seine harte warme Hand auf die Stelle zwischen ihren Beinen drückte. Dann bewegte er sich, änderte seine Haltung, schob sich an Summer herab. Durch den dünnen Polyesterstoff hindurch spürte sie seinen Mund zwischen ihren Beinen. Zugleich umfaßte er ihren Po und ertastete mit den Fingern den Spalt zwischen den weichen Backen.

Mit den Lippen auf dem rauhen Stoff, der den Winkel zwischen ihren Beinen bedeckte, öffnete Steve den Mund. Summer hielt den Atem an. Ihr Herz klopfte so laut, daß es ihr wie ein Preßlufthammer in den Ohren dröhnte. Steves warmer feuchter Atem brannte ihr durch die Hose hindurch auf der Haut. Steve öffnete den Mund noch weiter, preßte Lippen und Zunge und Zähne an ihren Körper, knabberte an ihr, biß in sie hinein. Summer stöhnte und schloß die Fäuste um Kudzu und Veilchen, zerdrückte die Blüten, daß ihr lockender Duft sie umschwebte, gemischt mit dem Duft von Geißblatt und Sex.

Einen Moment lang hob Steve den Kopf und sah sie an; in

seinen Augen tobte eine Feuer. Dann zerrte er ihr die Hose bis zu den Knien herab und wiederholte das Ganze, suchte den geheimen Ort, der vor Verlangen längst schmerzte und pochte, und liebkoste ihn mit seiner heißen feuchten Zunge.

Summer schrie auf. Wie von selbst strebten ihre Oberschenkel auseinander, um ihm besseren Zugang zu dem Teil von ihr zu gewähren, der vor Sehnsucht nach ihm Tränen vergoß. Doch durch die Hose war sie an den Knien gefesselt. Sie lag flach auf dem Boden, unter Steves Körper begraben, und konnte nichts tun, um sich von dieser süßen Qual zu befreien. Steve führte sie an den Rand der Ekstase und darüber hinweg, ohne ihr auch nur die Beine zu öffnen.

»Oh, hör auf. Hör nicht auf.« Summer schloß die Fäuste um seine kurzen Haarlocken und wollte ihn von sich wegziehen. Er faßte sie an den Handgelenken, zog ihre Arme nach unten und drückte sie rechts und links von ihrem Becken zu Boden. Jetzt war sie vollkommen wehrlos. Er machte aus ihr ein sich windendes, gieriges, hungriges Etwas, ein willenloses, bettelndes *Ding*.

»Hör nicht auf!« Summer hatte die Augen fest geschlossen. Stöhnend ließ sie sich höher und höher hinauftragen, getrieben von seiner Zunge und seinem Mund. Daß sie an den Knien gefesselt war und er sie zu Boden drückte, so daß sie dieser sexuellen Folter nicht entgehen konnte, machte alles nur noch schöner. Machte es einfach unerträglich schön. Nie hätte sie gedacht, daß sie jemals *so etwas* erleben würde.

Als sie kam, lief ein Zittern durch ihren Körper, sie schrie auf und bog sich auf ihrem Bett aus Pflanzen nach oben, seinem Mund entgegen.

Dann war es vorbei, Summer war wieder sie selbst. Langsam öffnete sie die Augen und sah, daß Steve sie beobachtete. In seinen schwarzen Augen funkelte es, sein zerschundenes Gesicht wirkte hart und entschlossen, die Lippen hatte er zu einer geraden, unnachgiebigen Linie zusammengepreßt.

»Jetzt bin ich an der Reihe«, sagte er und kniete sich über sie. Mit schnellen und wilden Bewegungen zog er ihr Schuhe und Socken aus, zerrte ihr die Hose ganz herunter, befreite sie aus der Bluse, streifte sich das Hemd ab und schlüpfte aus

Schuhen, Hose und Slip. Summer war noch immer schwach vor Leidenschaft, und so sah sie tatenlos zu, während er sie beide auszog.

Wieder fiel ihr auf, daß er genau die Art Körper besaß, die sie am meisten mochte: fest und muskulös und ausgiebig behaart.

Dann legte er sich auf sie. Sein Gewicht drückte sie zu Boden. Summer entdeckte einen Kieselstein unter sich, irgendwo nah bei ihrem Kreuz. Steve begehrte sie, und sie war für ihn bereit, aber ihr eigenes Verlangen war gestillt.

Das dachte sie jedenfalls. Bis er sie küßte, daß es ihr den Atem verschlug, an ihren Brüsten saugte und ihr die Oberschenkel zwischen die Beine schob. Summer konnte ihn spüren, hart und warm und pulsierend berührte er sie genau dort, wo er jederzeit in sie eindringen konnte. Aber noch drang er nicht in sie ein.

Statt dessen spielte er mit ihr, bis sie sich wieder so angespannt und zittrig fühlte wie eine zu straffe Geigensaite.

Dann erst drang er in sie ein. Langsam. Er war hart und feuerheiß und füllte sie ganz und gar. Langsam und leidenschaftlich küßte er sie auf den Mund, schlang die Arme um sie, daß sie sich nicht rühren konnte, und blieb einen langen, endlosen Moment still in ihr.

Als er sich zurückzog und wieder in sie hineinglitt, stand Summer in Flammen. Sie hätte alles mit sich machen lassen. Alles …

Das sagte sie ihm.

Er stützte sich rechts und links von ihrem Oberkörper auf und streckte die Arme, bis sie sein Gewicht kaum noch spürte. Sie berührten sich nur noch dort, wo ihre Körper miteinander verbunden waren. Langsam bewegte Steve sich hinein, dann heraus, dann wieder hinein, bis sie sich ihm jedesmal unwillkürlich entgegenhob. Schließlich beugte er sich hinab und nahm eine geschwollene Brustspitze zwischen die Lippen.

Summer stöhnte auf.

Er hob den Kopf und lächelte; ein träges Lächeln, mit dem er ihre Leidenschaft zur Kenntnis nahm, sich daran freute und gleichzeitig mehr versprach. In seinen glühenden schwarzen Augen lag der boshaft wissende Ausdruck von Evas Schlange.

»Steve ...«, flüsterte Summer flehend. Steve schloß kurz die Augen, und dann lag er wieder auf ihr, schlang die Arme um sie, drückte sie an sich und führte sie mit heißem, wildem Verlangen einem zweiten Höhepunkt zu. Nur daß er diesmal mit ihr kam. Als er sie über die Kante stieß, stürzte er auch. Genau wie sie schrie er heiser auf und wirbelte mit ihr durch den Raum.

Viel, viel später erst brachte er die Kraft auf, sich von ihr herunterzuschieben.

26

»Wie der Körper, so lebt auch die Seele von dem,
was sie in sich aufnimmt.«
– Josiah Gilbert Holland

Allmählich begriff Deedee, wie das mit dem Spuken funktionierte.

Anfangs hatte es sie verwirrt, daß sie ständig hier, da und dort aufgetaucht war, ohne erkennbaren Zusammenhang. Zum Beispiel hatte sie sich erneut im Wohnzimmer ihres Elternhauses wiedergefunden, wo ihre Mutter und ihre Tante Dot – die beiden lebten zusammen, seit sie vor acht Jahren innerhalb von zwölf Monaten Witwen geworden waren – mit ihr Kontakt aufzunehmen versuchten. Ausgerechnet mit einer Alphabettafel.

»Ich sage dir, ich habe sie gesehen. So deutlich, wie ich dich sehe«, meinte ihre Mutter gerade.

»Das bestreite ich ja gar nicht, Sue. Ich sage nur, daß die Tafel nichts von ihr empfängt.«

»Vielleicht weißt du einfach nicht, wie man das Ding benutzt.«

»Ich benutze die Tafel, seit ich denken kann, da werde ich

wohl wissen, wie man das macht. Weißt du nicht mehr? Die Alphabettafel hat mir geraten, Jett zu heiraten, obwohl ich Carl Owens nehmen wollte.«

»*Das* ist nicht gerade eine Empfehlung«, erwiderte Deedees Mutter.

Richtig, Tante Dot und Onkel Jett waren für ihre Streitereien berüchtigt gewesen. Das hatte Deedee fast schon vergessen.

So sehr Deedee es auch versuchte, diesmal schaffte sie es nicht, zu materialisieren. Aber immerhin bekam sie den Zeiger unter ihre Kontrolle.

»M-I-R-G-E-H-T-S-G-U-T ...«

»Nun sieh dir das an!«

»Schiebst du etwa dran rum, Dorothy Jean?«

»So was würde ich nie tun, das weißt du genau! O Himmel!«

»I-C-H-L-I-E-B-E-D-I-C-H-M-O-M.«

»Deedee! Omeingott, Deedee! Mein Baby! Deedee, Deedee!«

»Sue, sei ruhig! Sue, frag sie, was in der Nacht passiert ist! Frag sie, schnell!«

Deedees Mutter und Tante hielten die geröteten, abgearbeiteten, unschönen Hände über den Plastikzeiger und schubsten das Dreieck mit der Filzspitze verzweifelt auf der Tafel herum. Doch Deedee wurde schon wieder fortgezogen.

Als sie das nächstemal auftauchte, befand sie sich in einem Tonstudio in Nashville. Eine hübsche Blondine von etwa fünfundzwanzig Jahren mit Kopfhörer und scharlachrotem Minirock sang in ein Mikrofon.

Deedee beobachtete die Sängerin durch die Plexiglasscheibe des Regieraums hindurch. Zwei Männer lauschten stirnrunzelnd ihrer Stimme, die in Deedees Ohren dünn wie ein Strohhalm klang.

»Wir müssen mehr aus ihr rausholen, Bill.«

»Das schaffen wir nicht. Mehr gibt sie nicht her. Aber was soll's. Wir kriegen das schon hin. Teufel, mit der Ausrüstung hier kriegen wir alles hin.«

»Samstag abend muß sie bei *Nashville Live* singen. Ihr

›Agony‹ ist schon auf Platz achtzehn hochgeschossen. Bisher ist sie noch nie live aufgetreten. Wenn wir sie nicht dazu bringen, ein bißchen zuzulegen, gehen die Kritiker mit Messern auf sie los.«

»Verdammt, ich würd's ja tun, wenn ich's könnte, das weißt du genau. Die Kleine ist hübsch, und halbwegs singen kann sie auch, aber wenn sie nicht mit Hank Ketchum verheiratet wäre, hätte sie nie einen Plattenvertrag zu sehen gekriegt, das weißt du so gut wie ich.«

»Gib's zu, den Chef von Jalapeno Records zu heiraten, war ein verdammt kluger Schachzug. Schade, daß mir das nicht eingefallen ist.«

»Dir hätte er wohl kaum einen Antrag gemacht. Jedenfalls werden wir von Ketchum bezahlt, also halten wir besser den Mund.« Bill drückte auf einen Knopf und sprach in ein Mikrofon. »Hallie, Süße, versuch die hohen Töne ein kleines bißchen länger zu halten, ja? Und probier mal, ob du noch mehr Gefühl reinlegen kannst. Stell dir vor, dein Hund wäre gerade überfahren worden.«

»Ich werd's versuchen, Bill.«

»Danke, Hallie. Mehr verlange ich gar nicht. Fängst du noch mal von vorn an?«

»Okay.«

Bill drückte wieder auf den Mikrofonknopf, gab den Musikern ein Zeichen und lehnte sich zurück. »Bei *Nashville Live* stellen wir eben einen Haufen Background-Sänger um sie herum und hoffen das Beste.«

»Hurtin', I'm hurtin' so bad over you
What did you think I would do?«

Die zwei Männer im Regieraum richteten sich kerzengerade auf, starrten die Blondine am Mikrofon an und wechselten dann ungläubige Blicke.

»Also, da platzt mir doch die Hose. Das Mädchen *kann* ja singen!«

»Verflucht, verflucht! Wir sind im Geschäft!«

Im Aufnahmeraum kämpfte Deedee um die Herrschaft

über die Stimmbänder, die sie sich angeeignet hatte, und gab ihr Bestes. Sie las die Worte vom Teleprompter ab und sang aus tiefster Seele, und dabei fühlte sie sich dem Himmel so nahe wie nie zuvor im Leben – oder im Tod.

»...Just lie down and die – that's not me
Still, I am in agony.«

Während die letzten Töne verklangen, spürte Deedee das vertraute saugende Gefühl. Vergeblich suchte sie sich festzuhalten.

Sie wollte dableiben ...

Aus dem Regieraum dröhnte eine Stimme.

»Hallie, Süße, das war klasse! Einfach klasse!«

Hallie, die ihre Stimmbänder wieder selbst unter Kontrolle hatte, antwortete atemlos: »Danke, Bill. Es ist einfach so über mich gekommen ...«

Den Rest des Wortwechsels hörte Deedee nicht mehr. Sie wirbelte erneut durch das Nichts.

Als sie wieder zur Ruhe kam, war es Nacht, und sie befand sich auf einem kleinen, ordentlichen, ländlich gelegenen Friedhof. Ihr Ehemann hockte neben einem Grab.

Deedee saß im Schneidersitz auf dem Grabstein. Sie beugte sich weit vor – als Gespenst konnte sie sich solche Dinge erlauben, ohne auf die Nase zu fallen, das hatte sie inzwischen herausgefunden – und las die Inschrift:

TAYLOR
DEIDRA ANN CUMMINS
geboren am 21. JANUAR 1958 – gestorben am 15. MAI 1992
Liebe währt ewig

Mitch hockte neben *ihrem* Grab.

Deedee schaute auf seinen gebeugten Kopf mit dem blonden Haar hinab und fragte sich, ob Mitch sich die Aufschrift ausgedacht hatte. Wahrscheinlich schon; zumindest hörte es sich ganz danach an. Ihrer Mutter wäre etwas so Poetisches bestimmt nicht eingefallen.

Deedee hatte Mitch verzweifelt geliebt, von ihrem dreizehnten Lebensjahr an bis ganz kurz vor ihrem Tod. Sie und er hatten ihre Höhen und Tiefen erlebt – einige Höhen, sehr viele Tiefen –, aber sie hatte ihn immer geliebt.

Nun betrachtete sie ihn mit anderen Augen. Liebe währte nicht wirklich ewig. Jedenfalls nicht in ihrem Fall.

In diesem Moment blickte Mitch auf, und Deedee fragte sich kurz, ob er sie sehen konnte. Allerdings hatte sie nicht das Kribbeln gespürt, an dem sie erkannte, daß sie sich materialisiert hatte, und Mitch schrie auch nicht auf oder fiel in Ohnmacht, er wurde nicht einmal blaß. Also konnte er sie wohl nicht sehen.

Aber sie sah ihn. Er war schön wie eh und je: gewelltes blondes Haar, klare blaue Augen, klassisch geschnittenes, leicht sonnengebräuntes Gesicht. Seit ihrem letzten Zusammensein hatte er anscheinend abgenommen, aber für seine ein Meter dreiundachtzig war er schon immer recht schlank gewesen, deshalb konnte sie es nicht mit Sicherheit sagen.

Wie er da in Freizeithose und Windjacke neben ihrem Grab kniete, sah er aus wie der Inbegriff eines trauernden Witwers.

Nur daß seine Hände mit Erde bedeckt waren. Neben ihm lag eine Schaufel, und Deedees Grab wirkte trotz der dichten Grasdecke darauf irgendwie frisch. Frischer, als ein drei Jahre altes Grab aussehen sollte.

Es war erst vor kurzem mit Rasenstücken zugedeckt worden.

Was treibst du da, Mitch Taylor? dachte Deedee zornig. Gerade als sie das Kribbeln spürte, gerade als er die Augen aufriß, wurde sie fortgezogen.

Diesmal kam sie an einem warmen sonnigen Nachmittag zum Stillstand. Jedenfalls war es draußen warm und sonnig. Sie selbst befand sich in einer Höhle, schwebte dicht unter der Decke und schaute auf ein schlafendes Paar hinab, das etwa drei Meter unter ihr eng umschlungen in einer Steppdecke lag.

Der Mann war Steve – sein Gesicht sah immer noch höllisch aus; an die Frau erinnerte Deedee sich nicht. Jedenfalls schienen sie es sehr gemütlich miteinander zu haben.

Während Deedee sie noch interessiert beobachtete, öffnete Steve die Augen.

Er sah sie. Das erkannte sie sofort. Also winkte sie ihm zu, nur um hallo zu sagen.

Er stieß einen Schrei aus und setzte sich auf. Vor Schreck verlor Deedee die Kontrolle über ihre Atome und verschwand.

Als sie sich wieder im Griff hatte, befand sie sich in einer Ecke der gleichen Höhle, und ein merkwürdiger kleiner Hund starrte sie an. Steve hatte sich wieder hingelegt, die Frau kuschelte sich an seine Brust. Steve war wach. Die Frau nicht.

Es war eindeutig nicht Steves Frau Elaine.

Das überraschte Deedee ein bißchen. Abgesehen von der Geschichte mit ihr war Steve immer grundanständig gewesen. Deedee glaubte nicht, daß er Elaine jemals zuvor betrogen hatte. Oder jemals danach, hätte sie hinzugefügt, wenn sich der Beweis für das Gegenteil nicht direkt vor ihrer Nase befunden hätte.

Obwohl sie genau wußte, daß der alte Steve sich immer stark zu ihr hingezogen gefühlt hatte, hatte sie sich ziemlich anstrengen müssen, um ihn zu verführen. Leider mußte sie zugeben, daß sie es bewußt getan hatte, um Mitch eine Lehre zu erteilen. Mitch eine Lehre zu erteilen war dringend nötig gewesen, denn er hatte für jede läufige Hündin bereitwillig die Hose aufgemacht.

Als Deedees Ehemann wieder einmal in eine seiner unzähligen hitzigen Affären verwickelt gewesen war, hatte Deedee beschlossen, es ihm heimzuzahlen, indem sie etwas mit Steve anfing. Nach vierzehn Jahren Ehe konnte Mitch ihr nichts mehr vormachen; sie kannte die Anzeichen. Und sie wußte auch, daß Steve zu den wenigen Menschen auf Erden gehörte, die ihr Mann wirklich gern hatte. Mitch war ein schöner, verschlagener Menschenausbeuter; normalerweise war er genau so lange mit jemandem befreundet, wie er ihn brauchte. Seine Freundschaft mit Steve hatte jedoch drei Jahrzehnte überdauert. Zwischen den beiden Männern bestand eine echte Bindung.

Steve hatte ihretwegen drei Wochen lang den Kopf verloren und dann – typisch Steve – angefangen, Höllenqualen zu leiden.

Er hatte sich schuldig gefühlt, weil er seine Frau betrogen hatte; von der Tatsache, daß er seinem besten Freund Hörner aufgesetzt hatte, ganz zu schweigen. Damit war er nicht fertig geworden.

Er war schon immer ein richtiger Pfadfinder gewesen.

Das war wohl einer der Gründe, weshalb Deedee ihn so gern hatte. Sie war nicht in ihn verliebt, war es nie gewesen, aber sie liebte ihn. Wie einen Bruder oder so.

Sie hatte ihm Unrecht angetan, wie es im Lied – in unzähligen Liedern – hieß. Wirkliches, schlimmes Unrecht.

Deshalb war sie noch immer an die Erde gebunden. Schlagartig wurde es ihr klar.

Sie konnte erst in den Himmel, wenn sie das Unrecht wiedergutgemacht hatte.

27

Steve lag mit dem Gesicht nach unten in Kudzu, atmete Humusgeruch ein und spürte, wie die feuchte Kälte des Erdbodens durch die Pflanzendecke hindurch in ihn hineinkroch.

Er hatte fast Angst aufzublicken. Als er sich das letztemal umgesehen hatte – kurz bevor er endgültig den Kopf verloren hatte –, hatte Deedee kopfüber in der riesigen Ulme gleich links von seinem ausgestreckten Arm gehangen. Sie hatte sich mit den Knien an einem Ast festgehalten und Steve mit erhobenem Daumen ein Okay-Zeichen gegeben.

Bei der Erinnerung hätte Steve fast laut gestöhnt.

Er wurde wohl wirklich verrückt. Anders konnte es nicht sein.

Es sei denn, sein Unterbewußtsein wollte ihm etwas mitteilen. Vielleicht sollten diese ständigen Visionen von Deedee verhindern, daß er sein Ziel aus den Augen verlor. Er hatte zwei Aufgaben zu erfüllen: erstens mußte er so lange am Leben bleiben, bis er wußte, weshalb alle Welt ihn umbringen wollte und was er dagegen unternehmen konnte; zweitens mußte er herausfinden, wie Deedee in jener verhängnisvollen Nacht in sein Büro gelangt war.

Das letzte, was er dabei gebrauchen konnte, war eine Frau, die ihn ablenkte.

Welcher Mann konnte schon klar denken, wenn ihm eine Mieze den Kopf verdrehte?

Jetzt hatten sie also Sex miteinander gehabt. Gut. Vielleicht hatte er sich damit den Sex – und sie – erst einmal von der Seele geschafft.

Er spürte einen weichen feuchten Mund an seinem Ohr. Gott, war sie etwa schon wieder scharf auf ihn? Bei dem Gedanken merkte Steve, wie sein Glied steif wurde.

Also schön, vielleicht hatte er sich den Sex – und sie – doch noch nicht ganz von der Seele geschafft. Sondern sehnte sich schon nach der nächsten Runde.

Das ging vorbei. Es mußte vorbeigehen.

Ganz ruhig, befahl er sich streng. Jetzt wegen einer Frau den Kopf zu verlieren – und eine Latte zu bekommen – konnte lebensgefährlich sein.

Bis sie in Sicherheit waren, durfte er nicht mehr an Sex denken.

Stirnrunzelnd sah er auf, um der Versucherin unmißverständlich klarzumachen, daß sie gefälligst nicht mehr an seinem Ohr knabbern sollte.

Doch er blickte nicht in warme goldbraune Augen, sondern in schokoladenbraune Glubschaugen. Der zugehörige Köter legte fragend den Kopf schräg und blies Steve seinen widerlichen Hundeatem direkt ins Gesicht. Mit einem Schauder des Abscheus erkannte Steve, wer ihn am Ohr geleckt hatte: Er hatte wegen eines Hundes einen Ständer bekommen!

»Scheiße!« Er setzte sich auf, rieb sich mit den Handballen die Augen, um seinen Verstand zu klären, und blickte verstohlen zu dem dichten Baldachin aus Ästen hinauf.

Keine Deedee. Gott sei Dank.

Erleichtert atmete er auf. Dann sah er die Frau an, die in all ihrer nackten Pracht neben ihm im tiefgrünen Kudzu lag.

Sie hätte sich wenigstens auf den Bauch legen können, dachte er vorwurfsvoll, denn sein Glied ging augenblicklich in Habacht-Stellung.

Wenn das verdammte Ding erst auf den Geschmack gekommen war, wurde es einfach unersättlich.

Aber sie sah auch gut aus. Summer. Der Name paßte viel besser zu ihr als Rosencrans; weshalb Steve gut daran täte, sie weiter Rosencrans zu nennen. Ihre Augen waren geschlossen. Ihre Wimpern berührten in schönen halbkreisförmigen Schwüngen ihre Wangen. Offenbar war sie eingedöst. Sie sah erhitzt und satt und zufrieden aus, genau wie eine Frau nach einem leidenschaftlichen Liebesakt aussehen sollte. Daß sie eigentlich um ihr Leben rennen müßte, hatte sie offenbar fürs erste vergessen. Sie wirkte etwa so verängstigt, als würde sie auf der weichsten Bettdecke, der dicksten Matratze im besten Hotel der Gegend liegen.

Sex war ein ausgezeichnetes Mittel, um Streß abzubauen. Das hatte Steve schon vor langer Zeit herausgefunden.

Allerdings war es auch ein hervorragendes Mittel, um Streß zu erzeugen. Zumindest in diesem Fall. Je länger Steve das Objekt seiner Begierde betrachtete, desto gestreßter fühlte er sich.

Die offensichtliche Lösung war, einfach nicht hinzusehen. Nur brachte er das leider nicht über sich.

Nackt war sie wunderschön. Sie hatte einen Arm nach oben gebogen und den Kopf darauf gebettet, so daß die weiße verwundbare Achselhöhle zu sehen war. Steve spürte den fast unwiderstehlichen Drang, zu ihr zu kriechen und sie auf diese verlockende Stelle zu küssen, aber irgendwie schaffte er es, sich zu beherrschen.

Ihr dunkelbraunes Haar lag über den gebeugten Arm gebreitet und umgab ihr Gesicht wie ein Heiligenschein. Sie hatte eine gerade Nase, deren Flügel sich bei jedem Atemzug leise hoben. Ihre Lippen – weite zarte Lippen, die zu küssen verstanden – waren geöffnet. Auch diese Lippen hätte Steve gern geküßt, aber er hielt sich zurück.

Ihre glatte Haut wies mehrere blaue Flecken auf. Der Anblick weckte Schuldgefühle in ihm. Jeden einzelnen Fleck hatte Summer direkt oder indirekt ihm zu verdanken.

Die Verfärbungen schmälerten jedoch nicht ihre Schönheit, sondern betonten die milchige Reinheit ihrer Haut. Milchigweiße Haut, die sich unter seinen Händen wie warme Seide angefühlt hatte.

Allen guten Vorsätzen zum Trotz liebkoste er ihre Haut mit den Blicken. Erst jetzt, da er wieder normal sah, konnte er sich richtig an ihrer weiblichen Figur erfreuen. *Üppig* war der einzig angemessene Ausdruck für ihre vollen hohen Brüste, die wohlgerundeten Hüften, den sanften Schwung von Bauch und Taille und die wundervoll langen Beine.

Sie hatte kleine Füße. Steve hatte eine Schwäche für kleine Füße.

Wenn er sie nur anschaute, bekam er schon einen Ständer, daß er die Zähne zusammenbeißen mußte, um nicht über sie herzufallen. Die Gewißheit, daß er sie jederzeit haben konnte, machte es nur noch schlimmer. Sie würde alles mit sich machen lassen.

Das hatte sie ihm gesagt.

Steve fluchte leise, sprang auf und griff nach seinem Slip.

»Steve?« Seine Nemesis setzte sich auf und blinzelte sich den Schlaf aus den Augen. Nackt wie ein Baby, aber verdammt viel verführerischer anzusehen. Sie machte nicht den geringsten Versuch, sich zu bedecken, sondern schaute einfach zu, während er erst den Slip und dann die kurze Hose an den Beinen hinaufzerrte. Auch wenn er sich hartnäckig weigerte, in ihre Richtung zu blicken, die Erinnerung an ihre rosigen Brustwarzen und den nerzbraunen Haarbusch und all die Hügel und Täler dazwischen reichte, um ihn verrückt zu machen.

»Zieh dich an«, sagte er schroff. Er hätte keine Frau mitnehmen sollen. Aber hatte er einen andere Wahl gehabt? Nein. Die Erkenntnis machte es nicht besser. Mit einem schnellen Handgriff hob er ihre Kleidung auf und warf sie ihr zu.

»Ist etwas nicht in Ordnung?« fragte sie zögernd, verwirrt. Sie hatte eine tiefe, kehlige, ausgesprochen sinnliche Stimme – warum war ihm vorher nie aufgefallen, wie sinnlich diese Stimme war? – die in ihm augenblicklich die Erinnerung an ihre Lustschreie wachrief.

Ob Schwänze abbrechen konnten? Seiner fühlte sich an, als wäre er kurz davor, wie er da so eingeklemmt in der zu engen Hose steckte. Mit dem Rücken zu Summer zog Steve an seinem Hosenschlitz, um den Druck zu mildern. Dann griff er nach seinem Hemd.

»Wir müssen weiter.« Es klang feindselig, doch das ließ sich nicht ändern. Ihm war auch feindselig zumute. Die ganze Situation war einfach unmöglich. Da mußte er stündlich damit rechnen, jämmerlich früh zu sterben, hatte eine Quasselstrippe und ihren dämlichen Köter am Hals, wurde von allem gejagt, was in der Welt der Bösen Rang und Namen hatte, wurde ständig von Gespenstererscheinungen geplagt, und das einzige, was er wollte, war vögeln. Und vögeln. Und vögeln.

Mit ihr. Mit Summer.

Verdammter Mist. Was für eine beschissene Situation.

»So einer bist du also«, sagte die sinnliche Stimme kalt.

»Was für einer?« Er kehrte ihr weiter den Rücken zu und zog sich die Schuhe an.

»Einer von diesen Rums-Bums-Keine-Zeit-fürs-Dankeschön-Madam-Typen.«

»Was?« Jetzt hatte sie es geschafft. Er mußte sich einfach umdrehen. Sie hatte ein Knie hochgezogen, das andere Bein unterschlagen, und sah einfach unglaublich sexy aus, wie sie da nackt in ihrer Laube aus dunkelgrünem Laub und lila Blüten und grauen Baumstämmen saß und ihn hochnäsig anschaute.

»Ich hätte es mir denken können«, erklärte sie in vernichtendem Tonfall, stand auf und schritt wie eine Königin an ihm vorbei.

Die Gier fuhr ihm in die Eier und verschlug ihm den Atem. Gebannt sah er ihr nach, wie sie nackt durch den Wald ging, mit schwingendem Hintern, geradem Rücken und langem offenem Haar.

Gott, was für ein Hintern!

Lady Godiva lebte!

»Wo willst du hin?« Er fühlte sich, als könnte er an seinen eigenen Worten ersticken.

»Ich ziehe lieber Shorts an. Es ist heiß geworden, oder ist dir das noch nicht aufgefallen?«

Und ob ihm das aufgefallen war. Er mußte sich in die Hose fassen und ein paar Dinge zurechtrücken, bevor er sich vor Schmerzen krümmte.

Dann sammelte er Summers Schuhe, Socken, Kleidungsstücke und Hund ein und folgte ihr. Bis er bei ihr war, hatte sie BH und Slip aus der Sporttasche geholt und angezogen. Es war einfache weiße Unterwäsche, robust und vernünftig, aber nicht gerade verführerisch. Der BH hatte einen Knoten im Träger.

Warum machten die Sachen ihn trotzdem an?

Teufel, bei ihr machte ihn einfach alles an. Wenn er nicht aufpaßte, würde er demnächst über ihren verdammten verweichlichten Hund aus dem Häuschen geraten.

Die Hündin leckte ihm das Handgelenk. Alarmiert setzte er sie ab.

»Jetzt, wo wir uns *das* von der Seele geschafft haben, können wir vielleicht die Köpfe zusammenstecken und nach einem Ausweg suchen«, sagte Summer, und als er sich aufrichtete, blickte sie ihm kühl und herausfordernd in die Augen. Dann stieg sie in die Nylonshorts, als wäre er gar nicht vorhanden, zog sie hoch, zupfte sie um die Taille zurecht und streifte sich zu Steves Erleichterung und Bedauern das schwarze T-Shirt über.

Sie füllte es so gut aus, daß selbst der aufgedruckte Bullterrier aussah, als würde er vor Lust hecheln.

Vielleicht hatte sie sich *das* von der Seele geschafft; er nicht. Im Gegenteil, er spürte deutlich, wie es ihn immer heftiger packte.

»Ja. Klar.« Eine lahme Antwort. Steve merkte es selbst, doch das half ihm auch nicht. Er konnte kaum denken, geschweige denn reden. Summer verzog den Mund, streckte die Hand aus, nahm ihm ihre Socken und Schuhe ab und ließ sie fallen. Dann hob sie die Sporttasche hoch und warf sie ihm an den Bauch.

»Fang!«

»Puh!« Mit einem Knurren fing er die Tasche auf. Summer

hatte sie mit Schwung geworfen. Prüfend schaute er zu, wie sie sich auf die Erde setzte und Strümpfe und Schuhe anzog. Offenbar konnte er froh sein, daß sie nicht mit dem Montiereisen nach ihm geworfen hatte.

Die Lady war eindeutig sauer.

»Du *hast* dir doch überlegt, was passieren soll, wenn wir deine Anglerhütte erreicht haben, oder?« fragte sie bissig, während sie sich die langen Schnürsenkel um die Knöchel wickelte und festband. »Einfach nur hingehen, um nachzudenken, klingt mir nicht nach einem Plan. Falls es dir nichts ausmacht, daß ich das so offen sage.«

Augenblick mal. Solange sie nichts Besseres vorzuschlagen hatte, machte es ihm sehr wohl etwas aus.

Gerade wollte er ihr das mitteilen, da stand sie auf, hob ihren lächerlichen schleifchengeschmückten Köter hoch und marschierte davon.

Ihm blieb nichts anderes übrig, als das Gepäck einzusammeln, die Mütze aufzuheben und sich auf den Kopf zu setzen und Summer zu folgen. Jemandem zu folgen, gefiel ihm überhaupt nicht. Es paßte nicht zu ihm.

Besonders dann nicht, wenn der Anführer einen so leckeren Hintern besaß, daß man bei jedem einladenden Hüftschwung innerlich zusammenzuckte.

28

»Was hast du vorhin gemeint – Rums-Bums-irgendwas?« fragte Frankenstein unvermittelt. Er saß auf der Erde, mit dem Rücken an einem Baum, ein Bein ausgestreckt, das andere gebeugt und aufgestellt. Die verdammte symbolträchtige *Bulls*-Mütze hatte er sich tief in die Stirn gezogen. Sie hatten an einem plätschernden Bach mit klarem grünem Wasser angehalten, um zu essen – Erdnußbutter-Cracker und Wasser und einen rohen Hot dog für Muffy. Es mußte später Nachmittag sein – ganz sicher war Summer nicht, denn sie hatte jedes Zeitgefühl verloren, aber es sah nach spätem Nachmittag aus. Die Sonne schien schräg durch die Bäume und warf Lichtflecken auf die Erde und den Felsblock, auf dem Summer saß. Es war ein heißer Tag gewesen, sicher über dreißig Grad warm, aber der Wald hatte sie vor der größten Hitze geschützt. Statt dessen hatte es Feuchtigkeit und Mücken gegeben. Die Mischung fand Summer um einiges schlimmer.

Ihre Stirn war schweißnaß. Ihr Haar, das sie seit fast drei Tagen nicht mehr gewaschen hatte, fühlte sich fettig an. Über die Frage, ob sie roch oder nicht, dachte sie lieber gar nicht erst nach. Ihr Bein juckte. Gedankenverloren kratzte sie sich an dem großen roten Mückenstich auf ihrem Unterschenkel.

»Ich weiß nicht, wovon du redest.« Summer war immer noch wütend auf sich, weil sie sich um ein Haar wieder kopfüber in eine katastrophale Beziehung mit einem katastrophalen Mann gestürzt hätte, deshalb antwortete sie kühl. Zumal sie nicht nur auf sich wütend war. Wann immer sie daran dachte, wie hemmungslos sie sich benommen hatte, was sie alles gesagt und getan und gefühlt hatte, wand sie sich innerlich. Und was noch beschämender war: Sie konnte machen, was sie wollte, sobald ihr wieder einfiel, welche Dinge er mit seinen Händen und Lippen und seinem ganzen Körper angestellt hatte, spürte sie eine leise Erregung. Das machte sie noch wütender.

Und dann hatte er ihr klar zu verstehen gegeben – während sie sich noch in der Wärme badete, die das schönste Liebeserlebnis ihres Lebens in ihr hinterlassen hatte –, daß es ihm absolut nichts bedeutet hatte.

Er war geil gewesen und hatte Sex haben wollen. Das war die schlichte Wahrheit. Sobald er bekommen hatte, was er brauchte, hatte er jedes Interesse an ihr verloren. Und er hatte nicht einmal Manieren genug – oder Verstand genug –, um sich zu verstellen.

Sie wußte auch nicht, weshalb sie das überraschte.

»Das hast du gesagt – vorhin. Du hast gesagt, ich wäre auch so ein Rums-Bums-irgendwas-Dankeschön-Typ.« Das sagte er ganz nüchtern. Sein Glück. Es hätte nicht viel gefehlt, und sie wäre über ihn hergefallen wie ein zorniger Blauhäher.

Summer hörte auf zu kauen und schluckte. »O Gott, du bist doch nicht etwa einer von denen, die nach dem Sex alles noch mal durchhecheln müssen, oder? Was erwartest du von mir, Applaus?«

Zufrieden bemerkte sie, daß seine Augen sich verengten. »Ich will nur wissen, was du gemeint hast.«

»Gar nichts.« Sie trank einen Schluck Wasser aus der gut gespülten Bierdose. Unter diesen Umständen hätte Biergeschmack das Faß zum überlaufen gebracht. Sie hätte sich auf der Stelle übergeben. »Vergiß es.«

»Ich will es aber nicht vergessen.«

»Was bist du, eine halbe Bulldogge? Wieso läßt du es nicht einfach fallen?«

Frankenstein schüttelte den Kopf. Ihr scharfer Tonfall schien ihn nicht zu schrecken. »Nein.«

Finster blickte Summer ihn an. »Also gut. Wenn du es wirklich wissen willst, werde ich es dir sagen. Mein Exmann war so ein Typ. Er wollte Sex, wenn ihm danach war, und wenn ich ihm nicht augenblicklich den Gefallen tat, schmollte er tagelang. Mit der Zeit fand ich heraus, daß es einfacher war mitzuspielen, als seine schlechte Laune zu ertragen. Wir hatten also Sex – was ungefähr fünf Minuten dauerte –, und sobald es vorbei war, sprang er aus dem Bett, ging duschen und machte weiter, als wäre nichts passiert. Rums-Bums-Keine-Zeit-fürs-Dankeschön-Madam, klar? Und das war das letzte Mal, daß ich von ihm so etwas wie Liebe oder Zärtlichkeit oder auch nur einfache Freundlichkeit bekam, bis er wieder geil war. Dann wiederholte sich das Ganze. Weißt du, woran ich es immer erkannt habe, wenn er geil war? Er trank dann Bier. Das tat er sonst nie.« Summer betrachtete die Dose in ihrer Hand und verzog das Gesicht. »Ich kann den Geschmack von Bier nicht ausstehen.«

»Ich bin nicht dein Exmann.«

»Nein, das bist du nicht.« Summer lächelte ihn an, doch es war kein nettes Lächeln. Im Augenblick war ihr nicht nach Nettsein zumute. »Deshalb muß ich mir diesen Mist von dir nicht bieten lassen, oder? Und das werde ich auch nicht.« Sie trank noch einen Schluck Wasser und sprach aus, worüber sie während der letzten Kilometer nachgedacht hatte. »Ich habe beschlossen, Sammy anzurufen.«

»Was?« Fast hätte Frankenstein sich an seinem eigenen Wasser verschluckt.

»Du hast richtig gehört. Ich habe beschlossen, Sammy anzurufen. Ich weiß nicht, wie *du* aus dieser Sache lebend herauskommen willst, und ehrlich gesagt, ist es mir auch ziemlich egal. Aber ich werde meinen Exschwiegervater anrufen – den ich immer noch sehr gern habe und der zufällig der Polizeichef von Murfreesboro ist. Er soll herkommen und mich abholen. Auch wenn du ihm nicht vertraust, *ich* tue es.«

Frankenstein starrte sie an. Betont gleichmütig aß Summer ihren letzten Cracker. Während der vergangenen Stunden waren ihre Gedanken kristallklar geworden. Wenn sie sich weiter auf Steve Calhoun und seine Probleme einließ, stürzte sie sich mit Sicherheit ins Unglück. Vielleicht brach Steve ihr das Herz. Oder sie wurde seinetwegen umgebracht. Es hatte eine Weile gedauert, bis sie genug Weisheit entwickelt hatte, um das zu begreifen, aber jetzt war sie soweit. Eins hatte das Leben sie gelehrt: Sie mußte auf sich selbst achtgeben; sonst tat es niemand.

Frankenstein bestimmt nicht.

»Das kannst du nicht machen.«

»Und ob ich das kann. Versuch mal, mich dran zu hindern.«

»Es könnte dein Tod sein.«

»Bei dir zu bleiben auch. Ich versuche es lieber mit Sammy.«

Frankenstein trank von seinem Wasser. »Dein Pech. Es kommt nicht in Frage.«

»Was soll das heißen, es kommt nicht in Frage? Wenn ich will, daß es in Frage kommt, dann kommt es auch in Frage. Sag du mir nicht, was ich zu tun habe.«

»Jemand muß es dir sagen. Du kannst ungefähr so gut auf dich aufpassen wie dieser lächerliche Hund.«

»Ach ja? Ich erinnere dich nur ungern daran, aber Muffy und ich haben besser auf uns aufgepaßt als du auf dich. Schließlich haben nicht wir uns in diese Lage gebracht – das warst du. Nur deinetwegen ist alle Welt hinter uns her. Das

Problem bist du, und ich werde dieses Problem lösen, indem ich mich mit Muffy von dir trenne.«

»Jetzt warte mal. Das sagst du doch nur, weil du wegen heute morgen sauer auf mich bist, stimmt's?«

»Ich weiß nicht, wovon du redest.«

»O doch, das weißt du. Du bist sauer, weil wir Sex miteinander hatten.«

»Bin ich nicht!«

»Doch, bist du wohl.«

Summer atmete tief ein. »Ich bin nicht sauer auf dich, weil wir Sex miteinander hatten.«

»Nein, du bist sauer, weil wir Sex hatten und es dir gefallen hat.«

Summer spürte, wie ihr das Blut in die Wangen stieg. »Du bist ganz schön von dir eingenommen, was, Frankenstein? Woher willst du so genau wissen, daß es mir gefallen hat?«

»Ich merke doch, ob eine Frau Spaß beim Sex hat.«

»Ach ja? Na, du hattest auch deinen Spaß dabei.«

»Stimmt.« Er sah ihr direkt in die Augen. »Ich fand es fantastisch. Du warst klasse. Ist es das, was du hören willst? Fühlst du dich jetzt besser?«

»Ich will gar nichts von dir hören.« Summer goß das restliche Wasser aus und stand auf.

»Worüber regst du dich eigentlich so auf? *Du* hast dich an mich rangemacht, vergiß das nicht. Du hast es gewollt, und du hast es bekommen. Also spiel jetzt nicht die empörte Jungfrau.«

»Ich habe mich nicht an dich rangemacht!«

»Ach nein? *Küß mich, Steve*. Wie war das noch? *Streichel mich hier*. Klingt mir sehr nach Ranmachen.«

»Vielleicht wollte ich dich ja von dem kleinen Gespenst ablenken, das dir so viel angst macht. Hast du daran auch schon gedacht? Ach übrigens, hast du dich deshalb zum Schluß so komisch benommen? Weil du wieder dachtest, du würdest Deedee sehen?« Die letzten Worte sprach sie mit spöttisch erhobener Stimme – und traf ins Schwarze. Das erkannte sie an der Art, wie er die Zähne zusammenbiß. Er hätte gequalmt, wenn das einem Menschen möglich gewesen wäre.

Zornig blickten sie sich an. Muffy verbarg ihre Schnauze zwischen den Pfoten. Die streitenden Menschen beachteten sie nicht.

»Schön«, sagte Frankenstein plötzlich und schob das Kinn vor. »Wenn du es so willst – ich habe nichts dagegen. Meinetwegen ruf deinen Schwiegervater an. Vielleicht verschwenden er und seine Kumpels dann ihre Zeit damit, dich zum Reden zu bringen, und ich gewinne genau die Stunde, die ich brauche, um zu entkommen. Wenn ich ganz viel Glück habe, machen sie aus deinem Köter auch gleich Sushi.«

»Laß Muffy aus dem Spiel!«

»Mit Vergnügen.« Er stand auf und stopfte das restliche Essen in die Sporttasche. »Komm, Rosencrans. Du willst es mit den Ordnungshütern probieren, also helfe ich dir, ein Telefon zu finden.«

Gut. Das war genau, was sie wollte. Ein Telefon.

»Ungefähr acht Kilometer südlich von hier ist ein Campingplatz.« Frankenstein hängte sich die Sporttasche über die Schulter und klemmte sich das Montiereisen unter den Arm. »Jedenfalls gab es ihn früher. Los, Baby, auf zu Papa. Ich bin froh, wenn ich dich los bin.«

Er stapfte davon. Summer blieb nichts anderes übrig, als Muffy hochzuheben und ihm zu folgen.

Wäre sie nicht so verflixt sauer gewesen, ihr wären vermutlich spätestens bei der Ankunft am Campingplatz Zweifel gekommen, ob sie wirklich das Richtige tat. Frankensteins Witz, daß man sie und Muffy zu Sushi verarbeiten würde, hatte seine Wirkung nicht verfehlt. Immer wieder mußte sie an Linda Miller und Betty Kern denken.

Aber sie konnte jetzt keinen Rückzieher machen. Dazu war sie viel zu sauer auf Frankenstein. Außerdem konnte er sagen, was er wollte, sie hatte sich für die einzig vernünftige Lösung entschieden. Davon war sie zumindest annähernd überzeugt. Sammy liebte sie, als wäre sie die Tochter, die er nie gehabt hatte. Er würde ihr nie etwas antun. Das wußte sie so genau, wie man etwas nur wissen kann.

Summer hörte Kinder lachen, das erste Anzeichen dafür, daß sie ihr Ziel erreicht hatte. Offenbar hatte Frankenstein es auch vernommen, denn er blieb stehen, lehnte sich mit der Schulter an einen Baum und wartete, bis sie ihn eingeholt hatte.

»Da ist es«, sagte er kurz, als sie neben ihm stand. »Feriendorf Hiawatha. Als ich noch ein Kind war, haben wir hier manchmal gezeltet. Geh zum Büro des Managers – das liegt mitten im Gelände. Du kannst bestimmt jemanden dazu überreden, dich telefonieren zu lassen. Ich würde dir ja Kleingeld leihen, aber ich bin blank.«

Anscheinend hatte er es eilig, sie loszuwerden. Unschlüssig blickte Summer dorthin, wo offenbar ein Spielplatz zwischen den Bäumen lag, immer noch ein gutes Stück entfernt. Sollte sie wirklich weitergehen?

»Kalte Füße?« fragte er. Obwohl *spottete er* es vielleicht besser beschrieb.

»Du könntest mitkommen«, meinte sie. So zornig sie auch war, sie ließ ihn nur ungern allein durch die Wälder laufen und vor Mördern fliehen. »Sammy ist nicht in die Sache verwickelt. Das spüre ich in meinen Knochen.«

»Glaub mir, Rosencrans, deine Knochen haben keine Ahnung. Sie sind zum Rumhüpfen zu gebrauchen und zu sonst nichts.«

Das war's. Das brachte das Faß zum Überlaufen. Summer streckte den Rücken, hob das Kinn und ging weiter, ohne auch nur auf Wiedersehen zu sagen.

»Rosencrans!«

Sie blickte zurück. Frankenstein hatte die Sporttasche geöffnet und hielt Summers zusammengeknüllte Uniform in der Hand. Als sie sich umdrehte, warf er ihr die Kleidungsstücke zu.

Summer griff danach, wobei sie fast Muffy hätte fallen lassen, fing das Bündel ungeschickt auf und klemmte es sich unter den Arm. Unter dem anderen Arm hielt sie Muffy, genau wie Frankenstein es zuvor getan hatte.

Einen Moment lang sahen sie sich in die Augen. »Willst du es dir bestimmt nicht noch mal überlegen?« fragte er.

Summer schüttelte den Kopf. »Willst du es dir noch mal überlegen?«

Frankenstein schüttelte ebenfalls den Kopf und hob grüßend die Hand. Summer schob alle nagenden Zweifel beiseite, kehrte ihm den Rücken zu und ging fort.

Sie tat das Richtige. Das wußte sie genau, auch wenn ihr nervtötendes Herz es nicht wahrhaben wollte.

»Holla, Rosencrans!«

Sie sah sich noch einmal um.

»Du hast klasse Titten und einen klasse Hintern. Wenn wir beide heil hier rauskommen, kann es sein, daß ich dich anrufe.«

Bevor sie antworten konnte, wandte er sich ab und marschierte zwischen den Bäumen davon.

Jetzt war sie wirklich und wahrhaftig allein. Plötzlich schien ihr jedes winzige Geräusch unnatürlich laut: das Summen der Zikaden, das rauhe Krächzen eines zornigen Blauhähers, das aufgeregte Lachen der Kinder. Der Wald kam ihr mit einemmal größer, düsterer, drohender vor.

Muffy winselte. Summer beugte sich über sie und strich ihr mit der Nase durchs Fell. *Ganz* allein war sie doch nicht.

Die Erkenntnis tröstete sie jedoch kaum. Sie fühlte sich ungeheuer verlassen. Einen Moment lang hatte sie fast Angst, sie könnte zu weinen anfangen. Dabei weinte sie nie.

Summer biß die Zähne zusammen, damit ihre Lippen zu zittern aufhören. Ohne Steve Calhoun war sie viel besser dran. Die Trennung von ihm war der erste Schritt heraus aus diesem Durcheinander.

Kein Mann war so viel wert wie ihr Leben.

An diesen Gedanken klammerte sie sich, während sie zwischen Bäumen an dem Spielplatz vorbeiging. Dort saßen Kinder auf uralten Schaukeln, ritten auf Plastiktieren mit Sprungfedern, die im Erdboden festzementiert waren, und turnten auf baufälligen Klettergerüsten herum.

Weder sie noch ihre erschöpften Eltern schenkten Summer die geringste Aufmerksamkeit.

Sie ging weiter, an Wohnwagen und Geländewagen und Zelten vorbei. Auch hier kümmerten die Menschen sich um ihre eigenen Angelegenheiten und beachteten Summer nicht. Vor einem Zelt saßen ein Ehepaar und ihr mürrisch dreinblickender halbwüchsiger Sohn auf Plastikstühlen. Die Eheleute stritten sich, der Junge hörte über Kopfhörer Musik und schnippte im Takt dazu mit den Fingern. Als Summer näher kam, verstummte die Frau und blickte ihr mißtrauisch entgegen.

»Entschuldigen Sie bitte, können Sie mir sagen, wie ich zum Büro des Managers komme?« fragte Summer.

»Da lang«, sagte die Frau und deutete mit dem Daumen auf eine Schotterstraße. »Aber ich muß Sie warnen, Schätzchen: Hier auf 'n Platz darf man Hunde nich mitbringen.«

»Vielen Dank.« Summer zog sich eilig zurück. Die Frau hatte eine Art, sie anzusehen, die sie unruhig machte. Wieder beschlich sie das ungute Gefühl, daß sie vielleicht – nur vielleicht – einen Fehler beging.

Hätte sie doch bei Frankenstein bleiben sollen?

Du hast dich richtig entschieden, versicherte Summer sich tapfer, während sie auf der Schotterstraße in die Richtung ging, in der hoffentlich das Büro des Managers lag. Ein Anruf bei Sammy, und sie war alle Sorgen los. Sammy würde sie abholen und in Sicherheit bringen, er würde ihr etwas zu essen beschaffen und ein Bett und eine Badewanne und ...

Duschen. Sie ging an öffentlichen Duschkabinen vorbei.

Kaum hatte sie das begriffen, fuhr sie herum. Die Inschrift auf der blaugestrichenen Tür des Betongebäudes war nicht mißzuverstehen:

DUSCHRAUM DAMEN

Bevor sie Sammy gegenübertrat, bevor sie den Manager in seiner Höhle aufstöberte und ihn bat, sein Telefon benutzen zu dürfen, könnte sie duschen.

Sie könnte wieder sauber sein!

Vermutlich hatte die Frau sie deshalb so merkwürdig angeschaut, weil sie dem Schrecken vom Amazonas so ähnlich sah.

Nicht mehr lange.

Der Verlockung von heißem Wasser konnte Summer nicht widerstehen. Sie betrat den Duschraum.

In dem Gebäude befand sich niemand, vermutlich weil normale Menschen am frühen Abend nicht duschten. Die Betonwände waren weiß gestrichen, der Fußboden bläulich gekachelt. Wenn der Putz auch schimmelte und in den Ecken Stockflecken blühten, in Summers Augen schmälerte das die Schönheit ihrer Umgebung nicht im geringsten. Nach all den Entbehrungen verwandelten sich für sie die zerbeulten blauen Spinde, die ergrauten weißen Duschvorhänge und der Spiegel mit dem Sprung rechts oben in der Ecke in eine Einrichtung, die selbst in den Buckingham-Palast gepaßt hätte.

Sicher, es roch feucht und muffig. Na und? Dies war ein echtes, lebendiges Badezimmer!

Muffy wurde unruhig, und Summer setzte sie auf den Boden. Die Hündin schnüffelte mißtrauisch und drückte sich dann eng an Summers Beine.

Summer beachtete sie nicht. Statt dessen betrat sie eine Toilettenkabine, benutzte das WC – echtes Toilettenpapier, das war ein solcher Luxus, daß sie fast die Rolle geküßt hätte – und suchte dann die acht Duschkabinen nach Seife ab. Bei der vierten hatte sie Glück. Dort lag nicht nur ein süß duftendes weißes Stück in der Seifenschale, auf dem wackligen weißen Shampoobord über dem Duschkopf stand ein Kulturbeutel aus durchsichtigem Plastik mit einem kompletten Makeup-Set.

Himmlisches Manna!

Summer legte ihre zusammengerollte Daisy-Fresh-Uniform auf eine Bank vor der Duschkabine. Dabei hörte sie etwas klappern, und als sie nach unten blickte, sah sie auf dem Fußboden unter ihren Sachen ein Feuerzeug liegen. *Das* Feuerzeug. Das gelbe Bic-Feuerzeug, das Frankenstein und ihr bei allen Abenteuern beigestanden hatte. Offenbar war es in der Sporttasche zwischen ihre Kleidungsstücke geraten.

Wie sollte Frankenstein heute abend Feuer machen, wenn er das Feuerzeug nicht hatte?

Sorg dich doch nicht um den! ermahnte sie sich störrisch. Er mußte eben eine Weile allein zurechtkommen. Vielleicht konnte Sammy ihm auch weiterhelfen.

Außerdem hatte er es eilig genug gehabt, sich von ihr zu trennen.

Aber sie wollte nicht über Frankenstein nachdenken. Nicht

jetzt. Jetzt wollte sie duschen und vielleicht etwas Make-up auflegen, und dann, wenn sie wieder sauber und menschlich aussah, wollte sie Sammy anrufen.

Sammy würde alles in Ordnung bringen. Wenn jemand Frankenstein retten konnte, dann Sammy.

Sie hob das Feuerzeug auf, betrat die Duschkabine – wobei sie versuchte, nicht über Muffy zu stolpern, die ihr in die Kabine folgte – und zog den Reißverschluß des Kulturbeutels auf. Die Kosmetika darin waren preiswerte, aber brauchbare Drogeriemarkt-Artikel: eine Dose Lip-Gloss, Mascara, lila – *lila?* – Lidschatten, Rouge in einem kindischen Rosaton und eine Dose Kompakt-Puder, zum Glück transparent. Vermutlich gehörte das Set einem blonden Teenager. Aber jetzt war es ihr Set. Wer's findet, dem gehört's.

Der Beutel enthielt auch eine kleine Bürste und eine Dose Haarspray im Handtaschen-Format.

Konnte man mehr verlangen?

Nachdem Summer das Feuerzeug in den Beutel gelegt und den Reißverschluß zugezogen hatte, drehte sie das heiße Wasser an und verlor sich im Glück.

Eine halbe Stunde später stand sie fertig angezogen vor dem gesprungenen Spiegel. Sie hatte sich nicht nur den Körper, sondern auch die Haare mit der süß duftenden Seife gewaschen und die nassen Strähnen dann um ihre Finger gebürstet, bis die Enden den Widerstand aufgaben und sich nach innen drehten. Nachdem sie die Welle mit Haarspray fixiert hatte, wandte sie sich ihrem Gesicht zu. Die Prellung auf ihrer Stirn schillerte inzwischen gelblich – was die goldenen Lichter in ihren Augen betonte, wie Summer sich tröstend versicherte. Sie trug Mascara auf, puderte sich die Nase – dieses entsetzliche rosafarbene Rouge hätte sie normalerweise um nichts auf der Welt verwendet, und außerdem hatte sie keine zusätzliche Farbe nötig, nicht nachdem sie zwei Tage ohne Sonnenschutz im Freien verbracht hatte –, und schon war sie so gut wie fertig. Als krönenden Abschluß cremte sie ihre dankbaren Lippen mit Lip-Gloss ein.

So müßte Frankenstein sie sehen.

Muffy, die die Duschkabine beim ersten Wassertropfen

verlassen hatte, sich jetzt aber wieder an Summers Beine drückte, kläffte einmal.

Summer sah zu ihr hinab. Muffy hatte den Schwanz aufgestellt, die Ohren ebenfalls. Sie blickte in die entgegengesetzte Richtung wie Summer, nämlich zur Tür.

Summer hob den Kopf und schaute in den Spiegel, gerade noch rechtzeitig, um Charlie den Duschraum betreten zu sehen. Den Gangster aus ihrem Keller.

Er trug noch immer diesen verzierten Westerngürtel.

29

Summers Verstand setzte vorübergehend aus, doch ihre Hände bewegten sich praktisch wie von selbst. Langsam tasteten sie zwischen den Kosmetika umher, die auf dem Waschbecken ausgebreitet lagen. Lip-Gloss, Puderdose, Mascara, Haarspray …

Charlie sah Summer im Spiegel in die Augen. Er lächelte und zeigte seine gelblichen Zähne. Muffy knurrte. Summers Knie fühlten sich plötzlich ganz weich an. Sie widerstand dem überwältigenden Drang, sich umzudrehen. Das Waschbecken drückte ihr in den Bauch. Verzweifelt tastete sie weiter umher.

»Kennst du mich noch?«

Summer antwortete nicht. Sie konnte es gar nicht. Ruhig, befahl sie sich. Bleib ruhig.

»Natürlich kennst du mich noch«, antwortete Charlie an ihrer Stelle und lachte leise. »Wo ist Calhoun?«

Während er auf sie zuschlenderte, blickte er sich wachsam im Duschraum um. Nach einigen Sekunden hatte er sich offenbar davon überzeugt, daß Summer allein war, denn er entspannte sich, und seine Haltung wurde prahlerisch. Er machte sich nicht einmal die Mühe, Summer ausdrücklich mit dem bösartig wirkenden Klappmesser in seiner Hand zu drohen, so sicher war er, daß sie in der Falle saß.

»Das weiß ich nicht.« Ihre Stimme klang dünn vor Angst.

Ihr Herz pochte. Mit geöffneten Lippen rang sie nach Atem. Entsetzen, nacktes und lähmendes Entsetzen, raubte ihr fast den Verstand.

Bleib ruhig, ermahnte sie sich wieder.

»Natürlich nicht.«

»Wirklich. Wir ... haben uns schon vor einer Weile getrennt.«

Charlie zuckte mit den Schultern. »Du willst es mir also nicht sagen. Cool. Dann sagst du's mir eben später – und glaub mir, so macht es noch mehr Spaß. Mir jedenfalls. *Dir* vielleicht nicht.«

Im Spiegel begegnete sie seinem Blick. Charlie lächelte wieder.

»He, sauber siehst du echt gut aus. Obwohl, eigentlich hast du mir in deinem Keller auch schon gefallen.«

O Gott, seine Blicke krochen überall auf ihr herum. Summer fühlte sich beschmutzt. Stand bei ihm außer Folter und Mord auch noch Vergewaltigung auf dem Programm? Was immer geschah, sie würde sich nicht still verabschieden. Sie würde kämpfen.

Es fragte sich nur, ob sie dafür stark genug war. Im Augenblick waren ihre Muskeln weich wie Spaghetti, so sehr fürchtete sie sich. Warum, o warum nur hatte sie sich von Frankenstein getrennt?

Charlie kam auf Summer zu. Für die rund sieben Meter, die ihn von ihr trennten, schien er kaum mehr als einen Lidschlag zu brauchen; dabei bewegte er sich nicht einmal besonders schnell.

Dann stand er dicht hinter ihr, so daß sein dicker Bauch fast ihren Rücken berührte. Summer wurde es schwindlig vor Angst. Er wird dich nicht gleich umbringen, erinnerte sie sich. Er braucht dich, um den Lieferwagen zu finden – und Steve.

Die Erkenntnis gab ihr ein wenig Mut.

Summer schloß die Finger fest um die Gegenstände, die sie gesucht und gefunden hatte.

»Ich hol' alles aus dir raus, was du weißt, und zwar mit Vergnügen.« Er faßte ihr mit einer warmen plumpen Hand in den Nacken. Vor Abscheu lief es Summer kalt über den Rükken.

Plötzlich blickte Charlie zu Boden, einen gemeinen Ausdruck auf dem Gesicht. »O nein, das tust du nicht«, sagte er, und bevor Summer begriff, mit wem er sprach, hob er den Fuß und trat kräftig zu. »*Mir* pißt du nicht auf den Fuß.«

Der braune Fellmop Muffy flog durch die Luft und prallte mit erbärmlichem Jaulen gegen die Kacheln unter dem Waschbecken.

Einen Moment lang war Charlie abgelenkt, und das gab Summer die Gelegenheit, die sie brauchte. Sie befreite sich aus seinem Griff, sprang nach links – und stolperte über Muffy, die unter schrillem Jaulen davonrannte.

Summer schlug lang hin, prallte mit Ellbogen und Hüfte auf und stieß sich den Musikantenknochen auf dem Kachelfußboden. Vor Schmerz war sie einen Augenblick wie gelähmt. Ein elektrisierendes Kribbeln schoß ihren Arm hinauf und hinunter; um ein Haar hätte sie die Gegenstände in ihren Händen losgelassen. Sie zappelte wie ein Fisch, bis sie auf dem Rücken lag.

»Du willst also Spielchen treiben, du Miststück?« Charlie kam auf sie zu und beugte sich über sie, ein häßliches Lächeln auf dem Gesicht. »Da spiel ich mit.«

Er schwang das Messer, nur Zentimeter von ihrem Gesicht entfernt. Mit widerlichem, drohendem Grinsen blickte er lüstern auf sie herab. Aus seinen Nasenlöchern wuchsen lange Haare, auf dem Kinn hatte er eine Narbe. Summer nahm allen Mut zusammen. Ohne auf das Kribbeln in ihrem Arm zu achten, hob sie die geschlossenen Fäuste und führte sie über der Brust zusammen.

In der rechten Hand hielt sie das Feuerzeug. Sie knipste es an, und eine kleine Flamme schoß in die Höhe. Fast gleichzeitig drückte Summer auf die Düse unter ihrem linken Daumen. Die Düse saß auf dem rosa Metallgehäuse der kleinen Haarspraydose.

Der widerlich süßliche Duft von Haarspray stieg Summer in die Nase. Sekundenbruchteile später erreichte der Spray-Nebel die Flamme.

»Was zum ...«, fing Charlie an.

Mit dumpfem Dröhnen schoß eine Feuerzunge einen halben Meter weit in die Luft. Sie traf Charlie voll ins Gesicht. Er schrie auf, ließ das Messer fallen, schlug die Hände vors Gesicht und taumelte rückwärts. Es roch verbrannt. Summer ließ die Düse los und beobachte Charlie entsetzt und fasziniert zugleich. Was sie trotz vorgeschlagener Hände von seinem Gesicht sehen konnte, war tiefrot. Winzige Flammen tanzten um seinen Haaransatz.

Summer wartete nicht länger. Auf allen vieren kroch sie zur Tür, den selbstgebauten Flammenwerfer noch in der Hand. Muffy war erst vor ihr, dann unter ihr; auch sie rannte. Summer stolperte über den Hund und wäre fast aufs Gesicht gefallen.

»Miststück! Ich bring dich um, du Miststück!« Schluchzend taumelte Charlie hinter ihr her. Er hatte sein Gesicht losgelassen und öffnete und schloß die Arme wie eine riesige Pinzette, um Summer zu packen. Anscheinend waren seine Augen verletzt, denn es war offenkundig, daß er kaum etwas sah. Halb blind stolperte er hinter Summer her, eine Ausgeburt der Hölle. Die verbrannte Haut hing ihm in Fetzen vom Gesicht, der Rest sah schwammig und wund aus. Augenbrauen und Wimpern waren verschwunden. Die Flammen in seinem Haar waren erloschen, statt dessen stiegen kleine Rauchsäulen daraus auf.

Summer duckte sich unter seinen Armen hinweg und zwang sich, nicht zu schreien. Schreien würde ihr nichts nützen. Es würde nur Charlies Kumpane alarmieren, die sich bestimmt in der Nähe herumtrieben.

»Ich bring dich um!« Es war ein unmenschliches Brüllen. Summer sträubten sich die Haare. Endlich erreichte sie die Tür, zog sich daran hoch und tastete nach dem Knauf. Da schien Charlie sie wieder zu sehen. Sein Blick wurde klar. Trotz ihrer Furcht schaffte Summer es, am Knauf zu drehen. Gerade als Charlie auf sie zustürzte, riß sie die Tür auf und wollte losrennen – und prallte voll gegen eine kräftige Männerbrust.

Einen Augenblick lang war sie vor Schreck sprachlos. Jemand packte sie hart an den Schultern und hielt sie so fest, daß es schmerzte. Ihre Augen füllten sich mit Tränen, alles um sie verschwamm. Die Verzweiflung machte sie blind und taub. Sie sah nichts, fühlte nichts.

Wieder gefangen. Dabei wäre sie fast entkommen – das machte es noch schlimmer.

»Miststück!« Das brüllende Etwas namens Charlie kam zur Tür herausgerannt. Der Mann vor Summer stieß sie aus dem Weg. Sie fiel zu Boden, schlug sich auf dem Schotterweg um das Gebäude die Knie auf, doch das kümmerte sie nicht. Sie griff ins Gras und zog sich daran weiter. Anscheinend gab der liebe Gott ihr noch eine Gelegenheit zu entkommen. Warum und wieso, fragte sie nicht.

Schwankend stand sie auf, blickte ängstlich über die Schulter, bevor sie um ihr Leben lief – und sah, wie Frankenstein mit dem Montiereisen ausholte und Charlie kräftig eins über den Kopf zog.

Diese *Bulls*-Mütze hätte sie überall wiedererkannt.

Krach! Wie ein gefällter Baum stürzte Charlie zu Boden. Er fiel nach hinten, stieß mit dem Kopf gegen die Metalltür, daß es dröhnte, und blieb still liegen.

»Nimm das, du Bastard«, sagte Frankenstein, der über ihm stand.

»Steve, o Steve!« Noch nie war Summer so froh gewesen, jemanden wiederzusehen. Sie stolperte auf ihn zu und warf sich an seine Brust. Er legte die Arme um sie, auch den, der das Montiereisen hielt, und drückte sie fest an sich. Summer spürte etwas auf ihrem Kopf, das sich wie seine Lippen anfühlte. »O Steve!«

»Alles in Ordnung?« Er schob sie ein wenig von sich und blickte ihr forschend ins Gesicht.

Summer atmete tief ein, nickte und sank wieder in seine Arme.

»Was ist mit ihm passiert?«

Sie sah auf. Steve betrachtete Charlies zerstörtes Gesicht.

»Das … das war ich.«

»*Du?* Heiliger Strohsack, was hast du gemacht?«

Erst da wurde ihr bewußt, daß sie noch immer Feuerzeug

und Haarspray festhielt. »Ich ... ich ... das hier«, stammelte sie und hielt ihm die Hände samt Beweismaterial hin.

»Hast du ihm eine Zigarette angezündet oder ihn frisiert?« fragte Steve trocken, nahm ihr die Waffen ab und drehte sie prüfend hin und her.

»Ich habe ihn verbrannt.«

»Du hast ihn *verbrannt?*«

»Wenn man Haarspray über eine Flamme sprühst, entsteht so eine Art Flammenwerfer. Das habe ich in *F/X 2* gesehen.«

»*F/X 2?*« Es klang völlig verwirrt.

»Das ist ein Film.« Sie zitterte. Er umarmte sie wieder und zog sie an sich, so daß sie seine tröstliche Wärme spürte.

»Jesus.« Steve blickte Charlie an, dann wieder Summer. Auf seinem Gesicht lag ein staunender Ausdruck. »Rosencrans, du bist schon eine.«

Hinter der geschlossenen Tür winselte jemand.

»Muffy!« Diese Geräusch hätte Summer überall erkannt. Steve bückte sich, steckte Haarspray und Feuerzeug in die Sporttasche zu seinen Füßen und stieß dann zuvorkommend die Tür auf. Die kleine Hündin – sie humpelte am Hinterbein – kam heraus, schlich um den bewußtlosen Charlie herum und schmiegte sich an Summers Knöchel.

»Er hat sie getreten«, erklärte Summer und hob Muffy hoch.«

»Ach ja?« Steve blickte nach unten. Charlie bewegte sich, stöhnte und wollte sich gerade aufsetzen. »Das ist für Muffy«, sagte Steve grimmig und gab ihm noch eine mit dem Montiereisen. Wie mit der Axt getroffen fiel Charlie um. Er prallte so hart auf, daß sein Kopf noch einmal in die Höhe hüpfte; dann schlug Steve ihn noch einmal, auf die Brust. »Und das ist für Summer.«

»Hör auf!« Summer konnte es nicht mit ansehen. »Du bringst ihn um!«

»Er wollte uns auch umbringen, oder? Außerdem bringe ich nie jemanden kaltblütig um. Ich will ihn nur eine Weile aus dem Verkehr ziehen.«

Gerade hob er das Montiereisen zum Himmel, vermutlich um erneut zuzuschlagen, da kamen ein blonder Teenager in hautengen Jeans und eine ältere schwerfällige Frau in kurzer Radlerhose um die Ecke.

»Ich muß es da drin vergessen ...«, sagte das Mädchen gerade. Der Anblick, der sich ihr bot, ließ sie verstummen: Steve und Summer sahen sie an, zu ihren Füßen lag Charlie. Die Frau entdeckte sie ebenfalls, blieb wie angewurzelt stehen und hielt das Mädchen am Arm fest. Beide bekamen große Augen, und der Mund blieb ihnen offen stehen.

»Wir wollten gerade gehen«, sagte Steve rasch, hob die Sportfasche hoch und zog Summer mit sich fort. Summer folgte ihm willig. Das Mädchen und seine Mutter wichen langsam zurück, drehten sich um und rannten in die Richtung, aus der sie gekommen waren.

In der Ferne hörte Summer Sirenen heulen. Sie blickte über die Schulter dorthin, woher das Geräusch kam. Ein marineblauer Lincoln Continental rollte heran. Er näherte sich über die Schotterstraße, die den Campingplatz in zwei Hälften teilte.

Ein marineblauer Lincoln Continental ... Den Wagen kannte sie!

»Da sind sie«, sagte sie drängend, doch Steve hatte sie schon entdeckt. Er nahm ihr Muffy ab, klemmte sich die Hündin unter den Arm, faßte Summer an der Hand und zog sie mit sich um die Ecke des Duschgebäudes, bis man sie vom Auto aus nicht mehr sah. Dann rannte er los.

Summer verschränkte ihre Finger mit seinen und rannte ebenfalls, als wären alle Dämonen der Hölle hinter ihr her. Was in gewisser Weise ja auch stimmte.

Gerade als sie den Campingplatz verließen, wurde das Sirenengeheul lauter. Sie liefen zwischen Bäumen hindurch, sprangen über kleine Sträucher und umgestürzte Baumstämme, bis sie einen Pfad fanden, der anscheinend geradewegs bergauf führte. Mit Frankenstein auf der Flucht Schritt zu halten war schwer, doch die Furcht verlieh Summers Füßen Flügel und ihren Lungen Kraft. Außerdem hatte sie tödliche Angst davor, seine Hand loszulassen. Um nichts in der Welt wäre sie zurückgeblieben.

Auf einem Hügel, den Summer zunächst für eine kleine Anhöhe gehalten hatte, blieben sie endlich stehen, beugten sich vornüber und rangen nach Atem. Selbst Muffy brach keuchend zusammen, kaum daß Steve sie abgesetzt hatte, und blieb hechelnd liegen, als wäre sie den ganzen Weg gelaufen, was sie mit Sicherheit nicht getan hatte.

Als Summer sich umsah, stellte sie überrascht fest, daß die kleine Anhöhe in Wirklichkeit eine Felswand war. Sie standen dicht am Rand und blickten auf den Campingplatz hinab, der sich wie eine Spielzeuglandschaft unter ihnen ausbreitete. Noch mehr überraschte es Summer jedoch, daß vor einem flachen Gebäude, in dem sie die Damenduschen vermutete, mindestens ein halbes Dutzend – aus dieser Entfernung winzig kleine – Polizeiautos mit blitzendem Blaulicht standen.

»Ich habe Sammy doch gar nicht angerufen«, sagte sie verwirrt. Waren all diese Bullen nur erschienen, weil das Mädchen und die Frau eine Schlägerei vor dem Duschraum gemeldet hatten? Aber das war unmöglich. Summer hatte die Sirenen schon gehört, als die beiden Frauen noch in Sichtweite waren.

»Das war auch nicht nötig.« Steve faßte in seine Gesäßtasche, zog etwas heraus und faltete es auf. Es war die Titelseite der Morgenzeitung. »Sieh dir das an.«

Er reichte ihr das Blatt. Summer blickte darauf und hielt den Atem an.

Von der Titelseite starrten ihr drei farbige, bemerkenswert klare Fotos entgegen: Steve, sie selbst und Muffy, die in der Bildunterschrift großspurig Grand Champion Margie's Miss Muffet genannt wurde.

Über den Fotos stand in drei Zentimeter hohen fetten Buchstaben die Schlagzeile: DOPPELMORD – POLIZEI FAHNDET NACH CALHOUN, FREUNDIN UND HUND.

Summer fiel das Kinn herunter. Schnell überflog sie den zugehörigen Artikel. Sie, Muffy und Steve waren Ziel einer landesweiten Suchaktion, seit die Leichen von Linda Miller und Betty Kern in ihrem Haus entdeckt worden waren. Die Polizei hielt zwei Erklärungen für möglich: Entweder sie und Steve – dessen Fingerabdrücke man am Tatort gefunden hatte waren beide in das Verbrechen verwickelt, oder Steve hatte sie und ihren Hund als Geisel genommen. Wer immer einen von ihnen zu Gesicht bekam, sollte auf keinen Fall versuchen, sie festzuhalten, sondern umgehend die Polizei verständigen. Angeblich waren sie bewaffnet und äußerst gefährlich.

»Wo hast du das her?« fragte Summer benommen.

»Vom Manager. Mir war halt so, als ob du einen Fehler machtest, deshalb bin ich dir nachgegangen. Du warst nicht im Büro, wo ich dich vermutet hatte, aber der Manager war da. Und das hier. Er war gerade dabei, es zu lesen, als ich zur Tür reinkam. Ich mußte ihn außer Gefecht setzen.«

»O mein Gott! Du hast ihn doch nicht ...« Erschrocken sah sie ihn an, denn sie dachte augenblicklich an Mord.

»Nein, habe ich nicht«, erwiderte er trocken. »Wie gesagt, ich bringe niemanden kaltblütig um. Ich habe nur dafür gesorgt, daß er ein bißchen schläft. *Er* konnte mit niemandem über uns reden, und sonst hat mich kein Mensch gesehen. Ich habe verdammt gut aufgepaßt. Jemand muß dich oder Muffy erkannt haben – ich habe dir ja gleich gesagt, sie fällt zu sehr auf, so verrückt wie sie aussieht – und die Polizei gerufen haben.«

»Ich habe eine Frau nach dem Weg zum Büro gefragt«, erinnerte Summer sich. »Sie hat mich merkwürdig angesehen – das war bestimmt sie!«

»Wahrscheinlich.« Er beobachtete das Geschehen unter ihnen. Menschen versammelten sich um die Polizeiautos; aus dieser Entfernung wirken sie nicht größer als Ameisen.

»Vielleicht sollten wir umkehren«, meinte Summer zögernd und schaute ebenfalls hinunter. »Schließlich *ist* es die Polizei ...

Steve schüttelte den Kopf. Summer widersprach nicht. Was sie betraf, so fühlte sie sich nur noch bei Steve sicher.

30

Summer und Steve standen noch immer dort und beobachteten das Schauspiel weit unter ihnen, als ein winziger Lastwagen vorfuhr und neben den Polizeiautos hielt. Ein Mann stieg aus; sofort gesellten sich zwei uniformierte Polizisten zu ihm.

Der Mann und die Polizisten gingen zum Heck des Lastwagens, wobei sie die Umstehenden verscheuchten. Der Mann stieg auf die Ladefläche, tat dort etwas und sprang wieder herunter.

Jetzt hatte er eine Meute angeleinter Hunde bei sich.

Selbst aus dieser Entfernung hörte Summer deutlich ihr Gebell. Muffy stand auf, legte den Kopf schief und blickte nach unten.

»Mist. Sie haben Spürhunde geholt.«

Ein dritter Polizist trat zu der Gruppe um die Hunde und reichte dem Hundetrainer ein Bündel, das wie zusammengerollte Kleidungsstücke aussah. Der Mann nahm das Bündel, bückte sich und hielt es den Hunden hin.

»Hast du irgendwas im Duschraum liegen lassen?« Steve faltete die Zeitung wieder zu einem kleinen Rechteck.

Summer überlegte. »Das Make-up-Set. Äh – und meine Uniform! Meine Daisy-Fresh-Uniform! Meinst du, sie lassen die Hunde daran riechen?«

»Ist wohl anzunehmen«, erwiderte Steve grimmig und steckte sich die zusammengefaltete Zeitung in die Tasche.

Gerade als Summer wieder nach unten blickte, ließ der Trainer die Hunde los. Die fünf schwarz-braunen Jagdhunde verteilten sich und schnupperten auf dem Boden herum. Sekunden später heulte einer von ihnen dicht am Gebäude auf.

»Er hat die Fährte gefunden.«

Die übrigen Hunde sammelten sich um den Anführer, und dann rannten sie geschlossen auf den Wald zu, wobei sie aus Leibeskräften bellten.

»O Gott, was machen wir jetzt? Hast du einen Plan?« Entsetzt schaute Summer Steve an.

»Ja.« Er bückte sich nach Muffy, hob die Sporttasche hoch und faßte Summer an der Hand. »Wir rennen wie der Teufel.«

Ein toller Plan. Doch Summer sprach es nicht aus. Dazu hatte sie gar keine Gelegenheit mehr. Solange Steve sie hinter sich herzerrte, kam sie kaum zum Atmen, geschweige denn zum Reden. Außerdem trieb sie das entfernte Bellen der Hunde zur Eile. Ihre Füße berührten kaum den Boden, so schnell lief sie. Ihr war fast, als würde sie schweben – vermutlich, weil sie sich so benommen fühlte.

Ob das an der Höhe, dem Hunger oder der Angst lag, wußte sie nicht.

Sie rannten ein tief eingeschnittenes Flußbett voller Sträucher hinab, auf dessen Grund ein schmales Rinnsal floß. Auf halbem Weg den Berghang hinunter bog der Einschnitt scharf nach links ab und wurde zu einem ausgewachsenen Bach.

Steve lief platschend in das eisige Wasser hinein und zog Summer hinter sich her. Sie rutschte auf den glatten braunen Steinen im Flußbett aus, landete auf einem Knie und scheuchte einen Schwarm Elritzen auf.

»Autsch!« Ein Felsbrocken drückte sich ihr ins Knie. Summer kam jedoch nicht dazu, richtig zu leiden. Schon zog Steve sie wieder auf die Füße.

»Wieso müssen wir denn durch einen Bach laufen?« jammerte sie und rieb sich das verletzte Knie. Im Augenblick fühlte es sich so an, als würde sie nie mehr gehen, geschweige denn rennen können.

»Weil die Hunde im Wasser unsere Fährte verlieren.« Steve blieb etwa zwei Sekunden lang stehen – gerade lange genug, um sich ihr Bein anzusehen und festzustellen, daß sie nicht ernsthaft verletzt war. »Glaube ich jedenfalls.«

»Na großartig. *Glaubst du jedenfalls.* Wie beruhigend. Hoffentlich hast du recht.«

Steve machte sich nicht die Mühe zu antworten, sondern zog sie weiter. Leichtfüßig wie eine Ziege sprang er durch das knöcheltiefe Wasser. Rutschend, glitschend, fluchend und betend stolperte Summer hinter ihm her.

Das Hundegebell wurde schwächer.

Endlich, als Summers Herz und Lungen zu bersten drohten, stieg Steve aus dem Bach und ließ sich mit dem Gesicht nach unten auf das efeubedeckte Ufer fallen. Summer sank neben ihm zu Boden und rang nach Atem.

Muffy, die nicht einen Schritt weit gelaufen war, lag wie ein erschöpftes Tier neben ihr und besaß sogar die Dreistigkeit zu keuchen.

Summers Kraft reichte gerade noch aus, um den verwöhnten Köter wütend anzufunkeln.

»Sieh zu, daß du wieder zu Atem kommst«, riet Steve ihr und sog die Luft in tiefen Zügen ein. »Lange können wir hier nicht bleiben.«

»Wo wollen wir hin? Immer noch zu deiner Anglerhütte?«

Er schüttelte den Kopf. »Das war Plan A, und der ist gestrichen. Wenn die Polizei die Hügel mit Hunden absucht, findet sie die Hütte schneller, als ein Lamm mit dem Schwanz wakkelt. Von nun an gilt Plan B.«

»Und wie lautet Plan B?« fragte Summer voll Mißtrauen.

Trotz seiner Erschöpfung brachte Steve ein kurzes Grinsen zuwege. »Ich arbeite noch dran, okay? Komm weiter!«

Summer stöhnte, aber er blieb unnachgiebig. Er stand schon wieder auf den Füßen, zog Summer in die Höhe und zwang sie zum Rennen, obwohl ihre Beine noch vom letzten Marathonlauf zitterten. Sie rasten bergab durch den Wald, während in ihrem Rücken die Sonne hinter den majestätischen violetten Berggipfeln versank. Zu jedem anderen Zeitpunkt hätte Summer den Anblick der tiefroten und grell orangefarbenen Feuerräder am Westhimmel aus vollem Herzen genossen. Jetzt schenkte sie dem bezaubernden Schauspiel nur einen flüchtigen Blick – und schöpfte Hoffnung.

Ob Hunde auch im Dunklen Fährten verfolgen konnten? Sicher mußten selbst Hunde manchmal schlafen.

Von Osten her raste ein Geländemotorrad auf sie zu. Es flog buchstäblich in Sichtweite, schoß über den Gipfel eines Hügels hinweg und schlitterte dann fast seitwärts den Abhang hinunter. Auf der Maschine saß ein einzelner Mensch, anscheinend ein junger Mann in Jeans und Lederjacke.

Steve verlangsamte seine Schritte, Summer ebenfalls.

»Was nun?« stieß sie hervor, denn inzwischen sah sie die Bösen hinter jedem Baum.

Steve schaute sie an, grinste und ließ ihre Hand los.

»Plan B«, sagte er und lief dem Motorrad entgegen.

Kurz vor ihm kam es rutschend zum Stehen, und der Fahrer stieg ab. Mißtrauisch beobachtete Summer, wie er die Maschine auf den Ständer stellte, den Motor ausschaltete, den

Helm abnahm und Steve auf den Rücken schlug. Er tätschelte sogar Muffy den Kopf.

Er kannte Steve. Er war ihr Freund. Wie um alles in der Welt ...

Vorsichtig näherte Summer sich ihnen. Wenn etwas zu schön schien, um wahr zu sein, dann war es das ihrer Erfahrung nach auch. Und daß hier aus dem Nichts plötzlich ein Verbündeter auftauchte, war ganz bestimmt zu schön, um wahr zu sein.

Steve drehte sich um und winkte sie heran. Er grinste. Der Mann neben ihm wirkte ernster. Er war ungefähr in Steves Alter und auch etwa so groß, aber dünner. Seine Haut war dunkel, sein Haar schwarz wie Öl und ganz glatt. Offenbar war er Indianer.

»Das ist Renfro. Renfro, Summer. Hier, setz das auf.«

Steve reichte ihr einen leuchtendgelben Helm, den er vom Motorrad losgeschnallt hatte. Renfro nickte Summer zu und blickte dann Steve besorgt an. »Laß den Hund bei mir.«

Steve setzte gerade den Helm auf, den Renfro getragen hatte. Er schüttelte den Kopf. »Nein. Hinter uns ist die halbe Staatspolizei her, und eine Hundemeute dazu. Wenn sie den Hund bei dir finden, wissen sie, daß du uns geholfen hast. Das wäre nicht gut für deine Gesundheit.«

»Da mache ich mir keine Sorgen.« Renfro schnallte die Sporttasche und das Montiereisen hinten auf der Maschine fest.

»Trotzdem vielen Dank, Kumpel. Und danke, daß du gekommen bist. Dafür schulde ich dir was.«

»Toll.« Jetzt grinste Renfro, daß seine ebenmäßigen weißen Zähne blitzten. Zugleich beendete er seine selbstauferlegte Arbeit. »Tust du doch immer.«

Steve lachte. »Wie kommst du zurück?«

Renfro zuckte mit den Schultern. »Zu Fuß. Mit dem Bus. Oder ich trampe. Oder rufe meinen Dad an. Ich komme schon klar.«

»Falls du der Bande begegnest, die hinter uns her ist ...«

»Um mich werden die sich nicht kümmern. Ich wandere einfach durch die Wälder. Was ist schon dabei? Wenn mich die Hunde anfallen, kann ich vielleicht jemanden verklagen.« Das letzte sagte er hoffnungsvoll und mit breitem Grinsen. Offenbar war es als Scherz gemeint. Summer lächelte.

»Hast du den Helm auf?« Steve drehte sich um, betrachtete sie prüfend und zog an dem Riemen unter ihrem Kinn, um sicherzustellen, daß er straff saß. Er selbst trug auch schon seinen Helm. Die *Bulls*-Mütze steckte er in die Sporttasche. Summer trauerte ihr fast nach.

»Ach, das hätte ich beinahe vergessen.« Renfro griff in eine Tasche seiner Jeans und zog mehrere zusammengefaltete Geldscheine hervor. »Vierzig Dollar. Mehr hatte ich nicht im Laden.«

»Danke, Mann.« Steve nahm das Geld und steckte es in die Gesäßtasche. »Paß auf dich auf.«

»Du auch.«

Steve trat den Ständer weg, stieg aufs Motorrad und bedeutete Summer, sich hinter ihn zu setzen.

»Was ist mit Muffy?« Sie betrachtete das Fellknäuel zu ihren Füßen.

»Du mußt sie festhalten. Versteck sie, so gut es geht. Vielleicht paßt sie unter dein Hemd.«

Summer hob den Hund hoch, zog ihr T-Shirt ein Stück aus der Hose und schob die kleine Hündin darunter. Dann stieg sie ungeschickt aufs Motorrad. Es war etwa so groß wie ein Fahrrad, aber breiter. Wie sie feststellte, gab es Stützen für ihre Füße und eine Metallstange, an der sie sich anlehnen konnte.

Auf dem schmalen schwarzen Kunstledersitz fühlte sie sich ungefähr so sicher wie eine Katze auf einem Telefondraht.

Renfro betrachtete sie beide und grinste breit. »Ihr seht aus wie eine richtige amerikanische Familie. Dad, Mom, Baby in spe« – er tätschelte die Wölbung in Summers Bauchgegend, die Muffy verursachte – »auf einer Yamaha. Vielleicht machen sie Werbefotos von euch.«

»Bis bald, Renfro.« Steve trat aufs Startpedal. Das Motorrad heulte auf. Renfro winkte, und weg waren sie.

Eine derart markerschütternde Fahrt hatte Summer noch nie erlebt.

Wenn es möglich gewesen wäre, hätte sie sich mit aller Kraft an Steve geklammert, während sie über den unebenen Boden davonschossen. Aber zwischen ihnen befand sich Muffy, der diese neue Art zu reisen überhaupt nicht gefiel. Summer brauchte einen Arm, um sie festzuhalten. Den anderen schlang sie Steve um die Taille.

Sie fuhren bergauf, dann wieder bergab, nach Norden statt in die östliche Richtung, die sie zu Fuß eingeschlagen hatten. Immer wieder rutschte das Motorrad seitwärts über nasses Laub und unsichtbare Felsen und Wurzeln. Allmählich gewöhnte Summer sich an das Gefühl, daß sie jeden Augenblick in den Dreck fallen konnte. Zweimal überquerten sie einen Hügel, und Summer hatte einen wundervollen Ausblick auf das Bergland, das sich bis zum Horizont vor ihr erstreckte, je der Gipfel umgeben von einem Heiligenschein aus Wolken. Die Landschaft schien geradewegs aus einem Film zu stammen. Dagegen waren die Gefahren realer. Die steilen und dicht bewaldeten Berghänge endeten oft ohne Vorwarnung an einem zerklüfteten Abgrund. Manchmal hörte der Erdboden einfach auf und stürzte in atemberaubende Tiefe, hundert, ja sogar tausend Meter weit.

Bisher hatte Steve es vermieden, über eine dieser Felswände hinauszuschießen. Aber Summer war nicht sehr optimistisch. In letzter Zeit fühlte sie sich wie einer der Mitspieler in der alten Fernsehshow *Hee-Haw:* Bei ihr lief es entweder schief, oder es lief gar nicht.

Summer kniff die Augen gegen den Wind zusammen, drückte Muffy an sich und hielt sich verzweifelt fest. In einem Tempo, das sie auf hundert Stundenkilometer schätzte, rasten sie um Bäume und Felsen und Wurzeln herum, bis Summer sogar ihre Furcht vergaß. Ihr war schnell klargeworden, daß sie nichts tun konnte, um die Fahrt für sich sicherer zu machen. Ihr Leben – und Muffys Leben – lag in Steves Händen. Summer konnte nur beten, daß er wußte, was er tat – und daß sie nicht irgendwann über einen Berggipfel hinwegsausten und geradewegs in einen Abgrund segelten.

Überraschung!

Die Welt um sie wurde dunkler. Lange Schatten streckten

sich wie Gitterstäbe über die Erde. Sie erreichten eine weitere Anhöhe. Das Hinterrad hob ab. In der Ferne, wohin Summer aus reinem Selbsterhaltungstrieb blickte, ragten Berge aus den Schatten.

Ohne Vorwarnung sprang das Motorrad in die Luft wie ein bockendes Wildpferd. Diesmal lösten sich beide Räder vom Boden. Summer kreischte, umklammerte Steve mit beiden Armen – Muffy war zwischen ihrem Bauch und seinem Rücken eingeklemmt und hätte sich sowieso nicht befreien können – und schloß die Augen. Als das Motorrad hüpfend aufsetzte, hatten sie Asphalt unter sich. Sie rasten bergauf.

»Du bringst uns um!« schrie sie Steve ins Ohr.

»Das macht Spaß!« brüllte er zurück.

Spaß. Natürlich, wie sollte es anders sein. *I feel the need/the need for speed* ... Da war er wieder, der Geschwindigkeitsrausch aus *Top Gun*.

»Darf man mit dem Ding überhaupt auf der Straße fahren?« rief Summer.

»He, dieses Baby läuft überall, auf der Straße und im Gelände.«

Was immer das bedeutete. Summer beschloß, sich keine Sorgen zu machen. Männer und ihr Macho-Spielzeug – das würde sie sowieso nie verstehen.

Sie fuhren einen zweispurigen Highway entlang, und nach dem Nebel zu urteilen, der darüber hinwegkroch, befanden sie sich hoch in den Bergen. Summer zitterte, aber diesmal nicht vor Furcht oder weil sie ihre Umgebung unheimlich fand. Die kurze Hose und das T-Shirt schützten sie nur unzureichend vor dem Fahrtwind. Allmählich war sie durchgefroren.

Aber wenigstens waren sie den Verfolgern entkommen, jedenfalls vorübergehend. Sie begegneten einigen anderen Fahrzeugen, teils Pkws, teils Wohnmobilen. Alles Urlauber. Keine Bullen. Keine Bösen. Mit den Sturzhelmen auf den Köpfen und einem Motorrad, von dem die Verfolger nichts wußten, waren sie vermutlich – und hoffentlich – so gut wie unsichtbar. Zwei ganz gewöhnliche Touristen, die in den Bergen Urlaub machten.

»Wohin fahren wir?« schrie Summer. Der Wind blies ihr die Frage wieder ins Gesicht.

»Ich weiß nicht. Vielleicht nach Mexiko«, rief Steve zurück.

Mexiko? Sie wollte nicht nach Mexiko! Außerdem fuhren sie nach Norden, nicht nach Süden!

Summer öffnete den Mund, um Steve das zu sagen, und verschluckte prompt einen Käfer. Hustend und spuckend beschloß sie, Frieden zu geben, bis sie anhielten.

Sie würden doch bestimmt bald anhalten. Von dem ständigen Vibrieren war ihr Hintern ganz taub. Summer rutschte auf dem schmalen Sitz herum, doch das half auch nicht.

Natürlich war es lächerlich, sich wegen solcher Unbequemlichkeiten den Kopf zu zerbrechen, während man um sein Leben lief. Das wußte Summer genau, aber sie konnte es nicht ändern: ihr Hintern war taub, ihre Beine verkrampft, ihre Füße waren eingeschlafen, und sie fror. Pausenlos blies der Wind ihr ins Gesicht. Kalt und insektengeladen schlug er auf ihre Haut ein, bis auch sie sich taub anfühlte.

Außerdem war Summer hungrig. Genauer gesagt, sie war halb verhungert. Dieses Auf-der-Flucht-sein war keine schlechte Diät, etwas drastisch, aber wirksam. Vielleicht sollte sie einen Werbefilm produzieren und auf den Markt werfen. Es könnte sie reich machen.

Auf einem grünen Schild am Straßenrand stand APPALACHENSTRASSE. Darunter hockte ein kleines braunes Murmeltier auf den Hinterbeinen und sog schnuppernd die Luft ein. Vor ihnen erstreckten sich blaugrüne Wälder, Kilometer um Kilometer, so weit das Auge reichte, und Dutzende von Bergen ragten aus dem Nebel empor. Es war ein schöner, ein wundervoller Anblick – Summer sah die Smoky Mountains in all ihrer natürlichen Pracht.

Als es Nacht wurde, ließ der Verkehr nach. Summer blickte über die Schulter und sah zu, wie die weißen Lichtpunkte der Autoscheinwerfer paarweise den Berg hinunterzogen. Abgesehen von dem uralten blauen Wohnmobil vor ihnen hatten sie den Berg für sich.

Während Summer so durch die Dunkelheit sauste, wie ein Äffchen an einen Mann geklammert, den sie vor drei Tagen nicht einmal kannte, wurde sie plötzlich von Heimweh überwältigt. Sie vermißte ihre Mutter. Sie vermißte ihre Schwestern. Sie vermißte ihre Nichten und Neffen. Sie vermißte sogar ihre Schwager, obwohl sie sich mit ihnen nicht immer gut verstand. Was hätte sie nicht darum gegeben, sicher in ihrem Haus zu sitzen, warm und geborgen und wohlgenährt, und festzustellen, daß dies alles nur ein schrecklicher Alptraum gewesen war!

Dann wurde ihr plötzlich, schmerzlich bewußt, an wen sie sich da klammerte. Würde es ihr wirklich gefallen, wenn Steve Calhoun nur eine Traumgestalt wäre? Wenn sie mit einer einzigen Handbewegung nicht nur die Lage, in die Steve sie gebracht hatte, sondern auch ihn selbst zum Verschwinden bringen könnte, würde sie es tun?

Die Antwort beunruhigte sie: nein. Vielleicht würde sie sich die Begleitumstände wegwünschen, aber nicht den Mann.

Kälte und Wind und Unbequemlichkeit und das endlose Vibrieren des Motorrads hatten sie in einen fast meditativen Zustand versetzt, und so fragte sie sich nun, weshalb sie diesen Mann nicht wegwünschen würde. Einen Mann, der sie entführt und geängstigt und brutal behandelt hatte, der sie mehrmals in Lebensgefahr gebracht hatte und ihr auch jetzt noch den Tod bringen konnte. Dabei war er gar nicht ihr Typ. Summer war zwar nicht hundertprozentig sicher, was ihr Typ war, aber er war es ganz bestimmt nicht.

Mein Gott, er sah nicht einmal gut aus. Lem hatte viele Fehler gehabt, aber er hatte wenigstens gut ausgesehen. Steve Calhoun war ein grober Klotz, er liebte Gewalt und Schnelligkeit und Gefahr, machte Witze auf ihre Kosten, hatte zugegebenermaßen Alkoholprobleme (jetzt angeblich nicht mehr) und sah Gespenster. Dazu war er berüchtigt, arbeitslos, wurde von der Polizei gesucht und lief um sein Leben.

Er entsprach beim besten Willen nicht ihrem Bild von einem Ritter in strahlender Rüstung. Insgeheim hatte Summer immer von einem Ritter in strahlender Rüstung geträumt.

Aber er war sie holen gekommen, da hinten auf dem Campingplatz. Das war schon etwas. Das war sogar sehr viel.

Sie war hoffentlich nicht dabei, sich in ihn zu verlieben.

Oder doch? Wenn ja, dann mußte sie dem Himmel sofort in aller Form mitteilen, daß sie darin einen weiteren üblen Streich sehen würde.

Als es endgültig Nacht geworden war und Summer kaum noch die Hand vor Augen sah, bog das Wohnmobil von der Straße ab. Vermutlich, um zu parken. Jedenfalls nahm Summer an, daß Wohnmobile über Nacht parkten. Sie hatte noch nie in einem Urlaub gemacht, und falls die derzeitigen Erlebnisse typisch für das Leben in freier Natur waren, dann würde sie es auch in nächster Zukunft nicht versuchen.

Ob sie jemals anhalten würden? Sicher, körperliches Unbehagen lenkte von allen anderen Sorgen ab, Summer wäre die letzte, die das bestritten hätte, aber was zuviel war, war zuviel. Wenn sie nicht bald anhielten und sie ihre verkrampften Muskeln streckte, würde sie womöglich nie mehr gehen können.

Der Nebel zog nun in hohen Wellen über die Straße. Abgesehen vom Scheinwerferkegel des Motorrads war kein Licht zu sehen. Kein Mond. Keine Sterne. Keine Straßenlaternen. Es war vollkommen dunkel.

Summer dachte daran, daß es gleich links neben der Straße steil abwärts ging, daß es überhaupt keine Leitplanken gab, und fragte sich, wie hoch in den Bergen sie sich wohl befanden. Eine falsche Bewegung, und sie würden ins Nichts geschleudert werden. Vor Summers geistigem Auge tauchte ein lächerliches Bild auf: sie, Steve, Muffy und das Motorrad flogen wie E.T. und Co. in den Weltraum und kurvten vor dem vollen Mond herum. Nur zwei Dinge stimmten nicht daran: erstens war heute nacht kein Mond zu sehen, und zweitens konnte das Motorrad nicht fliegen. Sie würden abstürzen und sterben …

Es fiel ihr schwer, aber die Schmerzen in all ihren Muskeln halfen ihr: Sie schaffte es, diesen letzten ermunternden Gedanken aus ihrem Kopf zu verdrängen.

Muffy winselte, und Summer tätschelte sie tröstend. Die kleine Hündin hatte sich in ihrem warmen Bett zwischen Bauch und T-Shirt erstaunlich brav verhalten. Jetzt winselte sie wieder, trotz Tätscheln, und Summer begriff: Muffy mußte aufs Töpfchen.

Sie beugte sich vor und schrie es Steve ins Ohr.

»Was?« schrie er zurück.

»Muffy muß pinkeln!«

»Dann halt sie zur Seite raus!«

Witzig. Sehr witzig. »Hältst du an?«

»Sobald ich eine Stelle dafür finde.«

Sie fuhren weiter. Muffy winselte, Summer tätschelte, das Motorrad rollte. Wenn sie mit Steve sprach, hatte sie wenigstens etwas zu tun, auch wenn sie sich anstrengen mußte, um ihn trotz Motorengebrumm und dem Rauschen des Windes zu verstehen und sich verständlich zu machen. Sie beugte sich wieder vor.

»Hast du eine Ahnung, wohin wir fahren?«

»Ich weiß genau, wohin wir fahren.«

»Und? Wohin?«

»Wir fahren in die Irre!« rief er und lachte wie eine Hyäne.

Summer hätte ihm in die Nieren geboxt, wenn sie sich nicht vor dem Abgrund gefürchtet hätte.

31

Weshalb Steve schließlich gerade diese Stelle zum Anhalten auswählte, hätte Summer nicht sagen können. Er bog von der Straße ab und lenkte das Motorrad auf einen pechschwarzen Aussichtsplatz, der genauso aussah wie all die anderen pechschwarzen Aussichtsplätze, an denen sie vorbeigefahren waren.

Aber wie käme sie dazu, an einem Geschenk der Götter herumzumäkeln. Auf zitternden Beinen stieg sie von dem Metallroß herunter, solange die Gelegenheit günstig war. Als kleines Mädchen war sie oft geritten. Jetzt fühlte sie sich wundgeritten hoch zehn.

Muffy hockte sich sofort neben das Motorrad.

Summer mußte sich zusammenreißen, um nicht ihrem Beispiel zu folgen. Statt dessen stolperte sie in die Dunkelheit hinein.

Der Wind blies unaufhörlich und wurde mit jeder Minute kälter. Summer blickte sich um, betrachtete die schwarzen nebelverhangenen Berge und Bäume und den mondlosen Himmel und fröstelte. Die Zikaden waren ausnahmsweise still. Vielleicht hatten sie sich wieder im Erdboden verkrochen, um weitere siebzehn Jahre abzuwarten – oder sie waren steifgefroren, so wie Summer es bald sein würde. Allerdings gab es im Wald noch andere Lebewesen. Summer hörte sie rascheln. Während sie hinter einem Baum, keine fünf Meter von Steve und dem Motorrad entfernt, ihr Geschäft erledigte, war ihr zumute, als würden eine Million unsichtbare Tiere sie aus der Dunkelheit heraus beobachten.

Abendessen! dachten sie vermutlich.

Summer brach sich fast das Genick, so eilig kehrte sie zu Steve zurück. Dort fühlte sie sich zumindest halbwegs sicher. Während sie anderweitig beschäftigt gewesen war, hatte er das Motorrad auf den Ständer gestellt; bei ihrer Rückkehr schnallte er gerade die Sporttasche los. Muffy kauerte zu seinen Füßen. Ihre Haarschleife saß mitleiderregend schief.

Sie hat hier genausoviel Angst wie ich, dachte Summer, bückte sich trotz des Stechens in ihrem Rücken und hob sie hoch.

Zur Belohnung leckte Muffy ihr das Kinn.

»Wir können ebensogut hier übernachten. Bei der Dunkelheit ist es gefährlich, weiterzufahren.«

Hört, hört. Das sprach Summer jedoch nicht aus. Statt dessen folgte sie Steve in den Wald hinein.

»Ich habe eine Frage«, sagte sie, während sie auf seinen Wunsch hin Feuerholz sammelte. »Ist dein Freund Renfro zufällig da aufgekreuzt?«

»Hat Michael Jordan Haare?« Steve kniete auf dem Boden und bereitete eine Feuerstelle vor, indem er ein kreisförmiges Stück Erde von allem reinigte, was die Natur darauf herumliegen ließ.

Darüber mußte Summer erst einmal nachdenken. »Nein«, erwiderte sie schließlich.

»Genau.«

Nach allem, was an diesem Tag passiert war, fühlte Summers Verstand sich so ausgedörrt an, daß sie auch hierüber nachdenken mußte.

»Soll das heißen, daß Renfro nicht zufällig aufgekreuzt ist?« fragte sie dann, brachte Steve ihren Stapel Holz und sank neben ihm nieder. Sie fror bis auf die Knochen. Zitternd streckte sie die Hand aus, öffnete die Sporttasche und kramte das Sweatshirt hervor.

»Du hast es erfaßt.« Während sie sich das Sweatshirt überzog, untersuchte er die Stöcke, warf einige weg und stapelte die übrigen sorgfältig auf. Die zwei Eiszapfen, die einmal Summers Beine gewesen waren, wurden auch durch das flauschige Sweatshirt nicht wärmer. Summer holte die Steppdecke aus der Tasche und wickelte sich darin ein.

»Wie hast du ihn benachrichtigt? Mit Rauchzeichen oder Telepathie?« Sie konnte nicht anders. Ihr war einfach nach Sarkasmus zumute. Außerdem fühlte sie sich, als hätte sie sich erkältet. Bei ihrem Pech würde daraus vermutlich eine Lungenentzündung werden. Nicht daß die Aussicht sie besonders erschüttert hätte; Lungenentzündungen standen im Augenblick weit unten auf der Liste ihrer Sorgen.

Steve blickte sie von der Seite an. »Mit dem Telefon im Büro des Managers. Nachdem ich die Zeitung gesehen hatte, wurde mir klar, daß wir uns lieber nicht in der Anglerhütte verstecken sollten. Wir mußten möglichst viel Abstand zwischen uns und alle Verfolger bringen, und zwar schnell. Renfro kenne ich, seit ich ein Kind war. Er ist früher oft mit meinem Dad und mir angeln gegangen, und manchmal sind wir zusammen Moto-Cross gefahren. Er ist ein Motorradfreak, hat immer ein paar von den Dingern bei sich stehen und bastelt an ihnen rum. Er und sein Dad haben ein Souvenirgeschäft in einem Indianerreservat vierzig Kilometer vom Feriendorf Hiawatha entfernt. Als ich bei ihm anrief und ihm erzählte, wo ich war und was ich brauchte, sagte er sofort: kein *Problemo*. Er hatte schon in der Zeitung davon gelesen und war anscheinend kein bißchen überrascht, daß ich mich bei ihm meldete. Als wir weglaufen mußten, sind wir also in die Richtung gelaufen, aus der er kommen mußte. Da hast du Plan B, in Kurzfassung.«

»Es hat geklappt«, gab Summer zu, und als Steve den kegelförmigen Holzstoß mit dem stets hilfreichen Bic-Feuerzeug in Brand setzte, rückte sie näher heran. Sie konnte sich nicht vorstellen, daß ihr jemals wieder warm werden würde.

»Meine Pläne klappen immer«, behauptete Steve grinsend.

»Ach ja? Und nach welchem Plan willst du uns hier rausbringen? Mexiko halte ich für keine so gute Idee.«

Steve wühlte in der Sporttasche herum und holte die letzten Essensvorräte hervor. Dann zog er den Reißverschluß wieder zu und lehnte sich gegen den Stamm einer hohen Kiefer. »Ich auch nicht.« Er fädelte müde aussehende Hot dogs auf einen Stock und reichte ihn Summer. Sie hielt den Stock über das Feuer und versuchte nicht daran zu denken, welche Vergiftungen man sich zuziehen konnte, wenn man Fleisch aß, das mehr als einen Tag lang nicht gekühlt worden war. Ob gefährlich oder nicht, sie würde diese Hot dogs essen. Sie war halb verhungert.

Auf dem Boden zwischen den beiden Menschen spielte Muffy wieder Felldecke und kläffte. Summer und Steve wechselten Blicke. Steve gab Muffy einen nicht mehr ganz taufrischen Erdnußbutter-Cracker.

»Ich habe schon darüber nachgedacht«, fuhr er fort, während er Brötchen auf einen Stein legte und den Stein nah ans Feuer schob. »Weglaufen ist keine Lösung. Sie haben es so hingedreht, daß man uns wegen Mordes sucht, da wird jeder Polizist in den USA nach uns Ausschau halten. Falls sie annehmen, daß wir eine Staatsgrenze überquert haben, ist das FBI hinter uns her. Fall sie annehmen, daß wir das Land verlassen haben, ist Interpol hinter uns her. So wie die Dinge laufen, stehen wir nächste Woche vermutlich auf der Liste der meistgesuchten Verbrecher. Jetzt haben wir nicht nur die bösen Bullen gegen uns – und die Bösen, die keine Bullen sind –, sondern auch die guten Bullen; und von denen gibt es viel mehr als von den bösen, das kannst du mir glauben. Die guten Bullen nehmen uns entweder fest und schicken uns dahin zurück, wo die bösen Bullen an uns rankommen, oder wenn wir Widerstand leisten, erschießen sie uns. Das würde ich an ihre Stelle auch tun. Das würde jeder Bulle tun.«

»Uns erschießen?« wiederholte Summer mit schwacher Stimme. Steve nickte und spießte Marshmallows auf einen Stock.

»Du mußt dir klarmachen, daß wir jetzt die Bösen sind«, erklärte er. »Wir sind Kriminelle und werden von der Polizei gesucht.«

»O mein Gott!« Summer war entsetzt. »Vielleicht sollten wir lieber einen Anwalt anrufen. Meine Schwester ist Anwalt; dann gibt's da noch den Typ, der die Scheidung für mich erledigt hat. Er hat nicht gerade gute Arbeit geleistet, das muß ich zugeben, aber vielleicht kann er uns jemanden empfehlen ...«

Steve schüttelte den Kopf. »Wir brauchen keinen Anwalt. Die Frage, wie wir uns gegen eine Anklage verteidigen könnten, gehört zu den wenigen Dingen, über die wir nicht nachzudenken brauchen. Falls man uns schnappt, erleben wir den Prozeß nicht mehr. Falls uns die Falschen schnappen, schaffen wir's nicht mal bis ins Gefängnis.«

»Oh«, sagte Summer kleinlaut. Das waren beängstigende Tatsachen.

»Paß auf; die Hot dogs brennen an.«

Die Ermahnung rief sie in die Gegenwart zurück. Rasch wendete sie die Würstchen. Steve hatte recht, die eine Seite war schwarz und blasig. Wie gut, daß ihr durchgebratene Hot dogs schmeckten. Zum Kuckuck, im Augenblick würden ihr Hot dogs in jedem Zustand schmecken.

»Und was machen wir jetzt?« Summer sah nicht viele Möglichkeiten. Vielleicht bist du nur zu müde, versuchte sie sich zu trösten.

»Die besten Chancen haben wir wohl, wenn wir zu dem Bootslagerhaus zurückkehren. Wir müssen herausfinden, weshalb alle Welt so hinter diesem Lieferwagen her ist. Falls wir in dem Wagen das finden, was ich vermute, wenden wir uns mit der Geschichte an die Medien. Wenn wir die auf unserer Seite haben – und das könnte durchaus klappen, anscheinend lieben sie Skandalgeschichten über die Polizei –, sind wir halbwegs sicher.« Er betrachtete die Hot dogs, schüttelte den Kopf und nahm Summer den Stock weg. »Ich glaube, die sind durch.« Sein Tonfall war trocken, vermutlich weil ihr Abendessen kohlschwarz war.

»Aber was im Lieferwagen ist, wissen wir doch längst. Im Lieferwagen sind Leichen.« Summer nahm den Hot dog, den Steve ihr in einem altbackenen, aber warmen Brötchen reichte.

»Glaub mir, Baby, die jagen uns nicht bis zur Hölle und wieder zurück, nur weil sie ihren Toten die letzte Ehre erweisen wollen.« Steve biß in seinen Hot dog. Muffy winselte. Zerstreut brach Summer ein Stück von ihrem Brötchen ab und fütterte die Hündin damit. »Wir wären längst tot, wenn in dem Lieferwagen nicht irgendwas wäre, das sie unbedingt haben wollen. Und das sind nicht diese Leichen.«

»Was meinst du denn, was es ist?« Summer versuchte sich an den Innenraum des Wagens zu erinnern. Abgesehen von den Särgen und ihrem Inhalt hatte sie nichts bemerkt, aber sie hatte sich auch nicht sehr gründlich umgeschaut.

»Drogen vermutlich. Es gibt noch andere Möglichkeiten, aber ich tippe auf Drogen. Vielleicht Koks, oder Heroin. Kein Gras, das braucht zuviel Platz.« Er zog ein Marshmallow vom Stock und steckte es sich in einem Stück in den Mund. Dann riß er eine der zwei verbliebenen Bierdosen auf und reichte sie Summer. Die andere Dose stand neben seinem Bein auf der Erde. Sie war schon offen. Erschrocken blickte Summer sie an.

»Ich kann Bier nicht leiden«, sagte sie jedoch nur.

»Trink.«

Sie zog eine Grimasse, nahm die Dose und lehnte sie an ihr Bein. Steve trank einen großen Schluck aus seiner Dose. Bei all den anderen Sorgen, die Summer bedrückten, brachte sie kaum mehr als einen kurzen Schreck darüber auf, daß ihr Alkoholiker anscheinend so lässig Bier trank. Falls die Dose überhaupt Bier enthielt. Allmählich kannte sie Steve gut genug, um zu vermuten, daß das nicht der Fall war.

»Wasser?« riet sie und blickte mit erhobenen Augenbrauen auf die Dose.

Überrascht sah er Summer an. »Wie kommst du darauf?«

»Es ist Wasser, nicht wahr?«

»Ja.«

»Hab' ich mir gedacht.« Sie lächelte zufrieden. Also hatte sie sich in ihm nicht getäuscht.

»Du hältst dich wohl für sehr schlau, was?« fragte er.

»Ja.« Jetzt mußte sie erst recht lächeln. »Wo hast du es her?«

»Ich habe das Bier weggeschüttet und die Dosen an einem Wasserhahn auf dem Campingplatz gefüllt, wo ich nach dir gesucht habe. Siehst du das kleine Loch im Deckel? Ganz einfach. Solange man das Loch mit irgendwas zustopft. In diesem Fall war's Kaugummi.«

»Heißt das, in meiner ist auch Wasser?« Aufgeregt schaute sie ihre Dose an.

Er nickte. Summer grinste ihn an und trank einen großen Schluck. Das Wasser war lauwarm und hatte einen leicht metallischen Beigeschmack, aber es schmeckte trotzdem wundervoll. Sie trank noch einmal davon und wandte sich dann wieder dem eigentlichen Thema zu.

»Könntest du mir bitte erklären, wieso du neulich nachts in der Leichenhalle warst? Anscheinend hat da alles angefangen.«

Steve schüttelte den Kopf und verspeiste noch ein Marshmallow. »Nein, da nicht. Angefangen hat es vor über drei Jahren. Diese Sache hat mit einem Fall zu tun, an dem ich gearbeitet habe, als ich … als Deedee starb.«

Plötzlich wirkte er sehr nachdenklich – jedenfalls so nachdenklich, wie man wirken kann, während man sich Marshmallow-Reste von den Fingern leckt.

»Red schon weiter«, drängte Summer ein bißchen gereizt. Deedee ging ihr allmählich auf die Nerven.

»Willst du wirklich alles wissen?« Seine Miene war undurchdringlich. »Also gut. Eigentlich ist das Ganze vertraulich, aber unter den Umständen hast du wohl ein Recht darauf, es zu erfahren. Zum Teufel, vielleicht kannst du mir sogar helfen, die Lösung zu finden. Bis jetzt scheine ich etwas zu übersehen. Nämlich den Schlüssel.« Er lachte und fütterte

Muffy mit dem verbrannten Ende seines Hot dogs, ohne daß sie auch nur kläffen mußte. Gierig schlang Muffy den Brokken hinunter.

»Du weißt, daß ich Detective bei der Staatspolizei von Tennessee bin – war.« Es war eher eine Frage als eine Feststellung. Summer nickte.

»Vor etwa dreieinhalb Jahren erhielt ich von meinen Vorgesetzten den Auftrag, einem Verdacht auf Korruption in einem kleinstädtischen Polizeirevier nachzugehen.« Er blickte Summer an, zögerte und trank von seinem Wasser. »Teufel, warum soll ich es dir nicht sagen. Es war das Revier von Murfreesboro. Der Polizeichef Rosencrans hatte uns angefordert. Anscheinend häuften sich in seinem Revier die Fälle von Korruption – mutmaßlicher Korruption – so sehr, daß er Hilfe von außerhalb brauchte, um damit fertig zu werden. Er wußte nicht mehr, wer von seinen Leuten sauber war – falls es überhaupt noch einer war.«

»Beweist das denn nicht, daß Sammy nicht in die Sache verwickelt ist?« unterbrach Summer ihn eifrig. »Wir müssen uns nur mit ihm in Verbindung setzen und ...«

Steve schüttelte den Kopf. »Es beweist gar nichts. Schon mal von Bluff und doppeltem Bluff gehört? Daß der alte Rosey uns gebeten hat, die Sache zu untersuchen, beweist noch lange nicht, daß er nichts damit zu tun hat. Vielleicht dachte er, er könnte seine Beteiligung daran am besten vertuschen, wenn er die Untersuchung selbst in Gang setzt. Verdammt, ich weiß es einfach nicht. Wenn man so lange Detective war wie ich – es gewesen bin, weiß man, daß man dem Augenschein nicht trauen darf. Was wie eine Kuh aussieht und wie eine Kuh brüllt und wie eine Kuh riecht, muß deshalb noch lange keine Kuh *sein*, wenn du verstehst, was ich meine.«

Summer dachte darüber nach und nickte. Der anstrengende Tag forderte seinen Preis. Im Augenblick war ihr Verstand nicht gerade der schärfste, aber die Grundidee hatte sie schon erfaßt: Vielleicht gehörte Sammy zu den Guten, vielleicht auch nicht.

»Na, jedenfalls habe ich die Sache untersucht, und ich kam zu dem Schluß, daß in Murfreesboro etwas faul war. Sehr faul sogar. Die Typen steckten das Geld sackweise ein – aber wer gab es ihnen? Und warum? Die Untersuchung war streng geheim. Außer meinem unmittelbaren Vorgesetzten und Chief Rosencrans durfte niemand davon wissen. Offenbar drehte sich alles um die Leichenhallen von Harmon Brothers. Auf den Grundstücken ging etwas vor – Drogenhandel in großem Stil, nehme ich an, obwohl ich nicht mehr dazu gekommen bin, es zu beweisen. Ob die Leute vom Bestattungsunternehmen darin verwickelt sind oder nur jemand ihre Anlagen benutzt, kann ich nicht mit Sicherheit sagen. Vermutlich haben wenigstens einige von ihnen – Angestellte oder Besitzer – damit zu tun, sonst hätten sie Anzeige erstattet, weil sich zu allen Tages- und Nachtzeiten Fremde auf ihren Friedhöfen herumtreiben. Und sie haben keine Anzeige erstattet. Das habe ich nachgeprüft. Es gab auch Hinweise darauf, daß ein paar Typen aus der High Society von Tennessee in die Sache verwickelt sind. Und ein paar Politiker. Und ein paar Bullen. Ich wollte mich gerade so richtig reinknien – da starb Deedee.«

»Sie beging Selbstmord«, sagte Summer sanft, denn er sollte den Tatsachen ins Gesicht blicken. Steve sah sie an, und seine Miene wurde plötzlich hart und angespannt.

»Wirklich? So haben sie es hingestellt. Teufel, es spricht vieles dafür, zumindest auf dem Papier. Wir hatten wirklich ein Verhältnis miteinander, und ich habe es ziemlich unvermittelt beendet. Aber hätte Deedee sich deswegen erhängt? Das fand ich schon immer schwer zu glauben. Ich kann mir einfach nicht vorstellen, daß Deedee sich meinetwegen umgebracht hat. Dazu war sie nicht der Typ. Sie war so – lebenssprühend, denke ich, ein besseres Wort fällt mir nicht ein. Sie war eine von denen, die das Leben mit beiden Händen pakken und ihm so lange den Schwanz verdrehen, bis es ihnen gibt, was sie sich wünschen.«

»Vielleicht willst du es nur nicht wahrhaben.« Wenn sie ihn dazu zwang, alles auszusprechen, was damals geschehen war, so hatte das vielleicht eine heilende Wirkung auf ihn. Das hoffte Summer jedenfalls. Es war allerhöchste Zeit, daß Deedees Geist Ruhe fand. »Hat sie nicht einen Abschiedsbrief hinterlassen oder vielmehr ein, äh, Videoband?«

»Ja.« Steve bekam rote Ohren. Er trank von seinem Wasser und sah Summer kurz von der Seite an. »Irgend jemand – ich kann nicht glauben, daß es Deedee war; wenn sie es doch war, habe *ich* die Kamera jedenfalls nie zu Gesicht gekriegt, darauf kannst du Gift nehmen – irgend jemand hat uns gefilmt, während wir, äh, es miteinander trieben. Es waren ein paar ziemlich heiße Aufnahmen auf dem Band – das weiß ich, denn als es darum ging, ob ich gefeuert werden soll oder nicht, mußte ich mir das Band dreimal ansehen. Deedee war – sehr freizügig. Sie hat gern was Neues ausprobiert. Sich fesseln lassen zum Beispiel, oder Sex an ungewöhnlichen Orten.«

»Wie deinem Schreibtisch«, bemerkte Summer trocken. Natürlich war es albern, ihm sexuelle Abenteuer übelzunehmen, die vor ihrer Begegnung mit ihm stattgefunden hatten, und sexuelle Abenteuer mit einer Toten waren nun wirklich keine Bedrohung – aber Summer nahm sie ihm trotzdem übel. Und zwar weil Deedee für ihn immer noch sehr lebendig war. Sie erschien ihm ja sogar als Gespenst.

Es erschreckte Summer, wieviel ihr daran lag, daß er Deedee – ob tot oder lebendig – ein für allemal aus seinem Leben verbannte.

»Wir lesen wohl den *National Enquirer*, was?« fragte er und hob spöttisch die Augenbrauen.

»Ich glaube, ich habe es in *Hard Copy* gesehen.«

»Du meine Güte.« Er hob die Dose hoch, als wollte er trinken, setzte sie aber wieder ab, ohne es getan zu haben. »Anfangs fand ich es natürlich toll, es mit Deedee zu treiben – ich war seit Jahren scharf auf sie gewesen, mußt du wissen –, aber nachdem die erste Aufregung vorbei war, bekam ich höllische Schuldgefühle. Da war Elaine. Sie war meine Frau. Bei unserer Hochzeit waren wir ineinander verliebt gewesen; jedenfalls war *ich* verliebt gewesen. Bei ihr weiß ich es nicht genau. Bis das Kind zur Welt kam, war die Flamme erloschen. Trotzdem haben wir weitergemacht. Versteh mich nicht falsch. Elaine war – ist – eine gute Frau, eine gute Mutter. Das werde ich nicht abstreiten, nur um mich zu rechtfertigen.«

Er griff wieder nach der Dose, und diesmal trank er sie zur Hälfte leer. Nachdem er sie abgesetzt hatte, wischte er sich den Mund mit dem Handrücken ab und sah Summer an. In der Dunkelheit waren seine Augen schwarze glänzende Flächen, den Ausdruck darin konnte Summer nicht deuten. »Und noch schlimmer, da war Mitch. Mitch ist – war – mein bester Freund. Wir waren zusammen im Kindergarten. Und in der Grundschule. Wir haben Deedee gemeinsam kennengelernt, während wir auf der Highschool waren. Mitch war der Quarterback in unserem Footballteam. Ich war im Mittelfeld. Nur zur Marine haben wir uns nicht zusammen gemeldet. Er ist statt dessen aufs College gegangen. Aber als ich entlassen wurde, ging ich auch aufs College, und schließlich landete ich wie Mitch bei der Staatspolizei. Er wurde ein Jahr vor mir zum Detective gemacht. Verdammt, als Elaine und ich uns das Haus in Nashville kauften, hat er sich eins in derselben Straße gekauft. In der Nacht, als meine Tochter geboren wurde, war er mit im Krankenhaus und hat Zigarren verteilt. Wir sind gemeinsam durch die Kneipen gezogen. Wir hielten zusammen, mehr als es die meisten Brüder tun. Ich habe die Frau meines besten Freundes gevögelt. Es war unentschuldbar. Das weiß ich, glaub mir.«

Er unterbrach sich, biß die Zähne zusammen und blickte ins Feuer. Summer betrachtete sein starres Profil. Nach einer Weile warf er ihr einen brütenden Blick zu, als könnte er ihr Mitgefühl körperlich spüren.

»Deedee und Mitch waren seit einer Ewigkeit verheiratet, und er hatte jahrelang hinter ihrem Rücken rumgevögelt. Vielleicht hatte sie auch rumgevögelt. Ich weiß es nicht. Wie soll das irgend jemand wissen? Jedenfalls hatte er diesmal ein Verhältnis angefangen, das Deedee für ziemlich heiß und heftig hielt. Sie brauchte jemanden, bei dem sie sich ausweinen konnte, und wer wäre dafür besser geeignet gewesen als ich? Wir waren alle schon so lange miteinander befreundet. Was dann passierte, habe ich nie so gewollt. Es hat sich ergeben. Ich hatte getrunken, und sie war einsam, und – da ist es eben passiert.« Plötzlich bedeckte er das Gesicht mit den Händen. »Gott, wenn ich es nur zurücknehmen könnte. Nur diesen einen Augenblick. Wenn ich es nur zurücknehmen könnte, ich würde es tun.«

Summer sah ihn an, betrachtete diesen starken Mann, der da mit mutlos hängenden Schultern und gesenktem Kopf neben ihr saß, in einer Haltung tiefster Verzweiflung, und gestand sich die traurige Wahrheit ein: Sie *war* in ihn verliebt.

Gott steh ihr bei.

Und sie ertrug es nicht, ihn leiden zu sehen. Auch wenn sein Schmerz daher rührte, daß er um eine andere Frau trauerte, sie mußte etwas tun, um ihn zu trösten.

Sie kroch zu ihm hin und legte ihm die Arme samt Steppdecke um die Schultern.

Und küßte ihn auf die unrasierte, sandpapierrauhe Wange.

Er ließ die Hände sinken, hob den Kopf, drehte sich zu ihr um und sah ihr mit der Glut eines Hochofens in die Augen.

32

Abgesehen von dem orangeroten Lichtschein, den die flackernden Flammen warfen, war es im Wald stockdunkel. Zwischen den schwarzen Baumstämmen hüpften und tanzten die Schatten wie heidnische Geister. Die Baumwipfel seufzten im Wind. Kleine Tiere raschelten und quiekten.

Summer betrachtete Steves unergründliche schwarze Augen, das unschöne, dennoch überwältigend anziehende Gesicht, die breiten Schultern, das struppige schwarze Haar.

Sie liebte diesen Mann. Die Erkenntnis erschreckte sie so, daß ihr fast übel wurde – aber sie erregte sie auch.

Er senkte den Kopf und küßte sie auf den Mund.

Summer schloß die Augen. Es war ein zärtlicher Kuß, ein lieber Kuß, und er weckte so tiefe Gefühle in ihr, daß sie am liebsten geweint hätte.

Dann, ohne Vorwarnung, hörte Steve auf, sie zu küssen, und rückte von ihr ab. Verwirrt öffnete sie die Augen.

»Wir machen einen Fehler.« Seine Stimme schwankte.

Verletzt wollte Summer auch wegrücken. Dann fiel ihr ein, daß dies Steve war, der stolze und unnahbare Steve, den sie liebte. Er war verletzt worden und litt noch immer. Er brauchte sie.

Statt aufzugeben, schlang sie ihre Arme fester um seinen Nacken. Sie schloß die Augen, hob den Kopf und suchte seine Lippen mit dem Mund. Steve wich nicht zurück, aber ebensowenig erwiderte er den Kuß, auch nicht, als Summer mit dem Mund sinnlich seine Lippen streichelte; ebensogut hätte sie eine Statue küssen können.

Er wehrte sich gegen sie. Warum? Wegen Deedee. Summer erriet es instinktiv. Dies war ein Kampf um Steves Seele, und Summers Gegnerin hieß Deedee.

Was half es da, daß Deedee tot war.

Hartnäckig hielt Steve den Mund geschlossen. Summer hatte noch nie einen Mann bewußt verführt, aber jetzt versuchte sie es. Sie zog die Umrisse seines Mundes mit der Zunge nach und strich über die Linie zwischen den Lippen. Dabei spürte sie, wie Steve sich am ganzen Körper versteifte, weil er dagegen ankämpfte, zu reagieren.

»Lieb mich, Steve«, flüsterte sie nah an seinem Mund und streichelte ihm sanft den Nacken, um ihn dazu zu bringen, den Kopf zu senken. Sogar sein Hals fühlte sich starr an.

»Ich muß einen klaren Kopf bewahren«, sagte er mit halb erstickter Stimme. »Um deinet- und um meinetwillen.« Summer lächelte ihn an, kletterte ihm auf den Schoß und zog die Steppdecke so zurecht, daß sie sie beide einhüllte. Dann legte sie ihm wieder die Arme um den Nacken. Sie saß sehr bequem, seine erhobenen Knie und seine langen muskulösen Oberschenkel auf der einen Seite, den warmen Bauch und die breite Brust auf der anderen. Ihre Brüste berührten seinen Körper. Seine Hände legten sich um ihre Taille, wie von selbst, nahm Summer an.

»Heute nacht brauchst du keinen klaren Kopf.«

Er hätte sie leicht von seinem Schoß herunterheben können. Das wußte Summer genau; sie hatte erlebt, wie stark er war. Und bestimmt wäre er nicht so rücksichtsvoll gewesen, sich zu fragen, ob er sie damit vielleicht verletzte. Falls er sie wirklich loswerden wollte. Aber das wollte er gar nicht. Davon war sie überzeugt.

»Summer ...« So sehr er sich auch dagegen sperrte, er konnte den Blick nicht von ihrem Mund abwenden.

»Pst.« Summer legte ihm einen Finger auf die Lippen, um ihn zum Schweigen zu bringen. Dabei blickte sie ihn unverwandt an. Sie war ihm so nah, daß sie jeden Fleck, jede Wunde, jede Narbe auf seinem Gesicht erkannte. Jede einzelne der tausend Bartstoppeln, die den schwarzen Schatten auf seinem Kinn ausmachten, nahm sie wahr, sie sah die leichte Schwellung, die noch immer seine rechte Gesichtshälfte entstellte, die gelblichen Ränder um die tiefrote Prellung auf seiner Stirn, die verfärbten Ringe um seine Augen. Die Wunde über seinem Wangenknochen begann zu heilen, die an seinem Mundwinkel ebenfalls. Zerschunden, wie er war, hätte er kaum anziehend wirken dürfen, und doch tat er es. Er sah aus wie ein müder Gladiator, dieser Mann, den sie liebte. Summer nahm alles an seinem Gesicht in sich auf, von den buschigen schwarzen Brauen und dem kleinen Buckel in seinem schmalen strengen Nasenrücken bis zu dem unerwartet weichen Schwung der Unterlippe über dem störrisch wirkenden Kinn.

»Hör zu, ich will mich auf nichts einlassen ...« Er atmete stoßweise. Zärtlich lächelte Summer ihn an.

»Ich auch nicht, aber ich glaube, es ist schon zu spät.« Sie hob ihm ihren Mund entgegen und zog zugleich seinen Kopf zu sich herab. Steve ließ es zu – und er hätte es leicht verhindern können, da machte sie sich keine Illusionen. Mehr Ermunterung bekam sie jedoch nicht.

Summer schloß die Augen und küßte ihn sanft auf den Mund, zunächst ganz leicht und neckend. Keine Reaktion. Lockend, bittend, verheißungsvoll streichelte sie seine Lippen mit ihren. Er wehrte sich immer noch – aber die Art, wie er plötzlich und scharf einatmete, verriet ihr genug.

Diesen Kampf würde sie gewinnen.

Steve fühlte sich groß und warm und stark an. Summer kuschelte sich näher an ihn, bis sie halb auf seiner starken Brust lag, schmiegte sich mit den Brüsten an ihn und schlang ihm die Arme fest um den Nacken.

Er öffnete den Mund, um etwas zu sagen – vermutlich, um erneut zu protestieren – doch sie kam ihm zuvor und schob ihm die Zunge zwischen die Lippen.

Sofort versteifte er sich, mit einem einzigen Ruck, der seinen ganzen Körper erfaßte. Wollte er denn ewig weiterkämpfen, dieser Gladiator? Summer löste sich von ihm und öffnete träge die Augen. Steve sah sie an, mit einem Blick, der heißer brannte als die Glut in ihrem Feuer. Wieder küßte sie ihn, leicht und schnell. Noch immer gab er nicht nach. Lächelnd rieb sie ihre Brüste an ihm. Seine Augen verengten sich, und er biß die Zähne zusammen. Summer spürte, wie er kurz den Atem anhielt.

»Zum Teufel damit«, murmelte er dann heiser und beugte sich über sie.

Er küßte sie, als könnten ihn nur ihre Lippen vor dem Hungertod bewahren. Mit Lippen und Zunge erforschte er ihren Mund, mal zärtlich, mal fordernd, während er sie zugleich umarmte und an sich drückte, als wollte er sie nie mehr freigeben. Summer erwiderte den Kuß mit ähnlichem Verlangen, die Arme fest um Steves Nacken geschlungen, den Kopf an seine Schulter gelehnt. Sie fühlte sich plötzlich schwach, als hätten sich ihre Muskeln allesamt in Pudding verwandelt. Wenn Steve sie jetzt losgelassen hätte, sie hätte nicht allein sitzen können. Aber das würde sie wohl auch nicht müssen. Die Leidenschaft sammelte sich in ihm wie Dampf in einem Schnellkochtopf; schon spürte Summer ihre sengende Glut. Er hatte beim Küssen vollkommen die Führung übernommen; Summer folgte nur noch seinen Bewegungen.

Als er endlich ihren Mund freigab und eine heiße Spur von Küssen über ihre Wange bis zum Ohr legte, stöhnte Summer leise auf. Steve knabberte an dem empfindlichen Ohrläppchen – eine nicht so sehr schmerzhafte wie erregende Berührung – und küßte dann die Stelle darunter.

»Ich will dich«, flüsterte er; sein Atem strich ihr warm über das Ohr. Sein heiserer, rauher Tonfall war unglaublich sexy. Summer begann zu zittern.

»Ich will dich auch.« Sie fuhr ihm mit den Fingern durchs Haar und preßte ihren Mund in die warme Kuhle unter seinem Ohr, so daß sie seinen rasenden Puls unter den Lippen spürte.

Steve saß gegen den Stamm der Kiefer gelehnt, und Summer lag an seiner Brust, die Beine mit seinen verschränkt, während die Steppdecke sie beide umhüllte. Er stützte ihr den Kopf mit einer Hand und drehte sie so, daß er sie bequem auf den weichen Hals küssen konnte.

Einen Moment lang meinte Summer, über ihnen am Nachthimmel Fledermäuse nach Insekten jagen zu sehen. Rasch schloß sie die Augen vor diesem Anblick und befahl sich, nicht mehr daran zu denken, wo sie sich befanden und warum. Sie wollte nur noch Steves Hände fühlen, seine Lippen und seinen Körper. Er war alles, was sie wollte, was sie brauchte – er allein.

Steve ließ die Lippen ihren weichen Hals hinabgleiten und knabberte, saugte und leckte daran. Schließlich erreichte er die Kuhle am Halsansatz. Dort hielt er einen Moment inne und küßte sie hinein. Sein Mund fühlte sich hart an, sein unrasiertes Kinn rauh, seine Zunge, mit der er träge die weiche Mulde erkundete, war warm und feucht. Dann legte er Summer eine große warme Hand auf die Brust.

Um Summer drehte sich alles. Ihre Brustwarzen wurden sofort hart und drückten durch Sweatshirt, T-Shirt und BH hindurch gegen seine Handfläche. Steve streichelte die angespannte Knospe mit dem Daumen, nahm sie dann zwischen zwei Finger und drehte sie sanft hin und her. Summer spürte eine solche Lust, daß sie den Atem anhielt.

Plötzlich sehnte sie sich danach, seine Haut zu berühren. Sie senkte die Hände, schob sie ihm unter das Nike-Hemd und freute sich an dem Gefühl, seinen festen behaarte Körper zu spüren. Sie streichelte ihm die Brust, dann den Bauch. Er war warm, so warm – sie wollte dieser Wärme noch näher sein.

Ihre suchenden Finger trafen auf seinen Hosenbund. Summer fand den Knopf, öffnete ihn, zog den Reißverschluß nach unten. Sein Mund verbrannte ihr förmlich den Hals, die Hand auf ihrer Brust wurde starr, offenbar hörte er auf zu atmen. Dann ließ Summer die Hand in seinen Slip gleiten, über den angespannten Unterleib hinweg, und schloß sie um den riesigen, heißen, hungrigen Teil von ihm, der für sie gemacht war.

»Aaaah!« Als sie ihn umfaßte, stöhnte er auf, dann noch einmal. Plötzlich rollte er mit ihr über die Erde und drehte sie auf den Rücken, so schnell, daß sie alle Orientierung verlor und sich an seine Schultern klammerte, den einzigen sicheren Halt auf der Welt. Einen Moment lang verwickelten sie sich in die Decke. Steve befreite sich leise fluchend und schleuderte die Decke beiseite. Dann lag er auf Summer, hart und schwer, sein Atem ging schnell und stoßweise. Wieder küßte er sie auf den Mund, mit einer hungrigen Leidenschaft, die in ihr ein ähnliches Feuer entfachte. Wild erwiderte sie den Kuß. Sie wollte, daß Steve sie liebte, wollte es mit einer Intensität, die sie sich noch gestern nicht zugetraut hätte.

Mit dem winzigen Teil ihres Verstandes, der noch funktionierte, wurde ihr bewußt, daß Steve genau das war, wonach sie seit Jahren suchte. Ein Mann, der sie brauchte; ein Mann, den sie lieben konnte: Steve.

Mit unsicheren Händen zog er sie aus; Summer mußte ihm helfen. Zu ungeduldig, um den Reißverschluß an ihrem Sweatshirt ganz zu öffnen, gab er auf halbem Weg auf und zog es ihr über den Kopf. T-Shirt und BH schob er einfach aus dem Weg, bis sie verdreht unter Summers Achselhöhlen saßen. Dann umfaßte er ihre Brüste, so fest, daß es hätte schmerzen müssen und es doch nicht tat. Summer stöhnte auf und vergaß, daß sie ihm mit ihrer Kleidung helfen wollte. Er küßte ihre Brüste, und sie wäre vor reiner, köstlicher Lust fast gestorben. Dann, ganz unvermittelt, zog er Hände und Mund zurück. Summer öffnete die Augen und sah, daß er dabei war, sich die kurze Hose, das Hemd, die Schuhe abzustreifen. Sie setzte sich auf, half ihm mit bebenden Händen und küßte dabei immer wieder voll Verlangen seinen Körper.

Sobald er fertig war, kam sie an die Reihe. Steve zog ihr T-Shirt und BH über den Kopf, ohne den BH erst zu öffnen. Wieder umfaßte er ihre Brüste und beugte sich hinab, um Summer zu küssen, doch sie entwand sich ihm.

Sie war auf andere Beute aus.

Sie legte ihm die Hände auf die Schultern, drückte ihn auf den glatten, schlüpfrigen Teppich aus Laub nieder, küßte ihm den Hals, strich ihm mit den Lippen über die warme, rauhe Brust, knabberte an seinem straffen Bauch, auf dem Weg zu ihrer Beute.

Als sie ihr Ziel erreicht hatte, stöhnte er erneut laut auf. Er fühlte sich groß und heiß und warm zwischen ihren Lippen an. Sie küßte ihn, leckte an ihm, nahm ihn ganz in den Mund. Steve spannte die Muskeln und schloß die Augen, während sie ihn höher und höher hinaufführte. Summer genoß ihre Macht. Er gehörte ihr, ganz ihr, und sie nahm ihn in Besitz.

Dann vergrub er die Hände in ihrem Haar, zog sie von sich weg, zog sie herauf. Er wälzte sich mit ihr herum, drehte sie auf den Rücken und streifte ihr mit schnellen, fast verzweifelten Bewegungen Shorts und Slip herunter. Die Sachen hingen ihr jetzt um die Knöchel, auch trug sie noch ihre Schuhe, doch Steve konnte nicht mehr warten. Stöhnend legte er sich auf sie. Ihre Knie öffneten sich wie von selbst, sie schlang ihm die Arme um den Nacken und hieß ihn willkommen. Mit einem harten, schnellen Stoß drang er in sie ein, und Summer atmete heftig aus. Zur Antwort stöhnte er, und das erregte sie noch mehr. Voll Leidenschaft hob und senkte sie das Becken, während er in sie hineinglitt, wieder heraus, dann wieder hinein, in drängendem, unerbittlichem Rhythmus. Den Kopf weit zurückgeworfen, den Mund geöffnet, ließ sie sich nehmen, und sie nahm ihn auch. Sie grub ihm die Fingernägel in den Rükken, drückte ihm die Oberschenkel an die Hüften. Die Lust machte sie besinnungslos, ließ sie zittern wie im Fieber. In ihrem Kopf war für nichts mehr Raum als für das Staunen über ihr eigenes Verlangen – und für den Gedanken, daß dies Steve war.

Er legte ihr die Hände unter die Pobacken und hob sie an, damit er noch tiefer in sie eindringen konnte. Zugleich nahm er stöhnend ihre empfindliche linke Brustwarze in den Mund.

Summer hielt es nicht mehr aus. In ihr explodierte eine Leidenschaft, die sie sich früher nicht einmal annähernd erträumt hätte.

»O Steve! Steve! *Steve*!«

Sie erbebte und klammerte sich an ihn und schrie ihr Glück in die endlose Dunkelheit hinaus. Steve stieß noch einmal wild in sie hinein und schrie ebenfalls auf, während er bebend in ihr blieb.

Dann war es vorbei, so plötzlich, wie ein Sturm vorüberzieht.

Summer lag schlaff auf der Erde, und mit jeder Sekunde fand sie neue Gründe, sich unwohl zu fühlen. Unter ihren Schulterblättern war ein Grashügel. Ihre Beine waren eiskalt. Das große Trampeltier, das auf ihr zusammengesunken war, wog eine Tonne.

Und es fing an zu regnen.

33

»Es regnet.« Summer küßte ihn auf die stopplige Wange.

»Hmm?« Steve öffnete nicht die Augen, hob nicht den Kopf, lächelte sie nicht an, *rührte* sich nicht.

»Es regnet, habe ich gesagt.« Wie um ihre Aussage zu bestätigen, klatschte ihr ein dicker Tropfen auf die Nase. Summer stieß Steve gegen die Schulter. »Wir werden ganz naß.«

Da öffnete er die Augen. In den gefährlichen schwarzen Tiefen blitzte es, dann bewegte er sich und küßte sie auf die Nase. »Du bist schön.«

»Du auch«, erwiderte sie lächelnd.

»Ich wette, das sagst du zu allen Männern.« übertrieben kokett klimperte er mit den Wimpern.

»Nichts da. Nur zu den gutaussehenden.«

Er lachte. »Ich habe in meinem Leben schon einiges zu hören bekommen, aber daß ich gut aussehe, hat noch keine gesagt.«

»Offensichtlich hattest du immer mit den falschen Frauen zu tun.«

»Offensichtlich.«

Ein zweiter Tropfen fiel ihr auf die Stirn. Plötzlich stand

Muffy neben ihr, winselte und blickte ihr ängstlich ins Gesicht. Summer wußte es nicht bestimmt, aber sie war ziemlich sicher, daß Muffy zum ersten Mal bei Regen im Freien war.

»Verdammter voyeuristischer Köter«, murmelte Steve. »Ich wette, sie hat die ganze Zeit zugesehen.«

Er schob sich von Summer herunter, setzte sich auf, zog die Knie an und stützte die Arme darauf. Dann blickte er sich wachsam um, wobei er offenbar den unteren Ästen der umstehenden Bäume besonders viel Aufmerksamkeit schenkte. Weshalb? fragte Summer sich, und dann wurde es ihr klar.

Das Feuer zischte und knisterte, weil Regentropfen hineinfielen.

»Suchst du Deedee?« fragte Summer honigsüß. Zugleich setzte sie sich auch auf und zog Slip und Hose an Ort und Stelle zurück. Steve sah sie aus halbgeschlossenen Augen an, schürzte die Lippen und nickte schließlich.

»Ich glaube, sie verfolgt mich.«

Summer konnte nicht anders. Trotz seines halb scherzhaften Tonfalls sah sie plötzlich rot. Sie hatte nicht die Schlacht gewonnen, nur um den Krieg zu verlieren!

Zornig hob sie einen Kiefernzapfen auf und warf nach ihm. Sie traf ihn am Kinn.

»He!« Überrascht rieb er sich die Stelle. »Was sollte das denn?«

Summer warf einen zweiten Kiefernzapfen nach ihm. Auch er traf. Dann sprang sie auf die Füße, beugte sich über Steve, packte ihn an den Ohren, zog sein Gesicht zu sich herum und funkelte ihn an, die Nase nur fünfzehn Zentimeter von seiner entfernt.

»Ich will kein Wort mehr über Deedee hören! Nicht eine Silbe mehr, hast du verstanden?«

Einen Moment lang sah er sie fast erschrocken an, dann grinste er, streckte die Arme aus, faßte Summer an der Taille und zog sie auf seinen Schoß.

»Ich mag es, wenn meine Frauen eifersüchtig sind.« Er küßte sie. Dann legte er ihr die Hände auf die Brüste und streichelte sie. Er war nackt und sie war halb nackt, und sein Kuß entfachte das Feuer in ihr …

Ein Schwall Regentropfen ließ sie auseinanderfahren.

»Das gibt Sturm«, meinte Steve und hob horchend den Kopf. Es donnerte leise. »Wir müssen irgendwo Schutz suchen.«

»Und wo?« Hier gab es kilometerweit keinen Schutz, das wußte sie ebensogut wie er.

»Pack alles ein bis auf die Decke. Ich habe eine Idee.«

Summer zog sich an und tat dann, was er verlangte. Unterdessen stieg er in die kurze Jeans und die Schuhe und verschwand zwischen den Bäumen. In der Ferne flackerte ein Blitz am Himmel. Der Wind blies Regentropfen über die Lichtung. Das Lagerfeuer zischte und tanzte. Jede Minute konnte es einen Wolkenbruch geben.

»Los, komm.« Steve tauchte wieder auf, trat das Feuer aus, griff nach der Sporttasche und Muffy und marschierte erneut zwischen den Bäumen davon. Irgendwie glaubte Summer nicht, daß man bei Gewitter im Wald gut aufgehoben war; trotzdem drückte sie sich die Stoppdecke an die Brust und folgte ihm.

Diesem Mann mit den breiten Schultern wäre sie bis zur Hölle und wieder zurück gefolgt.

Unter einer schützenden Baumgruppe – dem Duft nach zu urteilen, waren es Zedern – hatte er eine rohe Schutzhütte gebaut: Ein Picknicktisch lag mit der Platte nach unten auf einem zweiten – was vermutlich verhindern sollte, daß allzu viel Wasser durch Risse in der Platte nach unten drang; an den Seiten lehnten Kiefernzweige.

»Gib mir die Decke.«

Summer reichte sie ihm. Er kroch unter den Tisch und breitete die Decke auf der Erde aus. Allmählich regnete es stärker. Rasch folgte Summer ihm unter den Tisch. Als sie es sich bequem gemacht hatten, lagen sie wie zwei Löffel nebeneinander in die Decke gewickelt, Summers T-Shirt-bedeckter Rükken an Steves nackter Brust, seine Arme um ihre Taille. Ihre Köpfe ruhten auf der Sporttasche. Ihre Schuhe – und Summers Socken – standen Seite an Seite vor der einen behelfsmäßigen Wand.

Es donnerte unheilverkündend. Regen strömte vom Himmel. Muffy winselte und sah Summer jämmerlich flehend an. Summer zog die kleine Hündin an ihre Brust und hüllte auch sie in die Decke.

Zu dritt hatten sie es in ihrer Notunterkunft erstaunlich gemütlich. Der Regen, der rings um sie niederfiel, konnte ihnen nichts anhaben. Die Luft war kühl und feucht, es duftete nach Regen und Laub. Das Prasseln der Regentropfen, die über ihnen auf die Picknicktische fielen, wirkte besänftigend. Summer lag in Steves Armen, sie fühlte sich warm und trocken und trotz aller widrigen Umstände merkwürdig zufrieden.

»Erzähl mir von deinem Zahnarzt«, sagte Steve leise dicht an ihrem Ohr. Summer blickte ihn über die Schulter hinweg an und lächelte in sich hinein.

»Er ist ein sehr guter Zahnarzt«, erwiderte sie gesetzt.

»Schläfst du mit ihm?«

»Das« – Summer drehte sich um, bis sie mit dem Gesicht zu ihm lag, und kniff ihm in die Nase – »geht dich überhaupt nichts an.«

»Ach ja?«

»Ja.«

»Hast du vor, dich wieder mit ihm zu treffen?«

»Du meinst, falls wir das hier überleben?«

»Genau.«

Nachdenklich schaute sie ihn an. »Vielleicht.«

»Vielleicht?« Er kniff die schwarzen Augen zusammen.

»Kommt ganz darauf an, ob ich einen Grund habe, mich *nicht* mit ihm zu treffen.«

»Was für einen Grund könnte das sein?«

»Das weiß ich nicht – zum Beispiel könnte es jemand Neuen in meinem Leben geben.«

»Und? Gibt es so jemanden?«

»Hmm.«

»Das ist keine Antwort.«

»Eine bessere kriegst du nicht.«

»Ach ja?« Er küßte sie auf den Mund, warm und genüßlich und sehr besitzergreifend. »Weißt du was? Ich glaube, es gibt jemand Neuen in deinem Leben.«

»Ich denke, du willst dich auf nichts einlassen.«

Träge lächelte er sie an. So aus der Nähe betrachtet, war dieses Lächeln einfach umwerfend. »Will ich auch nicht. Aber mir geht es wie dir, es ist schon zu spät.«

»Wirklich?«

»Jaha.«

»Du hast dich auf mich eingelassen?«

»Sieht ganz so aus, oder?«

»Und was ist mit Deedee?«

Steve seufzte und rollte sich auf den Rücken, wobei er Summer, die Decke und Muffy mitzog. Vor Empörung über diese rücksichtslose Behandlung kroch Muffy aus dem Kokon hinaus und kauerte sich gekränkt ganz nah an den Rand ihrer Hütte. Die beiden Menschen beachteten sie überhaupt nicht.

»Baby, ich glaube, was Deedee betrifft, hast du was mißverstanden. Wir hatten nie die Sorte Liebesaffäre, die du dir anscheinend vorstellst. Was zwischen uns war, das war nicht auf Dauer gemeint. Das wußten wir beide von Anfang an. Schön, ich bilde mir immer wieder ein, sie zu sehen. Dafür kann ich nichts. Verdammt, ich weiß auch, daß sie tot ist, und ich glaube nicht an Gespenster. Ich kann mir das nur auf eine Art erklären. Willst du hören, wie?«

»Wie denn?« Summer lag ausgestreckt auf ihm, warm in die Decke gewickelt. Jetzt hob sie den Kopf, verschränkte die Hände auf Steves Brust und stützte das Kinn darauf, um ihm ins Gesicht sehen zu können.

»Bevor ich dir begegnet bin, habe ich sie nie gesehen. Nicht ein einziges Mal in den drei Jahren seit ihrem Tod. Ich glaube, das liegt daran, daß ich mich jetzt schuldig fühle. Wegen der Art, wie ich mich fühle, wenn ich mit dir zusammen bin.«

»Wirklich?« Hoffnungsvoll schaute sie ihn an.

»Wirklich.«

»Und wie fühlst du dich, wenn du mit mir zusammen bist?«

Steve grinste. »Geil.«

Summer kniff ihm in die Brust. Er schrie auf und rieb sich die mißhandelte Stelle.

»Ist das alles?« Wütend funkelte sie ihn an.

»He, mir gefällt's.«

Summer schürzte die Lippen, rollte sich vom ihm herunter, verschränkte die Arme über der Brust und kehrte ihm ruckartig den Rücken zu.

»Was willst du denn noch?« Er stützte sich auf einen Ellbogen, beugte sich über sie und betrachtete ihr abgewandtes Gesicht.

»Von dir?« Summer lachte. »Überhaupt nichts.«

»Jetzt bist du sauer auf mich.« Er küßte sie aufs Ohr. Sie stieß ihm den Ellbogen gegen die Brust. Steve stöhnte auf und zuckte zurück. Gleich darauf beugte er sich wieder über sie.

»Wahrscheinlich willst du hören, daß ich das zwischen uns für was Besonderes halte. Daß die Sache zwischen dir und mir vielleicht was auf Dauer ist. Richtig?«

»Ich will gar nichts hören. Meinetwegen brauchst du überhaupt nicht mit mir zu reden. Ich ...«

Er fiel ihr ins Wort; sein Atem strich ihr warm über das Ohr. »Also, genau dafür halte ich es.«

Es dauerte eine Weile, bis Summer begriff.

»Was?« Sie drehte sich um, so daß sie ihm ins Gesicht sehen konnte. Er lächelte sie an, ziemlich kläglich, wie ihr schien.

»Du hast richtig gehört.«

»Sag es noch mal.«

»Nie im Leben.«

»Steve Calhoun – willst du mir etwa erzählen, daß du dich in mich verliebt hast?«

»Ich schätze ja.«

»Du *schätzt?«*

Summers Stimme und Gesicht drückten solche Empörung aus, daß er hastig den Rückzug antrat. »Also schön, ich bin sicher. Glaube ich.«

»Glaubst du?« Diesmal war sie nicht nur empört. Sie war schlicht und einfach außer sich.

»Meine Güte, Summer, was willst du denn noch?«

»Ich will, daß du geradeheraus sagst, du hast dich in mich verliebt. Falls es das ist, was du sagen willst.«

Einen Moment lang blickte er sie nur schweigend an. Sie lagen sich gegenüber, beide in dieselbe Decke gewickelt, die

Köpfe auf der blauen Nylonsporttasche nur Zentimeter voneinander entfernt. Summer hatte, starr vor Zorn, die Arme fest über der Brust verschränkt. Steve griff nach unten, faßte ihre Hände und löste sie voneinander, nicht ohne symbolischen Widerstand von ihr. Dann hob er die Hände an die Lippen und küßte die Fingerknöchel, erst an der einen Hand, dann an der anderen.

»Ich glaube, daß du vielleicht, nur vielleicht, zu mir geschickt worden bist, um mich vor der Finsternis zu bewahren«, sagte er leise. »Als ich dir begegnet bin, damals in der Leichenhalle, war es mir egal, ob ich lebe oder sterbe. Jetzt ist es mir nicht mehr egal.«

»Steve«, flüsterte sie. Seine Worte und der zärtliche Blick seiner schwarzen Augen rührten sie tief.

»Pst«, sagte er. »Laß mich ausreden, jetzt wo ich angefangen habe. Seit Jahren habe ich bei dem Gedanken an die Zukunft weder Hoffnung noch Freude empfunden. Wenn ich jetzt an die Zukunft denke – wenn ich mir vorstelle, wie ich dann bei dir bin, fühle ich beides. Heißt das, daß ich mich in dich verliebt habe? Wer weiß? Aber ich würde es gern ausprobieren – falls du das auch willst.«

»O Steve.« Forschend sah Summer ihm in die Augen. Er meinte es ernst. Ihr ging das Herz über. Hier waren sie, zwei Menschen, die das Leben verwundet hatte, und beide hatten in dem anderen gefunden, was sie brauchten, um ihre Wunden zu heilen. Und das war ein Wunder. Es gab kein anderes Wort dafür. Summer kuschelte sich an Steve, entzog ihm ihre Hände und streichelte ihm die stoppligen Wangen, zog die strengen Linien seines Mundes nach, berührte zärtlich die heilenden Verletzungen. »Auch wenn du es nicht geradezu sagen kannst, ich kann es: Ich liebe dich.«

»Ja?« Er lächelte sie an, vorsichtig und ein wenig schief.

»Ja«, erwiderte sie leise und küßte ihn auf den Mund.

Durch den Eingang der behelfsmäßigen Schutzhütte blickte ein noch nicht ganz himmelstauglicher Engel herein und klatschte jubelnd Beifall.

Die zwei, die sich unterhielten, hörten es nicht. Nur Muffy legte erstaunt den Kopf auf die Seite.

34

In dieser Nacht feierte der Himmel ein Fest, Donner spendete dröhnend Beifall; Blitze zuckten vor Freude über den Himmel, Regen prasselte in endlosem Applaus auf die Erde. Summer und Steve hörten davon nichts, sie hatten nur Ohren für einander.

Summer erzählte ihm, wie es ihr in der Ehe mit Lem wirklich ergangen war, wie sie schließlich magersüchtig geworden und wie schwer es ihr gefallen war, sich zu heilen und wieder gesund zu werden.

Er erzählte ihr, wie er jahrelang zuviel getrunken und schließlich allen Halt verloren hatte, nachdem ihm sein Leben um die Ohren geflogen war, und wie er sich auf die Sauftour seines Lebens begeben hatte: ein verlorenes Wochenende, das fast drei Jahre gedauert hatte.

Sie erzählte ihm, daß Lem sie wegen einer zweiundzwanzigjährigen Krankenschwester verlassen hatte.

Er erzählte ihr, daß sein Vater vor Kummer über den Skandal um ihn gestorben war.

Und sie hielten sich fest und weinten und lachten und liebten sich – und heilten sich.

»Wieso bist du gerade jetzt zurückgekommen?« fragte Summer mehrere Stunden später schläfrig, als sich die Geschichte von Steves dreijähriger Irrfahrt dem Ende näherte.

Steve lag auf dem Rücken, ihr Kopf ruhte an seiner Schulter. Die Erde war hart, die Luft kalt. Hier und da pikten Kiefernnadeln durch die Decke und trafen Summer an den empfindlichsten Stellen. Es störte sie nicht. Sie war nackt, nur in die Decke gewickelt, Steves Glutofenhitze hielt sie warm, und sie war auf selige, alberne Art glücklich. Unter der Hand, die sie Steve auf die behaarte Brust gelegt hatte, spürte sie seinen gleichmäßigen Herzschlag.

»Du meinst nach Tennessee?« Den einen muskulösen Arm hatte er sich unter den Kopf geschoben, der andere lag um Summers Schultern. Beim Sprechen betrachtete er die rauhen Holzbretter, die das Dach ihrer behelfsmäßigen Hütte bildeten. Summer fragte sich sofort, ob er irgendwo da oben Deedee zu sehen meinte, wies den Gedanken aber als unwürdig von sich. Ihr Bauch sagte ihr, daß Steve Deedee nicht mehr sehen würde. Jedenfalls nicht, wenn er weiß, was gut für ihn ist! ergänzte sie in Gedanken heftig.

»Na, wie gesagt, ich war drüben in Nevada. Mit den Kreditkarten und meinen Ersparnissen hatte ich mich ziemlich lange über Wasser gehalten, aber jetzt war ich so gut wie pleite. Eines Nachmittags wachte ich in einem Bordell auf – ›Bei Mabel‹, wo sie nach dem Motto arbeiten: ›Der Kunde kommt immer zuerst‹. Neben mir lag ein Mädchen, und wir waren beide nackt – au, nicht boxen! – aber ich wußte weder, wie ich da hingekommen war, noch was wir zusammen gemacht hatten. Sie sah übrigens verdammt gut aus.«

Steve lächelte versonnen, dann schrie er auf. Summer hatte ihm zur Strafe an den Brusthaaren gezogen, daß es schmerzte.

»Jesus, bist du gemein.« Er blickte zu ihr hinab, grinste und erzählte weiter. »Ich konnte mich nicht einmal an das Datum erinnern. Also fragte ich sie danach, und sie sagte, Heiligabend. Da wurde mir irgendwie übel. Also stand ich auf, zog mich an und kehrte in das Hotel zurück, in dem ich wohnte. Ein billiges Hotel, fünfundzwanzig Mäuse pro Nacht. Die Bettwäsche wurde ungefähr einmal pro Woche gewechselt.« Er atmete tief ein. »Ich fing also an, über Weihnachten nachzudenken, und dann griff ich zum Telefon und rief meine Tochter an. Ich hatte lange nicht mehr mit ihr geredet, denn jedesmal, wenn ich anrief, hatte Elaine gesagt, daß sie nicht mit mir sprechen wollte. Aber diesmal war meine Tochter selbst am Apparat. Ich sagte, daß ich sie liebe, und Frohe Weihnachten. Sie sagte: ›Ich hasse dich, Daddy‹, und legte auf.«

Summer spürte seinen Schmerz so deutlich, wie sie seinen Herzschlag unter der Hand fühlte. Sie litt mit ihm. Um ihn zu trösten, kuschelte sie sich enger an ihn und küßte ihn auf den Hals.

»So was sagen Kinder ständig zu ihren Eltern. Das weiß ich von meinen Neffen und Nichten.« Es war ein schwacher Trost, aber etwas Besseres fiel ihr nicht ein.

»Ich weiß.« Es klang müde. »Trotzdem, für mich war es wie eine Ohrfeige. Es erschreckte mich so, daß ich anfing, über mich nachzudenken. Ich sah endlich, was aus mir geworden war – ein schmutziger Säufer, der es mit Huren trieb – und mir wurde klar, daß ich mich ändern mußte. Ich duschte, zog saubere Sachen an, rasierte mich. Dann ging ich in die Kirche – es war eine kleine Methodistenkirche, sie stand mitten in diesem Kaff auf einem Hügel – und da ... ja, zum Teufel, da habe ich gebetet. Dann kam nacheinander die ganze Gemeinde herein. Wie gesagt, es war Heiligabend. Es gab einen Gottesdienst bei Kerzenlicht. Den habe ich auch mitgemacht. Als er vorbei war, wußte ich, daß ich alles tun mußte, um mein Leben wieder in Ordnung zu bringen.«

Gebannt lauschte Summer auf den Klang seiner tiefen Stimme. Unter ihrer Hand schlug sein Herz langsam und ruhig.

»Ich hörte mit dem Trinken auf«, fuhr er fort, »auf der Stelle, totaler Entzug. Mit Gottes Hilfe habe ich es bis heute geschafft, keinen Tropfen mehr zu trinken. Ich ließ einen Aids-Test machen. Keine Sorge, ich bin sauber. Dann fuhr ich nach Hause, um alles zu tun, damit meine Tochter mir vergibt. Unterwegs fing ich an nachzudenken. Gleich nach Deedees Tod war ich viel zu geschockt gewesen, um die Dinge klar zu sehen, aber seit ich mit dem Trinken aufgehört hatte, lichtete sich der Nebel. Ich hatte mir von Anfang an nur schwer vorstellen können, daß Deedee Selbstmord begangen hatte – um das zu verstehen, hättest du sie kennen müssen – aber bisher hatte ich es nie in Frage gestellt. Jetzt tat ich es. Vergiß nicht, sie hatte dieses Video hinterlassen. Da war nicht nur, äh, Sex drauf, da sagte sie auch, sie würde sich umbringen, weil ich mich von ihr getrennt hatte und zu meiner Frau zurückkehren wollte. Teufel, das hatte ich nie gesagt. Ich hatte meine Frau ja gar nicht *verlassen,* und von Deedee hatte ich mich hauptsächlich wegen Mitch getrennt. Das wußte sie auch, sie hatte deswegen einen Schreikrampf bekommen. Deshalb ergab das, was sie auf dem Band sagte, einfach keinen Sinn.« Er zögerte eine Minute lang und blickte stirnrunzelnd zur Decke empor. »Und dann war da noch der Schlüssel.«

»Was für ein Schlüssel?«

»Der zu meinem Büro. Das Büro war in Nashville, ich benutzte es nur vorübergehend, während ich mit dieser Untersuchung beschäftigt war, von der ich dir erzählt habe. Ich hatte es erst einen Monat vorher bezogen. Weil der Fall vertraulich war, hatte ich beim Einzug alle Schlösser auswechseln lassen, und ich schloß jeden Abend ab, ausnahmslos. An dem Abend, bevor Deedee dort starb, hatte ich auch abgeschlossen. Also wie ist sie reingekommen? Sie hatte keinen Schlüssel. Es gab nur einen, und der befand sich entweder in meiner Tasche oder zu Hause in meiner verschlossenen Schreibtischschublade. So war es jeden Tag, jede Minute lang. Deedee und Elaine mochten sich nicht besonders – vielleicht spürte Elaine, daß ich immer eine Schwäche für Deedee gehabt hatte, ich weiß es nicht – deshalb war Deedee kaum jemals bei mir zu Hause. Sie hätte also unmöglich den Schlüssel aus der Schublade stehlen können, während ich schlief, oder so was in der Art. Seit wir miteinander ins Bett gingen, war sie überhaupt nicht mehr im Haus gewesen, das weiß ich genau. Mein Büro war abgeschlossen, und sie hatte keinen Schlüssel. Was hat sie angestellt? Ist sie eingebrochen? Deedee wog etwa fünfundvierzig Kilo, und in technischen Dingen war sie nicht sehr begabt, und außerdem wies nichts auf einen Einbruch hin. Wie konnte sie sich dann in meinem Büro erhängen? Und wieso tat sie es ausgerechnet da, und warum hinterließ sie dieses Video? Sie wußte doch, daß man es erst nach ihrem Tod finden würde, daß es niemandem schaden würde außer mir. Auch wenn sie sauer auf mich war, ich kann mir nicht vorstellen, daß die letzte Tat ihres Lebens darin bestehen sollte, mich absichtlich in Schwierigkeiten zu bringen.«

»Worauf willst du hinaus? Daß sie sich nicht selbst umgebracht hat?«

»Ich wüßte jedenfalls nicht wie. Aber wenn sie es nicht war, wer hat sie dann umgebracht, und warum? Der einzige Grund, sie auf diese Art aus dem Weg zu schaffen, wäre der, mir zu schaden, aber wenn jemand *mir* schaden wollte, weshalb hat er dann nicht mich umgebracht, und fertig? Mich zu erschießen wäre verdammt viel einfacher gewesen, als diesen ausgetüftelten Plan durchzuführen, der nötig war, falls Deedee ermordet wurde. Ich begreife das nicht. Ich habe es nicht begriffen, als ich anfing, darüber nachzugrübeln, und ich begreife es immer noch nicht. Es fehlt ein Stück vom Puzzle, und ich kann es nicht finden. Mir fiel nur eine Möglichkeit ein: den Fall, mit dem ich bei Deedees Tod beschäftigt war, noch einmal genau durchzugehen. Stück für Stück, Spur für Spur, Tatsache für Tatsache. Vielleicht würde ich etwas finden – irgend etwas, das ich beim ersten Durchgang übersehen hatte. Deshalb war ich in der Nacht draußen bei der Leichenhalle, und deshalb sind wir jetzt hier.«

»Wegen Deedee«, meinte Summer nachdenklich. »Mir kommt es fast so vor, als würde ich sie kennen.«

»Du hättest ihr gefallen.« Er grinste sie plötzlich an. »Sie war eine störrische und hitzköpfige kleine Kämpferin, und sie mochte Frauen mit den gleichen Eigenschaften. Sie hat oft gesagt, Elaine sei ein Waschlappen. Ich glaube, ihrer Meinung nach war Elaine nicht gut genug für mich.«

»Anscheinend hatte sie recht.« Summer merkte, daß sie über Deedee wie über eine alte Freundin sprach. Allmählich sah sie sie wirklich so. Steve redete mit Zuneigung und Bedauern über sie – aber nicht mit Liebe, das spürte Summer immer deutlicher. Jedenfalls nicht mit der Art Liebe, die er für sie empfand. Vielleicht hatte sie sich getäuscht. Vielleicht war Deedee doch keine Bedrohung für sie. Vielleicht war sie es nie gewesen.

Einige Minuten lang herrschte Schweigen. Dann sagte Summer leise: »Glaubst du wirklich, daß wir das hier lebend überstehen können?«

Steve blickte zu ihr hinab. »Baby, wir *werden* es lebend überstehen. Vertrau mir.«

Das tat sie ja, aber ... Aber wenn er sich so mit ihr herumwälzte und sie küßte, konnte sie an gar nichts mehr denken. Und vielleicht wollte er genau das erreichen. Das war das letzte, was ihr durch den Kopf ging; dann überließ sie sich ganz seinen Händen und Lippen und seinem Körper und dachte lange Zeit an gar nichts mehr.

Es dämmerte früh. Irgendwann in der Nacht hatte der Regen aufgehört, und es gab einen schönen Sonnenaufgang – eine dicke orangerote Sonne bemalte den Himmel mit wundervollen Rosa- und Purpurtönen, um die Berge hingen lavendelfarbene Wolken, und die Wipfel der Kiefernwälder verfärbten sich rosig. Überall standen Pfützen, Dunst zog über den Boden und stieg in die Höhe, als würde eine unsichtbare Braut zum Himmel emporklettern und dabei meterlange hauchzarte Schleier hinter sich herziehen.

Das alles bemerkte Summer deshalb, weil Steve und sie neben einem Aussichtsplatz übernachtet hatten, nur durch eine niedrige Steinmauer vom ungehinderten Blick auf Berge und Täler und Himmel getrennt. Als sie dort oben am Berghang unter ihrem Schutzdach hervorkrochen, standen sie vor einem Panorama von atemberaubender Schönheit. Unter ihnen erstreckte sich ein weites bewaldetes Tal, in dem ein kleiner heller See lag. Diese großartige Landschaft hätte sie mit Ehrfurcht erfüllen sollen, oder wenigstens mit ein wenig Bewunderung. Steve schenkte dieser schönen neuen Welt einen flüchtigen Blick, ging geradewegs zum Motorrad und befaßte sich so ausschließlich und zärtlich damit, als wäre es seine Braut und dies der Morgen nach der Hochzeit. Schmutzig, zerzaust und übellaunig sah Summer ihm dabei zu; der Ausdruck in ihren Augen war finster.

Mußte der Himmel ihr einen Ritter schicken, der seinem Roß mehr Aufmerksamkeit widmete als seiner Liebsten?

Steve hatte sie wachgeküßt, kaum daß das Morgenlicht seine ersten Fühler zu ihnen unter das Schutzdach hereinstreckte. Summer hatte den Kuß schläfrig erwidert, doch ihr Körper war warm und willig gewesen, noch erfüllt von der Leidenschaft, die in der Nacht zwischen ihnen aufgeflammt war. Sie hatte Steve die Arme um den Nacken geschlungen und sich ihm mit einem sinnlichen Seufzer überlassen.

Statt den Morgen lustvoll zu beginnen, wie sie es sich nach der vergangenen Nacht vorgestellt hatte, hatte Steve ihr die Brust gedrückt, einen Klaps auf den Po gegeben und gesagt, sie solle sich anziehen, er wolle früh aufbrechen.

Soviel zum Thema Romantik.

Deshalb hockte Summer nun nahe bei der Steinmauer auf einem Picknicktisch und bewunderte den Tagesanbruch, während Steve an dem blöden Motorrad herumbastelte. Sie und Muffy saßen ganz allein an einem Abgrund, der aussah wie der Rand der Welt, und teilten sich die letzten Erdnußbutter-Cracker. Nicht weit von ihren pfiff Steve fröhlich und unmelodisch vor sich hin, während er Zündkerzen an seinem Hemd abrieb und wieder einschraubte. Nebenbei aß er die Marshmallows, die er sich zum Frühstück auserwählt hatte. Summer hatte den Verdacht, daß ihm der viele Zucker zu Kopf stieg.

Als er die Zündkerzen eingesetzt, den Sitz abgetrocknet und die Sporttasche gepackt und sicher festgeschnallt hatte, wandte er seine Aufmerksamkeit endlich seinen Begleiterinnen zu. Dann weiteten sich seine Augen: Er hatte den Ausdruck auf Summers Gesicht entdeckt.

»Bist du frühmorgens immer so griesgrämig, oder ist heute mein Glückstag?« fragte er und grinste aufreizend.

»Bist du frühmorgens immer so fröhlich?« fragte sie mit zuckersüßem Lächeln zurück. »Dann sollten wir über unsere Beziehung noch einmal nachdenken.«

»Mein kleiner Sonnenstrahl«, meinte er lachend, kam zu ihr und küßte sie auf die Lippen. Sein Mund fühlte sich warm an, sein Bart kratzte. Summer erwiderte den Kuß, einfach weil sie diesen Dummkopf liebte. Dann merkte sie, daß er ihre Lippen deshalb so sinnlich mit der Zunge streichelte, weil er nach Cracker-Krümeln suchte. Sie schob ihn weg.

»He!« protestierte er. »Gestern nacht hast du mich gern geküßt.«

»Gestern nacht ist Vergangenheit, Kumpel.«

»Ist das deine Art, mir mitzuteilen, daß die Flitterwochen vorbei sind?« Er grinste. »Kommt nicht in Frage, Rosencrans.«

»Ach ja?«

»Ja.« Er kam wieder näher, faßte sie um die Taille, zog sie zum Rand des Picknicktisches und stellte sich zwischen ihre Beine. »Küß mich, du Schöne.«

Ihre Hände lagen auf seinen Schultern. Sie hockte am äußersten Tischrand und umfaßte mit den Oberschenkeln Steves Hüften; ihre Füße in den Riesenschuhen hingen in der Luft. Es war eine ausgesprochen anzügliche Haltung; nur wußte Summer nicht, ob sie für Anzüglichkeiten in der richtigen Stimmung war. Sie war müde, hungrig, schmutzig, verängstigt und im Moment auch nicht sehr gut auf Steve zu sprechen – woraufhin er natürlich daran dachte, sie flachzulegen.

Männer!

Sie legte den Kopf ein wenig schief und sah ihn an. In seinen Augen war etwas, das nur bedingt einem Lächeln ähnelte. Die Schwellung in seinem Gesicht war abgeklungen, auch wenn die blauen Flecken und die zwei wunderhübschen Veilchen noch vorhanden waren. Zum ersten Mal sah Summer die Gesichtszüge ihres Liebsten unverzerrt. Er hatte hohe flache Wangenknochen, ein eckiges Kinn und recht schmale Lippen. Seine Haut wies einige Narben auf, die Nase bildete eine scharfe Linie. Es war ein strenges Gesicht, ein hartes Gesicht, ein unerbittliches Gesicht – und Summer fand jeden Zentimeter breit daran bezaubernd.

Er war groß, düster, gefährlich – und er gehörte ihr. Auch wenn sie noch so üble Laune hatte, ein Blick auf ihn genügte, um sie zu erregen.

Finster runzelte sie die Stirn. Er antwortete damit, daß er ihr anzüglich über den Oberschenkel strich. Einen Moment lang spielte er mit dem Gummizug am Beinloch ihres Slips, dann schob er die Finger darunter.

Summer schlug seine Hand weg.

»Ich dachte, du willst so schnell wie möglich losfahren«, erinnerte sie ihn, obwohl die Wärme seiner Hand auf sie übergesprungen war und sie es eigentlich nicht eilig hatte.

»Na ja.« Er lächelte leicht. »Ich glaube, ich habe es mir anders überlegt.«

Die Sonne stand schon hoch am Himmel, als sie endlich aufbrachen.

Summers wundgesessener Po hatte sich über Nacht nicht erholt. Das mußte Summer feststellen, sobald sie wieder fuhren, zurück in die Richtung, aus der sie gekommen waren.

Kaum vibrierte unter ihr der Sitz, schon begann ihr Hintern zu schmerzen. Nach einer Stunde waren ihre Füße eingeschlafen, ihr Rücken fühlte sich an, als wollte er durchbrechen, und in den Waden spürte sie einen nagenden Schmerz. Sie lehnte den Kopf an die Stelle zwischen Steves Schulterblättern und versuchte die Beschwerden zu vergessen.

Schließlich sah sie jedoch ein, daß das unmöglich war. Und noch etwas wurde ihr klar: Wenn sie sich auf ihre Schmerzen konzentrierte, vergaß sie wenigstens, sich zu fürchten.

Sie fuhren geradewegs in die Höhle des Löwen, und Summer hatte ihre Zweifel, ob das so eine gute Idee war.

Allerdings war sie viel zu müde, um sich zu überlegen, was sie statt dessen unternehmen könnten. Nach einer Weile gab sie es auf. Vertrau mir, hatte Steve gesagt. Ob gut oder nicht gut, genau das würde sie jetzt tun.

Sie lehnte sich zurück und reckte den Hals, um wenigstens die Schmerzen in ihrem Hinterkopf zu lindern. Unter dem T-Shirt lag ihr Muffy wie eine Stoffpuppe auf dem Schoß. Die arme Hündin hatte sich offenbar mit ihrem Elend abgefunden und zeigte ihren Unwillen über diese ungemütliche Art zu reisen nur noch, indem sie ab und zu leise stöhnte. Es wurde ein heißer Tag, unter dem Helm bekam Summer Kopfschmerzen, am liebsten hätte sie auch gestöhnt.

Nur eins hielt sie davon ab: Die Lage würde sich noch verschlimmern. Davon war sie überzeugt. Also hob sie sich das Stöhnen für später auf, wenn es wirklich angebracht war.

Der Gedanke, daß sie – und Steve – heute sterben könnten, erschreckte sie. Deshalb konzentrierte sie sich auf ihre Schmerzen und Qualen und zwang sich, überhaupt nicht zu denken.

Es mußte gegen drei Uhr nachmittags sein, als Summer es entdeckte: Ein kleiner Doppeldecker kreiste träge am hellblauen Himmel und zog ein langes weißes Werbebanner hinter sich her. Über den Stränden von Florida hatte Summer solche Flugzeuge schon oft gesehen; dort warben sie für Eßt-soviel-Ihr-wollt- und Zwei-Drinks-für-einen-Preis-Sonderangebote. Daß eins von ihnen über den dichtbewaldeten

Smoky Mountains herumflog, fand Summer ein wenig überraschend. Hier wirkte es fehl am Platz, irgendwie unpassend. Neugierig schaute sie ihm zu.

Schließlich kam es so nah heran, daß sie die Botschaft auf dem Banner entziffern konnte:

Steve. Wo ist Corey? Ruf an: 555-2101.

Summer hielt den Atem an, riß die Augen auf und las die Botschaft ein zweites Mal. Dann stieß sie Steve kräftig in die Rippen.

35

»Corey ist meine Tochter«, sagte Steve; seine Stimme klang rauh. Er stand am Straßenrand und blickte dem Flugzeug nach, das eben hinter einem wolkenverhangenen Gipfel verschwand. Summer hatte ihm die Arme um die Taille gelegt. Auch ohne sie anzusehen, spürte er, wie besorgt sie zu ihm aufschaute.

Nachdem Summer ihn auf das Flugzeug und das Banner hingewiesen hatte, hatte er die Nachricht einmal gelesen, dann noch einmal, und wäre dabei fast von der Straße abgekommen.

Die Botschaft galt ihm, daran bestand kein Zweifel.

Corey. Sie hatten Corey entführt. Steve sah seine Tochter vor sich, ein wenig pummelig, ein wenig scheu, mit weichen braunen Ponyfransen, die ihr ständig in die Augen fielen, und einem unvorteilhaften karierten Faltenrock, wie er in der Konfessionsschule, die sie besuchte, vorgeschrieben war, und dann fiel es ihm ein: dieses Bild, das er so lange im Herzen getragen hatte, zeigte Corey mit zehn. Inzwischen war sie dreizehn, ein Teenager, Gott steh ihm bei. Sie mußte sich verändert haben.

Um ihn unter Druck zu setzen, würden sie Corey weh tun, sie quälen, vielleicht sogar umbringen.

Adrenalin schoß ihm ins Blut, er spürte einen bitteren Geschmack im Mund, sein Herz setzte einen Schlag aus.

O Gott, warum hatte er nicht daran gedacht, daß sie sich an Corey ranmachen konnten?

In seiner Erregung wäre er fast in den Abgrund gefahren. Erst als Summer entsetzt aufschrie, fand er in die Gegenwart zurück.

Tief erschüttert lenkte er das Motorrad an den Straßenrand, hielt an und stieg ab. Summer stieg auch ab und legte die Arme um ihn, während er dem Flugzeug nachsah, bis es in der Ferne verschwand. Von ganzem Herzen wünschte er sich eine M-16, um das Ding abzuschießen; oder den Arm eines Riesen, um es vom Himmel zu holen.

Wo ist sie? wollte er rufen, doch er tat es nicht, denn es hätte nichts genützt. Das Flugzeug war außer Hörweite, unerreichbar. Er konnte die Leute darin nicht würgen, bis sie ihm verrieten, wo Corey war, und sie ihm zurückbrachten. Er konnte sie nicht umbringen, weil sie sie angerührt hatten. Er konnte gar nichts tun. Er war vollkommen hilflos, saß hier auf diesem verdammten Berghang, während seine Tochter seinetwegen litt, vielleicht sogar starb.

Hör auf! befahl er sich zornig. Sie würden sie nicht umbringen, bevor sie hatten, was sie wollten: den Lieferwagen und ihn. Bis dahin war Corey für sie das As im Ärmel. Vielleicht fürchtete sie sich – schön, wahrscheinlich fürchtete sie sich halb zu Tode – aber sonst war ihr nichts passiert.

Das durfte er nicht vergessen. Sonst würde er zusammenbrechen. Und einen Zusammenbruch konnte er sich nicht leisten. Er mußte nachdenken. Mit Kämpfen, mit Waffengewalt, konnte er diese Leute nicht besiegen. Er war nur einer, sie waren viele. Und die gemeinen Mistkerle hatten seine Tochter.

Er mußte es mit Nachdenken schaffen.

»Ich habe mir die Nummer gemerkt«, sagte Summer leise. »Meinst du, wir sollten eine Telefonzelle suchen?«

»Ich kenne die Nummer. Es ist die meiner Exfrau. Ja, wir brauchen eine Telefonzelle.« Er blickte auf sie hinab. Sie trug noch immer den gelben Helm – erst jetzt wurde Steve bewußt, daß er auch einen Helm trug – und darunter hervor blickte sie ihn aus großen Augen besorgt an. Ihre Arme hatte sie ihm tröstend um die Taille gelegt. Ihr Gesicht war so blaß, wie er sich fühlte.

Steve sah sie an, betrachtete das Beste, was ihm seit sehr sehr langer Zeit passiert war, und dachte: Ich hätte es wissen müssen. In der letzten Nacht hatte das Leben angefangen, wieder verdammt gut auszusehen, trotz aller Unsicherheit. Wie ein Geschenk war ihm das Glück überreicht worden, in Gestalt einer Frau mit einem Körper, der ihm den Atem verschlug, einer inneren Kraft, die ihm Respekt einflößte, und einem Herz, das so weich war wie ihre Haut.

Er hätte wissen müssen, daß das zu schön war, um lange zu halten. Die himmlischen Mächte hatten ihn noch nicht genug bestraft.

Aber nicht durch Corey. Bitte, Gott, nicht durch Corey. Die Schuld lag bei ihm, bei ihm allein. Bitte, betete Steve, bitte laß nicht das Kind dafür büßen.

»Mit mir ist alles in Ordnung«, sagte er, um Summer zu beruhigen, obwohl er wußte, daß es nicht stimmte. Nichts war in Ordnung. Er fühlte sich, als hätte er einen Schlag in die Magengrube bekommen und sich noch nicht davon erholt.

Aber er mußte zu sich kommen. Er konnte sich jetzt nicht hinlegen und sterben, oder den Mond anheulen und Gott und die himmlischen Mächte um Gnade anflehen. Er mußte kämpfen, verdammt noch mal. Kämpfen, wie er nie zuvor gekämpft hatte, für Corey und Summer und sich selbst.

In den letzten Tagen war ihm das Leben zurückgegeben worden. Auch wenn er dieses Geschenk kaum verdient hatte, er würde es sich nicht mehr wegnehmen lassen, nicht wenn er es verhindern konnte.

Irgendwie mußte dieser Kampf zu gewinnen sein.

Der Sieger kriegt alles, Baby: Wie aus dem Nichts kam ihm dieser Satz in den Sinn. Es war einer von Mitchs Lieblingssprüchen. Im Laufe seines Lebens hatte Steve ihn das bei vielen, vielen Gelegenheiten sagen hören. Sie hatten Schach miteinander gespielt, Karten, Football, Golf. Mitch hatte immer die Rücksichtslosigkeit aufgebracht, die er brauchte, um zu gewinnen. Während Steve sich an die Regeln gehalten hatte. Wenn er gesiegt hatte, dann war es ein ehrenhafter Sieg gewesen, ein verdienter. Das war ihm immer wichtig gewesen, auch wenn Mitch ihn deswegen ausgelacht hatte.

Die Kerle, die Corey festhielten, würden sich nicht an die Regeln halten. Gegen sie zu spielen würde ähnlich sein, wie gegen Mitch zu spielen. Nur daß Steve diesmal auf Sieg spielen würde, koste es, was es wolle.

An andere Möglichkeiten wollte er nicht einmal denken.

»Alles in Ordnung«, sagte er noch einmal, senkte den Kopf und küßte Summer kurz und kräftig auf den Mund. »Komm, wir suchen ein Telefon.«

Fünfundvierzig Minuten später fanden sie eins – vor einer Tankstelle mit Lebensmittelladen, einem winzigen Familienbetrieb am Westhang des Clingmans Dome. Summer übergab Muffy an Steve und ging dann hinein, um Wechselgeld für das Münztelefon zu besorgen. Die vierzig Dollar von Renfro würden für einige Ferngespräche reichen.

Im Geschäft waren einige Touristen, andere kamen in Autos und Lieferwagen und Wohnmobilen auf dem Parkplatz an oder fuhren wieder ab. Steve glaubte und hoffte jedoch, daß die Helme und das Motorrad eine wirksame Verkleidung darstellten. Jetzt verhaftet zu werden gehörte nicht mit zu seinem Plan. Dadurch würden nicht nur er und Summer, sondern auch Corey in Gefahr geraten.

Deshalb zog er die Steppdecke aus der Sporttasche und steckte statt dessen Muffy hinein, auch wenn er genau wußte, daß Summer das nicht gefallen würde. Wenn er den Reißverschluß halb offen ließ, so daß die Hündin Luft bekam, gab die Tasche einen ganz anständigen Tragekorb ab.

Jedenfalls seiner Meinung nach. Muffy schob immer wieder den Kopf zur Öffnung heraus. Sobald ihre seidigen braunen Ohren und die alberne Haarschleife auftauchten, schubste Steve sie nach unten. Allmählich kam er sich vor wie ein Kind, das mit einem Kastenteufel spielt. Wenn die Lage nicht so ernst gewesen wäre, hätte er das Ganze zum Lachen gefunden. Als er plötzlich die rosa Schleife in der Hand hielt, blickte er sie verblüfft an. Wieso war er nicht längst auf die Idee gekommen, sie abzumachen? Ohne Schleife fiel das Vieh nicht ganz so leicht auf.

Obwohl es auch ohne Haarschmuck noch lächerlich genug aussah.

Endlich verließ Summer das malerische Holzgebäude, eine braune Papiertüte in der Hand. Als die Tür hinter ihr zuschwang, sah Steve auf und hob eine Hand, um seine Augen vor der grellen Nachmittagssonne zu schützen.

Er blickte Summer entgegen. Selbst in kurzer Hose und weitem schwarzem T-Shirt, in viel zu großen, an den Knöcheln festgebundenen Turnschuhen und ohne eine Spur von Make-up im Gesicht kam sie seiner Vorstellung davon, wie Frauen aussehen sollten, näher als irgendeine andere Frau. Sie besaß eine natürliche Schönheit – trotz Sturzhelm und Basketballkleidung; eine sehr weibliche und ungekünstelte Schönheit, die haargenau seinem Geschmack entsprach.

Mit hüpfenden Brüsten und schwingenden Hüften stieg sie die zwei rohen Bretterstufen herunter und kam über den schotterbedeckten Parkplatz auf ihn zu. Vermutlich war ihr gar nicht bewußt, wie sie sich bewegte. Trotzdem machte es ihm Freude, sie zu beobachten; einen Moment lang vergaß er die schreckliche Furcht, die ihn innerlich fast auffraß.

»Ich habe Sandwiches gekauft«, verkündete Summer beim Näherkommen und blickte kurz zu einem nicht mehr ganz jungen Ehepaar in khakifarbenen Bermudashorts hinüber. Die beiden stiegen gerade aus dem Auto und gingen auf das Geschäft zu. »Roggenbrot mit Schinken und Käse. Und Apfel. Und Cola.«

Das Ehepaar ging vorbei, ohne ihnen einen zweiten Blick zu gönnen.

»Hast du das Wechselgeld?« Steve mußte einfach fragen.

Und so sehr er sich auch bemühte, sein Tonfall war angespannt.

»Ja.« Sie griff in die Tüte und zog ein Bündel Geldscheine hervor. »Wir haben noch fünfundzwanzig Dollar. Steck sie ein.«

»Kleingeld hast du auch?« fragte er, obwohl er genau wußte, daß die Antwort ja lautete und daß er viel zu ungeduldig war. Er konnte nicht anders. Er mußte herausfinden, was Corey passiert war, mußte sofort telefonieren, sonst wurde er noch verrückt. Schnell stopfte er sich die Scheine in die Tasche, wie Summer vorgeschlagen hatte, und streckte die Hand nach den Münzen aus.

»Insgesamt für acht Dollar. Das müßte reichen, meinst du nicht auch?« Sie kramte in der Tüte herum und brachte eine Handvoll Münzen zum Vorschein.

»Behalt den Köter im Auge.« Er nahm ihr die Münzen aus der Hand, steckte sie und auch eine zweite Handvoll in die Tasche, drückte Summer die Sporttasche mit der widerspenstigen Insassin in die Hand und ging zum Telefon. Es befand sich in einer blau-silbernen Zelle an der Seitenwand des Gebäudes, nicht weit vom Windsack und den Toiletten entfernt. Als Steve sich der Zelle näherte, trat eine Frau aus der Damentoilette.

Sie war um die Sechzig und altmodisch gekleidet und sah ihn ohne Neugier an. Steve bemerkte sie kaum.

Um telefonieren zu können, hatte er den Helm abgenommen. Vor Aufregung war es ihm sogar gleichgültig, daß er auf diese Art leichter zu erkennen war.

Er steckte Münzen in den Schlitz und wählte die vertraute Nummer: 615-555-2101. Wie sollte er sie nicht kennen: Fast zehn Jahre lang war es auch seine Nummer gewesen.

Eine Computerstimme teilte ihm mit, daß das Gespräch zwei Dollar und fünfundneunzig Cent kosten würde. Steve warf Münzen im Wert von drei Dollar ein, steckte den Rest in die Tasche und hielt den Atem an.

»Hallo?«

Es war eine leise Stimme, heiser vor Anspannung, so daß Steve zuerst nicht erkannte, daß er mit seiner Exfrau sprach.

»Wer ist da?« fragte er scharf.

»Steve? Bist du das, Steve?« Vor Erleichterung wurde die Stimme schrill. Er hatte ganz vergessen, wie Elaines Stimme brach und dünn wurde, wenn Elaine aufgeregt war oder unter Streß stand.

»Ja, ich bin's. Corey ...«

»O Steve, sie haben sie mitgenommen! Sie sind hergekommen und haben sie mitgenommen! O mein Gott, Steve, ich hätte nie gedacht, daß es so weit kommen würde! Ich ...«

Er hörte etwas, das wie ein Handgemenge klang, ein Mann fluchte, eine Frau schrie, dann schlug jemand zu. Steve empfand schon seit langem nicht mehr viel für Elaine, aber bei der Vorstellung, daß irgendein Gangster ihr seinetwegen weh tat, zog sich ihm der Magen zusammen.

»Calhoun?« Diese Stimme war tief und kehlig – ein Mann.

»Wer ist da?«

»Ist doch egal, oder? Worauf's ankommt, ist, wir haben dein kleines Mädchen.«

»Wenn ihr was passiert, werde ich ...« Das Blut dröhnte ihm in den Ohren. Er war außer sich vor Wut – und hilflos. Am liebsten hätte er gleichzeitig gebettelt und gedroht. Aber beides hätte Corey nicht geholfen. Mühsam hielt er sich zurück.

»'nen Scheißdreck wirst du.« Der Mann lachte leise.

»Ich bringe euch um.« Steve konnte nicht anders. Die Worte klangen messerscharf und vollkommen überzeugend.

»Kühl dich erst mal ab, Mann. Deinem Kind passiert nichts – wenn du mitspielst. Wo ist der Lieferwagen?«

In dem Zeitraum, nachdem sie das Banner entdeckt und bevor sie ein Telefon gefunden hatten, hatte Steve in Umrissen einen Plan ausgearbeitet. Der Plan lief darauf hinaus, jeden Polizeibeamten, den er kannte – und zur Sicherheit ein paar Presseleute – an den gleichen Ort zu bringen, an dem sich Corey und die Gangster aufhalten würden. Dazu würde Steve einiges Geschick aufbieten müssen. Zum Glück interessierte man sich hier in der Gegend immer noch für ihn; das hatte er gemerkt, als er nach Nashville zurückgekehrt war. Seine Viertelstunde Berühmtheit wirkte bis heute nach. Die Reporter, die er für seinen Plan brauchte, würden bestimmt begeistert sein, daß sie ein weiteres Kapitel in der unendlichen Geschichte vom entehrten Bullen Steve Calhoun miterleben sollten. Steve war ziemlich sicher, daß sie auftauchen würden, wo immer er sie hinbestellte, der eine mit Notizbuch und Fotograf, die andere mit einem Trupp Kameraleute. Und wenn Steve seinem alten Chef Les Carter von der Staatspolizei eine riesige, karrierefördernde Festnahme in einem Drogenfall versprach, würde auch er kommen. Vorausgesetzt natürlich, daß

Les keinen Dreck am Stecken hatte. Sonst kam er vielleicht auch, aber als bezahlter Schütze der Gegenseite. Das gleiche galt für Homer Tremaine vom FBI und Larry Kendrick von der DEA. Es war kein besonders toller Plan, dafür konnte zuviel dabei schiefgehen, aber auf die Art hatten sie wenigstens eine Chance. Besser eine kleine Chance als gar keine.

Wenn er dem Gangster am Telefon verriet, wo der Lastwagen stand, hatten Corey und Elaine keine Chance.

»Ich bin doch nicht blöd, Mann«, sagte er im Tonfall der Schlägerbanden, den er in seiner Zeit als Bulle gelernt hatte. Aus irgendeinem Grund ließen Schläger auf diese Art besser mit sich reden. Anscheinend waren sie etwas weniger mißtrauisch, wenn jemand so sprach wie sie.

»Du bist sogar ziemlich blöd, Mann«, erwiderte der andere. »Wer uns bestiehlt, ist blöd wie 'n Stück Holz. Jetzt sei nicht noch blöder und stell dich quer. Vergiß nicht, wir haben dein Kind.«

Als wenn er das so schnell vergessen würde. Steve atmete tief ein, versuchte seine mörderische Wut im Zaum zu halten und sprach in den Hörer: »Wir könnten tauschen. Mein Kind gegen den Lieferwagen.«

»Du hast's erfaßt.« Das klang eine Spur freundlicher. »Sag uns einfach, wo er ist, und wir bringen dein Mädchen nach Hause zu Mama.«

Na klar. Und zu Weihnachten kam dann der Nikolaus.

Steve schüttelte den Kopf, dann wurde ihm bewußt, daß der Gangster am anderen Ende der Leitung ihn nicht sehen konnte. »Wir machen das so, Mann. Ihr bringt mein Kind an einen Ort, den ich dir gleich sagen werde. Ich treffe euch da. Ihr laßt sie laufen, und ich bleibe und bringe euch zum Wagen. Was hältst du davon?«

Einen Moment herrschte Stille. »Was für'n Ort?« fragte der Mann.

Insgeheim atmete Steve auf. Sie würden sich darauf einlassen. Vielleicht, ja vielleicht kamen sie alle lebend aus der Sache heraus.

Hoffnung mischte sich in die tödliche Furcht und überflutete seinen Körper mit Energie.

Um sich zu beruhigen, legte Steve die Hand auf die Hörermuschel und atmete tief ein. Dabei blickte er Summer an, die sich zu ihm gesellt hatte, während er noch mit den Münzen hantierte. Unter dem gelben Helm hervor schaute sie ihn aus riesigen Augen unverwandt an. Die Sporttasche mit ihrem unruhigen Inhalt hielt sie vorsichtig in den Armen. Muffys schokoladenbraune Glubschaugen lugten über den blauen Reißverschluß hinweg.

Summer lächelte ermutigend.

Steve nahm die Hand vom Hörer und nannte dem Gangster einen Ort. Damit setzte er den Plan in Bewegung, der sie alle befreien würde – oder umbringen.

»Da ist der Wagen nicht. Haben wir überprüft.«

»Bringt einfach meine Tochter hin, und dann reden wir weiter. Wenn sie nicht da ist, könnt ihr den Lieferwagen vergessen.«

»Sie wird da sein.«

»Meine Exfrau bringt ihr auch mit. Ich will sie beide da haben, unverletzt. Ihr habt keinen Grund, ihnen was zu tun.«

»Willst du 'ne Party abhalten oder so 'n Scheiß?« fragte der Mann mürrisch.

»Mein Kind und meine Exfrau gegen den Lieferwagen. Wenn eine von beiden nicht da ist, dann zum Teufel mit euch.«

»Sie werden da sein.« Es klang widerwillig, aber es war eine Zusage.

Steve fiel das Atmen etwas leichter. »Das rat ich euch auch, wenn ihr den Wagen wollt. Ich werd so drei, dreieinhalb Stunden brauchen, um hinzukommen. Wenn ihr vor mir da seid, wartet ihr eben.«

»Oh, das machen wir.« Der Mann lachte. »Calhoun, wenn dir dein kleines Mädchen lieb ist, komm nicht zu spät.«

Er legte auf. Langsam nahm Steve den Hörer vom Ohr und starrte ihn an.

»Aber wenn sie dich erst haben, lassen sie Corey niemals laufen«, wandte Summer heftig ein. »Sie bringen euch beide um. Und Elaine auch. Und mich.«

Steve hängte den Hörer ein, betrachtete ihn eine Minute lang und holte dann neue Münzen aus der Tasche.

Bevor er sie einwarf, drehte er sich kurz um und gab den weichsten Lippen, die er kannte, einen schnellen und kräftigen Kuß.

»Rosencrans, ein paar Minuten lang mußt du mir noch vertrauen. Dann erkläre ich dir, was ich vorhabe.«

36

An einem Rastplatz rund acht Kilometer hinter dem Clingmans Dome hielten sie wieder an. Dort verschlangen sie alle – einschließlich Muffy unter dem Tisch – die Sandwiches mit Käse und Schinken, dazu Cola für Summer und Steve, für Muffy gab's Wasser aus einer Pfütze. Das Essen schmeckte einfach köstlich, Summer konnte sich sogar Steves Plan dabei anhören, ohne daß es ihr ganz den Appetit verdarb. Den ließ sie sich auch nicht dadurch verderben, daß sie sich ein wenig schuldig fühlte, weil sie ihren eigenen Plan B in Gang gesetzt hatte. Während Steve auf der Herrentoilette war, hatte sie Sammy angerufen. Was sie Steve allerdings nicht erzählen würde.

»Du hast also die DEA verständigt – und das FBI – und die Zeitungen …«

»Und meinen alten Chef von der Staatspolizei. Vergiß den nicht.« Steve aß einen weiteren riesigen Bissen Sandwich. »Und WTES-TV auch noch.«

»Den Fernsehsender?« Erstaunt hob Summer die Augenbrauen.

»Das Ganze soll sich so öffentlich wie möglich abspielen. Je mehr Zeugen, desto sicherer für uns. Die ich angerufen habe, kenne ich alle persönlich. Sie kommen, nur weil ich es sage. Ein oder zwei von ihnen könnten Dreck am Stecken haben, aber eigentlich glaube ich es nicht. Jedenfalls müssen wir es darauf ankommen lassen. Hier geht es um Drogen, da verwette ich meinen Arsch, um irgendein großes Drogengeschäft, das wir verdorben haben, weil wir den Lieferwagen gestohlen haben. Damit ist die DEA im Spiel. Die Mistkerle haben meine Tochter gekidnappt. Das geht das FBI an. Mein früherer Chef Les Carter ist deshalb im Spiel, weil er mich mit der ursprünglichen Untersuchung betraut hat. Und weil er zwar ein knallharter Hurensohn ist, ich ihm aber trotzdem vertraue. Rudd Guttelman vom *Nashville Sentinel* hat ein Jahr lang praktisch nur von seinen Artikeln über mich und Deedee gelebt. Da sollte er auch beim Nachspiel dabei sein. Und Janis Welsh von WTES hat für einen Bericht über mich einen Lokalreporter-Preis gewonnen. Sie hat also auch ihre Gründe hinzukommen.«

Steve nahm noch einen Bissen. Summer hatte heftig auf ihn einreden müssen, bevor er zugab, daß sie erst etwas unternehmen konnten, wenn sie gegessen hatten – ihre letzte Mahlzeit, gegen Mittag, hatte aus Pfefferminzbonbons bestanden aber jetzt, nachdem sie angehalten hatten, aß er mit Appetit.

Es versetzte Summer einen Stich, mit ansehen zu müssen, wie er die Sandwiches verschlang. Der arme Mann! Falls es jemals dazu kam, würde sie mit Vergnügen dafür sorgen, daß er täglich drei ordentliche Mahlzeiten bekam.

Aus ihrem Unterbewußtsein stieg die Erinnerung daran hervor, wie sie Lem zu Beginn ihrer Ehe bekocht und umsorgt hatte. Eigentlich hatte sie sich geschworen, das für keinen Mann mehr zu tun. Aber sie konnte nicht anders, sie war verliebt. Im Grunde bist du eben doch ein kleines Heimchen am Herd, dachte sie spöttisch.

»Und wenn einer von diesen Leuten in die Sache verwickelt ist?« fragte sie, um sich abzulenken. Sammy bestimmt nicht! versicherte sie sich insgeheim heftig. Wenn sie schon jemandem vertrauen mußten – und der Zeitpunkt dafür war gekommen dann fiel ihre Wahl allemal auf Sammy. Trotzdem verriet sie Steve immer noch nicht, was sie getan hatte.

»Mit Kendrick von der DEA war ich bei der Marineinfanterie. *Er* ist grundsolide.«

»Er ist hoffentlich nicht der einzige, oder?« Summer wünschte, sie wäre nicht darauf zu sprechen gekommen, daß einer von ihren zukünftigen Rettern zu den Bösen gehören könnte. Bei dem Gedanken wurde ihr flau.

Steve strich sich mit der Hand übers Gesicht. »Teufel, ich halte sie alle für solide. Sie sind alle das, was ich einen integren Menschen nennen würde. Für mich ist es unvorstellbar, daß sich einer von ihnen mit Drogengeld kaufen lassen würde. Aber wer weiß. Möglich ist alles. Schließlich geraten jeden Tag Leute auf die schiefe Bahn. Auch Bullen. Carmichael haben wir schon als Bullen identifiziert, und ich bin zu neunundneunzig Prozent sicher, daß dein Kumpel Charlie und der andere Killer aus deinem Keller sich auch als Bullen entpuppen werden. Außer ihnen müssen noch andere dazugehören. Höhergestellte. Deshalb habe ich Leute angerufen, die ich persönlich kenne. Mit denen ich befreundet bin, oder war. Und die Presse. Zur Sicherheit.«

»Aber warum hast du ihnen – ihnen allen – gesagt, daß sie sich ausgerechnet bei Harmon Brothers einfinden sollen? Wieso läßt du sie nicht zum Bootslagerhaus kommen, und fertig?

»Die Leichenhalle habe ich ausgesucht, weil sie leicht zu finden ist. Gott verhüte, daß sich irgend jemand verfährt. Und weil da ringsum offenes Gelände ist und es kaum Zivilisten gibt. Und weil der Lieferwagen nicht da ist. Denk dran, sobald die Bösen wissen, wo der Wagen steht, brauchen sie uns nicht mehr. Corey werden sie umbringen, weil sie ihnen nichts mehr nützt und weil sie sie erkennen und gegen sie aussagen könnte. Das gleiche gilt für Elaine. Uns würden sie auch schnappen. Wenn ich die Killer zum Bootshaus schicken würde, und sie kämen dort vor uns an, oder es ginge irgendwas schief und unsere Truppe ließe sich nicht blicken, dann hätten wir unseren letzten Trumpf verschenkt. Sie hätten den Lieferwagen, und wir hätten gar nichts. Auf diese Art lasse ich sie im unklaren darüber, wo der Wagen steht, und damit habe ich ein As in Reserve. Falls alles glattgeht, sind die Gangster mit Corey und Elaine schon da, wenn wir auf dem Parkplatz von Harmon Brothers ankommen – und dann müßte es da plötzlich von Bullen und Reportern wimmeln.«

»Und falls es nicht glatt läuft, wissen sie immer noch nicht, wo der Lieferwagen steht«, ergänzte Summer leise.

»Du hast es erfaßt.«

»Plan B?« fragte sie.

Er grinste. »Immer. Ich habe immer, immer einen Plan B.«

»Du bist brillant«, sagte sie lächelnd und verspeiste den Rest von ihrem Sandwich. Sie sagte das nicht so sehr, weil sie es glaubte – und sie glaubte es wirklich – sondern weil sie spürte, daß er sich Sorgen machte. Und daß sie das nicht merken sollte. Also tat sie so, als hätte sie volles Vertrauen in seinen Plan. Sie wollte Steve beruhigen.

Außerdem war da immer noch Sammy. Für alle Fälle. Gott, sie hoffte nur, daß sie sich in Sammy nicht täuschte.

»Du bist verknallt.« Er lächelte schief, stand auf, kam um den Picknicktisch herum und küßte sie auf den Mund.

»Schon möglich«, gestand Summer. Ihr Blick folgte ihm, als er sich aufrichtete, quer über den grasbewachsenen Rastplatz zu einem großen Müllkorb aus Draht ging und seinen Abfall hineinwarf. Er sah immer noch aus, als hätte er bei einer Kneipenschlägerei verloren. Die Haut um seine Augen blieb hartnäckig violett; die klaffende Wunde in seiner Wange war am Verheilen, aber immer noch deutlich sichtbar. Seine linke Gesichtshälfte war bunter als ein Regenbogen. Die rechte Seite sah nicht viel besser aus.

Seine breiten Schultern und muskulösen Arme waren sonnenverbrannt, was die blauen Flecken darauf noch auffälliger machte. Er hinkte immer noch leicht auf dem linken Bein.

Er war schmutzig, unrasiert, roch ein bißchen – und Summer mußte ihn nur anschauen, schon floß ihr Herz vor Liebe über.

Falls ihm etwas zustieß, würde sie nicht weiterleben wollen.

Sie sprach ein kleines Gebet für ihn, und für sich, und für sie alle. Dabei sammelte sie die Überreste ihrer Mahlzeit ein und folgte ihm zum Müllkorb.

»Summer.« Er stand neben dem Motorrad. Summer ging zu ihm. Sein Helm lag auf dem Sitz, bereit zum Aufsetzen, ihren hielt er in der Hand. Die Art, wie er das Ding von einer Hand in die andere schob, verriet eine gewisse Aufregung.

Fragend blickte Summer ihn an.

»Ich nehme dich nicht mit.«

»Was?« Verständnislos runzelte sie die Stirn.

»Jetzt, wo alle an ihren Plätzen sind, wo die Jagd vorbei ist und die Bösen sich wieder in Murfreesboro versammeln, ist es für dich sicherer, wenn wir uns trennen. Ich werde dich im ersten halbwegs dichtbevölkerten Ort absetzen, an dem wir vorbeikommen. Von da rufst du deine Schwester in Knoxville an und läßt dich von ihr abholen. Gib mir ihre Nummer, dann rufe ich dich morgen an und erzähle dir, wie alles gelaufen ist.«

Summer starrte ihn an. »Nie im Leben!«

Steve verzog die Lippen zu einem halben Lächeln. Der Ausdruck in seinen Augen war warm und bedauernd. »Wie kommt es nur, daß ich mit der Antwort gerechnet habe?«

»Du läßt mich nicht allein!«

»Hör zu«, sagte er ruhig. »Für mich ist es auch sicherer, wenn wir uns trennen. Falls es hart auf hart kommt, wärst du nur eine Person mehr, um die ich mir Sorgen machen müßte. Mir geht es darum, Corey – und Elaine – unversehrt von den Killern wegzubringen. Wenn du in die Höhle des Löwen mitkommst, muß ich auf eine Person mehr aufpassen. Eine mehr, die mich ablenken könnte. Verstehst du das?«

Summer verstand es. Instinktiv hatte sie widersprechen wollen, doch die Einwände erstarben ihr auf den Lippen. Er hatte recht; sie konnte ihm jetzt nicht mehr helfen, sie würde ihn nur behindern. Die einzig kluge, vernünftige Lösung war, nicht mitzufahren.

Nie hätte Summer gedacht, daß es ihr einmal so schwerfallen würde, sich nicht in Lebensgefahr zu begeben.

»Ich sehe es ein«, sagte sie so nüchtern wie möglich. Ihr Herz schrie und weinte in ihr.

Steve legte ihren Helm neben seinen auf den Kunstledersitz, streckte die Arme aus und umfaßte ihr Gesicht mit beiden Händen. »Ich habe dich eben erst gefunden«, sagte er leise. »Ich will dich nicht gleich wieder verlieren.«

Es war das Schönste, was je ein Mensch zu ihr gesagt hatte.

Summer legte ihm die Arme um den Nacken und schmiegte sich an seinen harten, warmen Körper. Ihre Augen füllten sich mit Tränen, doch sie kämpfte sie nieder – heldenhaft, wie ihr schien. Mit Weinen war keinem von ihnen geholfen.

»Ich will dich auch nicht verlieren«, flüsterte sie.

»Baby, mich wird man schwerer los als einen falschen Penny«, sagte er und lächelte verzerrt. Dann küßte er sie.

Es war ein unendlich ruhiger und süßer und zärtlicher Kuß. Als wollte Steve sich von ihr verabschieden.

Als er schließlich den Kopf hob und Summer die Augen öffnete, sah sie alles durch einen Schleier aus unvergossenen Tränen. Aber nur kurz. Bald klärte sich ihr Blick, und sie riß die Augen auf. Über Steves Schulter hinweg sah sie, wie keine siebzig Meter entfernt ein Polizeiauto und zwei andere Wagen – ein weißer Ford und ein marineblauer Lincoln Continental – am Straßenrand hielten. Über den Ford huschte ihr Blick schnell hinweg. Das blitzende Blaulicht der Polizeiwagens hypnotisierte sie. Der blaue Lincoln füllte sie mit Entsetzen. Sie konnte sich nicht bewegen, konnte kein Wort sprechen; sie war starr vor Angst.

Steve mußte ihre Furcht gespürt haben, denn bevor sie auch nur eine Silbe hervorbrachte, drehte er den Kopf und blickte in die gleiche Richtung.

»Scheiße«, flüsterte er, ließ Summer los und packte das Motorrad. Einen Augenblick lang dachte Summer, er würde draufspringen und durch den Wald davonjagen. Unwillkürlich spannte sie die Muskeln, um hinterherzuspringen.

Aber es war schon zu spät. Die Wagen hatten angehalten, und aus dem Inneren quollen Männer hervor, manche in Uniform, manche nicht.

»Keine Bewegung!« rief ein Uniformierter, beugte sich über die Autotür, die er gerade geöffnet hatte, und brachte über dem geschlossenen Fenster seine Pistole in Anschlag. Der Lauf zeigte genau auf Steve. »Nehmen Sie die Hände hoch!«

Steve sah jedoch nicht ihn an, und auch nicht den zweiten Uniformierten, der auf der anderen Seite aus dem Streifenwagen auftauchte und über das Wagendach hinweg ebenfalls auf sie anlegte. Sein Blick galt auch nicht dem Mann mittleren Alters in weißem Hemd und hellbrauner Sansabelt-Freizeithose, der neben dem Ford stand und aufgeregt in ein Handy sprach. Er galt einem Mann mit schütterem Haar und schwarzem Schnurrbart, der auf der Fahrerseite aus dem Lincoln stieg. Der Mann schien zunächst unbewaffnet, doch beim Aussteigen fing sich der Wind in seinem offenen hellbraunen Leinenjackett, und Summer sah, daß er ein Schulterhalfter komplett mit glänzender schwarzer Pistole trug.

Einer der Gangster aus ihrem Keller. Summer erkannte ihn sofort. Derjenige, den Steve kannte, den er ihr gegenüber als Polizisten bezeichnet hatte. Wie hatte Steve ihn noch genannt?

Nicht daß das eine Rolle spielte. Ein Gangster war tödlich, gleichgültig, wie man ihn nannte.

Ein anderer Mann kam um den Lincoln herum und gesellte sich zum Schwarzen Schnurrbart. Dieser Typ war klein, stämmig, um die Fünfzig und hatte einen ergrauenden Bürstenhaarschnitt. Wie sein Partner trug er Sportmantel und Freizeithose, nur daß seine marineblau beziehungsweise grau waren. Seine Füße steckten in glänzenden, mit Fransen verzierten Halbschuhen.

Summer fragte sich, ob es dieselben waren, die Muffy getauft hatte.

»Scheiße«, sagte Steve noch einmal leise und hob die Hände in die Luft.

37

»Nehmen Sie die Hände hoch! Sie, Lady! Nehmen Sie die Hände hoch!« Der Polizist in Uniform bellte seine Befehle förmlich heraus.

Summer, die nicht daran gewöhnt war, sich am falschen Ende einer Polizeiwaffe zu befinden, hob die Hände etwa auf Schulterhöhe, die Handflächen nach oben. Sie fühlte sich mehr wie ein Zuschauer als wie ein Beteiligter, das Ganze erschien ihr unwirklich.

Als wäre sie in einem wirklich und wahrhaftig grauenvoll schlechten Traum gefangen.

Ihr klarster Gedanke war: Diese Jungs dürften Steves Pläne

ganz schön durcheinanderbringen. Nicht einmal ihre eigene kleine Rückversicherung konnte ihnen hier nützen.

»*Hoch* mit den Händen!« schrie der Polizist.

»Sie ist nicht bewaffnet«, rief Steve. »Wir sind beide nicht bewaffnet.«

»*Hoch* damit!«

Der zweite Uniformierte rutschte auf den Fersen die niedrige Böschung herunter, die die Straße vom Rastplatz trennte, wobei er bedrohlich mit der Pistole in der Luft herumwedelte. Der erste blieb oben stehen und hielt Steve und Summer mit der Waffe in Schach. Summer hatte die Hände inzwischen wie Steve auf Augenbrauenhöhe gehoben. Rein instinktiv rückte sie schutzsuchend näher an Steve heran.

Obwohl er sie natürlich gar nicht beschützen konnte.

»Nicht bewegen!« Einen Meter vor ihnen blieb der zweite Polizist stehen und richtete seine Pistole erst auf Steve, dann auf Summer, danach wieder auf Steve. Er wirkte nervös, was das Ganze noch beängstigender machte. Sein Kamerad folgte ihm die Böschung herunter, auch er hatte die Waffe im Anschlag.

»Alle beide, hinlegen! Sofort!«

»Die Dame ist die Schwiegertochter des Polizeichefs von Murfreesboro. Sie ist nicht freiwillig mitgekommen. Seid nicht zu grob zu ihr, ja?«

»Und wenn sie die Tochter des Präsidenten ist, das ist mir egal! Hinlegen, habe ich gesagt!«

»Das ist schon okay. Leg dich mit dem Bauch nach unten auf die Erde. Halt deine Hände so, daß sie sie sehen können.« Steves leise Anordnungen beruhigten Summer ein wenig. Er sprach nicht, als wäre er außer sich vor Angst. Auch nicht, als wäre er am Rand der Verzweiflung. Er sprach ruhig, kühl, überlegt.

Vielleicht gehörten die zwei in Uniform zu den guten Bullen. Vielleicht würden sie sie ins Gefängnis bringen und sie so vor den bösen Bullen retten. An diesen Gedanken klammerte Summer sich.

Genau wie Steve es ihr vormachte, ließ sie sich etwas schwerfällig auf die Knie sinken und streckte sich dann flach auf dem Boden aus. Die Erde war noch naß vom Regen der letzten Nacht, Summer spürte glitschige Blätter unter Wange und Knien und Händen. Sie hatten den Kopf auf die Seite gedreht und beobachtete, wie einer der Uniformierten mit schnellen Bewegungen Steves Körper abtastete. Dann zog er Steve eine Hand hinter den Rücken, ließ eine Handschelle darum zuschnappen und fesselte die andere Hand ebenfalls.

Sekunden später passierte mit Summer das gleiche. Der junge Polizist faßte ihr überallhin, auch an Stellen, wo seine Finger nichts zu suchen hatten. Zum Glück ging er bei seiner Suche anscheinend völlig unpersönlich vor.

Summers Handgelenk wurde gepackt und hinter ihren Rücken gezogen, und Sekunden später trug auch sie Handschellen. Das Metall fühlte sich kalt und fremd auf der Haut an. Nach ein paar Minuten dürfte es unbequem werden, so gefesselt zu sein.

Steve stand schon wieder auf den Beinen und wurde zum Streifenwagen geführt, während der andere Polizist Summer halb hochzog, halb hob. Gleich darauf half er ihr die Böschung hinauf. Vor ihr rutschte Steve auf dem schlüpfrigen Hang aus und fiel fast hin. Summer dachte daran, wie blitzschnell er in ihrem Keller reagiert hatte, und wartete einige Sekunden voll Hoffnung darauf, daß auch hier die Hölle losbrach. Nichts geschah. Steve wurde auf die Füße gezogen und hinter Summer den Hügel hinaufgestoßen.

»Holen Sie den Hund«, befahl Schwarzer Schnurrbart schroff. Es war das erste, was Summer ihn sagen hörte.

»Ja, Sir.« Der junge Polizist runzelte zwar die Stirn, kehrte aber gehorsam um und wollte Muffy hochheben. Sie wich vor ihm zurück und kläffte ihn an wie eine Furie.

Offensichtlich besaß Muffy mehr Intelligenz, als Summer ihr zugetraut hatte. Allmählich konnte sie sogar die Bösen von den Guten unterscheiden. Oder umgekehrt. Summer hatte keine Ahnung mehr, wer wer war.

»Komm her, Hundchen. Hierher, Hundchen«, lockte der junge Polizist. Muffy knurrte, der erste feindselige Ton, den Summer von ihr zu hören bekam. Ihr Respekt vor der kleinen

Hündin – der schon jetzt viel größer war als bei Muffys Ankunft – wuchs noch mehr.

»Wie heißt das verdammte Vieh?«

Summer antwortete nicht. Jemand faßte ihr von hinten in den Nacken, kräftig. Sie blickte sich um und sah Glänzendem Schuh direkt in die grauen Augen. Sie befanden sich auf gleicher Höhe wie ihre.

»Er hat gefragt, wie der Hund heißt«, sagte Glänzender Schuh leise.

»Muffy«, erwiderte Steve an ihrer Stelle, als er vorbeigeführt wurde. »Der Hund heißt Muffy.«

Der Typ in der Sansabelt-Hose kam auf Summer zu, Handy in der Brusttasche, Notizblock und Bleistift in der Hand. »Kann ich Sie was fragen, Miss? Ich bin James Todd von der *Post* aus Bryson City. Sind Sie wirklich entführt worden, oder …«

»Das ist jetzt nicht der richtige Zeitpunkt, Kumpel«, knurrte Glänzender Schuh ihn an.

»Steve hat die Frauen in meinem Keller nicht umgebracht. Das war er«, sagte Summer mit klarer Stimme und deutete mit dem Kopf auf Glänzender Schuh, der hinter ihr stand. Diese Gelegenheit schickte ihnen der Himmel. Ein richtiger, lebendiger Reporter. *Er* war bestimmt nicht in die Sache verwickelt.

»Der?« Interessiert schaute Todd Glänzenden Schuh an. Dieser schüttelte den Kopf und packte Summer noch kräftiger am Nacken.

»Reden Sie später mit ihr.« Er zerrte Summer fort.

Während sie auf den Streifenwagen zustolperte, hörte sie hinter sich jemanden mit den Fingern schnipsen. Sie blickte zurück – was nicht einfach war, da Glänzender Schuh ihren Nacken wie ein Schraubstock umklammerte – und sah, wie einer der jungen Polizisten sich vorbeugte, vor Muffy mit den Fingern schnipste und sie beim Namen rief.

»Setzen Sie die beiden in den Lincoln«, sagte Schwarzer Schnurrbart. Er stand neben dem Wagen, die Arme über der Brust verschränkt, einen Fuß auf den vorderen Kotflügel gestützt, und beobachtete die Vorgänge mit Adlerauge.

James Todd näherte sich ihm mit gezücktem Notizblock und Bleistift. »Und Sie sind?« fragte er hoffnungsvoll.

»Kein Kommentar«, fuhr Schwarzer Schnurrbart ihn an und ging dorthin, wo der eine Uniformierte mit Steve stand.

»He, Junge, in den Lincoln, hab ich gesagt.«

Überrascht blickte der Polizist zu ihm auf. Er hatte Steve gerade auf den Rücksitz des Streifenwagens schieben wollen, seine Hand lag schon auf Steves Kopf. »Im Streifenwagen haben wir sie besser im Griff, Sir.«

»Tun Sie, was man Ihnen sagt«, befahl Schwarzer Schnurrbart scharf. Die beiden Uniformierten – der eine hatte Muffy endlich zu fassen bekommen – sahen sich an, schienen beide mit den Schultern zu zucken und brachten Steve zum Lincoln. Summer folgte ihnen, geführt von der Hand in ihrem Nacken.

Summers Bauch sagte ihr, daß sie sterben würde, wenn sie erst in diesem Auto saß.

Glänzender Schuh öffnete die hintere Tür und ließ endlich Summers Nacken los. Summer spürte seine Hand auf dem Kopf. Sekunden später stieß er sie auf den eleganten Veloursitz und legte ihr einen kombinierten Brust- und Hüftgurt an. Da ihre Hände hinter ihrem Rücken gefesselt waren, war sie damit so sicher gefangen, wie wenn man sie an den Sitz gebunden hätte. Steve saß ähnlich verschnürt neben ihr. Es erschreckte Summer, wie grimmig er wirkte. Einer der jungen Polizisten setzte Muffy ins Auto; sofort hoppelte sie über den graubelegten Boden und verschwand unter dem Vordersitz.

Kluger Hund. Summer wünschte nur, sie könnte das gleiche tun.

Die Hintertür wurde zugeschlagen. Summer, Muffy und Steve waren gefangen. Schwarzer Schnurrbart und Glänzender Schuh mußten noch einsteigen. Jemand öffnete die Heckklappe, und die beiden uniformierten Polizisten schoben das Motorrad vorbei. Nach der Art zu urteilen, wie der Wagen schwankte, luden sie es in den Kofferraum. Da sich die Klappe nicht ganz schließen ließ, banden sie sie mit irgend etwas zu. Wenn Summer sich umdrehte, konnte sie den schmalen Spalt sehen. Vermutlich ragten das Vorder- oder Hinterrad des Motorrads hinaus.

»Was machen wir jetzt?« flüsterte sie Steve zu.

Seine Antwort ängstigte sie. »Beten.«

Hinter dem Wagen knallte etwas, dann noch einmal und ein drittes Mal, schnell hintereinander. Summer riß die Augen auf und reckte den Hals. Durch das Beifahrerfenster beobachtete sie, wie James Todd, der eben noch in sein Handy gesprochen und zu ihnen hereingeschaut hatte, langsam vornüber kippte. Das Telefon fiel ihm wie ein Stein aus der Hand. Zwischen seinen Augen saß ein sauberes schwarzes Loch. Summer sah noch einen schmalen Faden Blut seinen Nasenrücken hinunterlaufen, dann verschwand er aus ihrem Blickfeld. Die Erkenntnis traf sie wie ein Blitzschlag: Jemand hatte ihn erschossen!

Von den jungen Polizisten war nichts mehr zu sehen.

»Jesus«, sagte Steve und schloß die Augen.

Erst da begriff Summer, daß die beiden jungen Polizisten auch erschossen worden waren.

Womit wohl feststand, daß sie zu den Guten gehört hatten.

Was für eine Art, es herauszufinden.

Glänzender Schuh und Schwarzer Schnurrbart stiegen ins Auto. Glänzender Schuh setzte sich ans Steuer und warf einen handtellergrossen Gegenstand aufs Armaturenbrett. Das Ding landete mit einem solide klingenden Plumps und rutschte in den Spalt zwischen Armaturenbrett und Windschutzscheibe, bevor Summer es richtig betrachten konnte.

»Was ist das?« fragte Schwarzer Schnurrbart, als Glänzender Schuh die Tür zuschlug und den Motor anließ.

»Handy. So 'n Ding will ich schon lange.«

»Ein Handy? Du willst doch wohl nicht sagen ... Verdammt noch mal, Clark, was bist du für ein blöder Scheißkerl! Wenn du damit telefonierst, können sie dich sofort aufspüren. Auch wenn du es nicht benutzt, und es wird bei dir gefunden, haben sie dich am Arsch. Es gehört dem Reporter, du Holzkopf! Wie willst du denen erklären, daß du es jetzt hast? Mit dem Ding hängen sie dir sofort den Mord an ihm an!«

Clark warf seinem Partner einen Blick zu. »Daran hab ich nicht gedacht«, gab er beschämt zu und griff nach dem Telefon. »Ich werf es raus.«

»Und ob du das ... Nein, wart mal.« Nachdenklich schürzte Schwarzer Schnurrbart die Lippen. »Ich hab' da 'ne Idee. Laß es liegen. Aber benutz es nicht.«

Gehorsam zog Clark die Hand zurück und konzentrierte sich aufs Fahren. Während der Lincoln beschleunigte und der Schauplatz des Gemetzels hinter ihnen zurückblieb, legte Schwarzer Schnurrbart einen Arm auf die Rücklehne, drehte sich um und grinste seine Gefangenen an.

»Das hättest du nicht tun sollen, Calhoun«, tadelte er und schüttelte mißbilligend den Kopf. »Bullen umzubringen, ist gar nicht nett.«

»Das waren halbe Kinder, Carmichael. Wieso hast du das gemacht?« fragte Steve.

Carmichael – natürlich, so hieß er – zuckte mit den Schultern. »Einer von denen – Geoff Murray – kannte mich. Er ist 'ne Weile mit meiner Tochter ausgegangen. Ein paar Leute aus dem Lebensmittelladen da hinten haben bei den örtlichen Trampeln angerufen und gemeldet, sie hätten zwei bewaffnete und gefährliche Verbrecher gesichtet – das seid ihr zwei. Der Reporter muß den Polizeifunk abgehört haben, und dann ist er schnell hergefahren, um bei dem großen Fang dabeizusein. Daß man euch in dem Laden erkannt hat, war einfach Pech für die Jungs, und noch größeres Pech war es, daß einer der Bullen, die der Sache nachgingen, ausgerechnet Murray war. Er tauchte bei dem Laden auf, gerade als wir aus dem Wagen stiegen, um die Gegend rund ums Telefon abzusuchen.« Er schüttelte den Kopf und drohte Steve mit dem Zeigefinger. »Ach, übrigens, ganz schön blöd von dir, diesen Anruf zu machen. Wir haben das Telefon deiner Exfrau überwacht, und sobald du dich gemeldet hattest, bingo, hatten wir dich.«

»Deshalb verstehe ich noch lange nicht, wieso ihr die drei Männer umgebracht habt.«

Carmichael zuckte erneut mit den Schultern. »Was sollte ich denn machen, nachdem Murray mich erkannt hatte, sollte ich ihm erst Zeit geben, drüber nachzudenken, wieso er mir hier über den Weg gelaufen ist, wieso ich mich für den gleichen Lebensmittelladen interessierte wie er? Und nach zwei

Flüchtigen suchte, die später tot aufgefunden wurden? Jetzt wo er aus dem Spiel ist, ahnt niemand mehr, daß Clark und ich hier waren. Außerdem war mir der Reporter zu neugierig.«

Dieser beiläufige Hinweis darauf, welches Schicksal ihr und Steve bevorstand, jagte Summer kalte Schauder über den Rücken. Aber hatte sie je daran gezweifelt, daß Carmichael sie beide tot sehen wollte?

Nicht seit dem ersten Zusammentreffen mit ihm in ihrem Keller.

»Hast du gehört, was die Schlampe da gesagt hat?« Clark deutete mit dem Kopf auf Summer. »Sie hat dem Reporter erzählt, ich hätte – wir hätten die Fotzen in ihrem Haus umgebracht.«

»Haben wir ja auch.« Carmichael grinste.

»Aber sie hat es ihm erzählt! 'nem Reporter!«

»Nun flipp nicht gleich aus, Clark. Er ist tot, oder? Der erzählt keinem mehr was.«

»Ach, richtig«, erwiderte Clark besänftigt.

»Ich mußte meine Spuren verwischen«, fuhr Carmichael an Steve gewandt fort. »Auch wenn's mir gegen den Strich geht, andere Bullen umzulegen. Na ja, Murray hat sich meiner Tochter gegenüber sowieso wie ein Arschloch benommen.« Er lachte plötzlich. »Das wird man dir anlasten, Calhoun, und wenn ich dir nachher den Kopf wegpuste, werde ich wie ein Held dastehen, weil ich einen Bullenmörder geschnappt habe. Man wird sogar das Telefon von diesem Reporter bei deiner Leiche finden. Bei den Beweisen machen sie die Akte kurz auf und gleich wieder zu. Ziemlich dumm von dir, das Telefon zu behalten, werden sie sagen, aber es macht die ganze Sache nett und rund. Komisch, nicht, wie sich manche Dinge von selbst ergeben? Sogar Clarks bescheuerter Fehler hilft uns noch weiter.«

Einen Moment lang herrschte Schweigen. Dann sagte Steve: »Ich habe mit ein paar Kumpels von euch ein Abkommen geschlossen. Aber darüber weißt du wohl Bescheid.«

Carmichael grinste. »Ach, richtig, du meinst dieses Abkommen, wo du zu irgendeiner Leichenhalle fährst und allen erzählst, wo du den Lieferwagen versteckt hast, und wir dir deine Tochter zurückgeben und ihr alle zusammen glücklich in den Sonnenuntergang hineinreitet?«

»Genau das.«

»Daraus wird nichts«, erklärte Carmichael munter. »Jedenfalls nicht so, wie du es dir gedacht hast. Du sagst mir, wo der Wagen steht, und ich überzeuge mich davon, daß du die Wahrheit sagst. Und dann bringe ich dich um, weil du ein lästiges Arschloch bist.«

»Wenn du mich sowieso umbringst, wieso soll ich dir dann verraten, wo der Lieferwagen ist?«

»Weil ich dir übel weh tun kann, bevor du stirbst. Weil ich der Lady hier noch mehr weh tun kann. Weil wir deine Tochter haben, und wenn du wirklich nett bist und uns die Sache leicht machst, lassen wir sie vielleicht doch noch laufen.«

»Wer's glaubt, wird selig.«

Carmichael lachte. »He, sei nicht so zynisch. Im Grunde meines Herzens bin ich ein richtig netter Kerl. Ich habe selbst Töchter, vier sogar. Ich tu nicht gern einem kleinen Mädchen weh, das keine Ahnung von gar nichts hat. Nicht mal deinem kleinen Mädchen, Calhoun.«

Summer hatte das beunruhigende Gefühl, daß er sogar sehr gern anderen Menschen weh tat. Allen Arten von Menschen. Sie dachte an Corey Calhoun, an die zwei Polizisten da hinten auf der Straße, an James Todd und Linda Miller und Betty Kern, und ihr wurde übel. Ob Bulle oder nicht Bulle, ihrer Meinung nach war Carmichael vor allem ein Sadist, der Menschen aus reinem Vergnügen Schmerz zufügte.

Kein guter Einfall, sich ausgerechnet von so jemandem als Geisel nehmen zu lassen.

»Angenommen, ich übergebe euch den Lieferwagen, welche Garantie habe ich, daß meiner Tochter nichts passiert?«

»Nur mein Wort als Gentleman.

»Da fühle ich mich aber gleich besser.«

»Paß auf, was du sagst, Calhoun.«

Einen Moment lang war es still. »Sieh's mal so«, fuhr Carmichael dann fort. »Wenn du mir nicht sagst, wo der Lieferwagen ist, stirbt deine Tochter *bestimmt*.«

Summer spürte über die ganze Sitzbank hinweg, wie Steve sich versteifte. Die Vorstellung, daß jemand seiner Tochter etwas antun könnte, brachte ihn fast um den Verstand. Das hatte Summer schon einmal miterleben dürfen.

»Warum tust du das, Carmichael?« fragte er leise. »Mann, du bist Polizist. Bedeutet dir das gar nichts?«

»Einen feuchten Dreck. Dazu werde ich zu schlecht bezahlt.«

Steve kniff die Augen zusammen. »Da du mich sowieso umbringen willst, wie wär's, wenn du mir erzählst, weshalb ihr all so hinter dem Lieferwagen her seid?«

Carmichael runzelte die Stirn, dann zuckte er mit den Schultern. »Teufel, es dürfte kaum was ausmachen, ob du's weißt oder nicht: weil da Geld drin ist. Fünfzehn Millionen Mäuse, um genau zu sein. Bares Geld. Knete. Versteckt im Futter dieser Särge, in den Satin-Kissen, sogar in den hübschen kleinen Leichen, damit es glatt durch den Zoll kommt. Die Leichen hast du doch gefunden, oder? Ich wette, die haben dir eine ganz schönen Schreck eingejagt.« Er kicherte.

»Haben sie auch«, erwiderte Steve ein wenig kleinlaut. Summer konnte kaum fassen, in welch freundlichem Ton er sich mit diesem Verrückten unterhielt, der sie beide umbringen wollte. »Da war wohl ganz schön die Kacke am Dampfen, als ich mit eurem Auto voll Geld abgehauen bin.«

»Die haben sich alle in die Hosen gemacht.« Carmichael nickte zustimmend. »Zumal wir für die Nacht ein Treffen mit ein paar üblen Typen geplant hatten. Schon mal vom Cali-Kartell gehört? Aus Kolumbien? Denen hätten wir das Geld geben sollen. Die Drogen hatten sie uns schon geliefert. Zug und Gegenzug. Die waren nicht grade begeistert, als sie von uns zu hören bekamen, du hättest uns das Geld geklaut.«

Plötzlich hob Carmichael die Pistole und zielte auf Summers Stirn. Entsetzt riß Summer die Augen auf und blickte in die winzige schwarze Öffnung. Er würde sie erschießen, genau wie er diese Polizisten erschossen hatte. Die Kugel würde mit einem fürchterlichen Stoß ihre Stirn durchschlagen, ein kleines schwarzes Loch würde entstehen, und dann … Wie lange würde es dauern, bis sie tot war?

»Sie haben uns zweiundsiebzig Stunden gegeben, um das Geld wiederzubeschaffen. Das heißt, wir haben ungefähr bis zwei Uhr morgen früh. Entweder du sagst mir jetzt, wo der Lieferwagen ist, oder ich bring ein bißchen Bewegung in die Sache und putze deine Freundin weg. Der schulde ich sowieso noch was, wegen Charlie. Er liegt übrigens im Krankenhaus, sein Gesicht sieht aus wie 'ne Bratkartoffel. Bestimmt wär er jetzt gern bei uns.« Carmichael lächelte Summer zu. Ihr gefror das Blut in den Adern. Unwillkürlich blickte sie Steve an. »Es liegt ganz bei dir, Calhoun.«

Einen Augenblick lang herrschte Stille. Steve und Carmichael sahen sich an und fochten einen stummen Kampf aus. Summer hielt den Atem an.

»Fahrt zum Cedar Lake«, sagte Steve dann. »Der Lieferwagen steht in einem Bootslagerhaus am Westufer. Ich glaube, es nennt sich ›Wassersport – Verkauf, Service und Lagerung‹.«

»Ich hätte sie noch nicht erschossen«, sagte Carmichael und senkte die Waffe. Es klang überrascht und ein wenig verärgert. Summer fühlte sich in ihrem Eindruck bestätigt, daß er gern Menschen weh tat. Er schien enttäuscht, weil Steve so schnell nachgegeben hatte, als hätte man ihn um einen Spaß betrogen, auf den er sich schon gefreut hatte. »Nicht hier im Wagen. Denk doch nur an den Dreck.«

»Ich wußte nicht, daß du was gegen Dreck hast«, meinte Steve müde und lehnte den Kopf gegen die Nackenrolle an dem luxuriös gepolsterten Sitz.

Summer warf ihm einen Blick zu. Er sah aus dem Fenster, seine Miene war trostlos und grimmig. Summer spürte Erleichterung, weil sie noch nicht tot war, und zugleich Entsetzen über das, was er getan hatte. Ihretwegen hatte er den Standort des Lieferwagens verraten. Aber jetzt, da die Bösen wußten, wo der Wagen war, hatte Steve kein As mehr im Ärmel.

Was war aus seinem Grundsatz geworden, immer einen Plan B bereit zu haben?

Im jetzigen Augenblick wäre Summer jeder erdenkliche Plan recht gewesen.

38

Sie erreichten Cedar Lake gegen acht Uhr abends. Unterwegs hatten sie einmal bei einer Tankstelle angehalten, Clark hatte von der Telefonzelle aus jemanden angerufen und war dann nach drinnen auf die Herrentoilette gegangen.

Unterdessen hatte Summer auf dem Rücksitz des Lincoln gesessen, der neben dem weißgestrichenen Betonwürfel geparkt war, und darauf gewartet, daß Steve etwas unternahm. Ihr starker Mann hatte doch bestimmt noch ein paar Tricks auf Lager – aber er saß einfach nur da. Carmichael hatte sich halb auf dem Vordersitz umgedreht, so daß es für einen zufälligen Zuschauer so aussehen mußte, als würde er sich mit den zwei Mitfahrern auf dem Rücksitz unterhalten, und hielt die ganze Zeit seine Waffe auf sie gerichtet. Dann stieg Clark wieder ein, nickte Carmichael zu, und sie fuhren weiter.

Als sie am Cedar Lake ankamen, waren Summers gefesselte Hände eingeschlafen. Ihre Schultern schmerzten, weil Summer sie so lange nicht bewegt hatte. Ihr Nacken schmerzte aus dem gleichen Grund. Unruhig rutschte sie auf dem Sitz hin und her. Wie sie feststellen mußte, lenkte körperliches Unbehagen doch nicht immer von den eigenen Ängsten ab. Sie fühlte sich elend – und sie fürchtete sich.

Es wurde schnell Abend, als sie in die Straße einbogen, die am Seeufer entlangführte. Die Sonne stand trotz der späten Stunde noch am Himmel, denn es war Sonnenwende, aber über der Stadt lag das rosige Licht der Sommerabende von Tennessee. Als der Lincoln an dem rund um die Uhr geöffneten Lebensmittelladen vorbeifuhr, an dem Summer gegen Steves Willen nicht gehalten hatte – war das wirklich erst vier Tage her? – und an der Baustelle, auf der, da es nach Feierabend war, wieder alle Arbeit ruhte, spürte Summer, wie ihr Herzschlag sich beschleunigte.

In wenigen Minuten würden sie ihr Ziel erreicht haben und Carmichael würde keinen Grund mehr haben, sie am Leben zu lassen.

Sie schaute durchs Fenster auf den stillen See hinaus, in dessen sanften Wellen sich das Feuer des Sonnenuntergangs fing, und dachte: Was für ein unpassend friedlicher Hintergrund. Die wenigen Boote, die noch über den See sausten, machten das Ganze zum Inbegriff eines glücklichen Ferienparadieses. Während Summer die Schönheit der Umgebung in sich aufnahm, kam ihr aus dem Nichts ein Zitat in den Sinn: Dies ist ein schöner Tag zum Sterben.

Woraufhin sie mit moderner Empfindsamkeit sofort innerlich aufschrie: *Nichts da!*

»Wohin jetzt, Calhoun?«

Steve, der ebenfalls still die Welt hinter dem Fenster betrachtet hatte, brach sein Schweigen und gab Anweisungen. Summer spürte, wie ihre Hände feucht wurden. Wie konnte er nur so ruhig und unbeteiligt sein, wenn man sie gleich erschießen würde?

Sie fing an zu beten: *Nun leg ich mich zum Schlafen nieder ...* Nein, das nicht – *Vater unser, der du bist im Himmel ...* Das auch nicht. Ihr fiel nicht einmal ein überzeugendes Gebet ein, so sehr fürchtete sie sich. Also entschied sie sich für: Bitte, lieber Gott, bitte.

Da war es: das Bootslagerhaus. Summers erster Eindruck war, daß es bei Tageslicht ganz anders aussah. Wohlhabender, weil die zwei Reihen Wellblechschuppen im Licht der untergehenden Sonne silbrig und rosa schimmerten, und besser gesichert, weil man erkannte, daß der Zaun um das Gelände mindestens vier Meter hoch und oben mit dreifachem Stacheldraht bestückt war.

Doch auch im goldenen Licht dieses Mittwochabends wirkte es noch genauso verlassen wie an jenem frühen tintenschwarzen Morgen, als Summer zum erstenmal hier gewesen war.

»Hier?« fragte Carmichael. Die Frage galt Steve, der seit eineinhalb Stunden praktisch nicht mehr gesprochen hatte.

»Hier.«

Summer sah ihn an, und ihre Angst schoß ins Kraut. Er sah müde aus. Todmüde. Als wäre das Spiel vorbei, und er hätte verloren.

Warte mal, sagte Summer sich: Vielleicht tut er nur so, als wäre er geschlagen. Vielleicht hat er sich irgendwie aus den

Handschellen rausgewunden, und sobald die Gangster anhalten und die hintere Wagentür öffnen, stürzt er sich auf sie wie ein Ninja Turtle.

Vielleicht …

Als der Lincoln in die Zufahrt zu dem verschlossenen Tor einbog, setzte sich ein anderer Wagen hinter sie, ein kastanienbraun und silbern lackierter Lieferwagen. Einen Augenblick lang stieg Hoffnung in Summer auf.

Waren das etwa die Retter? Bitte, lieber Gott, bitte …

»Da sind sie«, sagte Clark zu Carmichael und nickte zufrieden. Carmichael blickte über Summers Schulter hinweg zum Heckfenster hinaus.

»Jetzt machen wir 'ne Party«, sagte Carmichael zu Steve und grinste.

»Was soll das heißen?« Steve versteifte sich und sah Carmichael an; es war das erste Mal seit langem, daß er so etwas wie Interesse zeigte.

»Dein kleines Mädchen ist direkt hinter uns. Ich hoffe um ihretwillen, daß du uns die Wahrheit erzählt hast. Daß der Lieferwagen wirklich hier ist.«

»Er ist hier«, erwiderte Steve grimmig. Entsetzt stellte Summer fest, daß ihm der Schweiß auf der Stirn stand.

Mein Gott, hatte er etwa keine Tricks mehr auf Lager? Dann sollte sie sich selbst etwas einfallen lassen, schnell.

»He, da braucht man 'nen Code, um reinzukommen.« Clark bremste und kurbelte das Seitenfenster herunter. »Weiß jemand den Code?«

»Den weißt du hoffentlich«, sagte Carmichael zu Steve. Er hob die Pistole und zielte erneut auf Summer.

»Ich weiß ihn – laß mich nachdenken … äh, neun-null … äh … vier-sieben.«

Clark tippte die Zahlen ein. Nichts geschah.

»Das ist der falsche!«

»Warte! Ich weiß ihn – ich hab' ihn im Kopf – laß mich nachdenken … Versuch 's mit neun-zwei-acht-eins …«

Einen Moment herrschte Stille, während Clark mit plumpen Fingern erneut das Ziffernfeld bearbeitete. »Es passiert nichts«, sagte er dann.

»Ich muß die Zahlen vertauscht haben. Jesus, laß mich nachdenken ...« Steve nagte an der Unterlippe.

»Du denkst besser schnell, sonst schicken wir deine Freundin zur Hölle. Und dann nehmen wir uns dein kleines Mädchen vor.«

»Neun-eins-acht-zwei ...«

Clark tippte die Ziffern ein. Wieder warteten sie.

»Nein!«

»Verdammt, Calhoun ...« Plötzlich zeigte die Pistole auf Summers Stirn, genau auf die Mitte. Summer erstarrte; sie wagte nicht einmal, Steve anzuschauen. Beim erstenmal war ihm der Code sofort eingefallen ... Sie kniff die Augen zu, klammerte sich innerlich daran, daß Carmichael nicht gern sein Auto schmutzig machte, und betete.

»Versuch's mit neun-eins-zwei-acht.«

»Wünsch dir lieber, daß das stimmt«, sagte Carmichael drohend, während Clark die Zahlen eintippte. »Wenn es nicht stimmt ...«

Das Tor bewegte sich.

Carmichael senkte die Pistole. Summer sackte im Sitz zusammen.

Der Lincoln glitt durch das sich öffnende Tor, dicht gefolgt von dem zweiten Wagen.

»Welches Gebäude?«

»Das letzte. Auf der linken Seite.«

Anscheinend wollte Steve ihnen den Lieferwagen wirklich zeigen. Summer hätte erwartet, daß er sie zumindest das Gelände danach absuchen ließ. Dabei wären sie bestimmt jemand begegnet ... Aber wenn sie einem ganz normalen Jemand begegneten, keinem Trupp bewaffneter Polizisten, dann war dieser Jemand natürlich tot, und ihr und Steve war nicht im geringsten geholfen.

Der Lincoln hielt vor dem Lagerhaus. Das Aluminiumgebäude war verschlossen und verlassen – genau wie alle anderen.

Wo steckt ihr nur alle? hätte Summer am liebsten geschrien.

»Der Lieferwagen ist da drin?«

»Ja.«

»Wie kommen wir rein?«

»Die Wand da – auf der Vorderseite – ist eine Schiebetür. Der Schlüssel liegt links davon, unter einem losen Stück Wandverkleidung.«

»Steig aus und zeig's mir.«

Carmichael stieg aus, ging um den Wagen herum und öffnete die Tür neben Steve. Er beugte sich herein, löste den Gurt und zerrte Steve ins Freie.

Summer hielt den Atem an und wartete auf Bruce Lee. Was sie bekam, war ein müde wirkender Mann, der seinem zukünftigen Mörder brav zum Schlüssel führte.

Natürlich, er wollte sie und seine Tochter schützen. Wie sollte er einen Kampf anfangen, ohne sie in Gefahr zu bringen?

Summer versuchte, nicht in Panik zu geraten, weil ihr Held so wenige Heldentaten beging. War nicht Steve Calhoun auch nur ein gewöhnlicher Mann? Er war kein Superheld. Was ihnen jetzt fehlte, war …

Arnold! Oh, wo war nur der Terminator, wenn sie ihn brauchte?

Mit rostigem Quietschen glitt das Tor zum Lagerhaus zur Seite. Von außen betrachtet, wirkte das Innere pechschwarz wie eine Höhle.

Auf eine Kopfbewegung von Carmichael hin stieg Clark aus und öffnete Summer die Tür. Als er sich über sie beugte, um ihren Gurt zu lösen, zuckte sie unwillkürlich zurück. Er war häßlich und gemein, und er roch … Ganz kurz spielte sie mit dem Gedanken, ihn in den Nacken zu beißen.

Aber was würde ihr das schon einbringen, abgesehen von einer dicken Lippe oder Schlimmerem? Noch war sie nicht in der Lage, einen Fluchtversuch zu wagen.

Der Gurt löste sich, und Clark zerrte Summer aus dem Wagen. Als sie stehen sollte, wäre sie fast zusammengesackt, so weich waren ihre Knie. Clark riß sie wieder hoch und zog sie ungeduldig auf die gähnende dunkle Öffnung zu. Dabei hörte Summer hinter sich Schritte. Sie blickte über die Schulter und sah zwei Schlägertypen, die einen Teenager mit braunem

Haar an den Armen hielten. Unglücklich stolperte das Mädchen zwischen ihnen her.

Corey hatte eine Ponyfrisur, ein rundes, blasses, tränenfeuchtes Gesicht und einen gerade erblühenden Körper, sie trug ein rosenrotes T-Shirt und lila Shorts mit Blumenmuster. Ihre Beine waren nackt und sonnengebräunt, die Füße steckten in weißen Sandaletten. Bevor Summer in den Schuppen geführt wurde, blieb ihr nur Zeit für einen schnellen Blick, doch er verriet ihr, daß das Kind sich zu Tode fürchtete.

Es dauerte eine Weile, bis sich Summers Augen an die Dunkelheit gewöhnt hatten. Dann sah sie, daß Steve drüben neben dem kleinen hölzernen Motorboot stand, das sich schon bei ihrem ersten Besuch im Schuppen befunden hatte. Carmichael stand neben ihm und blickte sich um.

Corey wurde gleich hinter Summer ins Lagerhaus gezerrt, und da entdeckte sie offenbar ihren Vater.

»Daddy!« Sie riß sich von den zwei Männern los, rannte zu Steve, schlang ihm die Arme um die Taille und verbarg das Gesicht an seiner Brust.

Steves Hände waren hinter seinem Rücken gefesselt, auf seinen Kopf war eine Pistole gerichtet, und so konnte er nichts tun, um seine Tochter zu trösten. Aber als Summer sah, mit welchem Ausdruck im Gesicht er auf Coreys braunen Haarschopf hinabblickte, hätte sie am liebsten geweint.

Um Steve, um Corey, um sich.

»Geht es dir gut?« fragte Steve das Mädchen leise, während Clark Summer zu der kleinen Gruppe führte. »Sie haben dir doch nicht weh getan, oder?«

Corey schüttelte den Kopf, drückte ihr Gesicht aber weiter an Steves Brust. »Sie haben mir nicht weh getan. Aber ich hab' solche Angst, Daddy!«

»Es ist alles in Ordnung, Baby«, sagte Steve. »Es kommt alles in Ordnung. Hab keine Angst.«

Auch wenn er log und Summer das wußte, seine Worte bewirkten trotzdem, daß sie sich besser fühlte.

»Wie rührend«, bemerkte Carmichael und betrachtete Vater und Tochter höhnisch. Dann sah er sich um. »Okay, und wo ist jetzt der Wagen?«

Irgend etwas stimmte hier ganz und gar nicht. Summer hatte es soeben begriffen, und nach Steves grimmiger Miene zu urteilen, war auch er sich darüber im klaren.

Sie standen genau an der Stelle, wo sie vor vier Nächten den Lieferwagen abgestellt hatten.

Aber der Wagen war verschwunden.

39

Summer mußte sich ein zweites Mal umschauen, bevor sie überzeugt war. Da war der viereckige Raum, halb so groß wie ein Football-Feld, da waren die nicht mehr ganz neuen Boote und die vier Wellblechwände und das schräge Dach und der kiesbedeckte Boden. Die einzige Glühbirne hing noch an der gleichen Stelle von der Decke herunter, nur brannte sie im Augenblick nicht.

Und der Lieferwagen war nicht da.

Summer sah Steve von der Seite an. Er stand jetzt keinen Meter von ihr entfernt, Corey umklammerte noch immer seine Taille. Steve erwiderte Summers Blick; in seinen wie in ihren Augen lag die gleiche entsetzte Frage.

Summer begriff, was dieser Blick bedeutete, und ließ widerwillig den hoffnungsvollen Gedanken fallen, der ihr eben durch den Kopf geschossen war: dies war nicht Teil von Plan B.

Der Lieferwagen war wirklich verschwunden, und Steve wußte nicht, wo er sich befand.

Mannomann!

»Wo ist der Lieferwagen, Calhoun?« fragte Carmichael ungeduldig.

»Er ist hier – irgendwo.«

»Was soll das heißen, irgendwo?«

»Hast du wirklich geglaubt, ich würde euch einfach hinbringen? Laßt mein kleines Mädchen laufen, und dann reden wir darüber, wo ihr in finden könnt.«

Oh, ein toller Bluff! Summer biß die Zähne zusammen und

versuchte, eine ausdruckslose Miene aufzusetzen, um nichts zu verraten. Dies war das richtige Gebäude, das wußte Steve so gut wie sie. Ein Irrtum war ausgeschlossen. Sie standen genau da, wo der Wagen gestanden hatte!

»Was? Du ...« Carmichael streckte die Hand aus und packte Corey am Arm. Corey schrie und hängte sich wie eine Klette an Steve. Steve fluchte böse und trat nach Carmichael.

Und dann traf ihn ein Pistolenknauf mit dröhnendem Knall am Hinterkopf. Böse lächelnd blickte Clark auf den Mann hinab, den er gerade niedergeschlagen hatte. Carmichael riß Corey an sich.

Entsetzt sah Summer zu, wie Steve zum Klang von Coreys Schreien auf die Knie sank.

Sie hatte furchtbare Angst, daß dies der Anfang vom Ende war – ihrem Ende. Steves Ende. Coreys Ende. Das Ende von allem.

Ohne Vorwarnung ging über ihnen das Licht an.

»Alle Mann stehenbleiben!«

Der Schrei kam von irgendwo über ihnen, zugleich bewegte sich etwas. Ruckartig hob Summer den Kopf. Auf dem erhöhten Deck eines nahegelegenen Kajütboots standen ein halbes Dutzend Polizisten, manche in Uniform, andere nicht, und zielten mit Pistolen und Gewehren und Gott weiß was noch allem auf die kleine Gruppe am Boden.

Zugleich hörte Summer Schritte und blickte sich um. Polizisten, Dutzende von Polizisten, stürmten auf sie zu und umzingelten sie.

»Hände hoch! Rauf damit!«

»Werfen Sie die Waffen weg! Sofort! Werfen Sie sie auf den Boden!«

»FBI!«

»DEA!«

»Polizei!«

»Sie sind verhaftet!«

Gehetzt blickten Carmichael und Genossen sich um. Als sie erkannten, daß sie umstellt waren und außerdem zahlenmäßig weit unterlegen – es stand etwa zwanzig gegen einen –

ließen sie langsam, widerstrebend, einer nach dem andern die Waffen fallen.

Es war vorbei, einfach so. Hoffte Summer jedenfalls. Ganz sicher war sie noch nicht, ob die möglichen Retter zu den Guten gehörten oder nur Verstärkung für die Bösen brachten.

Bis sie unter dem halben Dutzend Männern, die die Vorgänge vom Deck des Kajütboots aus überwachten, ihren weißhaarigen Exschwiegervater entdeckte. Wieso er *hier* war, konnte sie sich zwar nicht erklären – als sie ihn heimlich aus der Telefonzelle beim Lebensmittelladen angerufen hatte, da hatte sie ihn wie den Rest der Mannschaft zur Leichenhalle von Harmon Brothers bestellt – aber Junge, war sie froh, ihn wiederzusehen.

»Hi, Sammy«, rief sie mit schwacher Stimme. Er grinste und winkte ihr. Rings um Summer schnappten Handschellen zu, und die Bösen wurden abgeführt. Summer konnte immer noch nicht ganz glauben, daß dieser Alptraum wirklich und wahrhaftig vorbei war. Schwach vor Erleichterung sank sie neben Steve auf die Knie. Dann lächelte sie Corey zu, die auf der anderen Seite neben ihrem Dad hockte, die Arme fest um seine Schultern geschlungen. Die Tränen auf ihren Wangen waren noch nicht getrocknet.

»Plan B?« fragte Summer Steve.

»So könnte man es nennen«, erwiderte er und legte kurz die Wange an Coreys braunes Haar.

»Ich wäre fast gestorben vor Angst.«

»Ich auch.«

»Hattest du wirklich Angst, Daddy?« Corey hatte dem Wortwechsel mit großen Augen zugehört. Sie drei bildeten eine solide kleine Insel in dem Meer aus geschäftigen Gesetzeshütern.

»Und wie. Besonders als ich wußte, daß sie dich geschnappt hatten.« Zärtlich lächelte er sie an.

»Aber du hast mich gerettet.« Sie umarmte ihn. »Ich habe dich so vermißt, Daddy. Gehst du jetzt wieder weg?«

»Nein.« Steve schüttelte den Kopf. »Nie wieder. Das verspreche ich dir, Corey.«

»Dann kannst du Mom vielleicht dazu überreden, daß sie mich mit Jungs ausgehen läßt. Sie sagt, ich wäre zu jung.«

»Mein Gott«, erwiderte Steve schwach und verdrehte die Augen in Summers Richtung. Summer unterdrückte ein Grinsen. Nun war er mit einem Schlag wieder Vater – noch dazu Vater einer heranwachsenden Tochter, und auf dieses Abenteuer schien er nicht sehr gut vorbereitet zu sein.

Zu seinem Glück wählte seine Tochter diesen Moment, um ihn zum ersten Mal richtig anzuschauen. »Was ist denn mit deinem Gesicht passiert? Haben sie … dich geschlagen?«

»Es sieht viel schlimmer aus, als es ist«, versicherte er ihr, ohne ihre Frage zu beantworten. »Corey, das ist Summer. Summer hat *mich* gerettet.«

Corey hatte Summer immer wieder verstohlen angeblickt, neugierig und nicht unbedingt freundlich. Jetzt sah sie sie verblüfft an.

»Sie haben meinen Dad gerettet? Wie?«

Überrumpelt schaute Summer Steve an, um bei ihm Hilfe zu suchen. Er grinste.

»Ihre Hündin hat dem einen Schurken genau im richtigen Moment auf den Fuß gepinkelt.«

»Oh, Daddy!« Es war offensichtlich, daß Corey ihm nicht glaubte, aber bevor sie sich weiter unterhalten konnten, trat jemand zu ihnen.

»Das hier haben wir im Lincoln gefunden. Einer der Gefangenen behauptet, es gehöre euch.« Ein schwerer Mann in grauem Geschäftsanzug hielt Steve die zappelnde Muffy hin. Etwas in seiner Haltung verriet Summer, daß die kleine Hündin sich bereits unbeliebt gemacht hatte. Diesen Gesichtsausdruck hatte sie schon bei unzähligen Männern beobachtet.

»Holla, Les«, begrüßte Steve ihn. »Nett dich zu sehen, Mann.«

»Gleichfalls. Ist das deiner?«

»Sie gehört mir, aber ich kann sie Ihnen nicht abnehmen«, erklärte Summer. »Meine Hände …« Dann kam ihr ein Einfall. »Corey, könntest du Muffy für mich halten, bis mir jemand diese Handschellen abgenommen hat?«

»O ja!« Corey war offensichtlich begeistert. Sofort streckte sie die Hände nach Muffy aus und hielt sie vorsichtig fest. Dann sank sie im Schneidersitz auf den Boden und setzte sich Muffy auf den Schoß.

»Sie ist wunderschön«, flüsterte sie und streichelte Muffy die Ohren. Muffy leckte ihr das Kinn. Vor Glück schmolz das Mädchen förmlich vor ihren Augen dahin.

»Sie wünscht sich seit Jahren einen Hund. Ihre Mutter möchte keinen im Haus haben«, sagte Steve halblaut zu Summer.

»Wenn ich du wäre, würde ich mich vor dem Vieh in acht nehmen«, sagte der Mann zu Corey. »Sie hat mir, äh, den Schuh naßgemacht.«

»Wirklich?« Corey strahlte vor Freude. »Dann hast du nicht gelogen, Dad? Summer und ihr Hund haben dich wirklich gerettet?«

»Jawoll, das haben sie.« Lächelnd beobachtete Steve, wie seine Tochter Muffy etwas vorsummte. Dann blickte er zu dem Mann auf, der noch immer bei ihnen stand.

»Nicht daß ich nicht höllisch froh wäre, euch zu sehen, aber was macht ihr Typen eigentlich hier? Ihr solltet bei einer Leichenhalle in Murfreesboro auf uns warten.«

»He, wir haben da so unsere Methoden.«

»Bevor du es mir erklärst – könntest du vielleicht etwas wegen dieser Handschellen unternehmen?«

»Oh, tut mir leid. Deshalb bin ich eigentlich hier. Wir haben Clark den Schlüssel abgenommen. Ist das zu glauben? Dieses Arschloch wollte mich doch tatsächlich dazu überreden, ihn laufen zu lassen. Weil er nur noch zwei Jahre bis zur Pensionierung hat und seine Pension nicht verlieren will. Kumpel, hab ich gesagt, wo du hinkommst, brauchst du keine Pension.« Beim Sprechen bückte er sich und schloß Steve die Handschellen auf.

»Er und Carmichael haben oben am Clingmans Dome zwei Polizisten umgebracht. Und einen Reporter. Und sie haben auch die zwei Frauen umgebracht, die man in ihrem« – hier deutete Steve mit dem Kopf auf Summer – »Haus gefunden hat.«

»Ja, weiß ich. Haben wir alles auf Band.«

»Auf *Band?*«

»Der Reporter – Todd hieß er, glaube ich – war gerade dabei, die Story übers Telefon an seine Zeitung durchzugeben, als er erschossen wurde. Sein Chefredakteur hörte alles mit an und benachrichtigte sofort die Polizei. Dann hatten wir Glück: Clark und Carmichael nahmen Todds Handy mit, und sie haben es nicht ausgeschaltet. Es war die ganze Zeit an; wir haben es gerade aus dem Wagen geholt, und es war immer noch an. Bis der Wagen außer Reichweite war, wurde jedes Wort, das in ihm gesprochen wurde, von mehreren Polizeibeamten mitgehört. Und Todds Chefredakteur hat alles aufgenommen. Damit können wir gegen die zwei praktisch mit einem Geständnis auf Tonband aufwarten.«

Triumphierend richtete Les sich auf und hielt ein klirrendes Paar Handschellen hoch. Steve war endlich frei. Er zog die Arme nach vorn und schüttelte die Hände. Dann legte er einen Arm um Corey. Sie lächelte ihn lieb und ein wenig zerstreut an und wandte sich wieder Muffy zu, die inzwischen mit dem Rücken nach unten auf ihrem Schoß lag und mit den Pfoten in der Luft herumwedelte, offensichtlich vollkommen glücklich.

»So haben Sie uns also gefunden – über das Telefon von diesem armen Mann«, meinte Summer überrascht. Dann sah sie Steve an. »Ich habe mich gleich gewundert, weshalb du Carmichael und Clark so ohne weiteres – und so deutlich – erklärt hast, wo der Lieferwagen steht. Wußtest du denn, daß das Telefon eingeschaltet war?«

»Ich habe es gehofft.« Plötzlich grinste er sie an. »Nein, ich habe drum gebetet.«

»Plan B.« Summer lächelte ihn an, und in ihrem Blick lag alles, was sie für ihn empfand. Es war gut zu wissen, daß ihr Held doch noch ein paar Heldentaten auf Lager gehabt hatte.

»Dann gab es noch Plan C, und Plan D … Na, von denen erzähle ich dir später«, schloß Steve. In diesem Moment betrat ein uniformierter Polizist das Lagerhaus und kam geradewegs auf Les zu.

»Was ist, Grogan?« begrüßte Les ihn.

»Wir haben gerade erfahren, daß vorn am Eingang ein Typ von irgendeinem Wachschutz aufgetaucht ist. Unsere Jungs wollen ihn nicht aufs Gelände lassen, und er behauptet, hier wäre jemand unbefugt eingedrungen, und er müßte das überprüfen.«

»Da hat er wohl recht. Das waren wir«, sagte Les. »Verdammt, sagt ihm, daß wir von der Polizei sind.«

»Das haben wir ihm schon gesagt, und er sagt, wir wären nicht unbefugt eingedrungen, nicht wenn wir den richtigen Code benutzt hätten, um reinzukommen, und unsere Jungs sagen, das haben wir. Den Code hat uns der Eigentümer gegeben. Aber anscheinend ist da eine Sicherung eingebaut, so daß dieser Wachschutz alarmiert wird, wenn jemand dreimal hintereinander einen falschen Code eintippt. Der Typ sagt, das wäre ungefähr vor zwanzig Minuten passiert, und er müßte jetzt das Gelände absuchen. Er ist noch ziemlich aufgeregt.«

»Sagt ihm, er soll sich abregen, sonst buchten wir ihn ein.« Anscheinend hatte Les von dem Thema genug. Summer schaute Steve aus großen Augen an. Deshalb hatte er den Code ›vergessen‹! Er hatte den Wachschutz alarmieren wollen!

»Plan C?« fragte sie leise.

Er grinste sie an. »He, ich habe nach jedem Strohhalm gegriffen. Es hätte funktionieren können. Es hätte auch nicht funktionieren können. Genau wie bei dem Telefon. Ich sah aus dem Fenster und bemerkte, wie Clark es aufhob – und es sah nicht so aus, als hätte er es abgeschaltet. Es stand eins zu eine Million, daß das Telefon noch an war – aber es war eine Chance, und jede Chance war besser als keine. Die Sache mit dem Code kannte ich noch aus der Zeit, als ich öfter hier war. Das war auch eine Chance.«

»Ich kümmere mich drum«, sagte Les gereizt zu Grogan und ging davon. Grogan folgte ihm. Zugleich löste sich ein anderer, jüngerer Mann im Anzug aus der Gruppe von Männern und kam auf sie zu.

»He, was ist mit mir?« Eilig kehrte Summer in die Gegenwart zurück und rief empört hinter Les her. Seit Steve sich wieder frei bewegen konnte, kribbelten ihre Arme und Schultern aus reiner Eifersucht noch mehr.

»Oh, tut mir leid.« Les blickte über die Schulter, machte ein beschämtes Gesicht und kehrte um. Er hockte sich hinter Summer und öffnete ihr die Handschellen. »Ich heiße übrigens Les Carter.«

»Er ist Leiter der Einheit für organisiertes Verbrechen und Nachrichtenbeschaffung bei der Staatspolizei von Tennessee«, erklärte der Neuankömmling Summer, während er Steve die Hand schüttelte. Steve hatte es mittlerweile geschafft, wieder aufzustehen, obwohl er sich noch etwas unsicher bewegte. »Und ich bin Larry Kendrick vom Geheimen Ermittlungsnetz der Narkotika-Behörde. Von der DEA«, übersetzte er, als Summer ihn verständnislos anblickte. »Wir würden Ihnen nachher gern ein paar Fragen stellen, Miss McAfee.«

Endlich öffneten sich die Handschellen, und Les richtete sich hinter Summer auf. Sie wackelte mit den Fingern, nahm die Hände nach vorn und versuchte nicht zusammenzuzucken, als das Kribbeln ihre Arme hinaufschoß.

»Wir brauchen auch eine Aussage von Ihnen, Miss McAfee«, sagte Les.

»Verdammt, sie heißt Mrs. Rosencrans, sie ist meine Schwiegertochter, und ihr zwei Tyrannen laßt sie bis morgen früh in Ruhe, sonst steck ich sie in Schutzhaft, ist das klar?« Sammy kam zu ihnen, eine dicke braune Zigarre im Mundwinkel, und blickte die beiden streng an. Summer war so froh, ihren beleibten weißhaarigen Exschwiegervater wiederzusehen, daß sie seinetwegen sogar aufstand. Wenn Lem seinem Vater auch nur ein bißchen ähnlich gewesen wäre, hätte ihre Ehe fünfzig Jahre gehalten.

»Was diesen Wachschutzmann betrifft ...«, sagte Grogan halblaut zu Les Carter.

»Ich komme ja schon«, erwiderte Les gereizt, winkte der Gruppe zu und ging, Grogan dicht auf den Fersen.

»Ich bin deine *Ex*schwiegertochter, Sammy«, erinnerte Summer ihn. »Lem und ich sind seit sechs Jahren geschieden. Er hat wieder geheiratet.«

»Einmal in der Familie, immer in der Familie«, antwortete Sammy fröhlich und gab Steve die Hand. »Hallo, Calhoun.«

»Hallo, Chief Rosencrans.«

»Ihretwegen wäre meine Schwiegertochter fast umgekommen.«

»Ich weiß, und es tut mir auch sehr leid.«

»Daß mir das nicht noch einmal vorkommt.«

»Nicht, wenn ich es verhindern kann, Sir.«

»Gut. Summer, deine Mama ist in Murfreesboro im Holiday Inn. Du rufst sie besser an, sobald du hier fertig bist. Sie ist deinetwegen ganz schön ins Zittern gekommen.«

»Ist sie etwa extra aus Kalifornien hergeflogen?« Fast hätte Summer laut gestöhnt. Sie liebte ihre Mutter wirklich, aber der Aussicht, ihr alle Ereignisse Szene für Szene berichten zu müssen, fühlte sie sich im Augenblick nicht gewachsen. Und dann war da noch Steve ... Summer warf ihrem dreckigen, schlecht gekleideten Liebsten einen verstohlenen Blick zu und fragte sich, was ihre Mutter wohl von ihm halten würde. In einer vollkommenen Welt hätte er wenigstens Zeit gehabt, das blaue Auge loszuwerden, bevor er ihrer Mutter gegenübertrat.

»Deine beiden Schwestern sind auch hier.« Das sagte Sammy so düster, wie Summer zumute war. Sie konnte sich lebhaft vorstellen, wie ihm die drei McAfee-Weiber in den letzten Tagen die Hölle heiß gemacht hatten. »Gott im Himmel, haben die sich aufgeregt, als man dich auf die Fahndungsliste gesetzt hat. Ich habe ihr gesagt, daß ich daran nichts ändern kann, aber sie sind trotzdem über mich hergefallen wie Fliegen über einen Topf Honig.«

»Das ist ja wohl erledigt, oder?« fragte Steve.

»Alles geklärt. Keine Sorge, man wird Sie nicht verhaften.«

»Sam, kannst du mal kurz kommen?« rief Les Carter von seinem Platz nah bei dem Tor. Sammy murmelte ein Entschuldigung und ging.

»Hast du was von Elaine gehört?« flüsterte Steve Larry Kendrick zu, wobei er Corey vorsichtig im Auge behielt. Sie saß im Schneidersitz zu Steves Füßen, spielte mit Muffy und schien überhaupt nicht darauf zu achten, worüber die Erwachsenen rings um sie redeten. Aber wenn sie wie andere Kinder war, entging ihr vermutlich kein einziges Wort.

»Bisher nicht. Wir haben den Typ, der wegen dem verbrannten Gesicht im Krankenhaus war – Charlie Gladwell – dazu gebracht, uns zu verraten, wo sie sie hingebracht haben. Keine Angst, wir holen sie raus, bevor die andern erfahren, daß hier was schiefgegangen ist.«

»Um Coreys willen …« Steve warf seiner Tochter einen Blick zu und sah dann wieder Kendrick an.

»Wir holen ihre Mutter heil da raus«, wiederholte Larry Kendrick beruhigend. »Weißt du, ich bin dir wirklich dankbar, daß du mich hierüber informiert hast. Das könnte eine ganz, ganz große Sache werden. Übrigens, wo ist der Lieferwagen?«

»Wo der Lieferwagen ist? Soll das heißen, ihr habt ihn auch nicht? Ich war sicher, daß ihr ihn weggebracht habt, bevor wir ankamen.«

»Als wir herkamen, war kein Lieferwagen hier. Komm schon, Steve, treib jetzt keine Spielchen mit mir. Du weißt, wo er ist.«

»Ich weiß es nicht. Ich schwör's. Er war hier.« Die beiden sahen sich abschätzend an. »Als wir Samstag abend oder vielmehr Sonntag früh hier weggefahren sind, stand der Lieferwagen hier. Frag Summer, wenn du mir nicht glaubst.«

Summer nickte bestätigend.

»Dann muß ihn jemand anders sich geschnappt haben.« Eilig winkte Kendrick einen der Männer im Anzug herbei. Als er zu ihnen kam, stellte Kendrick ihn nicht vor, sondern flüsterte ihm nur nachdrücklich etwas ins Ohr. Der Mann nickte und entfernte sich schnell.

»Als du mich heute angerufen und mich hergeschickt hast, damit ich den Lieferwagen bewache, hast du also *wirklich* geglaubt, daß er hier ist?« fragte Kendrick Steve. »Das war nicht nur ein Trick, um uns herzubekommen, damit wir uns die Bösen schnappen und dir deine Haut retten?«

»Du hast ihn angerufen und erzählt, daß der Lieferwagen hier ist?« überrascht sah Summer Steve an. »Wann?«

»Bei dem Lebensmittelladen, als ich auch alle andern angerufen habe. Du warst kurz auf der Toilette, weißt du noch? Ich fand es besser, wenn irgend jemand weiß, wo der Lieferwagen steht; für den Fall, daß ich unsere Verabredung mit dem Schicksal nicht überlebe. Ich wollte dich nicht damit belasten, deshalb habe ich mit dem Anruf gewartet, bis du außer Reichweite warst. Die ganze Zeit, während wir hinten in diesem Lincoln saßen, habe ich darauf gehofft, daß Kendrick und seine Leute noch hier sind. Als ich sah, daß der Lieferwagen verschwunden war, dachte ich, sie hätten ihn mitgenommen.«

»Plan D?« Nachsichtig hob Summer die Augenbrauen. Vielleicht wäre sie etwas gekränkt gewesen, weil Steve sich ihr nicht anvertraut hatte, wenn sie selbst nicht Sammy angerufen und ihn über das Treffen bei der Leichenhalle informiert hätte, während Steve auf der Toilette war. Offenbar überließ ihr Liebster die Dinge ebenso ungern dem Zufall wie sie.

Steve grinste. »Ja.«

»*Wir* haben den Lieferwagen nicht weggeschafft«, sagte Kendrick grimmig. »Wenn du doch weißt, wo er ist, dann sag es mir besser gleich, Steve.«

»Jesus, Larry, glaubst du wirklich, ich würde solche Spielchen mit euch treiben? Der Lieferwagen war hier. Ich habe keine Ahnung, wo er jetzt ist.«

»Okay. Okay.« Besänftigend hob Kendrick die Hand. »Es ist einfach wichtig, daß wir ihn finden.«

»Daddy, da ist Onkel Mitch«, mischte Corey sich plötzlich ins Gespräch.

Summer folgte ihrem Blick und entdeckte einen großen, schlanken, ungewöhnlich gutaussehenden Mann, der langsam, aber zielstrebig auf sie zukam. Sobald Summer den Blick von dieser blonden, blauäugigen Schönheit losreißen konnte, schaute sie Steve an. Er blickte seinem ehemals besten Freund mit zusammengekniffenen Augen und ernster Miene entgegen.

Summer wußte, was zwischen den beiden Männern lag, und so sprang Steves Spannung auch auf sie über.

40

Mitch trat zu ihnen, und zu Summers Überraschung reichte er Steve die Hand. »Freut mich, daß du's geschafft hast«, sagte er ruhig. Dann nickte er Larry Kendrick zu. »Hallo, Kendrick.«

»Danke. Ich bin auch froh, daß ich's geschafft habe.« Steve drückte Mitch kurz die Hand und ließ sie wieder los. Einen Augenblick lang fragte Summer sich, ob die Sache für die beiden damit erledigt war – nach Männerart, obwohl so viel zwischen ihnen vorgefallen war. Aber dann lächelte Mitch Steve an. Es war ein schönes Lächeln, das mußte Summer zugeben. Das schöne Lächeln eines schönen Mannes.

»Lange nicht gesehen, Kumpel.« Er blickte auf Corey hinab. »Hi, Kleine.«

»Hi, Onkel Mitch.« Corey lächelte ihm zu. Von den Spannungen zwischen den Erwachsenen schien sie nichts zu spüren. »Man hat mich gekidnappt.«

»Das habe ich gehört. Ich wollte dich gerade befreien kommen.«

»Das hat mein Dad schon erledigt.« Corey schaute auf Muffy hinab und erhob sich dann anmutig wie ein Fohlen. Sie würde einmal groß werden, stellte Summer fest, groß und sehr hübsch. »Wie kommt's, daß du mich und Mom nicht mehr besuchst? Kurz nachdem Daddy weg war, bist du ständig gekommen. Mom hat gesagt, ihr zwei würdet miteinander ausgehen.«

Bei dieser Enthüllung spiegelten sich die widersprüchlichsten Gefühle auf Steves Gesicht.

»Deine Mom und ich sind einfach nur Freunde.« Mitch wich Steves Blick aus und zog Muffy an den Ohren. »Seit wann hast du einen Hund, Kleine?«

»Sie gehört Summer.« Corey nickte Summer zu. »Mom mag keine Hunde, das weißt du doch. Sie sagt, sie bringen sie zum Niesen, und außerdem haben sie Flöhe.«

»Summer, das ist Mitch Taylor. Mitch, Summer McAfee«, stellte Steve etwas verspätet vor. Summer gab Mitch die Hand. Sein Händedruck fühlte sich warm und fest an. Summer hatte viel über Mitch gehört und sich längst ein Bild davon gemacht, wie er auszusehen hatte, aber dieses Bild wurde ihm nicht gerecht. Steve hatte ihr zwar erzählt, daß Mitch viel besser aussah als er, doch mit soviel Schönheit hatte sie nicht gerechnet. Er war einer der schönsten Männer, die sie jemals gesehen hatte. Lockiges blondes Haar, leuchtendblaue Augen, ein sonnengebräuntes und vollkommen geformtes Gesicht, ein blendendweißes Lächeln. Groß. Muskulös, aber schlank. Der Mann sah gut genug aus, um zum Film zu gehen.

Kein Wunder, daß Steve so viele Mädchen an ihn verloren hatte.

Summer sah den Mann an, dem nach wie vor ihr ganzes Herz gehörte, und entdeckte einen ironischen Ausdruck auf seinem Gesicht. Er hatte beobachtete, wie sie Mitch anstarrte. Vermutlich sah sie ein bißchen benommen aus, und vermutlich hatte er das bisher bei jeder Frau erlebt, die er seinem Freund vorgestellt hatte.

Unwillkürlich rückte Summer näher an Steve heran, bis ihre Schulter seinen kräftigen Oberarm streifte, und blickte ihm lächelnd in die Augen. Wenn Corey nicht gewesen wäre, hätte sie seine Hand genommen, aber ihr Instinkt warnte sie, in Coreys Gegenwart nichts zu übereilen: Junge Mädchen waren oft eifersüchtig auf die Freundinnen ihrer Väter.

Steve blinzelte ihr zu, und in diesem Moment stand für Summer fest, daß es für sie hier nichts zu entscheiden gab. Auch wenn Mitch noch so atemberaubend aussah, mit Steves unverfälschter Männlichkeit konnte er es in ihren Augen nicht aufnehmen. Der eine Mann war etwas, das man bewundernd anschaute; der andere strahlte reinen Sex-Appeal aus.

Mitch war der Traum eines jungen Mädchens; Steve der einer erwachsenen Frau.

Les Carter kam zu ihnen und sah Corey an.

»Deine Mom sitzt draußen im Streifenwagen. Wir werden sie und dich heute nacht in einem Hotel hier in der Stadt unterbringen. Kommst du?«

»Geht es Mom gut?« fragte Corey, eine Frage, die Steve, nach seinem Gesichtsausdruck zu urteilen, nicht auszusprechen gewagt hatte.

»Sehr gut. Niemand hat ihr etwas getan. Aber sie hat sich große Sorgen um dich gemacht. Wenn sie erst sieht, daß mit dir alles in Ordnung ist, ist sie bestimmt wieder so gut wie neu.«

»Ich bringe dich nach draußen.« Steve legte seiner Tochter einen Arm um die Schultern. Dann sah er Summer an. »Bin gleich wieder da«, sagte er leise. Steve, Corey und Les gingen zum Tor.

»Ach, das hätte ich fast vergessen.« Corey löste sich aus Steves Arm und lief zu Summer zurück. Sie hielt noch immer Muffy an ihre Brust gedrückt. »Ich sollte Ihnen wohl Ihren Hund zurückgeben.«

Summer schaute Corey ins Gesicht. Wenn sie wollte, konnte sie darin Steves Gesichtszüge erkennen, nur daß Coreys weicher und weiblicher waren. »Möchtest du sie über Nacht behalten? Eigentlich gehört sie meiner Mutter und nicht mir, und bei dir fühlt sie sich bestimmt genauso wohl wie bei mir.«

»Oh, darf ich?« Corey lächelte strahlend. »Ich werde gut für sie sorgen. Danke, Summer.«

Und sie lief zu ihrem Vater und Les Carter zurück.

Steve warf Summer über Coreys Kopf hinweg einen Blick zu. Summer grinste ihn an. Wenigstens war seine Exfrau kein Mann. Muffy würde ihr nicht den Fuß naßmachen.

»Ich muß los und mich um die Suche nach dem Lieferwagen kümmern«, sagte Kendrick zu Summer. »Sind Sie sicher, daß Sie und Calhoun ihn hier stehengelassen haben?«

»Hundertprozentig sicher.«

Nachdenklich schüttelte Kendrick den Kopf und ging. Summer blieb mit Mitch allein. Mit Steves Mitch. Deedees Mitch. Sie hatte soviel über ihn gehört, kannte so viele intime Einzelheiten aus seinem Leben, daß sie ausnahmsweise keinen Ton herausbrachte. Sie wußte einfach nicht, was sie sagen sollte.

Mitch befreite sie aus dieser Klemme, indem er als erster das Wort ergriff. »Sie und Steve haben ein ganz schönes Abenteuer hinter sich.« Er lächelte sie an. »Wie wär's, wenn wir drei uns eine Pizza holen, und dabei erzählt ihr mir alles?«

Schon bei dem Gedanken an eine Pizza lief Summer das Wasser im Mund zusammen. Sie war halb verhungert – allmählich entwickelte sich das wohl zu ihrem Normalzustand. Eben öffnete sie den Mund, um Mitch herzlich zu danken und das Angebot anzunehmen, da gesellten sich Sammy und Les Carter wieder zu ihnen.

Sammy wandte sich an Summer. »Ich mußte ihnen praktisch die Arme auskugeln, aber schließlich haben Carter hier und Kendrick versprochen, euch essen und ausschlafen zu lassen, bevor sie sich euch vornehmen.«

»Wir haben für Sie und Calhoun Hotelzimmer für heute nacht bestellt.« Les Carter sprach nicht ganz so herzlich wie Sammy. »Morgen früh nehmen wir Ihre Aussagen auf.«

»Wie steht's mit Abendessen?« fragte Summer klagend, denn Mitch nickte den Männern zu und schien verschwinden zu wollen. Da geht meine Pizza, dachte sie traurig und blickte ihm nach.

»Dafür sorgen wir auch.« Les Carter entspannte sich gerade genug, um ihr zuzulächeln. »Miss McAfee, sind Sie *sicher*, daß dies die Stelle ist, an dem Sie den Lieferwagen stehengelassen haben?«

»Ja.« Allmählich hatte Summer genug von diesem Thema. Wo der Wagen sich befand, interessierte sie im Augenblick herzlich wenig. Was sie interessierte, waren Abendessen und ein Bett.

»Ich habe gesagt, ihr sollt bis morgen warten, bevor ihr sie belästigt«, sagte Sammy fest. »Komm, Summer, ich lade dich und Calhoun zum Abendessen ein und fahre euch dann zum Hotel. Wir haben euch allen getrennte Zimmer besorgt.«

Die leichte Betonung auf *getrennte* entging Summer nicht; sie hoffte nur, daß Les Carter nicht so genau auf seine Worte geachtet hatte.

Auf dem Weg nach draußen kam ihnen Steve entgegen, und sie brachen zu dritt zum Essen auf, wobei sie gerade noch dem Fernsehteam entgingen, das gerade mit kreischenden Bremsen vorfuhr. Eine junge schwarze Frau sprang aus dem Wagen von WTES, und Steve versteckte sich eilig hinter Sammy.

Wie Sammy es ausdrückte: Interviews mit der Presse hatten auch bis morgen Zeit.

In einer Kleinstadt wie Cedar Lake hatte man um halb zehn Uhr abends keine große Auswahl an Restaurants. Es wurde gerade vollständig dunkel, und darüber war Summer froh. Sie sah schlimm aus, das wußte sie, und Steve konnte sich eigentlich überhaupt nicht mehr sehen lassen. Andererseits war sie so hungrig, daß ihr Aussehen sie nicht kümmerte, und Steve ging es vermutlich ähnlich.

Während der Mahlzeit wirkte Steve seltsam zerstreut. Sie aßen in »Sally's Diner«, einem Eßlokal, das allem Anschein nach einmal zu einer Restaurantkette wie Frisch's oder Jerry's gehört hatte und dann, als das Geschäft schlecht lief, von einem Einheimischen aufgekauft worden war. Wie dem auch sei, abgesehen von einem Pizza-Imbiß war es das einzige Restaurant in der Stadt, das noch geöffnet hatte. Summer saß auf einer geschnitzten Holzbank vor einem großen Glasfenster, verspeiste ein drei Zentimeter dickes, auf Holzkohle gegrilltes Hüftsteak, eine mit Butter und Sauerrahm begossene Backkartoffel und einen Salat mit Croutons und italienischem Dressing und versuchte, sich nicht dadurch stören zu lassen, daß Steve die meiste Zeit gedankenverloren durchs Fenster in die von Glühwürmchen bevölkerte Nacht hinausblickte. Beim Essen lieferte Summer Sammy einen heftig gekürzten Bericht über das, was Steve und ihr zugestoßen war, wobei sie einige wichtige Einzelheiten ausließ – zum Beispiel, daß Steve bei ihrer ersten Begegnung nackt gewesen war, und auch, wie nah sie sich seitdem gekommen waren. Sammy hörte ihr zu, paffte seine Zigarre und warf Summer ab und zu unter seinen buschigen weißen Augenbrauen hervor einen durchdringenden Blick zu. Sie hatte das Gefühl, daß es nicht viel gab, was er nicht wußte.

»Es ist ein Ring aus verbrecherischen Polizisten«, sagte Sammy zu Steve, als sie nach der Mahlzeit alle drei Kaffee tranken. »Etwa ein Dutzend haben wir identifiziert – sechs davon sind meine Leute. Es gehören mehr dazu, aber wie viele und wer, wissen wir noch nicht genau. Es ist ein Drogennetz, und es ist übrigens nicht auf diesen Staat beschränkt. Es umfaßt den ganzen Süden einschließlich Georgia, die beiden Carolinas und Florida, und außer Polizisten sind auch Politiker und Geschäftsleute dabei. Wer genau dazugehört, werden wir auch noch herausfinden. Das ist jetzt nur noch eine Frage von Knochenarbeit. Im Augenblick reimen wir es uns so zusammen: ein Drogenkartell aus Kolumbien beschafft die Drogen – hauptsächlich Kokain – und bringt sie auf allen möglichen Wegen ins Land. Mit Privatflugzeugen, durch Kuriere, die die Ware durch den Zoll schmuggeln, durch illegale Grenzüberquerungen von Mexiko aus, durch alles, was einem einfällt. Zur Zeit ist Haiti ein wichtiger Umschlagplatz. Dahin sollten übrigens die Leichen in dem verschollenen Lieferwagen gebracht werden: nach Haiti. Anscheinend hatte der Ring mit Harmon Brothers vereinbart, daß die Bestatter in ihren Grabkammern Drogen lagern und – falls notwendig – Leichen bereitstellen. Nach allem, was ich gehört habe, ist es relativ einfach, Drogen ins Land zu bringen. Schwierig ist es, das Geld hinauszubringen. Also beschafften Harmon Brothers bei Bedarf Leichen und Särge, stopften sie mit Geld voll und schickten sie heim zu den ›trauernden Angehörigen‹ im Ausland. Beim Zoll werden Leichen offenbar selten genau untersucht.«

»Dann wußten die Leute von Harmon Brothers also, was vorging.« Summer sah Steve von der Seite an. Er blickte stirnrunzelnd in seine Kaffeetasse. Während der kurzen, aber intensiven Zeit, die Summer mit ihm verbracht hatte, hatte sie ihn noch nie so verdrießlich erlebt.

»Sie wußten es. Jedenfalls einige höhergestellte Mitarbeiter. Wer alles darin verwickelt war und wie weit, kann ich dir jetzt noch nicht sagen. Je tiefer wir in die Sache eindringen, desto undurchsichtiger wird es, aber wir kommen schon dahinter.«

»Ich nehme an, Sie wissen, daß da auch DEA und CIA mit drinstecken.« Endlich blickte Steve auf. »Das ist mir schon bei meiner Untersuchung vor drei Jahren klargeworden. Ich bin nur nie dazu gekommen, die Einzelheiten rauszufinden.«

»Da gab's wohl eine kleine Unterbrechung in Ihrer Laufbahn, was?« Sammy lachte mitfühlend. »Was genau haben Sie denn herausgefunden?«

»Nichts wirklich Stichhaltiges, jedenfalls nichts, womit ich zum Staatsanwalt gehen konnte oder was vor Gericht standgehalten hätte. Aber anscheinend haben CIA und DEA ausgehandelt, daß bestimmte Drogengeschäfte geduldet werden, wenn die Beteiligten dafür Geheiminformationen über die Länder liefern, in denen die Drogenringe sitzen. Das sind hauptsächlich südamerikanische Länder.«

»Soll das heißen, die Regierung läßt Drogenhändler als Spione für sich arbeiten?« stieß Summer hervor.

Steve lächelte sie ironisch an. »So in der Art. Ich glaube nicht, daß wir dem jemals wirklich auf den Grund gehen werden. Was wir hier aufgedeckt haben, ist nur die Spitze eines Eisbergs. Manche von diesen Burschen – sie nennen sie ›Mitarbeiter‹, aber eigentlich sind sie nur ein Haufen Drogenschmuggler und Söldner – werden sogar vom CIA dafür bezahlt, daß sie die Drogenringe infiltrieren. Im Austausch für die Informationen, die sie liefern, dürfen sie ihre eigenen Geschäfte praktisch ungestört betreiben.

»Im Drogengeschäft steckt viel Geld«, bemerkte Sammy und warf Steve unter den Augenbrauen hinweg einen scharfen Blick zu. Dann brachte die Kellnerin ihnen die Rechnung, und das Gespräch wandte sich allgemeineren Themen zu.

Eine Stunde später stieg Summer in eine Wanne mit dem heißesten Wasser, das sie den alten Hähnen in ihrem Hotelbadezimmer hatte entlocken können. Sie war für die Nacht im Dew Drop Inn untergebracht, einem Motel aus den Fünfzigern, das zwar alles Notwendige, aber keinerlei Luxus bot. Das Zimmer war klein, das Bad noch kleiner, aber immerhin gab es ein Doppelbett der Standardausführung – ein paradiesisches Lager, verglichen mit denen, auf denen Summer in letzter Zeit geschlafen hatte – sowie eine Toilette und eine Badewanne mit Duscharmaturen. Auf dem angestoßenen Resopal-Frisiertisch standen sogar Fläschchen mit Shampoo und Feuchtigkeitslotion sowie Mundwasser. Summer hatte sich bereits das Haar gewaschen und mit einem Handtuch umwickelt. Nun versank sie selig bis zum Kinn im Wasser; es war so heiß, daß ihre Haut sich augenblicklich rosa färbte.

Das einzige Haar in Summers Suppe war die Tatsache, daß Steve nicht bei ihr war. Aber Sammy hatte sie sehr entschieden zu ihrem eigenen Zimmer geführt, während Steve den Weg zu seinem allein finden mußte. Summer hatte Steve nachgeschaut und dabei belustigt festgestellt, daß sein Zimmer ganz am anderen Ende des langgestreckten, weitläufigen einstöckigen Motels lag, einem Gebäude, das eher wie eine Reihe aneinandergebauter Hütten aussah als wie ein Hotel.

Sammy hatte Summer sehr fürsorglich behandelt, genau wie er es immer tat. Summer hatte es nicht übers Herz gebracht, ihn daran zu erinnern, daß sie sechsunddreißig Jahre alt und nicht mehr mit seinem Sohn verheiratet war, daß sie also selbst entscheiden konnte, ob sie allein schlafen wollte oder nicht. Statt dessen hatte sie bedauernd zugesehen, wie Steve in seinem Zimmer verschwand, und Sammy einen Gutenachtkuß auf die Wange gegeben.

»Bis morgen früh«, hatte er barsch gesagt und sich zum Gehen gewandt. Danach hatte Summer zuallererst dampfend heißes Wasser in die Badewanne laufen lassen.

Als nächstes hatte sie ihre Mutter angerufen.

Während sie sich die Beine einseifte – und dabei ein wenig Bedauern empfand, weil es hier keinen Rasierer gab – dachte sie an dieses Gespräch zurück. Sie hatte ihre Mutter – und ihre Schwestern – nur mit Mühe davon abhalten können, augenblicklich aus ihrem Hotel zu stürmen und zu ihr zu fahren.

»Mir geht es gut, Muffy geht es auch gut, und wir kommen euch beide morgen besuchen«, hatte Summer schließlich mit fester Stimme erklärt. »Und dann erzähle ich euch alles.«

Ein bißchen mehr als Sammy kannst du ihnen schon erzählen, sagte sie sich jetzt, während sie sich vorbeugte und ihre Zehen mit Seifenschaum einrieb, aber *alles* bestimmt nicht.

Einige Dinge brauchten sie nicht zu erfahren. Obwohl sie sie vermutlich erraten würden, denn erstens waren sie Frauen und zweitens mit ihr verwandt.

Ein Tropfen kaltes Wasser fiel ihr auf den Rücken.

Vor Schreck wandte sie sich so schnell um, daß sie sich fast die Nackenmuskeln gezerrt hätte.

41

»Hi.« Steve stand gegen den Rahmen der Badezimmertür gelehnt und grinste Summer an. Er trug noch immer das orangefarbene Nike-Hemd und die abgeschnittenen Jeans. Da Summer mit dem Rücken zu ihm saß und außerdem die Knie angewinkelt hatte, weil die Wanne so klein war, konnte er nicht allzuviel von ihr sehen, doch was er sah, betrachtete er mit Wohlgefallen.

»Wie bist du denn reingekommen?« stieß Summer hervor und hielt sich unwillkürlich den Waschlappen vor den Busen. Der Waschlappen war klein und dünn und bedeckte nicht eben viel von ihr, aber das machte nichts. Was zählte, war die Absicht.

»Billiges Schloß. Ich habe es mit der plastikbeschichteten Hotelordnung von meinem Nachttisch aufbekommen. Beim nächsten Mal legst du besser die Kette vor.« Steve richtete sich auf und hielt eine braune Papiertüte hoch. »Ich habe dir was mitgebracht. Zahnpasta, Zahnbürste, Kamm und Lippenstift. Gekauft mit dem Rest von Renfros Geld, in dem, was sie hier den hoteleigenen Geschenkartikel-Laden nennen.«

»Eine Zahnbürste?« Begierig streckte sie die Hand aus. Steve grinste und hielt die Tüte außer Reichweite.

»Komm und hol sie dir.«

»Steve Calhoun, mit Zahnbürste und Zahnpasta macht man keine Scherze, dazu sind sie zu wichtig! Stell die Tüte da aufs Bord, und dann verschwinde aus dem Badezimmer! Ich bin in einer Minute fertig.«

»Okay«, erwiderte Steve zuvorkommend. Er stellte die Tüte ab, ging hinaus und zog die Tür hinter sich zu. Wenn Summer es nicht so eilig gehabt hätte, Zahnbürste und -pasta in die Finger zu bekommen, hätte sie sich vermutlich gefragt, wieso er so bereitwillig nachgab. Widerspruchslos zu gehorchen sah Steve gar nicht ähnlich – aber daran dachte sie nicht.

Tropfnaß und abgesehen von dem Handtuch um ihren Kopf splitternackt stand sie vor dem Waschbecken und sah sich im Spiegel beim Zähneputzen zu, als Steve die Tür wieder öffnete und hereinkam.

Er war auch nackt. Summer nahm alle Einzelheiten in sich auf: er war breitschultrig, sehr muskulös, besaß an all den richtigen Stellen schönes schwarzes Körperhaar – und war von der Natur reichlich beschenkt worden.

»Raus hier!« befahl Summer mit dem Mund voll Zahnpasta, mehr aus Prinzip als aus Empörung. Obwohl er ihr Geliebter war und sie ihn liebte, fühlte sie sich plötzlich lächerlich schüchtern. Jede neue Umgebung brachte neue Spielregeln mit sich: Bisher war sie noch nie mit ihm in einem Motelzimmer allein gewesen.

»Du wirst doch wohl nicht plötzlich schamhaft werden, oder?« fragte er grinsend, ließ sich aber nichts an ihrer Figur entgehen. »Mit diesem Arsch und diesen Titten hast du keinen Grund, dich zu schämen.«

»Du Süßholzraspler, du«, antwortete Summer bissig, sobald sie sich den Mund ausgespült hatte.

»Das war ein Kompliment. Ich schwör's dir.« Er zwinkerte ihr zu und gar ihr einen anerkennenden Klaps auf den fraglichen Hintern.

Dann stieg er ohne ein weiteres Wort in ihre Badewanne.

»*Ich* bade hier«, protestierte Summer, nachdem sie sich von dem Klaps erholt hatte. Wollte sie wirklich ihr ganzes weiteres Leben mit einem Mann verbringen, der ihr auf den Po klapste? »Was hast *du* hier verloren?«

»Ich setze mich zu dir.« Er lehnte sich in der Wanne zurück und seifte sich mit lässigen Kreisbewegungen Schultern und Brust und Arme ein. Sein sonnengebräunter Körper bildete einen auffallenden Kontrast zu den weißen Kacheln, dem Schaum und der Seife. Die Knie hatte er scharf angewinkelt, seine Schultern ragten gut fünfzehn Zentimeter aus dem Wasser, und sein Kopf lehnte an den gesprungenen Wandkacheln statt an dem abgerundeten Wannenrand. Trotzdem sah er vollkommen zufrieden aus. Und ausgesprochen hübsch. Summer beschloß, ihm diesen chauvinistischen Klaps zu verzeihen. Wenn er erst ihr gehörte, konnte sie ihn immer noch umerziehen …

»Du setzt dich zu mir?« wiederholte sie empört. »Ich bin da nicht drin.«

»Steig rein«, schlug er vor und lächelte verführerisch. Unglaublich, wie sexy dieser Mann aussehen konnte, und das mit zwei blauen Augen, einer verschorften Wunde auf der einen Wange und genug anderen Verletzungen, um einen Arzt auf Tage glücklich zu machen.

»Da ist nicht genug Platz.«

»Ich mache schon Platz.« Er streckte den Arm aus, faßte Summer an der Hand – und bevor sie wußte, wie ihr geschah, wurde sie halb mit Ziehen, halb mit Überredung in die Wanne gelotst. Sie fiel mit der Brust nach unten auf Steves Bauch, ihre Beine landeten angewinkelt zwischen seinen, die Unterschenkel ragten an der Kachelwand empor.

»Du hast recht«, meinte Steve, als hätte er eine wichtige Entdeckung gemacht. »Hier ist nicht genug Platz.«

Er drehte sie auf die Seite und erhob sich unter lautem Platschen. Summer blieb kaum Zeit, seinen Körper zu bewundern – und sie bewunderte ihn wirklich –, bevor Steve sich bückte, ihr eine Schulter in den Bauch drückte und sich mit ihr aufrichtete.

Summer kreischte; dann legte sie sich rasch eine Hand auf den Mund. Ganz sicher war sie nicht, aber sie vermutete stark, daß die Wände hier dünn waren.

Das Handtuch um ihren Kopf löste sich und fiel zu Boden. Summer hing Steve über die Schulter wie ein Brandopfer dem Feuerwehrmann, biß die Zähne zusammen, damit sie ihn nicht anschrie, und trommelte ihm mit den Fäusten auf den Rücken. Es beeindruckte ihn überhaupt nicht. Er stieg mit ihr aus der Badewanne und trug sie ins Schlafzimmer.

»Laß mich runter, du …«, stieß sie drohend hervor und versetzte ihm einen besonders kräftigen Schlag zwischen die Schulterblätter.

»Ja, Madam.« Sein neckender Tonfall hätte sie warnen müssen.

Trotzdem war sie nicht darauf vorbereitet, daß er sich mit ihr aufs Bett fallen lassen würde. Als sie mit dem Rücken nach unten auf der weichen, federnden Matratze landete, schrie sie wieder.

Diesmal legte er ihr eine Hand auf den Mund. »Pst! Sonst ruft noch jemand die Polizei.«

Oh, haha. Sehr witzig. Bevor sie ihm mitteilen konnte, was sie von seinen Scherzen hielt, fiel ihr jedoch etwas anderes ein. »Steve, nein! Wir machen ja das ganze Bett naß!«

»Stört es dich?«

Wenn Summer Zeit gehabt hätte, darüber nachzudenken, hätte sie vermutlich geantwortet: Nein, es stört mich nicht. Aber sie kam nicht mehr zum Nachdenken, denn Steve schob sich an ihr herauf, und sie sah ihn finster an, und er küßte sie und liebte sie, und sie konnte an überhaupt nichts mehr denken außer an ihn.

Viel, viel später machten sie sich auf den Weg zu Steves Zimmer, um den Rest der Nacht dort zu verbringen, denn Summers Bett war tatsächlich sehr naß geworden. Leise schlichen sie den gelblich beleuchteten Weg vor den Zimmern entlang, und dabei kicherten sie hinter vorgehaltener Hand wie die Schulkinder. Es mußte ungefähr Mitternacht sein, doch abgesehen von den Motten, die um die kleinen Wandleuchter neben jeder Zimmertür herumflatterten, war kein Lebewesen mehr unterwegs.

Als sie die Tür zu Steves Zimmer erreicht hatten, drehte er Summer zu sich herum, umarmte sie und küßte sie.

»He«, protestierte sie scherzhaft, als sie wieder sprechen konnte. »Hast du denn immer noch nicht genug?«

»Nee.« Er küßte sie wieder, sehr zärtlich, und blickte sie dann lächelnd an. »Ich glaube, *davon* werde ich mein Leben lang nicht genug bekommen. Das hier ist eine von den Geschichten, die auf Dauer gemeint sind.«

»Wirklich?« Sie schmiegte sich an seine Brust, schloß die Hände um die Träger seines Muskel-Shirts und verzog die Lippen heimlich zu einem leichten Lächeln.

»Etwa nicht?«

Er fühlte sich sehr groß und stark an, und als sie ihm in die Augen sah, entdeckte sie darin nicht mehr den toten und hoffnungslosen Ausdruck von früher, sondern etwas Warmes, Leuchtendes, Unbeschwertes. Summer betrachtete sein nicht schönes, aber unglaublich anziehendes Gesicht und wußte die Antwort.

»Doch«, sagte sie mit klarer Stimme. »Das ist es.«

Er grinste und küßte sie, dann ließ er sie los und klopfte die Taschen seiner abgeschnittenen Jeans ab.

»Da ist er.« Steve zog den Schlüssel aus einer Tasche und steckte ihn ins Schloß.

»Wieso bist du nicht eingebrochen?« fragte Summer bissig, während er zurücktrat und sie als erste ins Zimmer gehen ließ.

»Wo ich einen richtigen Schlüssel habe? Verschwendung.« Kopfschüttelnd folgte er ihr hinein und schloß die Tür. Summer tastete nach dem Lichtschalter.

Sie bemerkte gerade noch – ganz flüchtig – wie ein Mann aus der Dunkelheit auf sie zusprang, dann traf Steve ein kräftiger Schlag in den Nacken.

Lautlos sackte er zusammen.

Summer war zu schockiert, um auch nur zu schreien.

42

Es war eine wunderschöne Nacht. Warmer Wind strich Summer zärtlich über das Gesicht und bewegte die Haarsträhnen auf ihren Wangen. Viele tausend Sterne funkelten am samtigen mitternachtsblauen Himmel. Der Mond war ganz schmal, eine silbrige Sichel, die sich in jedem Kinderlied heimisch gefühlt hätte. Im nahen See quakten die Frösche. Die Zikaden sangen wieder laut im Chor.

Summer lag auf der Seite im Dreck, geknebelt und wie ein Erntedank-Truthahn verschnürt, und sah zu, wie Mitch ein flaches Loch aushob, in dem er sie und Steve begraben wollte.

Steve lag nicht weit entfernt, noch immer bewußtlos. Auch er war gefesselt und geknebelt. Obwohl das bei ihm fast überflüssig schien, denn offenbar würde er sterben, ohne noch einmal zu sich zu kommen.

Summer lag auf der kühlen Erde, lauschte den eintönigen Schaufelgeräuschen und fand, daß Steve es besser getroffen hatte. Sie wäre gern ebenfalls bewußtlos gewesen, dann hätte sie dies alles nicht miterleben müssen.

Nicht weit von ihnen durchschnitten Autoscheinwerfer die Dunkelheit. Summer lag auf dem Baustellengelände, das ihr jedesmal aufgefallen war, wenn sie durch Cedar Lake gefahren war; die Straße war quälend nah. Wenn nur diese großen Bagger und Planierraupen nicht im Weg gestanden hätten …

Dann wurde ihr etwas klar: Selbst wenn es die Raupen nicht gegeben hätte, niemand könnte so tief im Gelände noch etwas erkennen. Sie selbst nahm Mitch in der Dunkelheit auch nur als Schatten wahr, obwohl er nur vier Meter von ihr entfernt stand. Daß er grub, hatte sie – abgesehen von den Geräuschen – nur daran gemerkt, daß die Schaufel manchmal in einem verirrten Mondstrahl silbern aufblitzte.

Steve kam zu sich. Genau wie Summer war er an Händen und Füßen gefesselt und zusätzlich noch wie eine Mumie mit Nylonschnur umwickelt. Seine Füße bewegten sich, und seine Schultern bewegten sich. Summer nahm an, daß er die Augen geöffnet hatte, denn trotz der Dunkelheit bemerkte sie einen schwachen Schimmer. Ganz sicher war sie allerdings nicht. Sie sehnte sich von ganzem Herzen danach, bei ihm zu sein, und versuchte sich auf den Rücken zu rollen. Steve lag nur einen halben Meter entfernt.

Plötzlich war Mitch bei ihnen. Unwillkürlich blieb Summer ganz still liegen, wie ein Nagetier, über dem ein Habicht kreist. Doch Mitch ging zu Steve.

»Du bist wach«, sagte er leise und ließ sich neben Steve auf ein Knie sinken. »Verdammt, Steve, wieso bist du nicht weggeblieben?«

Steve machte ein Geräusch, das völlig unverständlich blieb, weil sein Mund mit Isolierband zugeklebt war.

»Glaubst du etwa, ich mache das gern? Teufel, lieber würde ich mir den rechten Arm abhacken. Aber du läßt mir keine andere Wahl.«

Steve machte wieder ein Geräusch.

»Also gut, Kumpel, ich nehme dir eine Minute lang den Knebel raus. Dann kannst du mich fragen, was du wissen willst, und ich werde dir alles erzählen. Du hast ein Recht darauf, zu erfahren, warum das hier mit dir passiert. Aber wenn du schreist oder auch nur laut sprichst, muß ich dich hiermit umbringen.« Mitch berührte die Schaufel, die neben ihm lag. Dann beugte er sich über Steve und zog das Isolierband ab. Summer erkannte es daran, daß sie etwas leise reißen hörte, und dann vernahm sie Steves Stimme, rauh und gedämpft, aber unverwechselbar seine:

»Als ich anfing, mit Deedee zu schlafen, hattest du schon ein Verhältnis mit Elaine.«

Einen Moment lang blieb Mitch stumm. »Hat Elaine es dir erzählt?« fragte er dann. »Ich habe befürchtet, daß sie es früher oder später tun würde.«

»Sie hat es mir heute abend gesagt; vermutlich war sie vorübergehend gut auf mich zu sprechen, weil sie und Corey den Tag heil überstanden hatten.« Steve unterbrach sich und fuhr dann anklagend fort: »Hast du Deedee deshalb umgebracht? Weil du für Elaine frei sein wolltest?«

Mitch schien überrascht. »Teufel, nein, wegen Elaine hätte ich Deedee nicht umgebracht. Das war, weil ... *Scheiße.* Woher weißt du es?«

»Elaine hat mir erzählt, daß du sie oft zu Hause besucht hast, während ich arbeiten war. Sie sagte, du hättest dich bestimmt acht Monate vor Deedees Tod an sie rangemacht, und weil sie sich langweilte und unglücklich war, hätte sie sich drauf eingelassen. Du hättest sie um den Schlüssel zu meinem Büro gebeten, nicht nur an dem Abend, als Deedee starb, sondern öfters, weil du rausfinden wolltest, was ich trieb. Sie hatte den Verdacht, daß du Dreck am Stecken hast, aber es war ihr egal. Bis Deedee starb. Als Deedee tot in meinem Büro aufgefunden wurde, hat sie erraten, daß du in die Sache verwickelt warst. Aber sie hatte zuviel Angst vor dir, um den Mund aufzumachen. Erst durch das, was jetzt mit Corey passiert ist, wurde ihr klar, daß sie und Corey nur dann sicher sind, wenn du und deine Kumpane hinter Gittern sitzen.«

»Ich habe seit Jahren Dreck am Stecken.« Mitch sprach wie jemand, der eine Beichte ablegt.

»Teufel, glaubst du, das wüßte ich nicht? Soviel habe ich inzwischen erraten. Ich wäre schon früher drauf gekommen, nur wollte ich der Wahrheit nicht ins Gesicht sehen, auch wenn sie sich mir förmlich aufdrängte. Aber warum, Mitch? Sag mir warum.«

»Es war so viel Geld«, erwiderte Mitch. »Sie haben mir so verdammt viel Geld geboten. Ich mußte gar nichts dafür tun, nur wegsehen, während sie von hier aus Drogen verkauften. So leicht habe ich noch nie in meinem Leben Geld verdient. Tausend und abertausend Dollar auf einmal, nur dafür, daß ich wegsehe.«

»Den Lieferwagen hast du dir geholt, stimmt's?«

Wieder herrschte einen Augenblick Stille. Dann lachte Mitch kurz auf. »Du warst schon immer ein guter Detective. Wie hast du das rausgefunden?«

»Wer außer dir hätte noch in dem Bootslagerhaus nachgesehen? Ich habe Larry Kendrick am Telefon erzählt, daß der Lieferwagen in dem Schuppen steht – nur für den Fall, daß ich das Treffen mit deinen Freunden nicht überlebe. Er ist auf dem schnellsten Weg hingefahren. Da war der Wagen schon weg. Irgend jemand mußte ihn gefunden haben – jemand, der wußte, was sich darin befand – und zwar zwischen Sonntag früh, als ich ihn dort zurückgelassen habe, und heute nachmittag. Wer hätte das noch sein können, außer dir? Von diesem verdammten Bootsschuppen wußten nur du und ich. Wo ist der Lieferwagen jetzt, Mitch?«

»Da, wo man ihn nie finden wird.« Mitch's Stimme wurde plötzlich hart. »Dich und deine Freundin da drüben wird man auch nie finden. Dieses Gelände wird morgen asphaltiert. Als Parkplatz für den neuen Yachthafen, der unten am See gebaut wird. Ihr werdet unter dem Parkplatz begraben sein.«

»Wieso mußt du uns umbringen? Wir sind hilflos – und du hast das Geld. Wieso nimmst du es nicht einfach und haust ab?«

»Glaubst du, das würde ich nicht machen, wenn ich könnte?« fragte Mitch heftig. »Aber dann wären sie alle hinter mir her. Nicht nur die Polizei oder das FBI und die DEA, sondern auch das Kartell. Früher oder später würden sie mich finden. Sie würden mich bis ans Ende der Welt verfolgen. Ich hätte keine ruhige Sekunde mehr.«

»Warum sollte das Kartell dich nicht verfolgen, wenn wir tot sind?«

Mitch lachte leise. »Weil sie dann dir die Schuld geben werden, Kumpel. Sie werden glauben, du hättest ihnen zusammen mit deiner kleinen Freundin die fünfzehn Millionen Dollar gestohlen und wärst dann mitten in der Nacht abgehauen. Du wirst nämlich spurlos verschwinden, verstehst du? Daß du tot bist, wird kein Mensch je erfahren.«

Summer lief ein Schauer über den Rücken. Die Aussicht, gleich ermordet zu werden, war schlimm genug, aber wenn sie sich vorstellte, daß niemand das erfahren würde ... Ihre Mutter und ihre Schwestern würden ihr Leben lang überall auf der Welt nach ihr suchen.

»Steve, alter Junge, alter Kumpel, wenn es eine andere Lösung gäbe, ich würde es nicht tun. Aber hab keine Angst. Ich gebe dir vorher einen Schlag auf den Kopf, damit du nichts spürst. Es wird gar nicht weh tun.« Mitch griff nach der Schaufel.

Summers Herz setzte aus.

»Warte!« In Steves Stimme lag ein Unterton von Verzweiflung. »Du hast mir noch nicht erzählt, weshalb du Deedee umgebracht hast.«

Mitch hielt inne und drehte sich wieder zu Steve um. »Weißt du noch, wie du uns nachgespürt hast, Steve? Les Carter hatte dich an Rosencrans ausgeliehen, und du hast links und rechts nach korrupten Bullen gesucht. Und du kamst der Sache verdammt nahe. Wir spürten schon deinen Atem im Nacken. Das Kartell fing an, sich Sorgen zu machen. Ich bekam den Befehl, die Untersuchung aufzuhalten. Dich aufzuhalten. Sie ließen mir die Wahl zwischen zwei Möglichkeiten: Ich konnte dich kaufen oder dich töten. Teufel, du warst schon immer so ein verdammter Pfadfinder gewesen, ich wußte genau, daß man dich nicht kaufen konnte. Und ich brachte es nicht über mich, dich zu töten. Wir waren eng befreundet, Kumpel, weiß du noch? Mit Elaines Hilfe konnte ich genau beobachten, was du triebst. Ich hatte Zeit, mir eine Lösung einfallen zu lassen. Und dann fingst du was mit Deedee an. Es war perfekt. Ich wußte, wenn man dich bei diesem Verhältnis mit ihr erwischt, noch dazu auf eine Art, die öffentliches Aufsehen erregt, dann würde man dich feuern. Untersuchung ade. Also habe ich es so geplant. Begreifst du's immer noch nicht, Mann? Ich habe Deedee getötet, um *dich* zu retten.« Mitch's Stimme brach. »Du blöder Sack.«

Er beugte sich über Steve. Verblüfft beobachtete Summer, wie er Steve mit unverkennbarer Leidenschaft voll auf den Mund küßte.

»Ich habe dich immer geliebt, du verdammter dummer Pfadfinder, und du Scheißkerl hast es nie gemerkt. Aber jetzt heißt es du oder ich. Der Sieger kriegt alles, Baby.«

Bei diesen Worten sprang Mitch auf die Füße und hob die Schaufel auf, alles in einer einzigen schnellen Bewegung. Steve wollte noch etwas sagen, vielleicht auch schreien, da fiel schon der Schlag.

Für Summer klang es wie ein Todesurteil. Als Mitch sich zu ihr umdrehte, sah sie auf seinen Wangen Tränen im Mondlicht glitzern.

43

»Wer sündigt, ist ein Mensch;
wer darüber trauert, ein Heiliger;
wer sich damit brüstet, ist ein Teufel.«
– Thomas Fuller

Deedee hatte wieder einmal Probleme mit ihren Atomen. Anscheinend wurde sie schwächer. Sie war hinter Steve hergeschwebt wie ein Kinderdrachen an der Schnur, aber in letzter Zeit hatte er sie nicht mehr gesehen. Was vielleicht ganz gut war. Sie wollte ihm keine Schwierigkeiten machen, jetzt, wo er ein neues Mädchen hatte.

Aber auch wenn sie nicht materialisieren konnte, so konnte sie doch sehen und hören. Sie hörte, was Mitch Steve erzählte, da draußen auf diesem matschigen Grundstück; sie sah, was er tat und was er vorhatte, und plötzlich war alles klar wie Kristall: die Vergangenheit und auch die Zukunft.

In der Nacht, in der sie starb, hatte Mitch ihr Beweise dafür vorgehalten, daß sie und Steve ein Verhältnis hatten, und sie hatte geweint und gejammert vor Schuldgefühlen, denn schließlich war Mitch derjenige gewesen, den sie liebte. Daraufhin hatte er zu ihr gesagt, er würde ihr vergeben, aber *nur,* wenn sie ihm half, Steve eine unvergeßliche Lektion zu erteilen.

Sie hatte geglaubt, Mitch sei eifersüchtig. Das hatte ihr gefallen. Indem sie mit Steve schlief, hatte sie endlich den Spieß umgedreht. Jetzt wußte Mitch, wie sich so etwas anfühlte. In all den gemeinsamen Jahren war immer *er* das unerreichbare Objekt der Begierde gewesen, nicht sie. Jetzt, endlich, dank der Affäre mit Steve, war sie an der Reihe. Mitch zeigte, daß er von ihr besessen war. Sie hätte es besser wissen müssen. Obwohl sie die Wahrheit fast unglaublich fand. Wie hätte sie jemals erraten sollen, daß Mitch nicht von ihr besessen war, sondern von *Steve?* War sie blind gewesen, daß sie nicht gemerkt hatte, was mit Mitch los war? Wieso hatte sie es nicht gesehen?

Aber sie hatte es ebensowenig geahnt wie Steve. Sie war so wahnsinnig in Mitch verliebt gewesen, daß sie alles getan hätte, was er verlangte. Und so kam es auch. Zuerst ließ Mitch sie vor laufender Videokamera einen scherzhaften ›Abschiedsbrief‹ vorlesen. Dann fuhr er mit ihr zu Steves neuem Büro, befestigte eine Schlinge aus Nylonschnur unter der Decke – ausgerechnet an einem *Blumenhaken* – zog Steves Schreibtisch darunter und befahl Deedee, auf den Tisch zu steigen und sich die Schlinge um den Hals zu legen, damit es so aussah, als wollte sie sich erhängen.

Steve sei auf dem Weg zum Büro, behauptete Mitch, und sie würden dem alten Kumpel einen Schreck fürs Leben einjagen.

Danach würde Steve *seine* Frau nie mehr anfassen, hatte Mitch ergänzt, und in seinen Augen hatte ein Funkeln gelegen, das Deedees Herz höher schlagen ließ. In all den Jahren mit ihm hatte sie ihn noch nie so erregt erlebt. Und das nur, weil er auf sie und Steve eifersüchtig war. Sie war aufgeregt gewesen, arglos, *dumm*. Ungeduldig war sie aus den Schuhen geschlüpft, war auf den Schreibtisch gestiegen und hatte sich die Schlinge um den Hals gelegt, genau wie Mitch es wollte. Und sie hatte sich zusammennehmen müssen, um nicht zu grinsen, weil sie sich vorstellte, was Steve sagen würde.

Dann hatte Mitch den Tisch unter ihr weggezogen und war gegangen, während sie würgte und um sich trat und starb.

Dieser Hurensohn. Er hatte sie kaltblütig ermordet, und jetzt wollte er Steve und dessen neue Freundin auch noch umbringen, und das durfte sie nicht zulassen.

Sie durfte es nicht zulassen.

Das also war ihre Aufgabe: Sie mußte Mitch davon abhalten, noch jemanden zu töten.

Aber wie?

Deedee beobachtete, wie Mitch den gefesselten und reglosen Steve zu der flachen Grube schleifte, die er ausgehoben hatte, und ihn hineinrollte. Dann trug er die Frau hinüber und warf sie neben Steve. Mitch deckte die beiden mit einer dünnen Schichte Erde zu, kletterte dann in eine große gelbe Dampfwalze, zog einen Schlüssel aus der Tasche und ließ den Motor an.

Die Dampfwalze setzte sich in Bewegung. Rumpelnd und brummend fuhr sie über das Gelände, genau auf das zukünftige Grab zu.

Was kann ich nur tun? dachte Deedee.

Sie versuchte es, mit aller Kraft. Sie wünschte sich ins Fahrerhaus der Dampfwalze hinein, wünschte sich auf den Sitz neben Mitch, wünschte sich, zu materialisieren.

Unerbittlich rollte die Dampfwalze auf das Grab zu; sie ließ einen fahrbahnbreiten Streifen aus glatter festgedrückter Erde zurück. Mit jeder Sekunde kam sie ihrem Ziel näher. Deedee meinte bereits die dunklen Gestalten der zwei Menschen in der flachen Vertiefung zu erkennen.

Da spürte sie das Kribbeln. Plötzlich war sie *da*, saß neben Mitch. Als könnte er spüren, daß er nicht mehr allein war, blickte er in ihre Richtung.

Und sah sie. Er wurde weiß wie Milch und starrte sie an. Deedee winkte ihm mit den Fingern. Er schrie – und sprang aus dem Fahrerhaus der Dampfwalze.

Mit Händen und Knien landete er auf dem weichen Boden. Die Dampfwalze fuhr weiter. So sehr Deedee es auch versuchte, sie konnte den Zündschlüssel nicht herumdrehen. Ihre Finger waren so körperlos wie Nebel – sie konnte nichts anfassen.

Deedee folgte Mitch aus dem Führerhaus. Dann mußte *er* es eben tun. Er stand wieder auf den Füßen und wirkte erschüttert, aber sonst okay. Jedenfalls, bis er sie entdeckte.

Mitch warf ihr einen Blick zu, schrie und rannte davon, als wäre sie der Teufel persönlich. Deedee flog hinter ihm her, dicht über der Erde und mit ausgestreckten Armen. Sie wollte ihn am Hemd festhalten.

Er mußte wieder einsteigen und den Motor ausschalten.

Heulend vor Entsetzen rannte Mitch quer über das Gelände und krabbelte die Böschung zur Straße hinauf, während Deedee ihm an der Schulter zupfte.

Sie erkannte, was geschehen würde, Sekunden früher als er, doch sie konnte es nicht verhindern. Mitch lief auf die Straße hinaus und genau vor einen Lastwagen.

Es gab einen unglaublich heftigen Zusammenstoß. Mitch schoß schon das Blut aus Nase und Mund, bevor er wieder auf dem Pflaster aufkam, fünfzehn Meter vom Lastwagen entfernt.

44

Summer sah Mitch aus dem Fahrerhaus springen und schreiend weglaufen. Sie hatte jedoch keine Zeit, darüber nachzudenken, nach dem Wieso und Warum zu fragen. Ihre ganze Aufmerksamkeit galt der riesigen grauen Walze an der Baumaschine, die Steve und ihr immer näher und näher kam. Zum Glück war es Summer gelungen, durch Kopfbewegungen die Erde von ihrem Gesicht zu schütteln. Mitch hatte es eilig gehabt, seine Aufgabe zu erledigen, und sie nicht sehr gut begraben. Und auch von Steves Gesicht hatte Summer die Erde mit heftigen Kopfbewegungen fortwischen können.

Steve war immer noch bewußtlos. Summer trat ihn, wütend, verzweifelt. Mitch saß nicht mehr im Fahrerhaus; damit hatten sie eine Chance – aber Steve mußte aufwachen.

Ihr Mund war zugeklebt, sie konnte kein Wort sagen. Die Schreie, die aus ihrer Kehle emporstiegen, erstarben unter dem erstickenden Knebel. Selbst Summer hörte sie kaum.

Die Dampfwalze war vielleicht sieben Meter entfernt.

Blinzelnd öffnete Steve die Augen; Summer sah sie in der Dunkelheit glänzen. Sie trat ihn wieder, mit aller Kraft, verbog den Körper, bis sie mit den Füßen sein Knie traf.

»Au!« sagte er und sah sie an. Summer winkte heftig mit dem Kopf und rollte sich weg.

Ob Steve begriff, wie nahe sie dem Tod waren, wußte sie nicht. Auf jeden Fall folgte er ihr. Zu zweit kullerten sie wie zwei Nudelhölzer über die kühle weiche Erde.

Die Dampfwalze verfehlte sie um einen Meter und fuhr weiter, bis sie in den See stürzte.

45

Es war Samstag. Mitch war am Vortag in Nashville beerdigt worden. Steve hatte dem Begräbnis beigewohnt, und Summer hatte ihn begleitet und während der gesamten Totenfeier fest seine Hand gehalten. Er war sehr ruhig gewesen, seine Miene grimmig, die Augen umschattet. Was Mitch auch getan hatte und warum, die beiden waren ihr Leben lang befreundet gewesen, und diese Verbindung konnten weder Logik noch Tod vollständig zerstören.

Steve war ganz einfach noch nicht bereit, über Mitch zu reden, und Summer war klug genug, es dabei zu belassen.

Bei der Beerdigung hatte sie Elaine kennengelernt.

Steves Exfrau war eine zierliche, attraktive Blondine, bei deren Anblick Summer sich sofort fragte, ob Steve sie geheiratet hatte, weil sie ihn an Deedee erinnerte.

Aber das war alles Schnee von gestern. Steve war nicht bei Elaine. Steve war auch nicht bei Deedee. Er war bei Summer.

Und er gehörte zu ihr. Das wußte sie so sicher, wie sie wußte, daß am Morgen die Sonne aufgeht. Manche Menschen hatten im Leben das große Glück, der Person zu begegnen, die Gott oder das Schicksal oder wer immer für diese Dinge zuständig war, dazu ausersehen hatte, das *Yin* zum eigenen *Yang* zu bilden. Summer war es so ergangen, und Steve auch.

Die Einzelheiten mußte noch geklärt werden: Hochzeit, Kinder und wie sie Corey in ihr Leben einfügen konnten. Dazu waren sie bisher nicht gekommen.

Aber sie beide waren sich sicher, daß dies von Dauer sein würde. Das spürte Summer jede Nacht, wenn sie in Steves Armen schlief, und jeden Morgen, wenn sie erwachte und ihm in die Augen sah.

Sie wohnten im Holiday Inn von Murfreesboro. Polizei hin, Polizei her – Summer mußte sich um ihr Geschäft kümmern.

In ihr Haus war sie gerade lange genug zurückgekehrt, um ihre Sachen zu packen. Ihr einst so geliebtes Heim war für sie zerstört, die Morde an Linda Miller und Betty Kern hatten einen unauslöschbaren Makel hinterlassen.

Auch mit der Frage, wann und wie sie sich ein neues Haus oder ein Apartment suchen würde, hatte sie sich noch nicht beschäftigt. Das hatte bis Montag Zeit.

Im Augenblick saß Summer mit ihren Schwestern und ihrer Mutter im Café des Holiday Inn beim Frühstück. Muffy befand sich oben im Zimmer von Summers Mutter und ließ sich ihr Hundefutter schmecken, mindestens die zwölfte Dose. Die anderen drei McAfee-Frauen wollten am nächsten Morgen nach Hause zurückkehren, und Summer war sicher, daß sie sie sehr vermissen würde. Zur Zeit wäre sie allerdings auch sehr gut ohne sie ausgekommen.

Sie unterhielten sich über Steve.

»Er scheint sehr nett zu sein, das muß ich zugeben. Aber wenn ich das richtig verstanden habe, Summer, dann hat er keinen Job.« Das war ihre Mutter.

»Du kennst ihn erst seit einer Woche.« Das kam von Sandra. »Meinst du nicht, du solltest dir etwas mehr Zeit lassen, bevor du dich entscheidest?«

»Wenn du dich so schnell in ihn verliebt hast, muß er schrecklich gut im Bett sein. Oder sonstwo.« Das sagte Shelley, unter Kichern.

»Shelley!« Sowohl Margaret McAfee als auch Sandra drehten sich schockiert zu Shelley um. Shelley zuckte mit den Schultern. Summers Gesicht glühte. Sie hatte ihnen keinerlei Intimitäten über sich und Steve anvertraut – aber das war auch nicht nötig gewesen. Die drei hatten sie nur anschauen müssen und alles erraten.

Verwandtschaft!

»Wir sind doch alle vier erwachsene Frauen. Und er ist schon ziemlich sexy, das müßt ihr zugeben. Obwohl er natürlich längst nicht so gut aussieht wie Lem.« Shelley ließ nicht locker.

»Lem war ein Mistkerl«, meinte Sandra in ihrem präzisen Tonfall. Mutter und Schwestern blickten die hübsche Vierzigjährige überrascht an.

»Wirklich«, verteidigte Sandra sich. »Wir haben doch alle gesehen, was er mit Summer gemacht hat: Er hat sie in eine richtige kleine Musterfrau verwandelt.«

Summer hatte nicht gewußt, daß ihre Familie das bemerkt hatte. Dankbar lächelte sie Sandra an.

»Das stimmt.« Margaret McAfee nickte. »Ich glaube nicht, daß eine von uns ernsthaft etwas gegen deinen jungen Mann einzuwenden hat, Summer. Aber er braucht einen Job. Wie soll er dich ernähren?«

»Ich kann mich selbst ernähren, Mutter«, entgegnete Summer. »Ich habe ein Geschäft. Schon vergessen?«

»Aber …«

»Guten Morgen, die Damen. Bist du fertig, Summer?« Steve tauchte plötzlich neben dem Tisch auf, und Summer bekam rote Ohren bei dem Gedanken, wieviel er wohl mit angehört hatte. Nun ja, an ihre Familie würde er sich gewöhnen müssen, genau wie sie an seine.

Doch damit konnten sie sich Zeit lassen. Sie hatten alle Zeit der Welt zur Verfügung.

Lächelnd blickte Summer zu ihm auf. Er trug eine frischgebügelte Khakihose mit braunem Ledergürtel und ein marineblaues Polohemd, hatte hellbraune Seglerschuhe an den Füßen und eine Uhr am Handgelenk – welch ein Unterschied zu dem schmuddeligen Rumtreiber, mit dem sie vier Tage auf der Flucht verbracht hatte. Er war glattrasiert und hatte sich das schwarze Haar nach hinten gebürstet. Mit dem kraftvollen Körperbau eines Football-Spielers und dem aggressiven, männlichen Gesicht war er eine auffallende Erscheinung. Ein Mann, auf den sie stolz sein konnte. Trotz der zwei verblassenden Veilchen und der gelblichen Prellungen an seinem Kinn.

»Trinkst du noch einen Kaffee mit, Steve?« fragte Margaret McAfee und lächelte ihn an. Sie war eine attraktive Brünette, wie ihre Töchter. Der einzige Unterschied bestand darin, daß sie rund fünfundzwanzig Jahre mehr hinter sich hatte – und daß sie jede Woche eine Flasche »Loving Care, dunkles Kastanienbraun« auf ihr Haar verwandte.

Steve schüttelte den Kopf. »Danke, aber ich habe Corey versprochen, daß wir vor dem Mittagessen mit ihr einen Welpen aussuchen fahren, und für sie heißt vor dem Mittagessen neun Uhr morgens. Sie hat mich schon zweimal angerufen, um zu fragen, wo ich bleibe. Ich finde es übrigens sehr nett von dir, daß du mir den Namen des Hundezüchters genannt hast, von dem Muffy stammt.«

»Es freut mich, daß die Leute noch immer im Geschäft sind und Welpen haben«, erwiderte Margaret.

»Glaub ja nicht, daß du deiner Tochter einen Gefallen tust, wenn du ihr eine zweite Muffy kaufst«, warnte Sandra ihn. »Wenn ich ein Haustier wollte, mein Fall wäre sie nicht.«

»Muffy ist ein Champion«, erklärte Margaret mit Würde; sie war es gewöhnt, daß ihre Töchter sie mit ihrer geliebten Hündin aufzogen. »Und wie alle Champions hat sie ihre Eigenheiten, das gebe ich zu. Aber täuscht euch nicht: Sie ist außergewöhnlich intelligent. Schließlich hat sie sogar Summer und Steve das Leben gerettet.«

Von allen Abenteuern, die Summer und Steve erlebt hatten, war Margaret die Stelle am liebsten, wo Muffy dem einen Bösen auf den Fuß gepinkelt hatte.

»Ja, und wie!« Sandra und Shelley fingen an zu kichern. Das nahm Summer zum Anlaß aufzustehen.

»Wir sehen uns später.« Sie winkte ihrer Mutter und ihren Schwestern zum Abschied und verließ das Restaurant. Steve folgte ihr.

Draußen auf dem Parkplatz holte er sie ein.

»Ich habe sehr wohl einen Job, mußt du wissen.« Er verschränkte seine Finger mit ihren und blickte Summer von der Seite an.

Also *hatte* er es gehört. »Mir ist es egal, ob du einen hast oder nicht«, erwiderte sie wahrheitsgemäß und lächelte ihn an.

»Genauer gesagt, kann ich mich zwischen mehreren entscheiden. Chief Rosencrans sagt, er bräuchte einen Chief of Detectives. Les Carter hat mir meinen alten Job angeboten. Und Larry Kendrick möchte, daß ich bei der DEA einsteige. Vermutlich will er mich im Auge behalten, für den Fall, daß ich plötzlich bündelweise mit Geld um mich werfe.« Steve grinste. Den Lieferwagen hatte man inzwischen gefunden, er war im Cedar Lake versenkt gewesen, und zwar am Ende der Rampe, die von dem Bootsschuppen in den See führte. Aber das Geld, das Mitch gestohlen hatte, blieb verschwunden. Überall wurde danach gesucht. Und zwar nicht nur durch die Polizei. Es hatte sich herumgesprochen, so wie sich diese Dinge immer herumsprechen, daß irgendwo in der Umgebung des Cedar Lake fünfzehn Millionen Dollar in unmarkierten Scheinen versteckt waren. Aus allen Winkeln des Landes strömten Menschen herbei, um danach zu suchen. Wie Sammy es ausgedrückt hatte: Wenn das Geld nicht bald gefunden wurde, würde sich Cedar Lake in eine zweite Sierra Madre verwandeln. Die Gegend würde ein Jahrhundert lang von Schatzsuchern auf der Jagd nach den Millionen überschwemmt werden.

»Nimm den, der dir am besten gefällt«, meinte Summer, als sie Steves Auto erreicht hatten. Der rote Mazda 626 stand in einem Meer von anderen Wagen, und Steve mußte sich an einem schlecht geparkten grünen ’88er Oldsmobile vorbeizwängen, um Summer die Beifahrertür zu öffnen.

»Ich glaube, ich möchte hier in Murfreesboro bleiben«, sagte er.

»Ach ja?« Statt einzusteigen, drehte Summer sich zu ihm um. Ihr Haar war frisch gewaschen und gefönt, es fiel ihr in weichen Wellen ums Gesicht, sie trug genau die richtige Menge Make-up für einen warmen Sommertag und war mit einem leichten gelben Kleid und Ledersandaletten bekleidet. Sie sah gut aus und wußte es auch, und sie genoß den anerkennenden Blick, mit dem Steve sie betrachtete.

»Ja. Schließlich hast du ein Haus hier, und ein Geschäft und so weiter.«

»Ich habe kein Haus mehr. Ich weigere mich, weiter darin zu wohnen. Gleich Montag werde ich es zum Verkauf anbieten und mich nach etwas Neuem umsehen. Obwohl meine Mutter möchte, daß ich zu ihr nach Santee ziehe, und Sandra sagt, ich soll zu ihr nach Kalifornien kommen, und Shelley ...«

»Will, daß du nach Knoxville ziehst«, ergänzte Steve an ihrer Stelle trocken. »Ich will mich Montag auch nach einem Haus umsehen. Vielleicht sollten wir uns zusammentun. Zwei Leute, die nach einem Haus suchen.«

Summer sah zu ihm auf. Er stand sehr nah vor ihr, einen Arm hatte er auf die offene Autotür gelehnt, mit der anderen Hand spielte er zerstreut mit ihren Fingern.

»Bittest du mich etwa, mit dir zusammenzuziehen?« fragte sie, so leichthin sie konnte.

Er schüttelte den Kopf. »Nee.«

»Nein?«

»Wir haben uns doch darauf geeinigt, daß das hier was auf Dauer ist.«

»Ja, das haben wir.«

»Na dann ... Ich bitte dich, mich zu heiraten.«

Summer war sprachlos. Das hatte sie nicht erwartet. »Aber ... aber ... Wir kennen uns doch erst seit einer Woche.«

»Manchmal reicht das.«

Summer blickte zu ihm auf, betrachtete das störrische Kinn und den schmalen, harten Mund und die scharfe Nase und schließlich die Augen, die sie einmal für seelenlos gehalten hatte. Jetzt wußte sie es besser.

Und noch etwas wußte sie: Steve hatte recht.

Manchmal reichte eine Woche.

»Ja«, sagte sie, und dann stellte sie sich auf die Zehenspitzen, legte ihm die Arme um den Nacken und berührte seinen Mund mit den Lippen.

Steve küßte sie, bis sie außer Atem war, mitten im hellen Sommersonnenschein auf dem belebten Parkplatz vor dem Holiday Inn von Murfreesboro.

46

»Gott schenkt Ruhe zuletzt.«
– John Greenleaf Whittier

Deedee war sehr schwach. Sie würde jetzt sehr bald gerufen werden, das wußte sie – aber wohin würde man sie rufen? In den Himmel – oder zurück in dieses Nirgendwo, in dem sie sich vorher aufgehalten hatte?

Sie hatte die Aufgabe erfüllt, die sie an die Erde gebunden hatte: Sie hatte das Unrecht an Steve wiedergutgemacht.

Bald mußte sie fort. Ob sie dann Mitch wiedersehen würde? Wenn sie auch nur ein wenig davon begriffen hatte, wie es im Universum zuging, dann war Mitch wohl in seinem eigenen Nirgendwo gefangen.

Ein paar Dinge mußte sie noch erledigen, bevor sie gerufen wurde. Nur fiel es ihr schwer, ihre Atome zu bändigen. Das Materialisieren konnte sie vergessen – dazu fehlte ihr die Kraft. Sie wollte vor allem einen bestimmten Ort erreichen.

Mit einer gewaltigen Willensanstrengung konzentrierte sie sich auf das Haus ihrer Mutter. Es dauerte eine Weile – der Wirbel, in dem sie sich bewegte, wurde auch schwächer –, aber schließlich kam sie an.

Ihre Mutter stand in der Küche und bereitete eine Mahlzeit vor. Das Abendessen, vermutete Deedee, denn draußen wurde es dunkel. Einen Moment lang beobachtete sie zärtlich, wie ihre Mutter Hähnchenfleisch zerlegte, um es anschließend zu braten. Ihr Haar war inzwischen eisengrau. Ihr Gesicht hatte Runzeln. Sie wurde alt.

Tante Dot saß im Wohnzimmer und sah Nachrichten. Die Alphabettafel lag auf dem Kaffeetisch, vorübergehend unbeachtet.

Deedee konzentrierte sich. Allmählich begann der Zeiger sich zu bewegen und zog ziellos Kreise auf der glatten Papptafel.

Es dauerte eine Weile, bis Tante Dot aufmerksam wurde, aber dann sah sie nichts anderes mehr.

»Sue!« schrie sie und sprang auf die Füße.

»Um Gottes willen, Dot, was ist denn?« Deedees Mutter eilte ins Zimmer und wischte sich die Hände an einem ausgefransten Geschirrtuch ab.

Wortlos deutete Tante Dot auf die Alphabettafel. Sicherheitshalber ließ Deedee den Zeiger noch einmal besonders hübsch herumwirbeln.

»O mein Gott, das ist wieder Deedee! Dot, setz dich hierher! Deedee, Baby, rede mit mir!«

Rasch zog sie sich einen Hocker heran, Tante Dot ließ sich wieder aufs Sofa sinken, und beide stürzten sie sich auf den zitternden Zeiger. Die dicken, rauhen Finger von Deedees Mutter bebten.

»H-A-L-L-O-M-O-M«, fing Deedee an.

»O Gott, es ist Deedee«, stöhnte ihre Mutter.

»Still, Sue, was will sie uns sagen?«

»Ö-F-F-N-E-T-H-E-U-T-E-N-A-C-H-T-M-E-I-N-G-R-A-B ...«

»Ihr Grab öffnen!« kreischte Tante Dot.

»Still, Dot, still. Deedee, Baby, ich liebe dich! Sprich weiter!«

»D-A-D-R-I-N-I-S-T-G-E-L-D-V-I-E-L-G-E-L-D ...«

»Geld? In deinem Grab?« flüsterte ihre Mutter.

»S-A-G-T-E-S-N-I-E-M-A-N-D-E-M-E-S-I-S-T-F-Ü-R-E-U-C-H ...«

»Was hat sie gesagt?«

»Daß wir es niemandem erzählen sollen! Sei jetzt still!«

»M-I-T-C-H-H-A-T-E-S-D-A-V-E-R-S-T-E-C-K-T-E-S-I-S-T-F-Ü-R - E-U-C-H ...«

»Mitch hat es versteckt?«

»Still, Dot! Deedee, du hast dich nicht selbst umgebracht, nicht wahr? Ich weiß es, Baby. Ich habe es immer gewußt!«

»M-I-T-C-H-H-A-T-M-I-C-H-U-M-G-E-B-R-A-C-H-T ...«

»Ich wußte es! Ich wußte es!« schrie ihre Mutter. »Habe ich dir nicht immer gesagt, daß es Mitch war?«

»D-A-S-G-E-L-D-G-E-H-Ö-R-T-N-I-E-M-A-N-D-E-M-H-O-L-T - E-S - E-U-C-H ...«

»Das Geld ist mir gleich! Deedee, ich liebe dich!«

»I-C-H-L-I-E-B-E-D-I-C-H-A-U-C-H-M-O-M-H-O-L-D-I-R-D-A-S - G-E-L-D ...!«

»Wo bist du? Bist du im Himmel? Bist du bei Gottes Engeln, mein Baby?«

»Nicht weinen, Sue!«

»H-O-L-D-I-R-D-A-S-G-E-L-D-E-I-N-G-E-S-C-H-E-N-K-V-O-N-M-I-R-A-N-D-I-C-H ...«

»Bist du bei den Engeln, Deedee?«

»Behalt die Finger auf dem Zeiger, Sue!«

»I-C-H-B-I-N-O-K-A-Y-H-O-L-D-I-R-D-A-S-G-E-L-D-I-C-H-L-I-E-B-E ...«

»Der Zeiger wird langsamer!«

»Geh nicht fort, Deedee!«

Deedee spürte, wie sie schwächer wurde. Unter Aufbietung aller Willenskraft beendete sie den Satz: »D-I-C-H.«

Und dann zog es sie in die zunehmende Dämmerung hinaus.

Diesmal tauchte sie auf einer grell erleuchteten Bühne wieder auf, nicht weil sie es sich gewünscht hatte, sondern weil der Wirbel sie dort ausspuckte. Neben der Bühne und auf den Plattformen im Zuschauerraum drängten sich Fernsehkameras. In den Plüschsesseln saßen Menschen und klatschten, eine gesichtslose, begeisterte Menge. Ein Mann betrat die Bühne und gab einem zweiten die Hand; dieser hatte gerade aufgehört, zu singen und Gitarre zu spielen. Als der Gitarrist abging, erkannte Deedee ihn: Jerry Wood, ein vielversprechender Country-Musiker.

Die grellrosa Neonschrift vor dem kastanienbraunen Samtvorhang an der Bühnenrückwand verriet Deedee, wo sie sich befand. Dort stand: NASHVILLE LIVE.

Offenbar sollte sie miterleben, wie Hallie Ketchum zum erstenmal live sang, noch dazu vor Fernsehzuschauern in ganz Amerika. Sofort sammelte Deedee ihre Atome. Sie würde Hallie gern beistehen, vorausgesetzt, sie brachte noch einmal die nötige Kraft auf.

Wo war Hallie? Bestimmt irgendwo neben der Bühne. Deedee suchte nach ihr, konnte sie aber nirgendwo entdecken.

Vielleicht in einer Garderobe …

Dort fand sie Hallie. Sie war über ihrem Schminktisch zusammengesunken, ihr Gesicht ruhte in einem Meer von Make-up-Töpfen und Haarbürsten und Wattebäuschen. In ihrem Haar steckten elektrische Lockenwickler.

Sie war tot. Ihre Seele hatte vor ganz kurzer Zeit ihren Körper verlassen, das spürte Deedee mit tiefer, unerschütterlicher Gewißheit.

Auf dem Glastisch in der Nähe lagen eine Rasierklinge und zwei Linien aus einem weißen Pulver. Sie verrieten Deedee, was geschehen war. Hallie hatte sich gefürchtet, live vor Publikum zu singen, sie hatte gewußt, daß sie nicht das Zeug zum Star hatte, und deshalb hatte sie versucht, sich mit Drogen Mut zu machen.

Statt dessen war sie daran gestorben.

Genau da spürte Deedee es: den unsichtbaren Sog, der sie mit sich fortziehen wollte.

Jemand klopfte an der Tür. »Noch drei Minuten, Miss Ketchum.«

Der Sog wurde stärker. Deedee wehrte sich dagegen und blickte auf den leblosen Körper. Konnte man denn gar nichts mehr tun?

Plötzlich sah Deedee das Licht.

Es war anders als alles, was sie bisher gesehen hatte, ein reines weißes Licht, das Wärme ausstrahlte und sie an sich zog. Es drang durch die Zimmerdecke herein, ein heilendes, beglückendes Licht, das ewige Freude verhieß.

Die Treppe zum Himmel. Deedee hatte es geschafft.

Wieder blickte sie Hallie Ketchums schlaffen Körper an, und plötzlich begriff sie, daß sie wählen durfte: Himmel oder Nashville.

Deedee zögerte. Sie sah zum Licht empor. Es zog sie an, wie ein Magnet Eisenspäne anzieht.

»Noch eine Minute, Miss Ketchum.«

Und dann, ganz plötzlich, wurde Deedee klar, daß sie nicht fortgehen konnte. Der einzige Himmel, nach dem sie sich je gesehnt hatte, war genau hier.

Ein Honkytonk-Himmel für einen Honkytonk-Engel.

Deedee spürte eine plötzliche Wärme und hatte das beunruhigende Gefühl, daß ihre Atome sich auflösten.

Dann befand sie sich mit einemmal in Hallie Ketchums Körper, probierte sozusagen, wie er ihr paßte, hob den Kopf und betrachtete neugierig das unvertraute Gesicht, das nun ihr gehörte.

Nicht übel, dachte sie und zog sich mit überraschend ruhigen Fingern den ersten Lockenwickler aus dem Haar.

47

Es war Samstag abend. Bei *Nashville live* stand Hallie Ketchum auf der Bühne und verblüffte die Zuhörer mit einer eindrucksvollen Darbietung ihres Hits »Agony«.

Unterdessen knieten auf einem ländlich gelegenen Friedhof neben einem Grab zwei alte Frauen, von denen eine sich gelegentlich Tränen aus den Augen wischte. Sie trugen dunkle Trainingsanzüge, hatten sich schwarze Tücher um die Köpfe gebunden und entfernten mit ihren Gartenhacken die Rasendecke und etwa zehn Zentimeter Erde von einem Ende des Grabes.

Endlich stieß eine Hacke auf einen kleinen Plastikmüllbeutel, der fest mit Klebeband verschlossen war. Die Frauen sahen sich an, dann zogen sie den Beutel aus der Erde.

Eine Frau riß ihn mit bebenden Händen auf und sah hinein.

»Dot, es ist genau, wie Deedee gesagt hat! Da ist Geld drin!«

»Sprich leise, Sue! Und grab weiter!«

Eine Stunde später hatten sie einen kleinen Berg von solchen Müllbeuteln ans Licht befördert und waren eifrig damit beschäftigt, die Rasendecke wieder auf dem Grab festzuklopfen.

»Dot, das müssen Millionen sein!« In der zittrigen Stimme lag ein Unterton von Ehrfurcht.

»Pst! Verrat das bloß niemandem!«

»Sollen wir es wirklich behalten?«

»Deedee hat gesagt, das wäre in Ordnung. Sie sagte, es wäre für uns ...«

Die zwei Frauen sahen sich an und nickten beide zugleich. Dann machten sie sich daran, ihre Beute zu dem uralten Plymouth zu schleppen, den sie nicht weit von dem Grab auf der dunklen Landstraße abgestellt hatten.

Auf einer anderen Straße, in Nashville, fuhr Steve durch die Dunkelheit zu dem Haus, in dem er einmal mit seiner Exfrau gelebt hatte. Die Dinge entwickelten sich gut. Zwar gab es da noch ein kleines Problem mit dem Jungen, dessen '55er Chevy als Trümmerhaufen am Grund einer nebligen Bergschlucht lag und der nun mit einer Klage drohte. Dann war da noch der Fahrer des Lieferwagens, den sie bewußtlos und blutüberströmt, aber nicht tot auf dem Parkplatz von Harmon Brothers liegengelassen hatten und der nun, nach dem Aufwachen, hartnäckig behauptete, er sei ein unbeteiligter Zuschauer gewesen und in nichts von all dem verwickelt, und den Mann, der ihm die Nase gebrochen hatte, werde er wegen Körperverletzung anzeigen. Außerdem gab es noch einige zynische Typen bei den Strafverfolgungsbehörden, die fest davon überzeugt waren, daß Steve die fünfzehn Millionen Dollar Bargeld irgendwo versteckt hatte. Bis das Geld gefunden war, würde man ihn vermutlich sorgfältig im Auge behalten.

Aber nichts von alledem war wirklich wichtig. Auf dem Rücksitz schlief seine Tochter, eng an ihren neuen Pekinesen-Welpen gekuschelt; der Welpe schlief zum Glück auch. Neben Steve saß die große Liebe seines Lebens, den Kopf zufrieden zurückgelehnt, das Gesicht dem Fenster zugewandt, so daß sie die Sterne hoch über ihnen sehen konnte.

Offenbar spürte Summer, daß er sie anschaute, denn sie drehte den Kopf und lächelte Steve zu.

Plötzlich wurde Steve bewußt, welch wärmendes Glück ihn umgab; ein völlig ungewohntes Gefühl und doch greifbar wie die Wärme einer Heizdecke.

Ohne es zu wollen, mußte er an Mitch denken. Habe ich dich je wirklich gekannt, alter Freund? fragte er sich. Und er fragte sich auch, wieso von den drei Jugendfreunden Steve und Deedee und Mitch es nur ihm allein gegeben war, weiterzuleben.

Dann sah er noch einmal die zwei Menschen an, die ihm alles auf der Welt bedeuteten, spürte das Glück, das den Wagen erfüllte, und fand die Antwort.

Fast hörte er Mitch es sagen: Der Sieger kriegt alles, Baby.